CHRISTIAN V. DITFURTH

DAS DORN RÖSCHEN PROJEKT

carl's books

Informationen über dieses Buch:
www.cditfurth.de

Verlagsgruppe Random House FSC-DEU-0100
Das für dieses Buch verwendete
FSC®-zertifizierte Papier *Munken Premium Cream*
liefert Arctic Paper Munkedals AB, Schweden.

1. Auflage
Copyright 2011 by Carl's Books, München,
in der Verlagsgruppe Random House GmbH
Umschlag: semper smile, München
Satz: Uhl + Massopust, Aalen
Druck und Bindung: CPI – Clausen & Bosse, Leck
Printed in Germany
ISBN 978-3-570-58500-9

www.carlsbooks.de

Für Franziska

Die Kapitelüberschriften sind Songtitel von *The Who*.

1: Pictures of Lily

Matti erschrak fast, als sich die hintere Tür öffnete, er war in die Lektüre vertieft gewesen. Er sah im Rückspiegel erst einen Pagenkopf, schwarz, dann auch ein Gesicht, nicht schön, aber anziehend, große, kluge Augen, einen Hauch asiatisch und natürlich mit unruhigen Brauen. Er kannte dieses Gesicht. »Zum Hauptbahnhof.« Er kannte auch die Stimme, nervös, drängend. So war sie immer gewesen.

Bis zu diesem Augenblick wäre Matti nicht auf die Idee gekommen, dass dieser Tag noch etwas für ihn bereithielt außer der üblichen Langeweile, unterbrochen nur durch nervige Fahrgäste. Er hatte eine Dreiviertelstunde gewartet auf dem Taxistellplatz an der Ecke Gneisenaustraße/Zossener Straße. Gleich vorne, auf der anderen Seite der Zossener Straße, der Fotoladen, in dessen einem Schaufenster gebrauchte Analogkameras und Objektive angeboten wurden. Fast direkt vor dem Taxistand die Bushaltestelle und über die Straße hinweg nach Norden der Mittelstreifen mit der Dönerbude vor der Treppe zum U-Bahnhof. Jenseits des Mittelstreifens mit den Bäumen, deren Äste und blattlose Zweige hilflos in die Luft ragten, auf der anderen Seite, an den Gegenfahrspuren, hinter einer Reihe parkender Autos, lag die Apotheke, die er manchmal betrat, um Pfefferminzbonbons zu kaufen und sich ein Lächeln einer der hübschen Weißgekittelten abzuholen, das es kostenlos obendrauf gab.

Über allem der zögerlich heraufziehende Frühling, der die Bäume des Mittelstreifens zu färben begann. Noch war es kalt draußen, keine zehn Grad, aber die Sonne stand am stahlblauen Himmel, und weil es Nachmittag war, war ihr Licht gerötet und weich. Er hatte in seinem E-Klasse-Benz der Uraltbaureihe W210 schon fast eine Stunde gestanden und war dann endlich auf den ersten Platz der Taxischlange gerutscht. Wer nicht warten kann, soll kein Taxifahrer werden.

Bei heruntergeklappter Sonnenblende hatte Matti in seinem abgegriffenen Reclam-Band in den Worten des Konfuzius gelesen: »Von der Welt sich verkannt zu sehen, ohne sich verbittern zu lassen: das ist auch Seelengröße.« Er überlegte, was es für ihn bedeuten mochte. Wurde er verkannt? Aber er war nur Taxifahrer, auch wenn manchmal die Erinnerung in ihm bohrte, die Erinnerung an andere Möglichkeiten, die sein Leben angeboten, die er aber abgewiesen hatte. Er hätte Deutschlehrer werden können, aber nur wenn er sein Germanistikstudium an der FU nicht abgebrochen hätte. Das Studium war gut gewesen, weniger das Studieren selbst als das Umfeld. Die Solidarität, die Selbstüberhebung, die ganz eigene Genüsse bereitete. Die Vorstellung, die Geheimnisse der Welt entschlüsselt zu haben, und diese Konsequenz, die so nebenbei die Schlaffheit und Unentschlossenheit jener entlarvte, die einfach mitströmten. Doch die Vorlesungen und Seminare waren ihm auf den Geist gegangen. Weltfremdes Gedrechsel. Weitab von den wirklichen Fragen. Schlimmer noch die Aussicht, solches später selbst im Schulunterricht von sich geben zu müssen. Das war doch nicht seine Welt, auch wenn er sich lange eingeredet hatte, er würde sie zu seiner machen. Nein, das war nichts für einen jungen Mann aus einem Odenwalddorf, den es der Aufregung halber und um der Wehrpflicht zu entkommen nach Berlin verschlagen hatte vor gut dreißig Jahren. Zu dieser Welt der Literaturwissenschaften, der Linguistik und des Alt- und Mittelhochdeutschen hatte er nie einen Zugang gefunden. Er hatte sich zunächst fremd gefühlt darin und sich eingeredet, das sei normal am Anfang, aber es war ihm so fern geblieben wie der Mars, und dann kam noch die Angst vor dem Versagen angekrochen. Mehr Angst, als er aushalten konnte.

Wurde er verkannt? Er war Taxifahrer, hatte diese Arbeit erst als Nebenjob gemacht, um sein BAföG aufzubessern, und blieb Taxifahrer, als er nach dem Studienabbruch nichts anderes fand. Er hatte auch nicht richtig gesucht. Jahrelang hatte er sich eingeredet, dass das nicht alles sein würde in seinem Leben, aber mehr hatte es bisher nicht gegeben. Und seine Bemühungen darum waren schneller eingeschlafen als die Hoffnung. Er war Taxifahrer, doch irgendwie war er es auch nicht. Aber er war nicht verbittert. Er las noch einmal: »Von der Welt sich verkannt zu sehen, ohne sich verbittern zu lassen: das ist auch Seelengröße.« Seelengröße? Hatte die einer, der sich abfand mit den Dingen, wie sie waren? Er hatte sich nie mit etwas abgefunden, nur, wenn es um ihn selbst ging. Und da auch noch nicht richtig.

Diese Gedanken waren verflogen, als er ihr Gesicht gesehen hatte.

Er startete den Motor, fuhr aber nicht los. Ihr Gesicht im Spiegel zeigte noch mehr Ungeduld, es verkrampfte sich fast. Er hatte nie jemanden getroffen, der ungeduldiger war als sie.

»Guten Tag, Lily.«

Er sah im Rückspiegel, wie sich ihre Augen weiteten. Er drehte sich um, ihre Blicke trafen sich.

»Dass ich dich noch einmal sehe«, sagte sie fast tonlos nach einer Pause. Da klang ein wenig Berliner Dialekt mit, Ickisch. Dann sagte sie noch leise: »Mensch, Matti.«

Sie hatte ein bisschen zugelegt, doch es stand ihr gut. Früher war sie eher zu mager gewesen. Jetzt saß sie da in ihrem dunkelroten Hosenanzug mit dem schlanken Hals und schaute ihn über die Stupsnase hinweg eindringlich an, wie sie ihn früher manchmal angeschaut hatte. Und es nahm ihm wieder den Atem. Sie trug zwei kleine rote Perlen an den Ohren und einen schmalen silbernen Ring mit einem roten Stein. Sie hatte damals schon am liebsten Rot getragen, nicht als plumpen Ausdruck einer Gesinnung, sondern weil ihr nichts besser stand. Und sie roch immer noch nach Zigarettenrauch.

»Wenn man in Berlin Taxi fährt, kann es passieren«, erwiderte er bemüht cool. Er fuhr los und bog gleich links ab in die Zossener Straße, nachdem ein Lastwagen vorbeigedonnert war. »Und was machst du so?« Er war nervös, sah aber, dass seine Hände nicht zitterten.

Als sie am Willy-Brandt-Haus waren, räusperte sie sich. Auch das kannte er. Wenn sie angespannt war oder etwas Wichtiges sagen wollte, räusperte sie sich erst einmal, als müsste sie Zeit gewinnen, um es sich noch einmal durch den Kopf gehen zu lassen. Aber dann sagte sie nur: »Und du bist jetzt Taxifahrer. Hast du ja früher schon gemacht…«

»Genau«, sagte er. »Hab ich früher schon gemacht.« Was für ein elendes Gespräch. Er blickte in den Rückspiegel, und sie sahen sich an. In ihrem Blick lag Zweifel, vielleicht sogar Misstrauen.

»Und was machst du?« Er bremste in der Höhe des Gropius-Baus.

»Anwältin, in einer Kanzlei in Charlottenburg.«

Er fuhr weiter. Ein Lieferwagen blockierte die Straße, und die Schlange konnte ihn nur im Schritttempo umkurven. »Dann hast du ja erreicht, was du wolltest«, sagte er, während er endlich am Lieferwagen vorbeizog. Die beiden Ladetüren standen offen, und ein Mann in einem blauen Overall schob auf der Ladefläche einen monströsen Chefsessel an die Kante, wo ein zweiter Mann im gleichen Overall wartete, um das Möbel anzunehmen.

Er schaute wieder in den Rückspiegel, und erneut trafen sich ihre Blicke. Er kannte sie, die so unterschiedlich sein konnten, kalt, gleichgültig, hasserfüllt und leidenschaftlich. Wenn sie etwas nicht glaubte, hatte sie den Tschekablick aufgesetzt, er war die Vorstufe zur seelischen Folter. Er fragte sich, wie sie ihre Gemütsschwankungen, die urplötzlich kamen und gingen, wie sie diese Spiegelungen ihrer zerrissenen Seele im Gerichtssaal verbergen konnte. Er stellte sie sich vor mit einer getönten Brille an dem Tisch, wo die Anwälte saßen.

Sie räusperte sich, während er vor einer Ampel hielt. »Es wird knapp«, sagte sie.

»Wann fährt dein Zug?«

»Um 16 Uhr 38.«

»Das schaffen wir locker.«

Wieder ein kurzer Blickwechsel über den Spiegel. Sie holte eine Puderdose aus der Handtasche und betrachtete sich im Schminkspiegel im Dosendeckel. Sie pinselte ein wenig auf der Haut, aber er wusste, dass sie sich nur ablenken wollte. Er kannte sie so gut. Und er spürte, dass er unruhig war, wie früher, wenn er sie getroffen hatte. Beim letzten Mal war es kurz gewesen, da hatte sie geschnauzt: »Mir reicht's!«, und sie war abgerauscht, war die zwei Stockwerke in dem versifften Treppenhaus in der Prinzenstraße, dicht am U-Bahnhof, hinuntergedonnert, und unten auf der Straße hatte sie noch einmal einen Blick nach oben ausgepackt, voller Wut, und er war sich vorgekommen wie in einer italienischen Komödie, nur dass ihm nicht nach Lachen zumute war. Danach hatte er sie nicht mehr gesehen und nur noch mitbekommen, dass sie ihre paar Sachen abgeholt hatte, als er nicht zu Hause war. Den Schlüssel hatte sie auf dem Küchentisch hinterlassen. Aber ihr Geruch hatte noch ein paar Tage im Badezimmer gehangen.

Er schlich durch den Tunnel zum Europaplatz, und als er herauskam, regnete es. Die Sonne war hinter grauen Wolken verschwunden, und die Äste der Bäume zitterten in einer Bö. So war es immer mit ihr gewesen. Nie war etwas geblieben, wie es war.

»Hast du eine Visitenkarte?«, fragte er mit rauer Stimme, als er nahe am Eingang gehalten hatte. Vor dem Kühler staute sich eine Horde Rucksack tragender Jugendlicher, von denen einer an seiner Kapuze zerrte; eine schrille Pfeife ertönte.

Er beobachtete, wie sie in ihrer Handtasche kramte, zögerlich, wie ihm schien, als müsste sie nachdenken, und es ärgerte ihn. Sie reichte ihm endlich eine beigefarbene Karte, eine überdimensionierte Leinenimitation, darauf der Name in einer Pseudo-Times. *Dr. jur. Roswitha Rakowski, Vertragsrecht/Vermögensrecht.* Der Name ihres Chefs – *Anwaltskanzlei Dr. Müller-Kronscheidt und Partner –*, dann die Anschrift – *Kurfürstendamm 112a, 10711 Berlin –* und schließlich Telefonnummer, Website und E-Mail. Er legte die Karte in die Ablage vor dem Automatikwahlhebel zu anderen Visitenkarten und seinem Päckchen Schwarzer Krauser. Die Rucksackhorde löste sich auf in einer Flucht zum Haupteingang. Hinter der nächsten Ecke lauerte versteckt Mehdorns Gaul, der sich um seinen Magen krümmte, als habe er in der Nacht zuvor zu viel gebechert. Matti nahm seine Visitenkarte aus der Brusttasche seines Hemds und reichte sie ihr nach hinten, als sie schon ihre Hand am Türgriff hatte. Sie zögerte, dann nahm sie die Karte, die sein Billigtintendrucker eher verunziert hatte. Er schämte sich ein bisschen für die am Rand verlaufenen blauen Buchstaben seines Namens. Sie warf einen Blick auf die Karte, ihr Gesicht straffte sich einen Augenblick, und es schien, als würde sie insgeheim seufzen. Jetzt sah er, dass sie nur einen leichten Mantel über dem Unterarm trug. »Ich bring dich zum Eingang, warte eine Sekunde.« Sie steckte die Karte in ihre Handtasche.

Er stieg aus, öffnete den Kofferraum, nahm seinen Knirps und ließ ihn aufspringen. Dann trat er an die Tür, öffnete sie, während er den Schirm darüber hielt. Es nieselte nur noch, und der Wind hatte nachgelassen. Sie stieg aus, er warf die Tür zu und brachte sie zum Eingang. Ihre Schulter streifte seinen Oberarm, und sie warf ihm einen Blick zu. »Du hast dich gar nicht verändert«, sagte sie, und ihr Gesicht verriet, dass sie es besser nicht gesagt hätte.

An der Tür erschrak sie: »Ich habe noch nicht bezahlt.«

Er lachte. »Das holen wir nach!«

Und bevor sie etwas erwidern konnte, ging er mit langen Schritten zurück zu seinem Taxi. Sie zögerte, schüttelte ratlos den Kopf und verschwand nach einem hektischen Blick auf ihre Armbanduhr im Bahnhofsgebäude.

Er saß eine Weile auf dem Fahrersitz, dann steuerte er den Benz in die Warteschlange auf dem Europaplatz. Das gab ihm Zeit nachzudenken. Er nahm das Zigarettenpapier und den Schwarzen Krauser und füllte das Papier mit Tabak, um es routiniert zu drehen, zu lecken und zu verkleben. Er stieg aus dem Auto, es nieselte noch, und ihn fröstelte gleich. Er schlenderte auf und ab zwischen Heck und Mercedes-Stern, zündete mit einem Einwegfeuerzeug die Zigarette an und nahm einen tiefen Zug. Er hielt eine Weile die Luft an, bis der Schwindel sich meldete, dann blies er langsam aus.

Er hatte sie Lily genannt, damals. Sie hatte diesen Namen gehasst, aber zunächst ertragen, als er ihr erzählte, woher er ihn hatte. Er hatte Fotos gemacht von ihr, kurz nachdem er sie kennengelernt hatte, mit und ohne Kleidung, und die besten Bilder hatte er in seinem WG-Zimmer an die Wand über dem Schreibtisch gehängt. *Pictures of Lily*, so hieß ein *Who*-Song über feuchte Träume eines Jungen, der Bilder einer schönen Frau sammelte, das passte gut, und irgendwann gefiel es ihr sogar. Später schickte sie ihm eine Postkarte aus Südfrankreich, unterschrieben mit »Lily«.

Er wurde wehmütig. Wo hatte er die Fotos gelassen? Als sie zusammengezogen waren, hatte er sie ein- und nicht mehr ausgepackt. Und als sie nach ein paar Wochen abgehauen war, da wollte er sie nicht mehr sehen, schon gar nicht auf diesen Bildern. Sie hatte nur ein paar Tage gebraucht, um in sein Leben einzudringen, und er spürte jetzt, dass er sie nie losgeworden war. Als sie gegangen war, war es die Befreiung gewesen aus einem irrwitzigen Chaos, das sie mit ihrer außerirdischen Energie anrichtete, selbst ihr Schlaf war unruhig gewesen. Aber sie war verstörend intensiv, direkt und konnte unglaublich zärtlich sein, sie reizte alle seine Sinne, bis es wehtat. Der Gedanke an sie erregte ihn. Und er hatte gedacht, er könnte sie vergessen. Er lachte trocken, nahm einen kräftigen Zug und warf die Zigarette weg.

Der Regen wurde heftig. Die Menschen spannten wieder die Schirme auf oder schützten ihre Köpfe unter Kapuzen. Ein langer, hagerer Türke mit weißem Bart auf braun gegerbter Haut, Pockennarben und grauem Hut trödelte unbeeindruckt von der Bushaltestelle zum Bahnhofseingang. Wasserflecken punkteten seinen Mantel.

Ein kurzes Hupen von hinten, er startete den Motor, hob die Hand, ohne in den Rückspiegel zu schauen, und steuerte den Wagen ein paar Meter nach vorn. Er stellte den Diesel aus.

Die Bilder kreisten in seinem Kopf. Sie in einem Handwerkerkombi, in Rot, was sonst, auf einer Demo, aufgeregt, immer wieder etwas rufend, die Haare schwarzblau in der Sonne schimmernd. Es war warm gewesen, viel Haut, eine ungeheure Leichtigkeit. Mit ihr im Bett, sie war fordernd, ihr straffer Körper hatte ihn angezogen und reagierte sofort auf jede Berührung. Ihr Gesicht auf dem Kissen, die Beine etwas gespreizt, ihr Gesäß erhöht, weil es auf der zusammengerollten Decke lag, ihr Atem schwer, während er etwas zu trinken holte. Sie liebte Martini mit Eis, trank oft schon mittags, und manchmal rauchte sie Kette, manchmal gar nicht. Sie war so anders, sie wusste es, und sie genoss es.

Wo hatte er die Bilder von Lily vergraben? Er sang leise vor sich hin:

> *I used to wake up in the morning*
> *I used to feel so bad*
> *I got so sick of having sleepless nights*

Als sie ihn verlassen hatte, weil sie die Gewohnheit hasste, er hatte den Anlass längst vergessen, nachdem sie ihn also verlassen hatte, da betrank er sich zwei Wochen lang oder vielleicht auch länger, und es war ihm egal, was er trank, Hauptsache, es war Alkohol. In seinem Mund schmeckte er noch die Überbleibsel des Ekels, roch er die Erinnerungsmoleküle dieser kotzerbärmlichen Mischung aus Korn, Billiglikör, Wein, Martini, Whisky, die er nacheinander oder auch zusammen in sich hineingeschüttet hatte. Und er hörte immer wieder das Lied. Irgendwann warf er die Platte weg und tat auch sonst alles, um sie zu vergessen. Er gab die Wohnung auf, zog zurück in die Sonnenallee-WG, verkroch sich in sein Zimmer und wachte doch viele Nächte auf mit diesen Bildern, wie sie ihm jetzt in den Kopf zurückgekehrt waren. Er sah sie vor sich, als stünde sie vor seinen Augen, aber das Bild wechselte zwischen früher und jetzt. Es waren nicht viele Unterschiede, und die schmalen Falten an den Augen und den Mundwinkeln betonten nur, wie aufregend sie immer noch war.

Er fuhr wieder ein Stück nach vorn.

Der Himmel riss auf, und die Sonne kam zurück. Sie strahlte rötlich durch den Dunst, ließ den Platz glänzen, die wartenden Busse sich in der Glasfront des Bahnhofs spiegeln und warf einen Lichtfächer in die Halle.

Die Hintertür ging auf, als er sich gerade mit Konfuzius ablenken wollte. Der Gedanke durchzuckte ihn, sie wäre es. Aber er sah im Rückspiegel ein breites Gesicht mit einem Oberlippenbart unter einer großporigen Nase, aus der Haare sprossen, und lockigen braunen Haaren mit grauen Strähnen, die Augenbrauen standen als Büschel hervor. Der Mann schnaufte, als wäre er gerannt. Matti legte den gelben Band zurück auf die Mittelkonsole, schaute nach hinten, dann nach vorn. Er war der vierte Wagen in der Reihe. Er schaute wieder den Mann an, der trug einen aufgeknöpften Ledermantel, darunter ein graues Jackett und ein weißes Hemd mit dunkelblauem Schlips, alles offenbar nicht von der Stange. Es sah gut aus, obwohl er klein und fett war.

»Sie sollten vielleicht besser in den ersten Wagen einsteigen«, sagte Matti betont freundlich. Irgendetwas an dem Mann mahnte ihn, vorsichtig zu sein.

»Nein, nein«, sagte der Mann mit heiserer Stimme. »Das sind die falschen Autos.«

Und Matti sah im Spiegel, wie er abfällig mit der Hand winkte. Matti fuhr den ersten Mercedes in der Reihe.

Er startete den Motor und drehte sich noch einmal um.

»Potsdamer Platz«, sagte der Mann und schnallte sich an.

Eine dieser Fahrten, die sich nicht lohnten.

Der Mann zündete sich eine Zigarette an. Matti tippte auf das Schild *Nichtraucher* über dem Handschuhfach. Der Mann zog und blies den Rauch nach vorn.

»Nichtrauchertaxi«, sagte Matti.

»Schwarzer Krauser, du rauchst auch«, sagte der Mann. »Fahr los!«

»Zigarette aus, sonst fahre ich nicht.«

»Du fährst«, sagte der Mann. »Beeil dich!« Eine Rauchwolke nebelte Matti ein. Plötzlich ein stechender Schmerz in der Schulter. Der Mann packte ihn hart und bohrte seine Finger in Mattis Muskeln, er hatte starke Hände. »Fahr«, sagte er und klopfte ihm auf die Schulter. Er lehnte sich zurück und zog kräftig an der Zigarette.

Als die Ampel Grün zeigte, bog Matti links ab in die Invalidenstraße, fuhr den Europaplatz entlang, das Rolling Horse spiegelte rotsilbrig in der Sonne, dann wieder links, auf die Bundesstraße 96, durch den noch winterbraunen Tiergarten, vorbei am Platz der Republik, an Komponistendenkmal und Siegesallee, bis die Beton- und Glasmonstren des Potsdamer Platzes ragten und das Licht der Abendsonne zurückwarfen, links hinein in die Potsdamer Straße, bis auf Höhe des Sony Center die heisere Stimme ertönte: »Jetzt halten.« Und es kam Matti vor, dass der Mann zwar Deutsch sprach, aber kein Deutscher war, die Betonung und das R klangen osteuropäisch.

Das Taxameter zeigte 6,80 Euro, und der Mann reichte das Geld genau abgezählt nach vorn, brummte etwas und stieg aus. Matti sah ihm nach, wie er im Sony Center verschwand. So wehrlos hatte er sich noch nie gefühlt. Er kochte vor Wut. Dieses unverschämte Arschloch. Und dann grinste ihn auch noch die Legogiraffe frech an unter ihrer blau-weißen Mütze. Er beschloss, das als Zeichen zu verstehen, seinen Arbeitstag zu beenden. Ülcan würde grummeln, aber der Chef grummelte sowieso immer.

Matti steuerte den Wagen nach Neukölln, in die Manitiusstraße, wo Ülcan seine drei Taxis und ein winziges schmuddeliges Büro in einem Hinterhof untergebracht hatte, an dessen einer Ecke seit Jahren Autowracks, ein altes Kreidler-Moped, Fahrradteile und sonstiger Schrott rosteten, ein idealer Spielplatz für die kreischende Horde, die hier nachmittags durch die Gegend tobte. Der Verkehr floss zäh, aber das war Matti egal, auch dass er an diesem Tag wenig verdient hatte, seine Gedanken waren bei Lily. Immer neue Bilder fielen ihm ein. Als wäre ein Damm gebrochen, strömten sie in sein Hirn, fast wäre er auf einen Kleintransporter aufgefahren, und einmal erinnerte ihn ein wütendes Hupen daran, dass die Ampel auf Grün geschaltet hatte. Er passierte die Recyclingcontainer an der Ecke Nansenstraße und sah, dass die Hofeinfahrt geschlossen war. Auf dem dunkelgrün lackierten Tor prangte seit Jahren, rot, ziemlich mittig und kaum verblasst, *Fuck you!* und *Anarchie.* Er stieg aus und erntete den bösen Blick einer Frau mittleren Alters mit Kopftuch in einem alten Golf hinter dem Taxi, die mit ihrem Sohn auf dem Beifahrersitz reichlich nervös schien.

Sie traute sich nicht vorbeizufahren, obwohl genug Platz gewesen wäre. Er schob das Tor nach oben und verfluchte Ülcan, weil er nicht darauf achtete, dass es wenigstens tagsüber offen blieb. Aber die Verfluchung war ein hilfloser Akt, eher Ausdruck von Resignation, denn wenn er Ülcan anmachte, würde der bei Allah und dem Propheten schwören, dass es nie wieder geschehen würde und dass nur eine böse Seele es ihm – natürlich ihm, wem sonst? – angetan habe. Dass es vor allem seine Fahrer nervte, war ihm gleichgültig, denn in Ülcans Welt gab es nur drei Dinge, die ihn wirklich interessierten, und das waren der Prophet, Allah und vor allem er selbst.

Matti fuhr den Wagen in die Einfahrt, die Frau hatte ihn keines Blicks mehr gewürdigt als höchsten Ausdruck ihrer Verachtung.

Detlevs Wagen stand schon vor dem Bürofenster, das man besser als Luke bezeichnet hätte. Es war der gleiche alte E-Klasse-Diesel, den er auch fuhr, nur mit gut fünfzigtausend Kilometern weniger auf der Kurbelwelle. Matti parkte neben Detlevs Benz. Er kannte den Kollegen auch schon länger als zwanzig Jahre. Der immer etwas transusige Detlev hatte nicht den Umweg über die Uni genommen, sondern war so etwas wie Kfz-Schlosser und war angeblich früher Chauffeur von einem reichen Pinkel gewesen, der seine letzten Tage allerdings in Moabit verbracht hatte. Was genau der Typ angestellt hatte, wusste Matti nicht, es ging um Puffs und verbotene Zockereien. Jedenfalls hatte es für einen 600er gereicht, die Langversion, wie Detlev versicherte. Aber sonst stellte er sich dumm, und Matti fragte nicht weiter. Ülcan waren solche weltlichen Abseitigkeiten egal, sah man vom Geld ab, das seine Fahrer ihm einbrachten, auch wenn er es in Wahrheit allein Allah verdankte.

Neben dem Eingang zum Büro lehnte Mattis Damenfahrrad mit der alten Torpedo-Dreigangschaltung und der grau-schwarzen Satteltasche, die er zum Einkaufen brauchte. Wenn er nicht arbeitete, fuhr Matti nur mit dem Fahrrad, außer bei Glatteis und Orkan. Dann zwängte er sich mit Todesverachtung in U-Bahn, S-Bahn oder Bus, er hasste es, fremdbestimmte Transportmittel zu benutzen.

Ülcans Büro bestand aus einem dunkel gebeizten Monster-schreibtisch, angeblich Jugendstil, dessen Platte, soweit nicht Zeit-schriften und Papiere sie bedeckten, von Brandflecken übersät war. Hinter dem Schreibtisch saß ein kleiner Mann mit einem eckigen Gesicht und einem mächtigen Schnurrbart, so schwarz wie die kurz geschnittenen Haare und die kräftigen Augenbrauen. Die Wangen waren leicht eingefallen, die großen Augen verschickten Zornes-blitze, und die Zigarette in seinen nikotinbraunen Fingern ver-pestete die ohnehin verpestete Luft nur noch unwesentlich. Das wenige Licht, das von außen eindrang, wurde durch Rauchschwa-den gedämmt. An der Wand gegenüber dem Schreibtisch hing ein Kalender von 1992 mit einem Bild von Istanbul bei Nacht.

Keiner der beiden würdigte Matti eines Blicks, als er das Büro betrat. Detlev beugte sich gerade über den Schreibtisch, die Hände auf die Kante gestützt, und blaffte: »Quatsch. Das ist ein Arsch-loch, das weißt du doch!«

»Du bist ein Arschloch!«, sagte Ülcan. »Der Mann ist ein Stammkunde, und wenn er sich beschwert, dann hat er recht.« Er sprach gut Deutsch, aber mit einem harten R, das Matti jetzt an den Typen erinnerte, den er am Sony Center abgesetzt hatte. Die Wut meldete sich zurück. Ülcan würde auch kein Trinkgeld geben, nicht mal dem Propheten, dachte Matti. Aber er würde niemanden körperlich angreifen.

»Der Idiot behauptet, über die Pacelli gehe es schneller, und das ist Quatsch...«

»Und warum fährst du nicht...«

»Weil ich schon in der Clay war. Der wollte nur nicht den vollen Preis bezahlen. Und für den Scheißstau kann ich nichts«, maulte Detlev. Er schüttelte seine rote glatte Mähne, wie er es immer tat, wenn er sauer war. Dann war seine bleiche Gesichtsfarbe fast transparent, und die Sommersprossen glühten.

»Ich ruf ihn an«, sagte Ülcan. »Und jetzt hau ab.« Er blies eine Qualmwolke über den Tisch.

Detlev stand noch ein paar Augenblicke in Drohhaltung, und Matti überlegte, ob der Kollege über die Platte greifen würde, um

Ülcan zu würgen. Doch Detlev schnaubte nur und wandte sich ab. Grußlos verließ er das Büro, Matti schenkte er keinen Blick.

Ülcan brummte irgendwas, in dem Allah vorkam und wahrscheinlich auch der Prophet, kratzte sich an der Backe und sagte, während er zum Fenster hinausblickte: »Ihr seid mein Untergang. Der Einzige, der diesen Scheißladen über Wasser hält, bin ich … und Aldi-Klaus.« Das war der dritte Fahrer, der zum Stamm gehörte. Sonst gab es noch Aushilfen, aber die wechselten ständig, weil sie zu faul waren oder mit dem Chef nicht klarkamen oder wegen beidem. Ülcan war der übellaunigste Chef, den man sich denken konnte. Aber wenn man sich an ihn gewöhnt hatte, konnte man es aushalten, zumal seine Fahrer ihn nur kurz sahen. Immerhin bezahlte er regelmäßig, wenn auch erbärmlich: dreißig Prozent der Einnahme.

Ülcan schaute Matti tranig an, aber er sagte nichts. Er hatte seinen Zorn schon an Detlev ausgelassen, und Mattis Antwort war so voraussehbar wie Ülcans Geraunze, dass faule Fahrer ihm das Geschäft ruinierten, was Matti gelassen zu kontern pflegte. Er nannte einfach eine Zahl, nämlich die Tage und Stunden, die er für andere eingesprungen war. Matti hängte den Schlüssel ans Brett neben der Tür, betastete die Taschen seiner blauen Jeansjacke, verkniff sich einen Fluch und nahm den Schlüssel wieder. Er ging hinaus zum Wagen, schloss die Fahrertür auf, holte seinen Tabak aus der Ablage, und als er die Tür zuschlug, sah er im Augenwinkel etwas Ledernes auf dem Boden hinter dem Fahrersitz stehen. Er öffnete die Hintertür und entdeckte eine dunkelbraune Aktentasche, alt, an manchen Stellen glänzend, mit schwarzen Striemen. Matti betrachtete die Tasche, und erst dachte er nur, dass er sie Ülcan geben sollte, damit der sie dem Besitzer aushändigen konnte, da der sich gewiss melden würde. Doch dann kroch ihn eine andere Idee an. Vielleicht lag in dieser Tasche etwas, das … Die gehörte mit Sicherheit diesem Mistkerl. Er bewegte die Schulter und spürte immer noch einen leichten Schmerz. Die Tasche begann nach ihm zu greifen. Er musste wissen, was darin war. Matti setzte sich auf die Rückbank und stellte die Aktentasche neben sich. Er hatte ein blödes Gefühl. Ülcan saß immer noch im Büro, es war auch unwahrscheinlich, dass er es gerade jetzt verließ. Der Chef war gehfaul wie kaum ein Zweiter. Matti öffnete den Metall-verschluss und schaute hinein, dann durchsuchte er mit der Hand die Fächer. Eine *Berliner Zeitung*, ein in Leder gebundenes Notiz-buch, ein Flachmann. Dann stieß seine Hand auf etwas Kantiges und zog es heraus. Eine Hülle für CDs oder DVDs, er öffnete sie und sah eine unbeschriftete DVD. Er schaute sie eine Weile an, als könnte er ihr ansehen, was sie gespeichert hatte. Dann klappte er die Hülle wieder zu und hielt sie in der Hand. Er drehte und wendete sie, aber auch auf der Hülle war nicht das geringste Zei-chen. Nachdem er eine Weile nachgedacht hatte, was er tun sollte, und als die Neugier die Furcht vor etwas, das er nicht beschreiben konnte, besiegt hatte, behielt er die DVD in der Hand und stellte die Aktentasche hinter den Fahrersitz. Er ging zurück zum Büro und warf, bevor er es betrat, die DVD in die Satteltasche seines Fahrrads. Dann hängte er den Schlüssel an den Haken. Ülcan war in die Sportseiten der *Milliyet* vertieft.

Draußen stieg Matti aufs Rad. Dessen Sattel war zwar so weit wie möglich herausgezogen, doch fuhr er ein wenig breitbeinig aus der Ausfahrt. Am U-Bahnhof Boddinstraße kaufte er einen Sech-serpack Astra-Pils. Von da waren es nur noch ein paar Minuten zur Okerstraße 34c, wo er seit vielen Jahren im vierten Stock in seiner WG lebte, fast direkt am Zaun des Tempelhofer Flughafens. Aber der lärmte nicht mehr, seit der Flugbetrieb eingestellt war. Die WG lag in einem der Berliner Nachkriegsmietshäuser, und sie war insoweit exotisch, als es in der Szene hieß, dass hier niemand wohne. Die Gegend war nicht angesagt, aber das juckte die Oker-straßen-WG nicht die Bohne.

Matti schob das Fahrrad durch den Gang in den Hinterhof und kettete es an den Fahrradständer. Dann nahm er den Sechserpack in die eine und die DVD in die andere Hand und stieg die Trep-pen hoch. Das Treppenhaus war seit einigen Jahrhunderten nicht renoviert worden, die grauschwarz gesprenkelte Steintreppe war verdreckt, die Wände waren verschmiert mit mehr oder weniger obszönen Kritzeleien. Im zweiten Stock dröhnte eine Prolltalk-show, dem Geschrei nach zu urteilen. Im dritten Stock hörte Matti Nirvana, im vierten war es still. Er klemmte sich die DVD unter den Arm, an dem der Sechserpack hing, und schloss die Tür mit der eingelassenen Milchglasscheibe auf. Rechts im Flur eine Garderobe mit Haken, Buchenholzfurnier, die Matti gleich nach dem Einzug an die Wand gedübelt hatte. Die Haken waren doppelt und dreifach behängt mit Jacken und Mänteln. Vom langen Flur gingen seitlich die Zimmer von Dornröschen, Matti und Twiggy sowie das Badezimmer ab, die Tür zur Küche am Ende des Gangs stand offen. Es roch nach Zigarettenrauch und Knoblauch. Matti trug den Sechserpack in die Küche, riss ihn auf und stellte drei Flaschen in den alten Bosch-Kühlschrank, in dem diesmal genug Platz war, weil Twiggy noch nicht zurück war vom Einkaufen.

In der Mitte der Küche stand ein Tisch mit einer rot geblümten Wachsdecke, darauf wartete das Geschirr von Twiggys und Dornröschens Frühstück, abgewaschen zu werden. Ein eiliger Blick auf den Küchenplan bestätigte Matti, dass Dornröschen dran war. Von einem unter den Tisch geschobenen Stuhl hing schlaff der schwarz-weiße Schwanz von Robespierre hinunter, unter Freunden Robbi genannt, der gerade von Thunfischkatzenfutter träumte.

Matti füllte Kaffeepulver und Wasser in die Maschine und schaltete sie ein. Dann schaute er nach, ob genug Trockenfutter in Robbis Schälchen war, und schüttete etwas nach. Das Geräusch ließ Robbis Schwanz eine Pirouette tanzen. Matti tauschte auch das Wasser aus, setzte sich an den Tisch, hörte der Kaffeemaschine beim Blubbern zu und blätterte in der *taz*. Als er wieder bei Puste war, ging er in sein Zimmer und schaltete den PC ein. Während der Computer hochfuhr, schaute Matti zum Fenster hinaus, das machte er immer, wenn er bei Tageslicht nach Hause kam. Im Hof spielten Kinder. Eine Frau schob einen Kinderwagen, der mit Einkaufstaschen behängt war. Die Sonne verschwand grell hinter den Dächern. Er schaltete das Licht ein. An der Wand neben der Tür stand sein Bett, darauf eine Indiodecke, in deren Farbgemisch Rot überwog. An der gegenüberliegenden Wand die Leselampe mit dem biegbaren Hals und dem hellroten Schirm. In einer Ecke ein alter Sessel, den er auf dem Sperrmüll gefunden hatte und den sie alle drei unter Verfluchungen hinaufgeschleppt hatten. Als der PC die verstaubte Linux-Version geladen hatte, schob Matti die DVD ins Laufwerk. Sie startete von allein und öffnete ein kleines Fenster mit dem Titel *Password*. Scheiße, dachte Matti. Er zog die DVD wieder heraus, steckte sie zurück in die Plastikhülle und nahm sie mit in die Küche.

Robbi hatte ausgeschlafen. Er stand vor seinem Fressnapf und streckte sich. Dann warf er Matti einen Blick zu und maunzte.

»Was ist, Robbi?«, fragte Matti.

Aber Robbi antwortete nicht. Er hielt sich streng an das Schweigegelübde, das er eines unseligen Tages still und heimlich abgelegt hatte.

Twiggy kam freitags meistens als Erster. Das metallische Klicken des Schlosses kündigte ihn an. Dann das Stapfen im Flur und das obligatorische Stöhnen, mit dem sich Twiggy über die Treppen hinwegtröstete. In beiden Händen je eine Plastiktüte, betrat er schwer die Küche. Twiggy lief nicht, er wabbelte auf Säulenbeinen. Er war groß und fett, trug einen Kugelkopf mit dicken Backen auf seinem mächtigen Körper, seine Haare waren zottelig, und sein Gesicht glänzte vom Schweiß. Seinen Namen verdankte er dem Zufall und der menschlichen Gemeinheit, einer nicht ungewöhnlichen Kombination also, die sich in bestimmten Augenblicken die falschen Opfer sucht und ihnen am Ende nur die Wahl lässt, sich mit ihrem Schicksal abzufinden, was Twiggy in seiner Weisheit tat, ohne zu zögern und zu klagen. Der Zufall war eine Sauferei nach heldenhaften Maikämpfen in Kreuzberg, und die menschliche Gemeinheit verkörperte sich in Gerhart mit T, der im Vollrausch genau in dem Moment über das britische Magermodell ablästerte, als Twiggy erschien und fortan so hieß. Danach hatte man von Gerhart mit T nichts mehr gehört, was nur bedeuten konnte, dass er seine historische Mission erfüllt hatte.

Twiggy trug einen riesigen Blaumann, darüber einen gelben Strickpullover mit rotem Brustring und riesige Turnschuhe, die ein Normalwüchsiger auch als Schwimmflossen hätte benutzen können. Er stellte die Plastiktüten vor dem Kühlschrank ab, nahm sich aus dem ehemals weißen Küchenschrank einen Becher und stellte eine Zuckerdose auf den Tisch. »Ich ziehe aus«, schnaubte er, aber das sagte er seit Menschengedenken, um dennoch jeden Freitag wieder brav die Einkäufe für die WG zu erledigen. Nur das Bier holte er nicht, er bestand aus irgendeinem Grund darauf, dass Matti es besorgte. Twiggy setzte sich an den Tisch.

Matti schob ihm die DVD zu.

Twiggy musterte sie, ohne sie anzufassen. »Und?«

»Passwortgeschützt.«

Twiggy hob die Augenbrauen und stöhnte leise. »Wo hast du die her?«

»Aus der Aktentasche von einem Fahrgast, hat der vergessen.«

»Du spinnst doch«, sagte Twiggy. Misstrauisch musterte er die Hülle mit seinen klugen schwarzen Augen.

Robbi scharwenzelte um Twiggys Beine herum. Dann stellte er sich auf die Hinterbeine, um die Krallen seiner Vorderpfoten in Twiggys Hose zu rammen. Der stöhnte auf, nahm den Kater endlich am Bauch und hievte ihn auf seinen Schoß. Robbi machte sich darauf breit und streckte Twiggy seine Unterseite entgegen. »Service please«, knurrte Twiggy und begann, den Fellbauch zu kraulen, was Robbi mit geschlossenen Augen laut und röchelnd schnurren ließ, als liefe in der Küche ein Zweitaktmotor mit Fehlzündungen.

Twiggy griff nach Mattis Tabak und drehte sich eine, was Robbi mit schmalen Augen beobachtete. Die schlossen sich erst wieder, nachdem Twiggy die Zigarette angezündet hatte und mit der freien Hand die Baucharbeit fortsetzte.

»Wir machen eine Kopie und packen das Original in die Tasche im Auto. Das merkt keiner.« Matti drehte sich auch eine.

»Was ist darauf, ein Porno?«, fragte Twiggy gelangweilt. Er tat immer gelangweilt, wenn ihn etwas zu interessieren begann.

»Keine Ahnung. Wahrscheinlich nur ein Scheiß. Aber der Typ hat mich schwer genervt.«

Twiggy hob die Augenbrauen, schniefte und nahm einen Zug. »Nachher haben wir die Bullen am Hals.«

»Quatsch.« Matti stand auf, nahm die DVD und ging in sein Zimmer. Er brauchte wenige Minuten, um die DVD zu kopieren. Dann prüfte er, ob sich auf der Kopie das Passwortfenster öffnete, und als dies gelang, war er zufrieden. Er ging zurück in die Küche. »Ihr kocht, und ich bringe das Original zurück, dann kann das keiner gemerkt haben. Ülcan passt sowieso nicht auf. Und die Spätschicht beginnt erst« – er blickte auf die Uhr – »gleich, Scheiße.«

Er zog seine Jacke an und eilte die Treppe hinunter. Fast hätte er Dornröschen umgerannt, die im Halbdunkel die Treppe hinaufschlich. »Ich komme gleich wieder, Twiggy kocht mit dir, und dann wird es ernst. Zieh dich warm an. Kannst ja schon mal was ernten.«

Dornröschen öffnete den Mund, sagte aber nichts, sondern schüttelte den Kopf und schlich weiter nach oben. Doch dann rief sie hinunter: »Ihr habt wieder das Küchenlicht angelassen gestern Nacht. Wir dürfen dem Scheißstrommonopolisten nichts schenken, wann begreift ihr das endlich?«

Matti hörte es gerade noch, dann schwang er sich aufs Rad, strampelte im Eiltempo zur Taxigarage und kam verschwitzt dort an. Er ging ins Büro, Ülcan blätterte in Papieren herum und schaute ihn fragend an.

»Hab was vergessen«, sagte Matti, nahm den Schlüssel vom Brett, ging hinaus zum Wagen, steckte die DVD in die Aktentasche, öffnete zur Ablenkung den Kofferraum, nahm seine wärmere Reservejacke heraus, zog sie über die Jacke, die er trug, und kehrte zurück ins Büro, um den Schlüssel aufzuhängen, was Ülcan mit einem leeren Blick registrierte, um sich dann wieder seinem Papierkram zu widmen. Als Matti aufs Fahrrad stieg, kam gerade Aldi-Klaus mit seinem Ziegenbart angetrabt, um die Nachtschicht anzutreten.

Als Matti die Wohnungstür aufschloss, hörte er die Musik und roch das Abendessen. Freitagabends aßen sie zusammen Ravioli à la Dornröschen, damit hatten sie während des Studiums angefan-

24

gen, und es konnte keinen Zweifel geben, dass sie diese Tradition bis zu ihrem Ableben oder dem Weltuntergang fortsetzen würden, je nachdem, was zuerst eintrat. Twiggy hatte wie immer die beiden Dosen geöffnet. Dornröschen trug wie fast immer ein dunkelrotes Seidenkleid, die Haare rot gefärbt, die Originalfarbe war längst in Vergessenheit geraten, auf der Nase eine leichte silbrige Brille mit runden Gläsern, in der einen Hand ein Glas Sherry extra dry, in der anderen den Kochlöffel, mit dem sie die Tiefkühlkräuter in der Raviolisoße verrührte. Im Gettoblaster auf dem Küchenschrank flüsterte, rief oder weinte der Wind Mary, je nach Stimmung. Matti entschied sich fürs Rufen und goss sich ein Glas italienischen Rotwein ein, den Twiggy besorgt hatte.

»Brauchen wir eine Espressomaschine?«, fragte Twiggy. Er saß mit einer Flasche Bier am gedeckten Tisch.

Dornröschen und Matti schauten sich kurz an, Dornröschens grüne Augen schimmerten freudig. »Klar«, sagte Matti. »Können wir uns das leisten?«

Twiggy nickte, und Dornröschen strahlte.

Twiggy hatte viele Freunde, wie er gern andeutete, und es kamen immer neue dazu, die erstaunliche Fähigkeiten besaßen oder Quellen kannten, von denen man Dinge beziehen konnte, die sonst teuer oder gar nicht zu haben waren. Matti hatte noch nie einen von Twiggys Kumpels gesehen. Eine Zeit lang hatte Twiggy mit Software gehandelt, bis es ihm zu heiß wurde. Dann vertrieb er DVDs, später Restposten französischer oder italienischer Weine, Feinschmeckerspezialitäten in Dosen oder Sanitärware aus Taiwan. Der Gettoblaster auf dem Küchenschrank stammte von einem Deal, genauso die Computer der drei WG-Bewohner, der Staubsauger und die Kaffeemaschine. Oft verschwand Twiggy für eine Nacht oder auch länger. Keiner fragte ihn, wohin, nachdem er einmal laut geworden war und sich jede Neugier verbeten hatte. Niemand hatte seitdem Twiggy noch mal schreien gehört, umso wirksamer war der Nachhall. Matti und Dornröschen hatten keine Ahnung, was Twiggy trieb auf seinen nächtlichen Ausflügen.

Dornröschen hörte plötzlich auf zu rühren, der Kochlöffel blieb im Topf stecken, als hätte man eine Küchenmaschine plötzlich ausgeschaltet. Ihr blasses Gesicht wurde noch blasser, ihre Augen weiteten sich, ihre glatte Stirn zeigte Falten, und ihre Hand wanderte zum Unterleib. Sie begann zu tasten, während sie die anderen anstarrte. Matti stand auf. Er übernahm das Rühren, während Dornröschen zur Seite glitt. Ihre vom Kochlöffel befreite Hand bedeckte den schmalen Mund mit den dünnen Lippen. Dann setzte sie sich auf Mattis Küchenstuhl und stützte das Gesicht in die Hände. Robbi maunzte.

»Ich habe Krebs«, hauchte sie.

Twiggy setzte Robbi auf den Boden, erhob sich, öffnete den Kühlschrank, holte die Flasche Doppelkorn aus dem Tiefkühlfach, nahm ein Wasserglas aus dem Schrank und goss es halb voll. Er stellte es vor Dornröschen, etwas schwappte auf die Tischplatte. »Trink das!« Dornröschen nippte, dann stellte sie das Glas weg. Matti, der sich zum Tisch gewandt hatte, nahm das Glas, trank auch einen Schluck und kippte den Rest in die Spüle. Dann tippte er sich an die Stirn. Twiggy schnaubte, sagte aber nichts.

»Es geht wieder«, sagte Dornröschen. »Ich will ja tapfer sein.«

»Das bist du doch auch«, sagte Matti.

Twiggy schnaubte. »Du hast seit mindestens zwanzig Jahren Krebs«, murrte er. »Und zwar alle Sorten, die es gibt. Du bist der einzige Mensch, der so was überleben kann.«

Dornröschen stand auf und stellte sich neben Matti. Sie streichelte ihm kurz den Oberarm, dann nahm sie ihm den Kochlöffel weg. »Das ist jetzt fertig.« Sie klang maulig.

Matti stellte den Topf auf den Untersetzer auf dem Tisch, goss sich Rotwein nach und setzte sich.

Als auch Dornröschen am Tisch saß, erstarrten sie plötzlich, legten die Hände auf den Tisch und schwiegen. Robbi strich an Twiggys Unterschenkeln entlang. »Für Meher Baba«, sagte Dornröschen. Sie schwiegen ein paar Sekunden für den indischen Guru, der durch sein Schweigegelübde berühmt geworden war, dann teilte Dornröschen mit einer Kelle das Essen aus.

»Wie war's auf der Arbeit?«, fragte Matti.

Dornröschen zuckte mit den Achseln. »Wie immer. Noch sind wir nicht pleite.«

»Diese Stadtteilzeitungen gehen nicht pleite«, sagte Twiggy. »Aber wenn doch, fragt mich, ich organisier euch eine Unternehmensberatung.«

»Von der Chinesenmafia?«, fragte Matti, und Dornröschen kicherte. Dann gähnte sie. Sie war der Junge für alles bei der *Stadtteilzeitung* an der Ecke Hermannstraße/Kranoldstraße, schrieb Artikel, recherchierte, akquirierte Anzeigen und war, obwohl es das natürlich nicht gab, auch die Chefredakteurin. Wenn Dornröschen einmal im Jahr ihre Grippe nahm, brach in dem Laden die Panik aus.

Twiggy schnaubte und schob sich einen Löffel Ravioli in den Mund. »Ich zahl's euch nachher heim«, sagte er kauend.

Dornröschen wurde grundsätzlich. »Ihr habt keine Chance, hattet ihr nie, werdet ihr nie haben.«

Twiggy schaute traurig über den Tisch. Sie hatte ja recht. »Matti hat 'ne DVD geklaut«, sagte er so nebenbei.

»Toll.« Dornröschen lachte . »Und was ist drauf?«

»Passwortgeschützt«, sagte Twiggy.

»Noch spannender.« Dornröschen musste gähnen. »Dann an die Arbeit, Genosse.«

Twiggy schob sich einen Löffel in den Mund. »Ich lass den Zerberus auf das Scheißding los, der wird es knacken, und wenn es Wochen dauert.« Seine Stimme klang heroisch. Er erhob sich, wobei er sich mit den Händen auf der Tischplatte abstützte, und schlurfte zu seinem Zimmer. Matti räumte den Tisch ab, Dornröschen gähnte, lehnte sich nach hinten und schloss die Augen. Da Twiggy noch nicht zurück war, begann Matti mit dem Abwasch, aber er unterbrach ihn gleich, um Dornröschen anzutippen. Sie zuckte, blinzelte, rieb sich die Augen und sah Matti erschreckt an.

»Du musst noch was ernten«, sagte der.

Dornröschen nickte müde, blinzelte noch einmal, stand auf und verschwand im Flur. Er hörte ihre Zimmertür klappen.

Matti wusch weiter ab und überlegte sich, ob sie bei Twiggy einen Geschirrspüler bestellen sollten. Das überlegte er immer, wenn ihn die Pflicht traf oder er nach Hause kam und die Küche versifft war, weil Twiggy oder Dornröschen mal wieder den Abwaschplan an der Küchentür souverän missachtet hatten.

Dornröschen kehrte zurück mit einem großen Joint, den sie mit Tabak und der Ernte von ihrem Balkon gefüllt hatte. Auch das gab es nur freitags, es war die Zuteilung. Doping für den Wettkampf.

Twiggy kehrte auch zurück. Er sah zufrieden aus. »Der Knecht rechnet«, grinste er, »mal sehen, wie lang er braucht.«

Matti überlegte, wie es wäre, wenn Lily dabei wäre. »Wisst ihr, wen ich getroffen habe?«

Die beiden guckten ihn neugierig an, Dornröschen blinzelte.

»Lily!«

Schweigen.

»Das ist ja ein Ding«, sagte Twiggy schließlich. Dann: »Und?« Ein erwartungsvoller Blick.

Matti zuckte mit den Achseln.

»Ach, komm«, sagte Twiggy.

»Wie sieht sie denn aus?«, fragte Dornröschen, die mit dem Joint herumspielte.

»Toll«, erwiderte Matti leise. »Wirklich toll.«

»Tja«, sagte Twiggy. Er holte sich eine Bierflasche aus dem Kühlschrank und öffnete sie mit den Zähnen.

»Igitt!«, rief Dornröschen.

Twiggy setzte sich an den Tisch und trank aus der Flasche.

»Und triffst du sie wieder?«, fragte Dornröschen mit einem Augenaufschlag.

»Weiß nicht.«

»Hast du ihre Telefonnummer?«

Matti nickte. Er hatte wieder diese Bilder im Kopf. Wie er morgens aufwachte und Lily noch schlief, das Gesicht ihm halb zugewandt, so friedlich. Und wie sie allmählich die Augen öffnete, ihn sah und lächelte. So konnte sie auch sein. Vielleicht war sie so, Matti glaubte es jedenfalls, und alles andere war nur Theater, weil sie sich selbst nicht aushielt, wenn sie friedlich war. Was ging in ihrem Schädel vor? Er hatte Lily nie verstanden, und er hatte es wirklich versucht. Er wusste von Anfang an, er würde sie verlieren, wenn er sie nicht verstand. Jetzt erinnerte er sich gut seiner Angst, die von Anfang an dabei gewesen war.

»Dann ruf sie an«, sagte Dornröschen. »Aber zieh nicht wieder aus wegen ihr.« Sie gähnte.

»Sie ist in so 'ner Kapitalistenkanzlei am Ku'damm. Rechtsverdreherin.« Matti trocknete sich mit dem Geschirrtuch die Hände und setzte sich an den Tisch.

»Ach, du Scheiße!«, sagte Twiggy. »Und die hat sich damals von niemandem links überholen lassen. Lily, ich lach mich schlapp. Dornröschen, weißt du noch, wie die in den Kampf zog gegen die Bullen? In der rechten Vorderflosse einen Molli, in der linken eine rote Fahne…«

»Von links unten nach rechts oben«, sagte Dornröschen spitz. »Aber da gibt es prominentere Beispiele. Man nennt das heutzutage eine interessante Biografie.« Sie wandte sich an Matti. »Warum sagst du nichts? Du weißt doch sonst immer alles besser.«

»Ich weiß gar nichts«, sagte Matti.

»Es hat ihn wieder gepackt!« Twiggy grinste dreckig. »Kannst ja mal einen Besuch am Ku'damm machen. Frau Rechtsanwältin besuchen im Marmorpalast der Paragrafenknechte. Ach, wie romantisch.« Er lachte.

Matti zeigte ihm den Mittelfinger.

Dornröschen zündete den Joint an, ein süßlicher Geruch legte sich über den Tabakqualm. Sie zog kräftig, der Joint glühte, sie hielt den Rauch lange in der Lunge. Dann blies sie langsam den Qualm aus und gab die Riesenzigarette an Twiggy weiter. Der zog einmal kräftig und reichte sie Matti. Der zögerte, weil ihm ein Bild aufschien, das Lily beim Haschen zeigte, dann nahm er auch einen Zug. Twiggy zog die Tischschublade auf und holte das Kartenspiel heraus. Er schloss die Schublade und legte es auf den Tisch.

»Wer gibt?«, fragte er wie immer.

»Der, der so blöd fragt«, erwiderte Dornröschen wie immer.
Twiggy mischte, ließ Matti abheben und teilte aus.

Und Matti fiel ein, wie Lily ihn einmal in der WG in der Sonnen-
allee besucht hatte und sie alle Canasta gespielt hatten. Damals
hatte, was sonst, Dornröschen sie abgezockt, im Halbschlaf. Und
Lily war ein wenig beleidigt gewesen. Nur kurz, aber unüberseh-
bar maulig. Sie hatten in den Jahren danach, als Twiggy, Matti und
Dornröschen übrig geblieben waren, versucht, ein Spiel zu finden,
das ihre intellektuellen Fähigkeiten ausreizte und in dem trotzdem
nicht immer Dornröschen gewann. Sie hatten es mit Skat versucht,
aber Dornröschen gewann locker auch ein Grand ohne vier, beim
Doppelkopf hatte sie ein Abo auf die Herz-Zehn und die beiden
Kreuz-Damen, und beim Canasta zog sie grundsätzlich, was sie
brauchte, um schnurstracks abzulegen. Und dabei gähnte sie fortwährend, was die anderen in ihrem Elend als übelste Provokation
empfanden. Beim Mau-Mau schließlich hatte vor einigen Jahren,
in irgendeinen Kalender hatte Twiggy es eingetragen, Matti mal
die Fünferrunde, wie sie ihr System fälschlich nannten, gewonnen,
und seitdem waren er und Twiggy überzeugt, dass sie Dornröschen irgendwann doch noch fertigmachen würden. Rein statistisch
gesehen.

Dornröschen sortierte ihre Karten sorgfältig in einem Fächer.
Die anderen beiden brauchten dazu nicht so lange. Twiggy deckte
die erste Karte des Stapels auf, es war eine Pik-Sieben, und Matti
musste zwei Karten ziehen und aussetzen. Dornröschen legte eine
Pik-Acht auf den Stapel, und Twiggy setzte aus. Matti fand keine
passende Karte, sondern zog eine. Dornröschen zog ebenfalls eine
Karte und steckte sie in den Fächer, um eine andere herauszu-
holen, ein Pik-Ass. Twiggy musste wieder aussetzen, er schnaubte,
Schweißperlen traten auf seine Stirn. Dornröschen blieb unge-
rührt.

Es dauerte keine halbe Stunde, bis sie drei Spiele hintereinander
gewonnen hatte. Manchmal kam es vor, dass Matti oder Twiggy
als Erste ablegen konnten, doch am Ende hatte Dornröschen
immer zuerst die drei Spiele in der Tasche, abgesehen von dem

einen großen Tag, wie die beiden Männer ihn nannten, was Dornröschen aber souverän überhörte.

Twiggy war sauer und trank eine Flasche Bier in einem Zug leer. Matti war sauer und trank ein Glas Rotwein in einem Zug leer. Dornröschen lächelte fein, fast schien es, als wollte sie sich entschuldigen, aber wer sie kannte, wusste, dass ihr nichts fernerlag als das.

»Ich guck mal nach dem Rechenknecht«, sagte Twiggy. Er zog ab in sein Zimmer. Robbi sprang auf den frei gewordenen Stuhl, legte seine schwarz-weißen Pfoten auf die Tischkante und beäugte das Schlachtfeld. Er maunzte einmal und kringelte sich auf den Stuhl, rund wie ein Wagenrad. Der Schwanz fiel über den Rand, die Spitze dirigierte ein Orchester, ein Adagio ma non troppo.

Es dauerte eine Weile, bis Twiggy zurückkam. »Noch nichts«, sagte er. »Ich habe jetzt auch den Zweitrechner darauf angesetzt, da versuch ich es mit rainbow tables, ist vielleicht schneller.«

Matti verzog sein Gesicht, Dornröschens Mimik zeigte nichts, und Twiggy erklärte in einem Tonfall, der jede Hoffnung auf Verständnis vermissen ließ: »Das ist besser als brute force, meistens jedenfalls.« Dann nahm er Robbi vom Stuhl, setzte sich und legte sich den Kater auf den Schoß. Er zeigte mit dem Finger auf den Kater, zuckte mit den Achseln, zauberte Verzweiflung in sein Gesicht und deutete auf den Kühlschrank. Matti stand auf und holte das Bier.

Dornröschen gähnte. »Ich geh jetzt ins Bett«, sagte sie. Sie stand auf und schlich zu ihrem Zimmer.

»Warum dauert das so lang mit der Entschlüsselung?«, fragte Matti.

»Weil da jemand ein saugutes Passwort gewählt hat.«

»Und warum?«

»Weil er was verbergen will. Warum sonst?«

»Saugutes Passwort, weil es was Sauwichtiges ist?«

»Was weiß ich?«

Robbi warf den Zweitakter an, seine Vorderpfoten bearbeiten

im Milchtritt Twiggys Oberschenkel, aber der schien die Krallen nicht zu spüren. Er kraulte den Kater hinterm Ohr und trank einen Schluck.

»Warum gewinnt die immer?«, fragte er.

Matti goss sich noch einen Schluck Rotwein ein. »Weil sie schlauer ist als wir drei zusammen.«

»Das weiß ich schon lange, nur seit wann hat Mau-Mau was mit Schläue zu tun?«

»Seit Dornröschen es spielt.«

Matti grinste. Dornröschen war einzigartig, das wusste er von Anfang an, als sie eines Tages vor ewiger Zeit in der Küchentür gestanden hatte, wo er mit Twiggy gerade Tee trank. »Ich bin die, die vorhin angerufen hat wegen des freien Zimmers.« Sie hatte geschnieft und ausgiebig gegähnt. Sie schien immerzu zu dösen oder mindestens müde zu sein, aber ihr Verstand arbeitete schnell und genau, und ihrem manchmal geradezu trüben Blick entging nichts. Sie war dünn und höchstens mittelgroß, hatte ein fast knochiges, aber doch attraktives Gesicht, vor allem wegen ihrer großen müden Augen. Würde sie schicke Kleidung tragen und ein wenig Make-up auflegen, würde mancher Mann sich nach ihr umdrehen. Aber so verhuscht, wie sie zu sein schien, fiel sie niemandem auf. Was aber am erstaunlichsten an ihr war, das war dieser unerschütterliche Gleichmut. Wenn Matti und Twiggy sich tierisch über etwas aufregten, blieb sie fast provozierend ruhig und fand schneller eine Lösung, als die anderen gedacht hatten, dass sie vielleicht eine brauchten. Dornröschen, dachte Matti mit weichem Herz, sie war die Chefin ihrer WG, auch wenn sie es nicht sein wollte. Aus dem Bad kam ein Klappern. Sie war penibel in ihrer Abend- und ihrer Morgentoilette.

Twiggy schaute in die Richtung des Badezimmers und lächelte. Vielleicht hatte er gerade das Gleiche gedacht wie Matti. Twiggy legte Robbi an seine Brust und stand auf, winkte knapp und schlurfte in sein Zimmer. Dort würde er den Röhrenfernseher einschalten, auf dem meistens al-Dschasira lief oder Splattervideos, wenn Twiggy schlecht gelaunt war. Er würde sich aufs Bett legen, Robbi daneben, und sie würden sich die alten Männer mit den Bärten anschauen, die sich über irgendwas erregten, und die schwarzhaarigen Moderatorinnen, die Twiggy so gefielen, und die Aufmärsche der Turbanträger. Und dann würden sie irgendwann einschlafen, während die Rechenknechte arbeiteten wie die Blöden.

Matti las in der Nacht mit schwindligem Kopf noch ein paar Seiten im gelben Bändchen. Er stieß auf den Satz: »Das Leben an einem Ort ist erst dann schön, wenn die Menschen ein gutes Verhältnis zueinander haben.« Er las ihn ein paar Mal und schlief lächelnd ein. In der Nacht träumte er von Lily.

2: I can't explain

Es sollte sechs Tage dauern, bis die rohe Gewalt die Lösung brachte, während die rainbow tables immer noch rechneten. In der Zwischenzeit war Twiggy seinen nächtlichen Geschäften nachgegangen, schlich Dornröschen morgens zur Redaktion, nachdem sie das Wochenende großteils im Bett verbracht hatte, und fuhr Matti Taxi, auch wenn Robert, ein Aushilfsfahrer, am Hermannplatz eine Beule in den rechten vorderen Kotflügel des Benz gerammt hatte, als er sich mit einem Scheißlieferwagenarschloch aus Dunkeldeutschland nicht über die Vorfahrtsregelung einigen konnte. Ülcan war ausgerastet, was nur bedeutete, dass er ein paar Mal öfter als sonst Allah und den Propheten anrief, damit sie ihn endlich von diesem Pack befreiten, das seine Güte missbrauchte und seine Autos mutwillig zerstörte. Da ihm aber weder Allah noch der Prophet zu Hilfe eilten, passierte nichts, außer dass er einen Termin mit der Werkstatt vereinbarte und die Versicherung unterrichtete. In der Samstagsnachtschicht, die er Aldi-Klaus versprochen hatte, weil der auch immer für ihn einsprang, kotzte ihm am Kotti ein Besoffener die Rückbank voll, und nun hatte der Wagen nicht nur eine Beule, sondern stank auch. Noch Tage später, nach der Reinigung durch eine Spezialwerkstatt, lag dieser eklige Geruch in Mattis Nase, obwohl kein Fahrgast etwas zu riechen schien.

Als Matti am Mittwochmorgen gegen fünf Uhr nach Hause kam, lagen auf seinem Schreibtisch eine DVD und darauf ein Zettel in Twiggys krakeliger Handschrift.

ß1ö9–xxä0–074?–8&%#

Er startete den Rechner, und als der gebootet hatte, schob Matti
die DVD ins Laufwerk. Das Passwortfenster öffnete sich. Matti gab
das Passwort ein, vertippte sich aber einmal und musste von vorn
anfangen. Er fluchte leise. Beim zweiten Mal klappte es. Es erschien eine weiße Fläche mit einem einzigen Wort und einer Zah-
lenreihe:

Tubes
1
2
3
4
5
6
7
8

Bewegte er die Maus über die Ziffern, veränderte sich der Zei-
ger in eine kleine Hand mit einem Finger. Die Ziffern waren also
Links. Er klickte auf die 1, aber es öffnete sich nur ein Fenster:

»/home/matti/1.cad« konnte nicht angezeigt werden.

Er fluchte, dann überlegte er einen Augenblick, ob er Twiggy
wecken solle, verwarf den Gedanken aber sofort. Wenn Twiggy
irgendwas auf die Nerven ging, dann war das Lärm zur falschen
Zeit, und unter Lärm fiel jedes Geräusch, das ihn weckte oder
Robbi, der daraufhin Twiggy weckte, weil er zu faul war, in der
Küche nachzusehen, ob in seinem Schälchen noch Trockenfutter
lag. Wenn man Twiggy tagelang in schlechte Laune versetzen
wollte, musste man ihn mitten in der Nacht aus dem Schlaf reißen.
Matti holte die DVD aus dem Laufwerk, überlegte einen Augenblick, wo er sie verstecken könnte, und erinnerte sich an den Hohl-
raum hinter der lockeren Kachel an der Badewanne, direkt an der
Ecke mit der Wand. Sie war einmal herausgefallen, als er mit Put-

zen dran war. Er klemmte die DVD in die Plastikhülle, schaltete den PC aus, nahm einen kleinen Schraubendreher aus der Schreibtischschublade und ging ins Badezimmer. Vorsichtig hebelte er die Kachel los und schob die DVD in den Hohlraum. Dann fügte er die Kachel wieder an ihren Platz. Er betrachtete sein Werk und war zufrieden. Matti verzichtete aufs Zähneputzen und sonstige Verrichtungen, die ihn besser hätten riechen lassen, und warf sich in Unterwäsche aufs Bett. Er war so müde, dass er nicht einmal Konfuzius lesen wollte.

Als er gerade eingenickt war, klingelte es. Und jemand donnerte an die Wohnungstür. Matti schrak auf und überlegte, ob er das träumte. Er erinnerte sich gut an Bullenüberfälle am frühen Morgen, zur Gestapozeit, wie Dornröschen zu sagen pflegte. Er sprang aus dem Bett und schlurfte in T-Shirt und Unterhose zur Tür, ein schlaksiger Mann von gut eins achtzig mit halb langen braunen Haaren. Nebenan hörte er ein lautes »Scheiße!«, das war Twiggy. Dann rumpelte es. Matti öffnete die Zimmertür und ging zur Wohnungstür, während es immer weiterklingelte. Er ahnte jetzt, wer das war, und es packte ihn eine Riesenwut. Er riss die Wohnungstür auf, während er hinter sich hörte, wie Twiggy seine Zimmertür zuknallte.

Vor der Tür stand Hauptkommissar Schmelzer, ein fetter Sack mit rot geflecktem Gesicht, die Halbglatze durch eine mit Pomade an die Haut geklebte lange Strähne seines grauen Haars einigermaßen bedeckt, ein ein Mal gefaltetes Stück Papier lässig zwischen Zeige- und Mittelfinger geklemmt, das er Matti nun mit einem dreckigen Grinsen unter die Nase hielt. Hinter ihm vier uniformierte Polizisten, von denen wenigstens drei erwartungsfroh lächelten.

Twiggy schnaufte hinter ihm. Er griff an Matti vorbei nach dem Papier und las laut: »Durchsuchungsbeschluss... laber, laber.« Dann ließ er das Papier auf den Boden fallen, wandte sich an Matti und sagte lakonisch: »Wir haben hier einen Terroristen versteckt, steht da. Dass die Robbi so schnell finden würden! Da sage einer noch was gegen unsere Polizei. Guten Tag, Herr Schmelzer, es ist immer eine Freude, Sie zu sehen. Fast so groß wie nach Ihrem Abgang. Haben Sie nicht längst das Pensionsalter erreicht?«

Schmelzer zischte: »Treten Sie zur Seite!« Er zog seine Pistole, die Uniformierten taten es ihm nach.

Twiggy und Matti machten Platz. Twiggy sagte: »Ich habe immer gewusst, dass sie Robbi irgendwann erwischen würden. Ewig hält das keiner durch im Untergrund.«

»Halt's Maul! Wo?«, brüllte Schmelzer heiser.

Twiggy deutete auf die Tür seines Zimmers.

Die Polizisten stürzten hin, und ein Uniformierter öffnete die Zimmertür mit einem Ruck – »Eintreten wäre stilecht gewesen!«, erklärte Twiggy laut – und sprang in den Raum, die Pistole mit beiden Armen nach vorn gestreckt, während ein Zweiter ihn an der Tür sicherte. Dann drangen sie alle ein. Twiggy schlurfte hinterher und sagte: »Schocken Sie Robbi nicht. Er ist zwar terroristisch veranlagt, aber außerordentlich schreckhaft.«

Robbi lag auf dem Bett und schaute sich mit großen Augen und gespitzten Ohren den Aufmarsch an.

Ein Bulle fing an zu prusten, das brachte ihm einen tödlichen Blick Schmelzers ein. »Durchsuchen, alles!«, schnauzte der, und die Beamten verteilten sich in der Wohnung. Plötzlich ein greller Schrei. »Fass mich nicht an, du Schwein!« Dornröschen war aufgewacht. Aber es war kein Prinz, der sie geweckt hatte, sondern ein Bulle. Matti eilte zu ihrem Zimmer. Sie saß im Bett, den Rücken an die Wand gelehnt, eine Hand zeigte auf den Polizisten, die andere hatte sie zur Faust geballt.

»Ich … habe nicht gewusst, dass hier jemand … schläft!« Der Polizist war kreidebleich.

»Du Schwein hast mich angefasst!« Dornröschen war unerbittlich.

»Wenn die Terroristen suchen würden, dann würden sie hier mit dem SEK anrücken und nicht einfach so herumspazieren!«, donnerte Twiggy in den Flur. »Das ist doch nur ein blöder Vorwand eines rachsüchtigen Bullen. Dass man so was wie den frei herumlaufen lässt!« Zwar würde Twiggy später in schlechter Laune

37

versinken, weil er vorzeitig geweckt worden war, aber jetzt hörte Matti ihm die Lust am Rechthaben an.

Alle paar Jahre erschien dieser Schmelzer und nahm die Bude auseinander, und das nur, weil ihnen Ralf und Wiebke durch die Lappen gegangen waren, denen jeder in der Szene schönste Dauerferien wünschte im sonnigen Süden, munitioniert mit gut dreihundertfünfzigtausend Euro von der Darmstädter Bank in Schöneberg, die sie zum krönenden Abschluss ihrer Anarchokarriere noch schnell gemacht hatten, wie es im Fachjargon so sachlich hieß. Die beiden hatten vor dem letzten Coup in der WG geschlafen, aber das war schon ewig her, doch Schmelzer würde es ihnen nie verzeihen. Warum musste der Schlamper Ralf auch ein Paar Socken unterm Bett vergessen oder genauer gesagt DNS hinterlassen, die die Kriminaltechnik Jahre später daran fand?

Die Polizisten rissen Schubladen heraus, räumten Schränke aus, wühlten sich durch die Küche, leerten die Kommode im Flur, drehten die Matratzen um, und als sie erwartungsgemäß nichts gefunden hatten, stöpselten sie die Computer ab und stellten sie auf den Flur. Auf einem der drei Minitowergehäuse lag Dornröschens alter Laptop. »Die nehmen wir mit«, sagte Schmelzer.

Matti wurde nun doch etwas schummrig. Hatte Twiggy die Daten der DVD auf seine Festplatte kopiert? Und wenn die Bullen sie fanden, was würde passieren? Vielleicht war etwas Wertvolles darauf? Würden sie ihn wegen Diebstahls oder Spionage anzeigen? Er versuchte Blickkontakt mit Twiggy aufzunehmen, doch der war damit beschäftigt, die Polizisten finster anzustarren. Robbi promenierte mit steil emporgestrecktem Schwanz über den Flur in die Küche, als ginge ihn das Chaos nichts an. Dann versammelte sich die Staatsmacht im Flur. Je ein Polizist nahm einen Computer, und Schmelzer öffnete der uniformierten Karawane die Tür. Er schloss sie nicht, als er als Letzter abzog. Matti hörte ihre Schritte auf der Treppe.

»Mein Gott, sind die blöd. Frau muss nur ein bisschen rumschreien, und sie übersehen glatt meinen Anbau auf dem Balkon.« Dornröschen gähnte und gackerte leise.

»Staatsschutz«, sagte Matti, »die wissen gar nichts, schon gar nicht, wie Hanf aussieht.«

»Was ist mit den Daten von der DVD?«, fragte er Twiggy.

Der grinste und winkte ab. »Ich wünsche denen viel Spaß mit meinem Computer. Ich sage nur AES-256.«

Dornröschen stand im Türrahmen ihres Zimmers und sah noch verletzlicher aus als sonst. »Dieses Arschloch«, sagte sie ganz ruhig. Und: »Aber es war mal wieder Zeit.«

Sie gingen in die Küche und räumten so weit auf, dass sie am Tisch sitzen konnten. Matti kochte Kaffee.«Ich habe die Festplatten auf meinen beiden PCs schön präpariert. Sie finden frei zugänglich einen Haufen Ekelkram, darunter die Höhepunkte der schönsten Splatterfilme mit verführerischsten Dateinamen wie Ralf-Wiebke. avi oder Darmstaedter.mp4, denen wird richtig schlecht werden. Wenn ich schon fast kotzen musste...«

Dornröschen lachte fast lautlos.

»Und meine Liebesbriefe habe ich nach AES-256 verschlüsselt. Die sollten sich schon mal nach ein paar Großrechnern umsehen... Davon abgesehen, wer auf der Harddisk was aufhebt, das keiner finden soll, ist selbst schuld.« Er lachte trocken. »Wie sieht es bei euch aus?« Sie hatten schon oft über die Absicherung ihrer Computer gesprochen und waren in diesem Punkt absolut diszipliniert, denn sie wussten, Schmelzer würde wiederkommen. Oder andere, die wirklich gefährlich waren.

»Das mit den Videos ist genial«, sagte Matti. Er stellte sich vor, wie eine Bullenhorde vor einem Bildschirm hockte, einer erwartungsfroh eine Videodatei anklickte und der Film gleich mit einem Kettensägenmassaker begann. Twiggy guckte manchmal solche Filme, gerade weil sie ihn eigentlich anekelten, aber er glaubte, dass er sich dieser Herausforderung stellen musste, und sammelte die blutigsten Ausschnitte. Dornröschen hatte ein paar Mal solche Blutvideos mit angesehen, aber dann auf weitere Vorführungen verzichtet, weil sie fand, dass es am Ende immer das Gleiche war. Matti hatte nur einmal einen Blick in einen solchen Film gewagt, und das reichte ihm für den Rest des Lebens.

»Und dann gibt es da noch ein paar Bullenwitze in Textdateien mit äußerst revolutionären Namen. Und eine fiktive Autobiografie von Schmelzer unter dem Titel *Das Vakuum und ich oder Warum bei den Bullen jeder was werden kann*. Die wird bei denen unter der Hand rumgehen, ich garantier's euch.«

Dornröschen gackerte und gähnte. Robbi schlich durch das Chaos auf dem Fußboden und beschnupperte alles, was ihm vor die Nase kam. Aber er verlor bald das Interesse und begann, sich zu putzen.

»Und dann habe ich noch ein paar Bilder montiert, echt gelungen, Schmelzer mit ein paar« – ein unsicherer Blick zu Dornröschen – »unterdrückten Proletarierinnen der« – wieder ein Blick, aber auch den nahm Dornröschen ohne jede Regung hin, was Twiggy vielleicht am gefährlichsten fand – »…na, ihr wisst schon.«

Matti grinste.

»Und wegen des Verbreitens von irgendwelchen schlimmen Sachen können die mir nichts, wenn jemand was verbreitet, sind die das. Ich sage euch, Kinder, auf diesen Augenblick habe ich mich fast gefreut. Wenn die Schweinehunde nur nicht immer so früh kämen.«

Dornröschen lachte. Dann gähnte sie ausgiebig, wie um Twiggy zu bestätigen. »Ob die Wanzen versteckt haben?«, flüsterte sie plötzlich erschrocken.

»Nein«, sagte Twiggy, »die wissen doch, dass wir sie finden. Und dann gibt es richtig Ärger. Schmelzer ist blöd, aber so blöd ist er auch nicht.«

»Man weiß nie, manche Leute können einen echt überraschen«, sagte Matti.

»Der nicht.« Twiggy schlürfte einen Schluck Kaffee. Robbi stand vor seinen Füßen und maunzte. Twiggy nahm ihn auf den Schoß und kraulte den Kater.

Matti spürte, wie Eifersucht aufkeimte, aber er erstickte sie gleich. Immerhin kümmerte sich Twiggy wie Mutter und Vater gleichzeitig um den Kater. Er hatte ihn eines Tages mitgebracht,

40

nachdem er ihn irgendwo aufgelesen hatte, wo er viel zu jung ausgesetzt worden war. Die geheime Abstimmung über seine Aufnahme in der WG – mit gleichen Rechten, aber aus nicht weiter zu erörternden Gründen ohne Pflichten – war einstimmig ausgefallen.

Matti schenkte Kaffee nach. »Und die Dateien, hast du was davon auf der Festplatte?«

Twiggy winkte ab. »Keine Sorge, da ist gar nichts. Ich bin doch nicht bescheuert. Aber wir sollten uns die gleich mal ansehen. Wenn wir schon mal wach sind. Wo hast du sie versteckt?«

Matti lachte trocken und holte die DVD. »Und wo gucken wir uns die an?«

Sie tranken noch Kaffee, quatschten, um sich abzuregen vom nächtlichen Überfall, dann radelten sie zur Redaktion der *Stadtteilzeitung*. Obwohl er hundemüde hätte sein müssen, fühlte sich Matti gut. Der kühle Fahrtwind blies ihm den Schlaf aus dem Kopf. Die Sonne ging gerade auf und tauchte die Straße in ein blasses, fast weißes Licht. Menschen in grauer oder beigefarbener Kleidung gingen auf dem Bürgersteig, einige hasteten zur U-Bahn oder zum Bus, andere schienen kein Ziel zu kennen, oder sie kamen müde von der Nachtarbeit. Auf der Straße schwoll der Verkehr an, bald würde es die ersten Staus geben. Irgendwo hupte jemand, dann lautes Gebrüll, das aber schon verklang nach ein paar Pedaltritten. Das Rauschen der Stadt wurde lauter. Am U-Bahnhof Leinestraße saßen zwei Penner auf dem Boden, einer leerte eine kleine flache Flasche. Vor ihnen lag auf einer Decke ein Hund.

Es ging zwischen den Friedhöfen über die Überführung nach dem U-Bahnhof Hermannstraße bis zur Ecke Kranoldstraße. In dem Eckhaus mit der verwitterten Fassade lag im Kellergeschoss die Redaktion. Dornröschen fuhr vorneweg, dann kam Matti, ihm folgte Twiggy. Sie fuhren langsam, weil Twiggy sonst geschimpft hätte. Überhaupt radelte Matti nicht gerne mit den beiden anderen, denn Dornröschen fuhr schließlich immer ihr einsames Rennen an der Spitze, sie konnte nicht anders. Zu Fuß war sie lahm wie eine Ente, auf dem Fahrrad jedoch hätte sie einen gedopten Eddie

Merckx abgehängt. Sie liebte es auch zu klingeln, wie um allen zu sagen: Schaut her, ich bin es, die beste Radfahrerin aller Zeiten, die Großmeisterin der Pedale. Und Twiggy saß auf dem Fahrrad wie ein Kutscher auf dem Bock eines Bierwagens und zockelte vor sich hin, als wollte er nie ankommen, als wäre das Ziel nichts und der Weg alles. Fuhren sie also zu dritt, zog sich ihre kurze Reihe auseinander wie eine Ziehharmonika, ohne sich aber wieder zusammenzuschieben.

Dornröschen hatte die Bürotür aufgeschlossen und war schon im Keller verschwunden, als Matti und Twiggy ihre Fahrräder aneinanderschlossen. Sie stiegen die Treppe hinunter und standen gleich in einem großen Raum mit zwei langen Neonleuchten an der Decke, drei Schreibtischen an den Wänden, darauf jeweils Computer, zwei mit Röhrenmonitoren, einer mit einem großen Flachbildschirm, in der Mitte fünf Stühle um einen Tisch, bedeckt mit Zeitungsstapeln, leeren Flaschen und benutzten Gläsern.

Dornröschen hatte einen PC schon angeworfen. Die Technik hatte Twiggy besorgt und murrend hingenommen, dass er Windows installieren musste. Immerhin hatte Dornröschen durchgesetzt, dass sie, die ja auch Layouterin war, einen modernen Computer erhielt, ein Schnäppchen, das Twiggy eines Tages angeschleppt hatte, als er Dornröschens allabendliches Gejammer leid war. Während der PC bootete, fragte sich Matti, ob Twiggy jemals etwas berechnet hatte für das neue Gerät.

Sobald der PC bereit war, setzte sich Twiggy auf den Stuhl davor und schob die DVD ins Laufwerk. Er tippte das Passwort ein, und gleich klappte das Menü auf. Er klickte auf die 1, aber auch Windows fand kein mit dieser Datei verknüpftes Programm. Twiggy versuchte es mit den anderen Links, doch es klappte ebenso wenig.

Er öffnete den Dateiexplorer und betrachtete die Dateien auf der DVD. »Okay«, sagte er. »Die Dateierweiterung ist in allen Fällen cad, es handelt sich also um Dateien, die mit Autocad oder einem kompatiblen Programm erzeugt wurden. Ich kenne ein Freware-Teil, das so einen Scheiß lesen kann, das dauert aber, bis es heruntergeladen ist.« Er schloss das Menü, startete Firefox, gab eine Adresse ein, wartete, bis sich die Seite aufgebaut hatte – Matti las *Softdesk Drafix Cad* – und klickte auf *Download*. »So, jetzt warten wir mal.«

»Autocad, das sind also Konstruktionszeichnungen«, sagte Dornröschen. »Was kann das sein?«

»Alles«, sagte Twiggy. »Allerdings, wenn man an das Passwort denkt …«

»Na, AES-256 war es nicht«, warf Matti ein.

»AES-256 geht nur, wenn auch der Empfänger den Code benutzt. Offenbar ist sich der Besitzer dieser DVD darüber nicht im Klaren, oder er weiß, dass der andere ihn nicht benutzt.« Twiggy atmete einmal tief durch, das Radfahren strengte ihn immer an. Sein Rücken hatte sich dunkel gefärbt.

Matti drehte zwei Zigaretten und zündete sie an, eine reichte er Twiggy, der nahm sie, ohne hinzuschauen.

Dornröschen stand schräg hinter Twiggy und starrte auf den Monitor.

Endlich war das Programm heruntergeladen, und Twiggy installierte es. Dann startete er die CAD-Software und öffnete eine Datei von der DVD.

»Das sind Konstruktionszeichnungen«, sagte Dornröschen.

Auf einem weißen Hintergrund sahen sie dreidimensionale Linienzeichnungen, die sich zu etwas Rundem formten. An einer Stelle waren kleine ineinandergesetzte Kreise zu erkennen. Die Beschriftung war karg. *Tube* stand da, *left profile*, und dann war über die Zeichnung ein Haufen von Zahlen verstreut.

»Das kann alles Mögliche sein, eine Konservendose oder ein Industrieschornstein.« Matti flüsterte.

Twiggy öffnete eine weitere Datei. Diesmal handelte es sich offenbar um einen Querschnitt. Wieder eine dürftige Beschriftung und viele Zahlen. »Das ist das gleiche Teil, nur von oben oder von unten.« Dornröschen kaute an ihrem Zeigefingernagel, was höchste Anspannung verriet. Bullen konnten sie nicht dazu bringen, sogar wenn sie zur Gestapozeit auftauchten.

»Klar.« Matti räusperte sich. Er dachte an den Mistkerl, den er am Sony Center abgesetzt hatte. Was mochte das für einer sein? Er kam vermutlich aus Osteuropa, er hatte keine Hemmung, gewalttätig zu werden, und er gab kein Trinkgeld. Ihm kam die Idee, dass der Mann vielleicht gefährlich war, dass er womöglich der Russenmafia angehörte und dass auf der DVD irgendetwas Verbotenes, Geheimes war. »Ob das was mit Rüstung zu tun hat? Ein Kanonenrohr?«

Twiggy zuckte mit den Achseln. Er hatte die dritte CAD-Datei geöffnet, offenbar war es ein Längsschnitt. Er nahm die Hand von der Maus. »Vielleicht ist es auch die neue Marsrakete. Ich werde aus dem Zeug nicht schlau.«

»Und was machen wir jetzt damit?«, fragte Matti.

»Zirkel-Norbi«, sagte Dornröschen. »Der ist Dippel-Ing. Vielleicht hat er ja nicht umsonst studiert.«

»Hm«, brummte Matti.

Twiggy nickte.

Matti schnaubte leise. »Muss das sein?«

»Weißt du was Besseres?«

»Aber er ist…«

»Ein Arschloch«, sagte Dornröschen, »bis zum Haaransatz geladen mit schlechtem Gewissen. Das passt.« Sie gähnte.

»Lass uns das zu Hause diskutieren«, sagte Twiggy.

Sie fuhren zurück in die Okerstraße, Matti versteckte die DVD im Badezimmer.

Robbi stand mit emporgerecktem Schwanz mitten im Flur und starrte die Rückkehrer böse an. Das war seine Protestdemo, die sich aber ohne Polizeigewalt auflöste, als sich in der Küche Twiggys Schoß anbot.

Matti verteilte die Reste des Kaffees in die Becher auf dem Tisch. Die beiden Männer steckten sich Zigaretten an, die Matti gedreht hatte. Dornröschen summte etwas, es klang wie *Bella Ciao*, aber viel langsamer.

»Wann hast du den zum letzten Mal gesehen?«, fragte Matti.

»Ich habe den nie gesehen«, erwiderte Dornröschen. »Und wenn doch, dann sind alle Erinnerungen gelöscht, und das Gehirn habe ich neu formatiert … aber er hat ein schlechtes Gewissen … nun ja.«

Twiggy zog kräftig an seiner Zigarette und kraulte geistesabwesend Robbi hinterm Ohr. »Ich weiß nicht«, sagte er.

»Er ist abgehauen, das steht fest.« Matti fühlte Säuernis in sich aufkeimen. »Norbert ist ein Feigling. Ein Verräter. Ein Renegat.«

»Aber er wollte bestimmt niemanden verpfeifen, und einen Beweis gibt es dafür auch nicht.« Jetzt klang Twiggy energisch. Robbi erstarrte kurz, hob dann den Kopf und schaute zu den anderen, um sich endlich wieder hinzufläzen wie ein schlapp gefülltes Sofakissen.

»Vielleicht schmeißt er uns raus?« Dornröschen gähnte, hielt mit offenem Mund inne und schloss ihn langsam. »Nein, das traut er sich nicht«, widersprach sie sich. »Du fährst hin«, sagte sie zu Matti. »Aber vorher kopieren wir das Ding noch mal. Warum haben wir das nicht gleich gemacht? Also, ich fahre jetzt in die Redaktion, obwohl es viel zu früh ist, und nehme die Scheibe mit, verstecke sie, und Matti kommt nachher mit dem Taxi und holt die Kopie bei mir ab. Klar?«

Was sollten sie da noch diskutieren?

»Zirkel-Norbi«, brummte Matti dann doch. Er stand auf, ging ins Bad, holte die DVD und gab sie Dornröschen. Die packte sie in ihre Umhängetasche, die im Flur auf der Kommode lag.

»Und ihr räumt jetzt auf«, befahl sie, bevor sie die Tür hinter sich schloss. Dann öffnete sie die Tür noch einmal und steckte ihren Kopf durch den Spalt. »Twiggy, kannst du Gerd Bescheid geben? Der soll den Bullen einheizen. Und ich will meinen Computer wiederhaben, und zwar sofort!«

Die Männer standen stramm und salutierten.

Als Dornröschen endlich abgezogen war, grinste Twiggy, nahm sein Handy und drückte eine Taste. Er wartete ein paar Sekunden, dann sagte er: »Gerd, der Schmelzer war mal wieder hier mit einer kleinen Bullenherde. Diesmal haben sie die Computer mitgenommen. Mach ihnen Dampf, okay?« Er legte auf. Gerd würde jetzt die Hölle in Bewegung setzen, Beschwerden gegen Schmelzer loslassen, beim Staatsanwalt anrufen, die Presse informieren, das volle Programm. Was man als linker Rechtsanwalt eben so machte. Und spätestens in ein paar Tagen würden die Bullen die Computer zurückbringen, nachdem sie deren Festplatten kopiert hatten.

Matti brummte: »Norbi ist doch ein Arschloch«, aber Twiggy antwortete nicht, sondern ging in die Küche.

»Zisch ab«, sagte er, »ich räume allein auf. Du machst nur noch mehr Dreck.« Robbi stand in der Küchentür und schaute Twiggy erwartungsvoll an, die Schwanzspitze nach oben gereckt.

Matti zuckte mit den Achseln und zog los. Es war noch diesig, der Himmel zugezogen, aber mit Lichtflecken, wo die Sonne daran arbeitete, die Wolken aufzulösen. Es war kalt. Matti rieb seine Hände, während er freihändig die Manitiusstraße hinunterfuhr. Als er in den Taxihinterhof radelte, stand Ülcan neben Mattis Benz, als würde er seinen Fahrer schon erwarten. Normalerweise hockte der Chef um diese Zeit am Schreibtisch mit einem Becher Kaffee und *Milliyet* vor der Nase.

»Morgen«, schnodderte Matti.

Ülcan sagte nichts, er nickte kaum merklich. Als Matti das Fahrrad abgestellt hatte und im Büro den Zündschlüssel vom Brett holen wollte, hatte Ülcan den plötzlich in der Hand. Matti stellte sich vor den Chef und streckte den Arm aus.

»Da war so ein Typ, der hat nach dir gefragt«, sagte Ülcan. »Und der hat 'ne Tasche aus dem Wagen geholt. Und er hat gleich hineingeschaut, ob da noch alles drin ist. Und dann hat er mich angeguckt, und ich dachte, er bringt mich um. Mit den Augen.«

»Was kann ich dafür?«

»Warum hast du die Tasche nicht ins Büro gestellt? Ich kam mir ziemlich blöd vor …«

»Ich höre zum ersten Mal von dieser Scheißtasche«, sagte Matti. »Und du hast dich ja auch nicht um den Wagen gekümmert, sonst hättest du sie gefunden. Und dann wär sie im Büro gewesen.«

Ülcan schaute ihn lange an, aber er zog nur die Augenbrauen hoch und gab Matti den Schlüssel. »Mach bloß keinen Scheiß.«

Als er den Zündschlüssel umdrehte und der Diesel losnagelte, fiel ihm Lily ein. Wobei das übertrieben war, denn vergessen hatte er sie nicht, keine Sekunde, aber die Erinnerung schwebte in einer Art Zwischenstufe seines Bewusstseins, nicht oben, nicht unten. Nicht greifbar, aber auch nicht weg. Er zog ihre Visitenkarte unter der Konfuziusbroschüre aus der Ablage und hielt sie in der Hand, als könnte sie ihm etwas verraten. Er roch an ihr, aber das fand er dann albern, und er legte die Karte zurück. Sie hatte ihn wieder gepackt. Er nahm die Karte wieder in die Hand und las den Namen, die Telefonnummer. Er könnte sie anrufen und ihr vorschlagen, was essen zu gehen. Er fühlte sich unsicher. Wenn du nichts machst, kann nichts draus werden. Und wenn du was machst, wird sowie nichts draus, und du ersparst dir immerhin die Blamage und ein paar blöde Bemerkungen. Aber was soll's? Was kratzte einen überhaupt so ein kleinbürgerlicher Scheiß? Blamieren konnte man sich doch nicht in solchen Dingen.

Es klopfte an der Scheibe, er erschrak.

Matti hatte nicht gemerkt, dass der kleine Udo aufgetaucht war. Er sah, wie der Glatzkopf mit der kurzen, stramm sitzenden Lederjacke sich in den dritten Wagen setzte, der zweite stand in der Mitte und wartete auf Aldi-Klaus, was Ülcan in seiner Launenhaftigkeit schluckte, ohne zu meckern. Das fanden die anderen Kollegen ungerecht, ging über ihnen doch bei derlei Delikten ein durch Allah und den Propheten verstärktes Donnerwetter nieder. Die wahrscheinlichste Erklärung für diese himmelschreiende Ungerechtigkeit stammte von Udo, der nölte, dass Klaus dem Arschloch eines Tages, als ihm der Kragen geplatzt sei wegen des Dauergemeckers, ein Messer an die Kehle gehalten habe, verbunden mit der freundlichen Aufforderung, die Schnauze zu halten, und das für alle Zeiten. Aldi-Klaus, so unscheinbar er daherkam, war eine solche Aktion jedenfalls zuzutrauen. Früher rannte er gerne mal allein auf Bullenreihen zu und ließ sich auf eine Schlacht mit einer dutzendfachen Übermacht ein, was seinem Denkvermögen eher geschadet, seinem Mut aber keinen Abbruch getan hatte.

Matti rollte auf die Straße, das Nageln verwandelte sich in ein Brummen, er fuhr auf schnellstem Weg zur *Stadtteilzeitung*, also über die Reuterstraße, die Karl-Marx-Straße, vorbei am U-Bahnhof Neukölln, danach rechts weg in die Silberstein- und die Hertastraße. Dornröschen begrüßte ihn mit einem fahrigen Winken. Rolf, ihr langjähriger Kollege, saß am Mitteltisch und las mit verkniffenem Gesicht einen Ausdruck, Heike, klein und hübsch mit ihren kurzen brünetten Haaren, saß am PC und hackte auf die Tastatur ein.

»Und die DVD?«, fragte Matti.

Dornröschen schob ihm eine Plastikhülle über den Tisch. Sie wandte sich gleich wieder ihrem PC zu, auf dem Bildschirm war ein Zeitungsumbruch.

In der Hülle steckte ein Zettel: *Boelcke 29c* stand darauf in Dornröschens Krickelschrift. Das war nicht weit, zurück auf die Karl-Marx-Straße, in die Gneisenaustraße über den Mehringdamm hinweg, wo Autoscheibenputzer am Kreuzungsrandstein auf Kunden warteten, in die Yorkstraße, vorbei am New Yorck Kino, etwas zurückgesetzt, und der Bar Centrale, wo er in einem Anflug des Leichtsinns einmal mit einer Frau gegessen hatte, an deren Namen er sich nicht mehr erinnerte, nur daran, dass sie absurd schrill gelacht hatte, und endlich links weg über die Katzbach- in die Boelckestraße. Matti überlegte auf der Fahrt, wie lange er Zirkel-Norbi nicht mehr gesehen hatte, es waren viele Jahre. Vielleicht arbeitete er gar nicht mehr in dem Ingenieurbüro. Er überlegte, ob er ihn kurz anrufen sollte, fürchtete dann aber, dass Norbi nur das Muffensausen bekäme und abhauen könnte. Zuzutrauen wäre es ihm. Damals war er schließlich auch abgehauen.

Er ignorierte einen Mann mit einem Hut, der am Straßenrand winkte, wendete am Loewenhardtdamm auf die Gegenfahrspur und fand einen Parkplatz direkt vor dem Haus 29c. Als er ausstieg, trippelte eine alte Frau mit schwingender Handtasche und aufgerissenem Mund auf ihn zu. »Sind Sie frei?«, hechelte sie.

Matti schüttelte den Kopf. »Muss zu einem Kunden«, brummte er und ließ die Frau mit offenem Mund stehen. Er packte die DVD-Hülle fester. Das Ingenieurbüro Rastmann belegte laut Klingelschild die beiden oberen Stockwerke in einem der typischen Berliner Mietshäuser aus der Nachkriegszeit. Es lag mit anderen in einem durch Straßen begrenzten Karree mit Rasen, Büschen und Bäumen. Vor dem Haus stand eine knospende Buche, zumindest glaubte er, dass es eine war. Ein Stück weiter vorn parkte mit eingeschalteten Warnlichtern ein Lieferwagen von Bofrost.

Matti entschied sich für die untere der beiden Klingeln. Der Türöffner summte, und es klackte, als er die Tür aufdrückte. Er stieg zwei Steintreppen mit einem schnörkellosen Stahlgeländer hoch und stand vor einer dunkelbraun gebeizten Holztür mit einem Milchglaseinsatz. Drinnen war einiger Betrieb, wie er durch den kleinen Ausschnitt schemenhaft erkannte. Er drückte die Tür auf und betrat einen Flur mit einem Schreibtisch, dahinter eine verwegen geschminkte junge Frau mit freiem Bauch, gepierctem Nabel und einem engen pinkfarbenen Top, das zu ihren Haaren passte, die in einem genau geordneten Chaos Wildheit ausstrahlten, schwarz mit Pinksträhnchen. Sie saß schief auf dem Sessel, den Telefonhörer am Ohr, kaute am Nagel des kleinen Fingers, hörte zu, verzog das Gesicht, sagte leise etwas, verzog wieder das Gesicht, lauschte und warf einen kurzen Blick auf Matti, um sich gleich wieder ihrem Telefonat zu widmen.

Matti tippte mit der DVD-Hülle auf seine Handfläche und räusperte sich. Das brachte ihm erst einen ungnädigen Blick ein, aber dann doch die gewünschte Aufmerksamkeit. Sie blickte ihn stahlblau an, den Telefonhörer in der Hand, aber nicht mehr am Ohr.

»Norbert«, er überlegte, dann: »Kaloschke ...«

Ihr Daumen ruckte nach oben, der Blick streifte kurz die Decke, um dann im Schreibtisch zu versinken, während sie den Hörer wieder ans Ohr drückte.

Matti verließ den Vorraum und stieg die Treppe hoch. Oben die gleiche Tür, er drückte sie auf und stand in einem Großraumbüro mit vier Schreibtischen, riesigen Monitoren, Plottern. In der türabgewandten Ecke eine Art Glaskasten, in dem ein Glatzkopf saß und telefonierte, was in Mattis Hirn kurz den Gedanken aufscheinen ließ, dass am anderen Ende die Pinklady sein könnte.

Niemand beachtete Matti, und der entdeckte Norbi nicht. Doch dann tauchte er auf in einer Tür neben dem Glaskasten. Er war immer noch hager, das Gesicht knochig, die Augenhöhlen etwas eingefallen, die kurzen roten Haare standen ungebändigt in der Luft. Neu waren nur eine rahmenlose runde Brille und der Anzug, in dem er steckte und der aussah wie geklaut oder geliehen. Als sich ihre Blicke trafen, sah Matti, wie Norbi zusammenfuhr. Dann kam er.

»Mensch, Matti.«

»Tag, hast du Zeit, zehn Minuten?«

Norbi schaute auf die Uhr, zwei Mal, fahrig, als hätte er beim ersten Mal die Uhrzeit nicht begriffen. Er war blass. Das schlechte Gewissen, dachte Matti. Und vielleicht Angst. Norbi schaute wieder auf die Uhr. Dann sagte er: »Geh ein Stück die Straße hinunter, da gibt's den *Biertempel 2*. Bin gleich da.« Er schaute sich hektisch um.

»Okay, kenne ich«, sagte Matti und ging grußlos.

Er musste ein Stück zurücklaufen in die Richtung, aus der er gekommen war, aber nur bis zur Kreuzung. Er nutzte den Weg, um hastig eine Zigarette zu rauchen, deren Rest er auf die Straße schnalzte, als er vor der Kneipe stand. *Großes Frühstück 1,99 €* prangte unter dem Kneipennamen über dem Eingang. Er ging hinein. Der *Biertempel* war unglaublich geschmacklos eingerichtet. Fast in der Mitte des ersten Gastraums stand als Lampenständer eine weiße Frauenstatue, auf einem Sims vor der unverputzten Backsteinwand erkannte Matti eine beigefarbene Statuette, daneben hingen als Wandleuchter zwei Eisentulpen. Neben dem nackten Lampenständer stand ein runder Tisch, aus dem ein mondsichelförmiges Teil geschnitten war, damit Barhocker herangestellt werden konnten. Es waren fünf Gäste anwesend, ein Pärchen und drei einsame Esser. Matti setzte sich auf eine Rundbank in der Ecke des Gastraums mit Blick zur Tür. Irgendwoher zog Zigarettenrauch an seine Nase.

Die Kellnerin, eine kleine Schwarzhaarige unbestimmbaren Alters, mit schwarzem Rock, grauer Bluse und weißer Schürze, legte eine kleinformatige Speisekarte auf den Tisch. Auch die Schrift war klein, aber Matti wollte nur einen Kaffee trinken. Er klappte die Karte gleich wieder zu.

Die Tür öffnete sich, Norbi trat ein. Er wirkte verschüchtert. Er hatte natürlich hektisch überlegt, warum Matti plötzlich aufgetaucht war nach so vielen Jahren. Und vor allem, nachdem er auf dem Mariannenplatz abgehauen war. Niemand hatte Norbi fragen können damals. Er war verschwunden, angeblich nach München, andere sagten Paris, und die Dritten laberten vom Stadtguerillakampf in Lateinamerika, aber das waren die Letzten, die an Norbis Unschuld glaubten, und es waren nicht viele. Dann war Gras über die Sache gewachsen, bis Norbi eines Tages am Kotti-Imbiss gesehen wurde. Auf den Linken Buchtagen im Mehringhof sprach er Dornröschen an und tat so, als wäre nie was gewesen. Und erzählte, er arbeite nun in einem Ingenieurbüro in Tempelhof.

Zirkel-Norbi setzte sich auf einen Stuhl mit einem fisseligen Stoffbezug Matti gegenüber.

Die Kellnerin erschien, und Norbi bestellte eine Tasse Kaffee.

»Also, ich habe nicht so viel Zeit«, sagte er. »Auftrag, du weißt, so was wie feste Arbeitszeiten gibt's nicht ...«

Matti winkte ab. Er legte die DVD auf den Tisch und hatte ein Scheißgefühl. Wenn Norbi ein Spitzel war, rannte er gleich zu den Bullen. Aber, dachte Matti, dann entlarvt er sich, dann ist es klar. Und dann kann er sich in Berlin nirgendwo mehr blicken lassen. Dann macht er sich jeden Tag und jede Nacht in die Hose. Eigentlich konnte man bei keinem sicherer sein als bei Norbi, dass die Sache unter der Decke blieb.

»Pass auf«, sagte Matti. Er zeigte auf die DVD. »Da sind Zeichnungen drauf, Konstruktionszeichnungen. Und ich will wissen, was die darstellen.«

Norbi nickte hektisch. »Kann ich mal gucken, mach ich gerne. Aber keine krummen Sachen ...«

Matti winkte ab, souverän. »Das ist nichts Unrechtes.«

»Gut«, sagte Norbi. »Aber ich muss sehen, wann ich die Zeit finde. Und wann ich allein bin im Büro.«

Die Kellnerin erschien mit dem Kaffee. Matti bezahlte gleich, aber nur für sich.

»Dann arbeitest du heute vielleicht ein bisschen länger. Überstunden oder so.«

Norbi nickte wieder. »Ich versuch's.«

Matti schrieb seine Handynummer auf einen Bierdeckel und schob ihn Norbi zu. »Gib mir mal deine Nummer.«

Norbi zog eine Visitenkarte aus der Tuchtasche des Jacketts und reichte sie Matti. Der steckte sie ein und sagte: »So schnell, wie es geht, ja?«

»Heiße Sache, was? Ein Dornröschen-Projekt...« Es klang zu forsch.

Mattis Blick brachte ihn zum Schweigen. »Wenn du was rauslässt, egal was, wenn auch nur der Verdacht aufkommt, du hättest was weitererzählt oder auch nur angedeutet...«

Norbi wurde noch bleicher.

»Aber wenn du das checkst und das Maul hältst...« Er ließ seine Hand über dem Tisch schweben, und Norbi guckte ihn bittend an.

Matti bewunderte insgeheim Dornröschens Menschenkenntnis. Norbi konnte nur gewinnen, wenn er schwieg. Es sei denn, er war völlig wahnsinnig, aber das war Norbi nicht, der war nur ein Feigling. Und er wusste, dass die Sache von Dornröschen kam, und die hatte nach wie vor einen mythischen Ruf in der Szene. Sie war ein Masterbrain, sie hielt keine großen Reden, sondern zog an den richtigen Fäden und konnte Leute für sich gewinnen, sogar wenn sie die für die größten Arschlöcher der Welt hielt. Bei denen war sie besonders liebenswürdig und schaffte es meistens, sie auf die Moralische zu kriegen. Hinter dem Auftrag an Norbi schwebte die Möglichkeit, dass Dornröschen das große Verzeihen oder wenigstens das Ende der Ächtung erwirkte, und danach sehnte sich Norbi. Er hatte Angst, endgültig in Verschiss zu geraten, bis zum Lebensende aussortiert zu bleiben. Er musste nur ein paar Zeichnungen angucken und sich einen Reim darauf machen. Billiger kriegte er die Wiederbelebung nicht. Matti musste nicht raten, was in Norbis Kopf herumschwirrte, es war so klar wie nur irgendwas.

Norbi hatte sich der Szene angeschlossen, weil er ohne Anschluss nicht auskam. Er war aus Hamburg nach Westberlin gezogen, die Revolte zog ihn an, und er hoffte, in ihr welche zu finden, die ihm von ihrer Stärke liehen. Das hatte auch geklappt, bis zu dem Tag auf dem Mariannenplatz, als er abhaute, die Bullen ihn erst recht griffen und in die Mangel nahmen. Hausfriedensbruch, Nötigung und Steinwürfe auf Polizisten wollten sie ihm anhängen, und dann war da noch eine andere Ermittlung, und mit der grillten sie ihn endgültig, denn es ging um Terroristen, die er unterstützt habe, wenn auch nur um die Ecke und weil man das so machte damals, er galt als Sympathisant, und aus einem Helfer im Kopf machten die Beihilfe bei der Tat. Und da hat er natürlich niemanden verraten, sondern nur ein bisschen was erzählt, das die dann zusammensetzten mit dem, was andere auch nur ein bisschen erzählt hatten, bis aus ein paar kleinen Erzählungen die große Geschichte wurde und die Bullen Genossen abräumten, die ohne die kleinen Erzählungen nie abgeräumt worden wären. Aber Schuld hatte Norbi nicht, auch wenn er sich nach den Verhören in Luft auflöste. Um vor den Bullen und den Genossen Ruhe zu haben. Und weil er sich insgeheim zutraute, doch mehr zu erzählen als kleine Geschichten. Das alles ging in seinem Kopf herum und noch manches mehr, das Matti aber nicht erriet. Man steckte nie ganz in einem drin, womöglich steckte auch Norbi nicht ganz in sich drin, sodass er morgen vielleicht Dinge tat, die er sich heute noch nicht zutraute. Diese Idee mischte sich mit Mattis anderen Ideen, und sie gefiel ihm nicht.

Norbis Haare waren igelig. Vielleicht, dachte Matti, vielleicht spreizen die sich noch mehr ab, wenn er sich eine Sauerei überlegte. Dann dachte sich Norbi gerade eine Sauerei aus. Matti fixierte ihn, und Norbis graue Augen zitterten. Matti überlegte kurz, ob er Norbi die DVD, die noch vor ihm lag, wegnehmen sollte, aber dann meldete sich die Disziplin, und die erklärte, die WG habe das mit drei Stimmen bei Robbis Enthaltung beschlossen, und Beschlüsse seien heilig, sagte Dornröschen.

Mehr um mit seiner Unsicherheit was anzufangen, trank Matti die Tasse leer. Der Kaffee schmeckte wie Spülwasser, aber in Wahrheit schmeckte er dieses blöde Gefühl, das ihn nicht mehr losließ. In dieser Sekunde wusste er, dass Norbi wieder Scheiße bauen würde. Aber dann verflog der Gedanke, und er schalt sich seiner Nervosität und auch seines schlechten Gewissens wegen, weil er jemanden beklaut hatte, dem aber nichts weggenommen worden war.

Norbis Hand zitterte, als er die Kaffeetasse in die Hand nahm.

Matti konzentrierte sich darauf, finster zu blicken. »Wenn du was erzählst, solltest du schnell auswandern.« Das fand er selbst übertrieben, lächerlich, doch Norbi senkte seinen Blick auf die Tischplatte und war mächtig eingeschüchtert.

Matti fuhr noch drei übel gelaunte Lufthansa-Stewardessen nach Tegel, wartete sich dort blöd und las ein bisschen Konfuzius, bis er einen eiligen Amerikaner zum Prenzlauer Berg bringen musste, wo er die Gelegenheit nutzte, bei Konnopke in der Schönhauser Allee eine Currywurst zu essen und eine Cola in sich hineinzuschütten, unter der obligatorischen Verdammung des US-Imperialismus, während über ihm die U 2 entlangdonnerte. Dann bildete er sich ein, auf dem Stellplatz an der Ecke Kochstraße/Friedrichstraße sein Glück zu finden, fand aber nur eine neue Geduldsprüfung, bis ein durchgestylter Lackaffe mit Alkoholfahne in die Mohrenstraße gefahren werden wollte. Matti kochte und fuhr. Der Typ war bestimmt ein Rechtsanwalt für Immobilienhaie und hätte ihn wegen Verletzung der Beförderungspflicht verklagt, wenn Matti seinem ersten Impuls gefolgt wäre. Trinkgeld gab es auch nicht. Der Tag endete, wie die kommenden beiden beginnen und aufhören würden. Viel warten, wenige Fahrgäste, manche ganz nett, andere pampig, und obwohl er fast nur herumsaß, las er kaum, sondern döste oder tagträumte von Lily. Zwei Mal hatte er schon das

Handy in den Fingern, aber dann wählte er ihre Nummer doch nicht.

An den Abenden lungerte er in der Küche herum, quatschte mit Dornröschen, genauer gesagt, er redete irgendwas, und sie schien zuzuhören, denn sie hatte gerade ihre schnippische Phase, allerdings die gnädige Periode, in der ungnädigen tat sie nicht mal so, als würde sie sich für einen und für das, was man sagte, interessieren. Diese Phasen kamen und gingen, und ihr Rhythmus war durch nichts zu beeinflussen außer durch eine Demo oder einen Bullenüberfall. Erstaunlicherweise waren die Freitagabende phasenfrei, was darauf hindeuten mochte, dass ein paar Runden Mau-Mau Dornröschen genauso begeisterten wie der wahre und echte Klassenkampf. Twiggy tauchte in diesen Tagen selten auf, und wenn, dann war er müde, glotzte al-Dschasira und schnarchte manchmal so laut, dass die anderen es auf dem Flur hörten. War er nicht da, nutzte Robbi die Gelegenheit, die verbleibenden Opfer zu tyrannisieren und seine Diktatur zu festigen.

Am Morgen des dritten Tages, nachdem Matti Norbi die DVD gebracht hatte, frühstückten sie schweigend zusammen in der Küche, Dornröschen ihr Birchermüesli und einen Becher Tee, Twiggy ein Leberwurstbrot und einen stark gesüßten Kaffee, Matti nur Kaffee schwarz und Robbi eine Portion Thunfischfutter. Sie hörten im RBB Inforadio von der griechischen Staatspleite, den Nachwehen der großen Krise, den Heldentaten eines großmannssüchtigen Außenministerdarstellers, vom Niedergang Obamas und am Ende eine Lokalmeldung:

Berlin. Heute Morgen gegen neun Uhr wurde ein Mitarbeiter eines Tempelhofer Ingenieurbüros an seinem Arbeitsplatz ermordet aufgefunden. Kollegen fanden die Leiche des Vierundfünfzigjährigen erschossen an seinem Schreibtisch. Das Büro wurde durchwühlt und erheblicher Sachschaden angerichtet. Sachdienliche Hinweise nimmt jede Polizeidienststelle entgegen.

3: Let's See Action

Sie saßen wie erstarrt und sagten kein Wort. Selbst Robbi schien geschockt zu sein, er stand da und guckte mit großen Augen Twiggy an, dann Matti und Dornröschen. Nach ein paar Sekunden aber begann er wieder zu schmatzen.

Die drei blickten sich an, und Matti sagte: »Tempelhofer Ingenieurbüro, vierundfünfzig, das ist Norbi. So eine Scheiße«, aber er sagte es nur, weil er meinte, jemand müsse anfangen zu reden.

»So eine Scheiße«, wiederholte Twiggy und betrachtete eingehend den Rest seines Leberwurstbrots. Dornröschen schaute zwischen den beiden hindurch auf den Küchenschrank, als fände sich dort des Rätsels Lösung. »Das muss er nicht sein«, sagte sie bedächtig.

Matti nahm sein Handy und wählte eine Nummer. Er schaltete den Mithörlautsprecher ein.

»Ingenieurbüro Rastmann«, sagte eine leise Stimme.

»Ich hätte gern Herrn Kaloschke gesprochen, es ist dringend.«

Schweigen. Dann die leise Stimme: »Herr Kaloschke ist... tot.«

Matti legte auf.

Sie sagten lange nichts.

»Ob das was mit der DVD zu tun hat?«, fragte Matti endlich, und ihm wurde heiß und kalt.

»Warum?«, fragte Twiggy.

»Na, ich fahr hin, und Norbi wird umgebracht. Ich hätte ihn anrufen sollen...«

»Quatsch«, sagte Dornröschen leise. »Der hätte sich gemeldet, wenn er herausgefunden hätte, was da drauf ist.«

»Na, so schade ist es nicht um ihn«, sagte Twiggy.

»Nun ist's aber gut!« Matti blies Qualm über den Tisch.

Dornröschen war in sich versunken, und den anderen blieb nichts übrig, als zu warten, bis sie wieder auftauchte aus der Grübelphase.

Robbi zog sich mit den Pfoten auf Twiggys Schoß, wo der ihn eher mechanisch streichelte.

»Ob die die DVD schon haben?« Matti blies wieder eine Wolke in die Luft.

»Die Bullen?«, fragte Twiggy.

»Wer denn sonst?«

»Der Mörder vielleicht?« Matti konnte auch schnippisch sein.

»Und wenn du Glück hast, hat Norbi deine Telefonnummer in die DVD-Hülle geschoben«, sagte Twiggy leise.

Robbi schnurrte.

»Vielleicht hat niemand die DVD.« Dornröschen war aufgetaucht. Sie schaute mit müden Augen in die Runde. »Noch niemand.«

»Wahrscheinlich ist nur irgendein Scheiß darauf«, sagte Twiggy. »Und keine Sau interessiert sich für uns.«

»Das riecht nach Industriespionage«, sagte Dornröschen. »Und als Taxifahrer einem Typen 'ne DVD klauen ist auch nicht die feine Art, sagen die. Dabei ist Matti ein ganz Feiner.« Ein zärtlicher Blick als Trost. Das hatte Dornröschen auch drauf.

Matti war dankbar.

Doch dann sagte sie ruhig: »Wir wissen nicht, was auf der DVD gespeichert ist. Es hat auch keinen Sinn herumzuraten. Wir müssen gucken, ob sie noch da ist, und sie einsacken.«

»Du spinnst«, sagte Twiggy entsetzt.

Matti hatte plötzlich ein saublödes Gefühl im Magen. Er stellte sich vor, wie sie im Ingenieurbüro einbrachen und den Laden durchwühlten auf der Suche nach einer DVD, die überall stecken konnte oder schon bei den Bullen war oder beim Mörder. Womöglich mit Mattis Telefonnummer. Er schaute hinaus zum Gang, wo das Telefon auf der Kommode stand, und bildete sich ein paar Sekunden lang ein, es würde klingeln, und der Typ, den er zum Potsdamer Platz gefahren hatte, wäre dran und würde mit diesem osteuropäischen Akzent sagen: »Ich habe da etwas zu besprechen mit Ihnen.« Angst griff nach ihm, aber er wehrte sie ab, doch er wusste, sie würde wiederkommen. Immer wieder, bis die Sache geklärt oder Gras über sie gewachsen war. Aber wann wuchs Gras über so etwas, von dem keiner wusste, was es war?

»Die Bullen haben das Büro bestimmt versiegelt«, sagte Twiggy.

»Klar.« Dornröschen hatte das natürlich längst bedacht. »Das schneiden wir auf. Wir ziehen uns an wie Bullen, und Matti besorgt die Polizeimarke von Werner dem Großmaul. Der hat die doch noch, oder?«

Matti erinnerte sich an die Prügelei am 1. Mai vor ein paar Jahren, als Werner einem Zivilbullen die Marke und den Dienstausweis abgenommen hatte, um ihn dann mit einer kräftigen Ohrfeige heim zu Mutti zu schicken.

»Werner?« Twiggy verzog das Gesicht.

Werner arbeitete tagsüber als Fahrer für einen Pizzaservice in Mitte, und nachts faselte er über die Weltrevolution, die nur aufgeschoben sei. Wenn er richtig was intus hatte, malte er sie in blutigsten Farben aus, und seine Augen leuchteten, um die Wut zu zeigen, die in ihm arbeitete wie Dampf in einer Dampfmaschine, die kurz vor der Explosion stand. Werner war immer auf hundertachtzig, und er war laut und umso lauter, je mehr er soff. Beim zwölften Tequila stimmte er auch gern mal ein Lied an: »Wir baden unsere Wäsche im Blut der CDU...« Aber es gab junge Leute, die hingen an seinen Lippen, wenn er von *damals* erzählte, von der *Großen Zeit*. Matti hatte ihn vor ein paar Monaten das letzte Mal gesehen, im *Clash*, und da hatte Werner schließlich den Punk übertönt, der aus den Lautsprechern dröhnte. Aber die beiden schwarz gekleideten, viel zu jungen Frauen mit den schwarz gefärbten Haaren, die mit ihm am Tisch in der Ecke saßen, die bewunderten ihn.

Werner das Großmaul wohnte in einer WG in der Adalbertstraße.

»Und wenn die Bullen auftauchen?«, fragte Twiggy.

»Wir gehen am späten Abend hin, da hocken die zu Hause vor der Glotze.« Dornröschen war jetzt resolut, Robbi streckte den Kopf hoch und schaute sie skeptisch an.

Sie blickte zu Matti. »Du kennst den doch?«

»Nicht schon wieder ich«, sagte Matti. Er sah Twiggy an, aber der schaute demonstrativ auf den vollen Mülleimer, dessen Deckel schon halb offen stand.

»Wenn der mich sieht, reißt er aus«, sagte Dornröschen.

»Bei mir auch«, sagte Twiggy.

Jetzt blickte Dornröschen schrecklich freundlich. »Weißt du, Matti, du hast in der Sache bisher am meisten gemacht, ich weiß. Aber erstens hast du die DVD angeschleppt. Und zweitens bist du der Einzige von uns dreien, den das Großmaul nicht hasst wie die Pest. Wenn der uns beide sieht« – ein kurzer Blick zu Twiggy, dann ruhte der liebevolle Blick wieder ganz auf Matti –, »dann rückt er die Marke nicht heraus. Ist doch klar, oder?«

Werner zog die buschigen schwarzen Augenbrauen hoch, als Matti vor der Wohnungstür stand. Sie hatten sich telefonisch verabredet, und Matti fühlte sich saublöd.

»Na, dann komm mal rein«, sagte Werner mit seiner tiefen Stimme, die aus einem mächtigen Brustkorb kam, wie überhaupt alles an ihm überdimensioniert erschien. Riesenhände, Riesenfüße, Elefantenohren und dazu ein großes pickeliges rundes Gesicht mit einem schwarz gekräuselten Bart. Mittendrin ragte eine Boxernase. Sie standen in einem handtuchartigen Flur, links, neben einer Tür, Haken in der weiß getünchten Wand, die als Garderobe dienten, rechts, neben einer weiteren Tür, ein paar Fotos in rahmenlosen Bildhaltern. Matti erkannte Angela Davis, Che, Dutschke.

Matti schloss die Tür, und Werner ging voran ans andere Ende des Flurs. Aus einer Tür drangen laute Stöhngeräusche – »Gaby hat Besuch« –, in der Küche herrschte das Chaos, und es müffelte. Werner setzte sich, und Matti setzte sich ihm gegenüber.

»Was war das nun, das du am Telefon nicht sagen konntest?«, brummte Werner.

»Wir brauchen die Bullenmarke. Kriegst sie auch wieder.«

Werner grinste, und sein Gesicht verzerrte sich wie ein Pfannkuchen, der in die Breite gezogen wurde. »Ach, ne!«

»Ja«, sagte Matti. »Aber erklären kann ich dir nichts.« Und er stellte sich vor, wie Werner das Großmaul an der Theke im *Clash* stand und schwadronierte, dass er wieder eine echt geile Aktion geleitet habe. »Du hättest im Zweifelsfall nur Scherereien, und das macht man nicht mit Genossen. Ist nicht ungefährlich, wir halten dich raus.«

Werner trommelte mit den Fingern auf dem Tisch und war wichtig. »Ich mach mit, also natürlich erst, wenn ich es … geprüft habe.«

»Geht nicht«, sagte Matti scheißfreundlich. »Echt nicht. Jeder, der noch mitmacht, gefährdet die Sache unnötig. Und das willst du doch nicht als alter Genosse. Du kennst doch so was, hast doch solche Sachen auch schon gemacht, und da muss man manchmal sogar auf so erfahrene Genossen wie dich verzichten. Es gibt für andere keine Aufgabe mehr. Auch wenn du der Erste wärst, der infrage käme.«

»Das hat Dornröschen ausgeheckt«, brummte Werner, aber so richtig schlecht gelaunt war er nicht. Nur wichtig.

Matti zuckte mit den Achseln.

»Klar«, sagte Werner. »Wenn du hier ankommst, steckt Dornröschen dahinter. Logo.«

Matti zog die Brauen hoch und ließ sie wieder fallen.

Werner gab den Denker. »Und wenn die was macht, dann hat das Hand und Fuß …« Ein prüfender Blick auf Matti. Der entdeckte am Küchenoberschrank neben der zugemüllten Spüle ein Demofoto, in der ersten Reihe Werner in schwarzer Lederjacke und mit längeren Haaren als heute, daneben Dornröschen und Twiggy. Matti überlegte, wo das war, aber es fiel ihm nicht ein. Ein Stöhnen erklang aus dem Flur und erstarb.

»Ich krieg sie wieder?« Werner fixierte Matti.

»Klar«, sagte der.

Werner wiegte wichtig seinen Kopf. »Na gut«, sagte er. Er stand auf, fuhr sich mit Hand durch die schwarzen Locken und verließ die Küche. Als er zurückkam, hatte er die Polizeimarke in der Hand, ein ovales Messingschild mit der Aufschrift *Kriminalpolizei* und einem Bullenstern, links eine Öse, in die eine feine Kette eingehakt war. Werner setzte sich und spielte mit der Marke herum, als überlegte er es sich noch mal.

»Wir brauchen das Teil echt«, sagte Matti scheißfreundlich, auch wenn er dem Kerl lieber an die Gurgel gegangen wäre. »Auch wenn du nicht… vor Ort sein wirst, bist du doch dabei. Ohne das Ding geht's nicht. Ist entscheidend.«

»Hört man was davon?« Werner deutete auf ein altes Grundig-Kofferradio, das auf dem Unterschrank neben einem rostbefleckten silbrigen Toaster stand.

Matti schüttelte den Kopf.

»Hm, schade. Und was bringt's?«

Matti hob die Hände und ließ sie sinken. »'ne Menge, ist eben ein Dornröschen-Projekt.«

»Hm«, sagte Werner und pulte sich in der Nase. »Hm«, wiederholte er. Dann schob er die Marke über den Tisch, schaute ihr einen Augenblick nach und schien zu überlegen, ob er sie sich nicht zurückholen sollte. Aber er hatte doch zu viel Angst vor Dornröschen. Die war als langmütig bekannt, aber wenn einer in Verschiss geraten war, blieb er dort bis zu seinem Lebensende. Es sei denn, er hieß Norbi und verfügte über exklusive Fähigkeiten und Möglichkeiten. Aber Norbi war tot, Werners Fähigkeiten waren keineswegs exklusiv, und Dornröschens Großmut war ohnehin für eine Weile aufgebraucht. Vielleicht bin ich auch bald tot, dachte Matti plötzlich, und die Angst fuhr ihm durchs Hirn. Dann war sie wieder weg. Sie würde zurückkehren, keine Frage.

Im Flur war nun Betrieb. Eine Tür öffnete sich quietschend, Gelächter. Dann stand Gaby im Türrahmen, schön, muskulös, ganz drahtige Kampfsportlerin, und hinter ihr lugte eine zarte Frau hervor, mit großen Augen in einem kleinen sommersprossigen Gesicht.

»Hey, Matti«, sagte Gaby. »Wie geht's Dornröschen?«, und sie gähnte demonstrativ. Alle lachten, nur die kleine Frau begriff nicht.

»Der Kampf geht weiter«, sagte Matti und grinste.

»Und was treibst du so?« Sie meinte natürlich: Was hast du hier zu suchen?

»Wollte mit Werner was bequatschen.«

Das brachte ihm einen erstaunten Blick ein und hochgezogene Augenbrauen. »Mit Werner was bequatschen, schau an.« Sie ging zum Kühlschrank, nahm zwei Flaschen Pils heraus, und die beiden zogen ab. Die Kleine warf einen letzten fragenden Blick auf Matti. Der erinnerte ihn an Lily, die hatte auch immer so unergründlich geguckt. Er musste sie anrufen, verdammt. Und sie noch einmal sehen, bevor er tot war oder im Bau saß oder überhaupt.

Draußen war es mild geworden, zwar zogen graue Wolken am Himmel, aber es würde nicht regnen. An den Bäumen und Büschen sprossen hellgrüne Knospen. Matti schaltete die Klimaanlage aus und öffnete das Schiebedach. Er fuhr die Adalbertstraße hinunter und hätte am Kotti fast einen Mann übersehen, der hektisch winkte. Er hielt in der zweiten Reihe, und der Mann stürmte heran mit wehendem Mantel, in einer Hand hielt er einen Hut mit breiter Krempe. Er öffnete die Hintertür der Beifahrerseite. »Finckensteinallee«, krächzte er, »Lichterfelde, Bundesarchiv.« Er ließ sich mit einem Ächzen auf die Bank fallen, und Matti fiel ein, dass vielleicht eines Tages sein Mörder so einsteigen würde. Er hätte diese DVD nicht mitgehen lassen dürfen. Das war ihm jetzt klar. Er hätte sie nicht mitgehen lassen dürfen. Aber er hatte sie mitgehen lassen, und jetzt mussten sie diese Scheißscheibe finden, bevor die Bullen oder Norbis Mörder sie kriegten. Dieser Typ, den er ins Sony Center gefahren hatte. War das Norbis Mörder? Aber wie sollte er daraufkommen, dass Norbi die DVD hatte?

War er mir gefolgt die ganze Zeit? Er schaute in den Rückspiegel und wusste in dem Moment, dass es sinnlos war. Da saß dieser Typ mit dem Hut und starrte zurück. Matti überlegte, ob jemand die DVD hätte sehen können, als er vor Norbis Büro aus dem Wagen gestiegen war. Er stellte sich die Szene aus der Sicht eines Verfolgers vor und sah die DVD-Hülle in seiner Hand. Möglich wäre es also. *Vielleicht bin ich schuld an Norbis Tod, weil ich den Mörder zu ihm geführt habe.* Aber wie sollten sie auf Norbi kommen, er hätte doch jeden in dem Büro aufsuchen können? Wie viele arbeiteten da eigentlich? Vielleicht zehn, fünfzehn Leute. Warum also Norbi? *Weil er nachts noch da war und der Einbrecher ihn angetroffen hatte. Wie praktisch, da konnte er die DVD gleich mitnehmen, ohne lange suchen zu müssen.* Er musste mit den anderen darüber sprechen. Unbedingt. Er beschleunigte auf der Karl-Marx-Straße, überquerte die Gleise und erreichte bald die Auffahrt zur Stadtautobahn. Er sortierte sich links ein und zuckelte dann doch hinter einem Fiat her, dessen Fahrerin ihre blonden Locken durchs Verdeck wehen ließ.

Plötzlich die Stimme von der Rückbank, Matti erschrak. Aber die Stimme krächzte nur: »Sie fahren einen Umweg, Sie hätten über die 96 fahren müssen.« Dann hustete der Mann.

»Mitten durch Kreuzberg fahre ich um die Zeit ungern, das dauert. Über die 179 geht's schneller, auch wenn es zwei Meter mehr sind. Okay?«

»Aber nicht, dass Sie mir mehr berechnen.« Die Stimme klang beleidigt.

»Natürlich nicht«, sagte Matti. »Im Stau stehen kostet auch.« Und er dachte: Wieder so ein Korinthenkacker.

Dann auf die 103 und an ihrem Ende nach der Ampel links abbiegen in den Wolfensteindamm, über den Hindenburgdamm in die Karwendelstraße. Lichterfelde gehörte zu den feineren Stadtteilen, hier standen viele Villen in großen Gärten, aber auch kleinere Häuser, in manchen Ecken aus rotem Klinker, woanders verputzt. Es gab mehrstöckige Mietshäuser, aber die waren feiner als in Kreuzberg oder Neukölln, und die Vorgärten waren gepflegt, Hinterhöfe fand man hier nicht. Sie kamen in die Finckensteinallee, links das Hotel *Haus Morgenland*, wo er schon Fahrgäste abgeholt oder hingebracht hatte, nachts, meist in angeheitertem Zustand, dann auf der gleichen Seite die lange Mauer, die die einstige preußische Kadettenanstalt von der zivilen Welt abgesondert hatte. Matti fuhr bis zur Pforte, der Mann mit dem Hut sah auf den Taxameter, zählte die dort angezeigten 30,10 Euro ab und reichte sie Matti nach vorn. »Eine Quittung!« Matti schrieb sie.

Er zog diese Typen an. Er hatte schon überlegt, ob er die Fahrgäste gut gelaunt zulabern sollte, aber er kriegte es nicht hin.

Der Mann ließ die Tür offen. Matti fluchte, stieg aus und schloss die Tür. Er blieb neben dem Wagen stehen und drehte sich eine Zigarette. Gegenüber, auf der anderen Straßenseite, war in einem Eckhaus ein kleiner Laden untergebracht. Eine Frau schob einen Kinderwagen über den Bürgersteig. Er zündete die Zigarette an, schaute sich um, sein Blick blieb an einem schwarzen Passat hängen, der in der Reihe parkender Autos neben der Backsteinmauer des Bundesarchivs stand. In dem Auto saßen zwei Männer, viel konnte er nicht erkennen, bildete sich aber ein, dass sie zu ihm schauten. Der auf dem Beifahrersitz trug eine eckige Brille, der hinter dem Steuer rauchte, Qualm drang durchs geöffnete Türfenster nach draußen. Matti schaute zum Laden, behielt aber den Passat im Augenwinkel. Bei Passat fiel ihm gleich die Polizei ein, die fuhren gerne solche Wagen, auch der Verfassungsschutz. Und die Typen, die darin saßen, auf was oder wen warteten sie? Oder überbrückten sie die Zeit zu einem Termin? Ein Impuls drängte ihn, zu dem Auto zu gehen und Guten Tag zu sagen. Doch dann überzeugte er sich, nicht hysterisch zu werden. Paranoia, erster Grad. Er grinste, aber im Augenwinkel behielt er die Typen schon.

Ein letzter Zug, und er setzte sich wieder hinters Steuer. Der Funk knatterte. Zehlendorf, zu weit, dann S-Bahn Lichterfelde Ost, Matti meldete sich und übernahm die Tour. Der Passat folgte ihm nicht. Er sah im Rückspiegel noch, wie ein Rauchwölkchen aus dem Fenster stieg. Es war windstill.

Twiggy und Dornröschen warteten schon. Matti legte die Polizeimarke auf den Küchentisch und verzog das Gesicht zu einer Grimasse, als Twiggy fragte, wie es bei Werner war. Er setzte sich zu den beiden anderen, Dornröschen goss ihm einen Kaffee ein.

»Wir machen das gleich heute Abend«, sagte sie. Dann fasste sie sich an den Bauch und ließ ihr Gesicht Schmerzen zeigen.

»Immer noch der Krebs?«, fragte Matti. »Darm kann es aber nicht sein, das spürt man nicht, hab ich mal gelesen.«

»Erst im Endstadium«, sagte Twiggy todernst, »wenn die Metastasen einen schon halb zersetzt haben.«

Dornröschen tat so, als hätte sie nichts gehört. Dann sagte sie doch etwas: »Wenn ihr mal ohne mich auskommen müsst, werdet ihr schon sehen ...«

Schweigen. Sie hatte natürlich recht. Ohne Dornröschen wären sie aufgeschmissen. Matti versuchte sich vorzustellen, wie ein Leben ohne sie wäre. Aber er konnte es nicht, es schien ihm wie ein schwarzes Loch. Die Zeit vor ihr lag längst im Dunkeln, galt nicht, war nur die Vorbereitung fürs richtige Leben gewesen. So ungefähr. »Würde wenigstens mal ein anderer beim Mau-Mau gewinnen«, sagte Matti.

Twiggy stand auf, streichelte Robbi über den Rücken, der dafür sogar seine Fressorgie für den Bruchteil einer Sekunde unterbrach, und verschwand in seinem Zimmer. Bei offener Tür hörten Dornröschen und Matti, wie Twiggy kramte, es klapperte, einmal klingelte es hell, dann fiel etwas dumpf auf den Boden. Hin und wieder streute er ein »Scheiße!« ein. Doch dann stand er endlich mit einem kleinen schwarzen Kunstlederkoffer in der Küchentür. »Von mir aus kann es losgehen.« Er salutierte.

»Warte«, sagte Dornröschen, »wir ziehen alle noch was Bullentaugliches an, klar?«

Twiggy stellte den Koffer ab, und Matti verzog sich in sein Zimmer. Twiggy kam in einer sauberen Jeans, mit gebügeltem Hemd und Lederjacke zurück in den Flur, Matti hatte sogar einen grauen Anzug angezogen, das hellblaue Hemd war allerdings verknittert. Dornröschen erschien in einer schwarzen Hose mit schwarzen Halbschuhen, einer weißen Bluse und darüber einem Damenjackett. Matti pfiff leise.

Sie stiegen die Treppe hinunter, gingen ein paar Meter zu Twiggys verbeultem VW-Bus, der um die Ecke geparkt stand, und stiegen ein. Twiggy setzte sich hinters Steuer, Dornröschen auf den Mittelsitz und Matti an die Beifahrertür, wie immer. Twiggy hatte seinen Koffer in den Laderaum gestellt.

»Du siehst irgendwie echt aus wie ein Bulle und bist nun der Superkommissar«, sagte Dornröschen zu Matti, »und wir sind deine Handlanger. Hast du die Marke eingesteckt?«

Matti fluchte und rannte zurück zum Haus, hechtete die Treppen hoch und sammelte die Marke vom Küchentisch ein. Dann hüpfte er hinunter wie ein wild gewordenes Känguru und war gleich wieder bei den anderen.

Twiggy zündete den Boxermotor, der rau hustete, und fuhr los. Sie schwiegen. Die Dämmerung drängte das Sonnenlicht aus der Stadt, die ersten Autos hatten ihre Scheinwerfer eingeschaltet. Bunt gekleidete Passanten wurden grau, wenn nicht eine Laterne oder ein Schaufenster sie anleuchtete. Ein paar Krähen hüpften pickend über die Fahrbahn und keinen Zentimeter zu weit zur Seite, wenn ein Auto schon dicht herangekommen war. War es vorbeigefahren, eilten sie an die alte Stelle zurück. Jetzt erkannte Matti eine tote Katze auf der Fahrbahn und immer mehr Krähen, die sich ihren Anteil sicherten.

Twiggy fuhr ruhig und schien überhaupt nicht nervös, wogegen es in Mattis Magen-Darm-Trakt heftig arbeitete. Dornröschen starrte stur nach vorn, aber ihrem Gesicht konnte Matti die Anspannung ansehen. Früher hatten sie verwegene Aktionen unternommen, aber früher war alles so viel leichter gewesen. Da hatten sie keine Angst, jedenfalls konnte sich Matti nicht daran erinnern. In einem besetzten Haus zu hocken, von gereizten Polizeihundertschaften mit schwerer Ausrüstung belagert, die Wannen und Wasserwerfer aufgefahren wie vor einer Offensive an der Ostfront, die Knüppel schwarz glänzend, die Phalanx der durchsichtigen Schilde und der martialischen Helme auf dem Platz, und oben in den verbarrikadierten Wohnungen die Anspannung und Aufregung, die sich in Streitereien unter den Militanten niederschlugen, wie man der Übermacht begegnen könne. Doch dann fiel Matti ein, dass man da auch Angst kriegen konnte, Norbi jedenfalls hatte die Hosen voll gehabt. Und jetzt war er mausetot.

Als sie fast dort waren, sagte Dornröschen: »Fahr ein Stück weiter, wir parken um die Ecke.« Twiggy steuerte den Bus in den Loewenhardtdamm und fand gleich einen Parkplatz am Straßenrand. Sie stiegen aus, Twiggy holte den Koffer heraus, und sie gingen los, Matti vorneweg. Ihm war kotzelend zumute. Nachher hängten die Bullen ihnen noch den Mord an, das würde Schmelzer gefallen, das wäre sein Triumph. Hätte er an Gott geglaubt, hätte Matti jetzt ein Stoßgebet nach oben geschickt.

Ein kühler Wind ließ ihn frösteln. Es roch nach Regen, in der Dämmerung sah er schwarze Wolken am Himmel, dazwischen blaugraue Lücken und darin die Kondensstreifen eines Fliegers mit vier Turbinen. Ein Motorrad mit aufgebohrtem Auspuff und runden Doppelscheinwerfern donnerte vorbei. Ihm folgte ein Reisebus. Matti kam sich vor, als hätte er mit dieser Welt nichts mehr zu tun. Es geht schief, dachte er, das kann nur schiefgehen. Aber jetzt gab es kein Zurück mehr, die beiden anderen schienen wild entschlossen. Und wenn er die Lage genau bedachte, hatten sie recht. Nur, was sollten sie tun, wenn sie die DVD-Kopie nicht fanden? Matti schauderte es, als er an den Mann dachte, den er zum Sony Center befördert hatte. Je intensiver er versuchte, sich an dessen Aussehen zu erinnern, desto finsterer kam ihm der Typ vor. Schließlich hielt er ihn für den Kopf einer Profikillerbande oder der Russenmafia, was aufs Gleiche hinauslief.

Sie standen vor der Tür der Boelckestraße 29c. Twiggy drückte auf einen unteren Klingelknopf, aber es tat sich nichts. Er drückte auf die Klingel daneben, und nun summte es. Matti spürte die Blicke der anderen und drückte endlich die Tür auf. Eine junge Frau mit einem Handtuch um den Kopf stand vor ihrer Wohnungstür und schaute ihn grimmig an. Matti holte die Polizeimarke hervor. »Danke«, sagte er. Die Frau musterte ihn von oben bis unten, schüttelte den Kopf und verschwand in ihrer Wohnung. Dornröschen schlich sich an die Wohnungstür und hielt ihr Ohr daran. Sie warteten eine Weile, dann hörten sie von drinnen den Fernseher dröhnen.

Matti schnaufte einmal tief durch und stieg die Treppe hoch, die anderen folgten. Als sie vor der oberen Tür des Ingenieurbüros standen, schnitt Twiggy mit einem Taschenmesser das Siegel entzwei, während die beiden anderen die Treppe sicherten. Mattis Puls ratterte wie ein Maschinengewehr, auf seiner Stirn stand Schweiß. Er sah, wie Twiggy ein Gerät in die Hand nahm, das aussah wie ein Akkuschraubenzieher, nur dass aus diesem Teil zwei schmale Dorne ragten. Twiggy steckte sie in das Sicherheits-schloss, das Gerät ruckelte, und dann drückte Twiggy die Tür auf. Sie traten ein und schlossen die Tür hinter sich.

Dornröschen eilte zu den Fenstern, ein dumpfer Knall, ein Fluch, dann zog sie die Rollos hinunter. Twiggy schaltete das Licht ein. Matti erschrak, als die Neonröhren flackernd und kla-ckend angingen, obwohl er wusste, was passieren würde. Dorn-röschen stand gebückt am Fenster und rieb sich das Schienbein. Twiggy gab jedem Gummihandschuhe und eine OP-Haube.

»Wo ist Norbis Schreibtisch?«, flüsterte Dornröschen.

»Keine Ahnung«, sagte Matti in normaler Lautstärke.

Dornröschen zuckte, dann sagte sie bestimmt: »Scheiße, dann kümmern wir uns zuerst um die Schreibtische. Schnell und gründ-lich. Die merken sowieso, dass jemand drin war, also ist es egal, wie wir den Laden hinterlassen. Klar?«

Es standen vier Schreibtische im Raum. Jeder nahm sich einen vor. Sie zogen die Schubladen auf und durchwühlten sie. Twiggy fand eine DVD, Dornröschen warf einen kurzen Blick darauf: »Ist nicht unsere, aber steck sie ein.«

»Warum?«

»Könnte 'ne Kopie der Kopie sein!« Dornröschen verzog ihr Ge-sicht, und Twiggy verdrehte die Augen.

Matti arbeitete flott, nahm aber alles Größere in die Hand. Er entdeckte ein paar CDs und ließ sie liegen. Er hatte seinen Schreib-tisch als Erster durch und widmete sich nun dem vierten, der in einer Ecke stand. In einer Schublade fand er eine Art auf dem Rücken liegendes Mini-DVD-Regal mit acht Scheiben. Er nahm die Hüllen heraus und warf sie in Twiggys Koffer. In den anderen Schubladen fand er nur Akten, Notizen, eine hochwertige Digital-kamera, einen verstaubten Palm Handheld, Lineale, Stifte, Privat-fotos, alles durcheinander. Ein Foto zeigte Norbi mit einer jungen Frau, Arm in Arm, im Hintergrund das Meer und Palmen. Matti ging in die Knie und tastete die Unterseiten der Tischplatte und der Rollcontainerschubladen ab, das hatte er in einem Krimi gese-hen. Aber Norbi hatte nichts an die Unterseiten geklebt.

Dann schlug er sich mit der flachen Hand an den Kopf, ging zurück zu dem anderen Schreibtisch, holte die CDs aus der Schublade und legte sie in den Koffer.

Twiggy zog gerade Aktenordner aus dem mächtigen Wandregal, blätterte jeden durch und legte ihn auf den Fußboden. Matti nahm sich die andere Seite des Regals vor, während Dornröschen sie mit eingerastetem Gähnen beobachtete. Dann ging sie zur Glaskabause in der Ecke neben dem Klo und rüttelte an der Tür.

»Pst!«, zischte sie und deutete auf das Schloss.

Twiggy nahm den elektronischen Dietrich und rüttelte auch dieses Schloss auf. Er legte das Gerät zurück in den Koffer und griff sich den nächsten Aktenordner. Matti fand in den Ordnern Ausdrucke von Konstruktionszeichnungen und Tabellen mit einem Meer von unendlich vielen winzig kleinen Ziffern und Maßeinheiten. Fast hätte ihn Mitleid ergriffen für die armen Schweine, die sich mit diesem Wust herumschlugen. DVDs fand er nicht in dem Regal.

Dornröschen durchsuchte systematisch die Kabause, aber Matti wusste schon, während er es beobachtete, dass Norbi dort nichts versteckt hatte. Er entsann sich, wie Norbert sich aus dem Büro in den *Biertempel* schleichen musste, das sprach nicht für ein gutes Verhältnis zum Chef, der in seinem Glaskasten saß und das Büro überwachte.

Twiggy beschäftigte sich noch mit einem Stahlschrank, dessen Tür sich mühelos öffnen ließ, entdeckte dort aber nur Tonerkartuschen, Rohlinge, Papierstapel und Plotterstifte. Schließlich standen sie in der Mitte des Büros zusammen und schauten sich an.

»Scheiße«, sagte Matti.

»Und nun?« Twiggy kratzte sich an der Wange.

»Jetzt hauen wir ab und schauen uns die Scheiben an, die wir gefunden haben.« Dornröschen schien gar nicht entmutigt zu sein. Sie ging zur Tür, und als sie die öffnete, standen zwei Männer davor.

Dornröschen zuckte zurück, dann ein hektischer Blick zu Matti, der seine Marke in die Hand nahm und hinaustrat. Es waren ein Dicker und ein weniger Dicker, der Dicke hat ein glänzendes Gesicht, bei dem anderen glänzten die Augen, und beide hatten eine

Fahne. »Guten Abend, Kriminalpolizei« – er hielt ihnen die Marke unter die Nase – »Ihre Bundespersonalausweise bitte.« Er fand, dass er einen strengen Ton getroffen hatte.

Die beiden nestelten ihre Portemonnaies hervor und zeigten die Ausweise. Matti warf einen ernsten Blick auf die Karten, bei dem einen Bild hätte er fast gelacht, weil der Typ aussah wie einer von den Panzerknackern, die Onkel Dagobert bedrohten. »Gut«, sagte Matti endlich, »gehen Sie jetzt weiter, sonst stören Sie eine polizeiliche Ermittlung!«

»Geht es um …?«, fragte der weniger Dicke.

»Weitergehen!«, bellte Matti. Es hallte im Flur. Der weniger Dicke zuckte zusammen, dann stiegen sie die Treppe hinunter.

Matti, Twiggy und Dornröschen warteten ein paar Sekunden, dann folgten sie ihnen. Als sie vor der Haustür standen, sahen sie die beiden Gestalten in Richtung *Biertempel* laufen.

»Das mit den Ausweisen musste nun echt nicht sein«, schimpfte Dornröschen leise, während sie zum Bus gingen. »Wenn einer seinen Perso nicht dabeigehabt hätte, was dann? Mensch, Matti!«

»Ja, ist ja gut«, nölte der.

»Aber die Performance war spitze!«, sagte Dornröschen und lachte. »Bei den Nazis wärst du bestimmt Fähnleinführer geworden oder so was.«

»Danke für das Vertrauen, vielen Dank!«

Sie stiegen in den Bus, Twiggy als Letzter, nachdem er den Koffer im Laderaum abgestellt hatte. Dann fuhr er los.

»Ob die beiden Typen 'ne Personenbeschreibung hinkriegen?«, fragte Matti.

»Von dir bestimmt«, schnappte Dornröschen.

Matti winkte ab.

»Die waren besoffen«, sagte Twiggy. »Und sonst haben wir nichts hinterlassen, das uns verraten könnte.«

»Hoffentlich«, murmelte Dornröschen. »Hoffentlich.« Sie stand offensichtlich am Beginn ihrer Paranoiaphase, die sie regelmäßig nach dem Ende einer Mutphase erwischte, wenn ihr bewusst wurde, welchen Gefahren sie sich und die anderen ausgesetzt hatte. Sie hätte es als ihre Schuld angesehen, wenn sie erwischt worden wären.

An der Ampel Yorckstraße/Mehringdamm sagte Twiggy, während er auf Grün wartete: »Und wenn auf den Scheiben« – ein Daumen zeigte nach hinten – »nur Scheiße drauf ist?«

»Da ist nur Scheiße drauf«, sagte Matti.

Dornröschen nickte und summte etwas.

»Was dann?«

»Dann hat Norbi die entweder den Bullen gegeben oder jemand anderem.« Twiggy gab Gas. Er schaute in den Rückspiegel, aber niemand verfolgte sie, vor allem keine Blaulichter.

»Oder er hat die DVD mit nach Hause genommen.« Als Matti es sagte, spürte er ein Drücken im Magen.

»Daran hab ich auch schon gedacht«, sagte Dornröschen. Sie flüsterte fast, als sie, unerbittlich logisch, wie sie manchmal war, die Folgerung zog: »Wir müssen seine Bude inspizieren.«

Schweigen. Der Boxermotor klang rauer als sonst. Regen setzte ein, wurde zum Wolkenbruch und schluckte einen Großteil der Helligkeit. Regenschnüre glitzerten im Licht der Laternen und Scheinwerfer. Ein Golf zog mit zischenden Reifen vorbei. Wasserperlen an den Scheiben. An Kreuzungen zerrten Böen, die durch die Straßenkanäle fegten, am Bulli und schüttelten die Bäume durch, die am Rand standen.

»Wer weiß, wo der wohnt?«, fragte Dornröschen.

»Keine Ahnung«, sagte Matti.

»Dann kriegen wir das heraus«, erklärte Dornröschen bestimmt.

»Ja«, sagte Twiggy genervt. »Natürlich.«

Mattis Handy vibrierte in der Hosentasche. Er nahm es heraus, eine Berliner Nummer.

»Ja?«, fragte er misstrauisch, die Angst meldete sich.

»Roswitha«, sagte sie. Es traf ihn mitten in den Magen.

»Ja.« Er war heiser.

»Ich schulde dir noch Geld, soll ich's vorbeibringen?«

»Vielleicht gehen wir mal was trinken«, sagte Matti. Dornröschen runzelte die Stirn. »Dann kannst du es mir ja geben.« Er schluckte. »Eilt aber nicht«, sagte er und verfluchte sich sofort.

»So«, antwortete sie. Sie machte eine Pause, und als Matti sie füllen wollte, sagte sie: »Ich hätte gerade Zeit.«

»Ja«, erwiderte er. Er warf einen Blick auf Dornröschen, aber die starrte nach vorn. Twiggy schlug mit der Hand aufs Lenkrad.

»Fährst du gerade?«

»Nein, wir sind unterwegs.«

»Ach ja.«

»Wann denn?«

»Um zehn, passt es dir?«

»Ja, gut.«

»Wo?«

Er überlegte, dann sagte er: »Im *Molinari*, kennst du das?«

Sie überlegte. »Ecke Riemannstraße/Solmsstraße, stimmt's?«

»Genau.«

»Gut, bis dann, ich freu mich.«

Bevor er antworten konnte, hatte sie aufgelegt.

»Lily«, sagte Dornröschen trocken.

»Ja«, antwortete Matti.

»Aber halt's Maul«, sagte Twiggy.

»Idiot«, sagte Matti.

Dornröschen streichelte ihm den Unterarm, kurz, aber zärtlich. Dabei starrte sie weiter wie gebannt auf die Fahrbahn.

Als Twiggy in die Okerstraße einbog, sah Matti gleich, dass etwas faul war. Irgendwas war anders. Aber was? Twiggy rollte langsam an den parkenden Autos vorbei und suchte eine Lücke. Dornröschen sagte plötzlich: »Fahr weiter!«

»Was ist?« Twiggy war genervt.

»Weiß ich nicht noch, aber es ist was. Fahr weiter!«

Dann sah Matti den Kleintransporter nahe der Haustür. Aus einer unbedeckten Ecke der abgeklebten Seitenscheibe des Laderaums drang ein dünner Lichtstrahl zum Baum an der anderen Straßenseite, wo er einen hellen Punkt zeichnete.

»Da, der Toyota-Bus, ein Hiace, da ist jemand drin.«

»Ja«, sagte Dornröschen. »Fahr weiter!«

Twiggy rollte am Haus vorbei, und Matti schaute nach oben. »Es brennt Licht in der Küche.«

»Haben wir vergessen, das Licht auszumachen?«

»Weiß ich nicht«, sagte Twiggy. »Normalerweise nicht.«

»Ich habe das Licht ausgemacht«, sagte Dornröschen. Sie machte immer die Lichter aus, wenn die Wohnung leer war. »Man darf dem Scheißstrommonopolisten nichts schenken.«

»Ja, ja«, sagte Matti. »Aber da schenkt jemand dem was. Und im Auto sitzt einer und passt auf, dass wir die nicht überraschen. Bullen sind das nicht.«

»Der VS«, sagte Twiggy.

»Der Verfassungsschutz fährt keine Japaner«, erwiderte Matti.

»Zur Tarnung …«

Dornröschen hatte nur halb zugehört. »Das sind keine Bullen und keine Schnüffler. Das sind ganz andere Typen. Und die suchen das, was wir auch suchen.«

Twiggy bog rechts ab in die Weisestraße und steuerte den Bulli in eine Parklücke, in der drei Kleinbusse Platz gehabt hätten. Er schaltete die Scheinwerfer aus. Sie saßen schweigend nebeneinander. Irgendwas lief schief, und zwar richtig.

»Woher weißt du das?«, flüsterte Matti.

»Und wenn die Robbi was …«, zischte Twiggy.

»Bullen kommen mit Bullenautos und mit Bullendurchsuchungsbefehl, und den Schmelzer-Bullenarsch hatten wir gerade. VSler würden sich besser absichern. Die Typen legen es ja fast darauf an, ertappt zu werden.«

»Es ist eine Falle. Wenn wir ins Haus gehen, packen die uns«, sagte Matti.

»Falle vielleicht nicht, aber erfreut wären die schon.« Dornröschen gähnte.

»Ich glaub … es könnte sein, dass ich das Licht angelassen habe … ich bin ja als Letzter aus der Wohnung … wegen der Marke.«

Dornröschen atmete heftig aus. Twiggy schüttelt den Kopf.

»Es ist immer das Gleiche«, sagte Dornröschen.

Matti duckte sich ein wenig. Ja, er war vergesslich und ein Schlamper. Aber er kam nicht aus seiner Haut.

»Aber dieser Kleinbus«, sagte Matti, »das ist doch nicht normal.«

»Hm«, sagte Twiggy.

»Also, ich gehe mal gucken, was die treiben, okay?« Matti wartete die Zustimmung nicht ab, sondern stieg aus und lief zurück zur Okerstraße. An der Ecke linste er vorsichtig die Straße hinunter. Der Kleinbus war weg. Er spielte den Abendspaziergänger und näherte sich dem Haus. Bald sah er, dass das Küchenfenster immer noch beleuchtet war. Er schlenderte am Haus vorbei und schaute demonstrativ auf die andere Straßenseite. Doch seine Augen scannten die Straße ab, vor allem die Autos, die am Rand parkten. Er entdeckte nichts Auffälliges, die Autos schienen alle leer zu sein. An der Kreuzung mit der Oderstraße drehte er um und lief auf der anderen Seite zurück bis zur Lichtenrader Straße. Nichts. Er diskutierte kurz mit sich selbst, bis er überzeugt war, dass einer in der Wohnung nachschauen musste, was los war. Und da er schon mal hier war und wahrscheinlich das Licht in der Küche nicht ausgeschaltet hatte, war es sein Job. Nun hatte er es eilig und ging schnurstracks zur Haustür. Sie ließ sich aufdrücken, die Schließzunge ragte nicht hervor. Matti stand eine Weile an der Tür und betrachtete das Schloss, dann rüttelte er an dem inneren Türgriff, und plötzlich schnalzte die Schließzunge heraus. Sie hatte geklemmt. Er drückte die Tür zu und schaltete das Treppenlicht ein. Dann horchte er ins Treppenhaus, hörte aber nichts außer dem fernen Gedudel eines Fernsehers.

Er stieg leise die Treppe hoch und blieb immer wieder stehen, um zu lauschen. Aber bis auf die Glotze und einmal Kindergeschrei hörte er nichts. So ist das, wenn die Typen oben in der Wohnung auf dich warten. Bestimmt haben sie dich schon gesehen. Fast wäre er hinuntergerannt. Reiß dich zusammen. Die nächste Stufe knarrte, er kannte das, also nahm er die übernächste. Als er vor der Wohnungstür stand, zitterten die Hände. Matti legte das Ohr an die Tür und zwang sich, langsamer zu atmen. Nichts zu hören. Was soll ich jetzt machen? Mit einem Klacken erlosch das Licht im Treppenhaus. Matti erschrak, war aber gleich beruhigt. Im Dunkeln fühlte er sich besser, er kannte jede Stufe. Nur, wenn sie von unten kamen, nutzte ihm das nichts. Ihn schauderte. Du sitzt in der Falle. Du bist selbst hineingelatscht, Dummkopf. Dann entschloss er sich. Er klingelte an der Wohnungstür und fuhr zusammen. So schrill war die Klingel nie gewesen, ihm kam es vor, als würde sie das ganze Haus aus dem Schlaf reißen. Er horchte wieder an der Tür. Nur ein nöliges Maunzen, immerhin, Robbi lebte. Aber vielleicht war er verletzt?

Mut und Feigheit, Ungeduld und Vorsicht rangen miteinander, bis er endlich den Schlüssel ins Schloss steckte, die Tür an sich heranzog und sie öffnete. Das Licht aus der Küche fiel in den Flur und tauchte ihn in ein Halbdunkel. Matti zog den Schlüssel, steckte ihn in die Hosentasche und schloss die Tür. Er schaltete das Licht im Flur ein und erstarrte, weil er etwas erwartete, irgendetwas, das ihn erschrecken würde. Doch da war nichts. Er ging in die Küche und sah sich um. Robbi saß auf dem Tisch und jaulte ihn an. Matti streichelte ihm den Kopf, und Robbi schloss die Augen.

Matti ging zurück in den Flur. Da lag etwas Fremdes in der Luft, ein Geruch. Oder dessen Einbildung. Vielleicht fühlte er etwas Fremdes, weil er es erwartete?

Er öffnete die Tür von Twiggys Zimmer und erkannte nur das übliche Durcheinander. Auf dem Bett lagen Prospekte von Espressomaschinen. In Dornröschens Zimmer herrschte wie stets Ordnung, als ob niemand darin wohnen würde. Auch in seinem Zimmer schien nichts verändert. Doch was war mit dem Haustürschloss passiert? Es hatte noch nie geklemmt. Alles klemmt irgendwann zum ersten Mal. Aber warum gerade jetzt? Und was waren das für Typen in dem Toyota-Bus gewesen? Der hatte noch nie hier gestanden, und gleichzeitig klemmte das Haustürschloss. Was bedeutet das? Matti ging in der Wohnung umher und betrachtete die Lampen, Dornröschens Blumentöpfe, die Regale, als könnte er Wanzen erkennen, wenn er nur genau hinschaute. Matti wusste, dass die modernen Wanzen, nur ein paar Millimeter groß, überall versteckt werden konnten und dass man sie mit dem bloßen Auge nicht fand, wenn sie einigermaßen geschickt untergebracht worden waren. Wer solche Wanzen besaß, der wusste auch, wie man sie einbaute.

Matti verließ die Wohnung, schloss zwei Mal ab, obwohl er wusste, dass es nicht viel brachte. Er eilte die Treppe hinunter und rannte zum Bus. Er spürte einen eisigen Wind auf der verschwitzten Haut. Ihn fröstelte von der Kälte und von der Angst. Twiggy stand neben der Fahrertür und rauchte, Dornröschen saß noch in der Mitte der Bank und war in sich versunken.

»Mensch, du hast dir ja Zeit gelassen«, knurrte Twiggy.

Matti verschnaufte kurz, nahm Twiggy die Zigarette aus der Hand, zog daran und gab sie Twiggy zurück, dann sagte er: »Es sieht so aus, als wäre die Luft rein, aber ich glaub nicht dran. Das Haustürschloss klemmte, und ich hab das Gefühl, es war jemand in der Wohnung.«

»Hm«, sagte Twiggy, »das Gefühl.« Er schnalzte den Zigarettenstummel weg, der Wind riss ihn glühend mit wie eine Sternschnuppe.

Matti setzte sich auf die Bank, Twiggy quälte seinen Leib hinters Steuer.

»Du kennst doch bestimmt jemanden, der unsere Bude checken kann«, sagte Dornröschen. »Oder der dir ein Gerät geben kann, mit dem du das machst.«

Twiggy dachte kurz nach, dann nickte er, als müsste er sich für jedes Nicken einzeln entscheiden.

Matti schaute auf die Uhr: »Ach du Scheiße!« Er schlug mit der Hand auf das Armaturenbrett. Zwei Mal. Es war fünf nach zehn. Er stieg aus und wählte ihre Nummer. Als sie abhob: »Matti hier. Ich komme ein bisschen später. Stress. Ich erzähl's dir dann.«

»Aber du kommst?«

»Natürlich.«

4: Bargain

Es war elf Uhr, als Matti das *Molinari* betrat. Sie hatten noch einiges zu diskutieren gehabt, auch dass sie sich verhalten würden, als wäre die Wohnung wanzenverseucht, bis es geklärt war. Er sah Lily sofort, als er am Tresen vorbeiging, sie saß auf einem kleinen Stuhl an einem der Schülerschreibtische im vorderen Raum, auf der Fensterbank stapelten sich Zeitschriften und Zeitungen. Sie hatte eine Zeitung vor sich liegen und schien nicht zu beachten, was um sie herum geschah. Sie trug eine enge rote Trainingsjacke und sah provozierend gut aus. Dann hob sie doch den Kopf und lachte ihn an. Früher, jetzt fielen ihm Szenen ein, hatte sie immer Theater gemacht, wenn er zu spät kam, also oft. Sie erhob sich, die schwarze Jeans stand ihr gut, und kam ihm entgegen, nahm ihn in den Arm und küsste ihn auf den Mund, kurz nur, aber es verwirrte ihn. »Wird Zeit«, sagte sie, aber es klang kein Vorwurf in ihrer Stimme. »Bist ja immer noch so unzuverlässig wie früher.«

Sie hat sich geändert, dachte Matti. Sie ist viel gelöster, nicht mehr so fixiert auf diese seltsame Rolle, die zu spielen sie sich gezwungen hatte. Und in ihrer Normalkluft gab es auch nicht mehr die Distanz, die er beim ersten Treffen gespürt hatte. Da war sie die Anwältin aus dieser Edelkanzlei gewesen. Jetzt war sie nur noch Lily, und das offenbar so locker, wie er sie nie erlebt hatte.

»Ich bemühe mich eben, der zu bleiben, der ich immer war.« Er grinste verlegen.

Nachdem er sich ihr gegenüber auf einen Kinderstuhl gesetzt hatte, die Knie stießen fast an die Unterseite des Tischs, da lachte sie nach kurzem Zögern auf: »Manche Dinge kann man sich abgewöhnen, jedenfalls, wenn sie anderen auf den Keks gehen.« Früher hätte ihre Stimme das unweigerlich kommende Unheil angekündigt, doch jetzt war nichts Finsteres zu hören. Und das Unheil würde nicht kommen.

Sie hat sich wirklich geändert, dachte Matti. Sie hat offenbar behalten, was gut war, und abgestoßen, was nervte. Wie ist so eine Wandlung möglich? Und er war geblieben, wie er war, und er wertete es als Überzeugungstreue, war stolz, dass er sich nicht angepasst hatte an die Welt der Äußerlichkeit. Er war schlampig geblieben, jedenfalls in manchen Dingen. Gar nichts wollte er an sich ändern.

Er schaute sie an, sie war kaum geschminkt, sah wach aus, fröhlich fast, nur ihre Augen waren so unruhig wie eh und je. Aber jetzt richteten sie sich auf ihn und trafen ihn unter der Haut.

Ein kleiner, schlanker Kellner mit einem flaumigen Oberlippenbart zerstörte, was sich gerade aufbauen wollte, als würde er unsichtbare Fäden kappen, die sich zwischen ihnen zu spinnen begannen. Sie bestellten beide Nudelgerichte, er mit einer Tomatensauce, sie mit Lammragout, er ein großes Pils, sie ein Glas Pinot Grigio. Als der Kellner verschwunden war, schweiften seine Augen durchs Lokal. Alle Tische waren besetzt, aus dem hinteren Raum dröhnte Lachen von einer Runde an einer langen Tafel, er beobachtete kurz ein verliebtes Studentenpaar, das sich mehr anschaute, als dass es miteinander sprach. In den Scheiben spiegelten sich verzerrt Menschen, die in Fensternähe saßen. Auf der anderen Seite, an der Wand, waren die Zugänge zu den Toiletten und davor die Küchentür, aus der gerade eine junge Frau kam, zwei große, tiefe Teller in den Händen.

An einem einsamen Tisch neben ihnen saß ein kräftiger Mann, der nicht ins *Molinari* passte. Er trug einen Anzug, wenn auch ohne Schlips, er hatte exakt geschnittene kurze Haare mit langen Koteletten, ein hageres Gesicht, und er trug einen Siegelring an der linken Hand. Vor ihm stand ein Glas Wasser, und er blickte gelangweilt überallhin, nur nicht zu Matti und Lily.

Als Mattis Augen nach ein paar Sekunden zu Lily zurückkehrten, sah er zwei Geldscheine vor sich liegen. Lily deutete lachend darauf: »Ich bezahle meine Schulden.« Matti stutzte, dann lachte er zurück. »Ist zu viel.« Er nahm den Zehner und ließ den Fünfer liegen.

»Und, Matti, wie geht's dir ?«

»Gut.« Er kam sich einsilbig vor. Sie machte ihn befangen.

»Was treibst du so?«

»Ich fahre Taxi, das weißt du doch.«

»Und wenn du nicht Taxi fährst?« Ein strahlendes Lächeln, und ihre Augen trafen ihn ganz tief, an einer Stelle, deren Existenz er schon lange verdrängt hatte. Wenn er den Mund öffnete, fürchtete er zu stottern oder gar kein vernünftiges Wort herauszubekommen.

»Ich bin ja … wieder mit Twiggy und Dornröschen …«

»Die gibt's auch noch!« Es schien sie zu freuen. »Und ihr habt eine WG?«

Matti nickte.

Der Kotelettentyp ließ Daumen und Zeigefinger das Glas hinauf- und hinunterwandern.

Nun kam der Flaumbart mit den Getränken. Als der wieder abgezogen war, trank Matti einen Schluck und wischte sich den Schaum mit dem Handrücken ab. Sie starrte ihn die ganze Zeit an. Wenn sie wüsste, was sie in mir anrichtet. Oder weiß sie es? Natürlich weiß sie es. Ein beklemmendes Gefühl in der Magengegend meldete sich, verschwand aber gleich wieder, während sie ihm wie aus Versehen die Hand streichelte.

»Und Dornröschen, ist sie immer noch so … müde?« Sie lachte wieder.

Matti nickte und räusperte sich.

»Und Twiggy …?« Lily formte mit den Händen eine Tonne.

Matti grinste und nickte.

»Aber ich fand sie beide schon immer schwer in Ordnung. Echt.«

Matti überlegte. Das hatte er anders in Erinnerung. Nicht dass Lily damals über die Freunde hergezogen wäre, aber sie hatte kaum ein Wort über sie verloren oder mit ihnen gesprochen. »Hallo, wie geht's?« Oder? Er konnte sich nicht erinnern, dass sie die beiden

Freunde mal gepriesen hätte wie gerade. Aber damals war sie wohl befangen, auf eine andere Weise als er jetzt, und es galt als uncool, sich euphorisch zu geben.

»Und politisch?«

»Na, die Revolution wurde abgesagt. Weiß gar nicht, wann und von wem. Auf einmal war sie weg, und keiner hat's gemerkt.«

Lily lachte, er fand es etwas aufreizend, wie sie ihre makellosen Zähne zeigte. »Ich auch nicht. Und was heißt das?« Ohne eine Antwort abzuwarten, fuhr sie fort. »Für mich hieß das, dass ich die Konsequenz daraus gezogen habe und Anwältin geworden bin, erst in einer kleinen Kanzlei in Charlottenburg, jetzt bei der großen am Ku'damm. Das musst du dir mal vorstellen, die kleine Lily bei Müller-Kronscheidt und Partnern, *die* Kanzlei in der Hauptstadt.«

»Bist du schon … Partnerin oder wie das heißt?«

Sie schüttelte den Kopf. »So was dauert, und man muss Glück haben, vor allem sich aber den Allerwertesten aufreißen. Aber noch mal, was machst du, wenn du nicht Taxi fährst? Die Frage hast du noch nicht beantwortet.«

Der Flaumbart brachte das Essen, lächelte eher desinteressiert und wünschte »Guten Appetit!«, bevor er zum Nachbartisch ging, wo eine dürre Schwarzhaarige schon eine Weile mit den Fingern schnippte wie in der Grundschule.

Der Kotelettentyp trank und schien schrecklich gelangweilt. Kurz trafen sich ihre Blicke, aber der Typ schaute weg.

Was mache ich, wenn ich nicht Taxi fahre? Matti dachte an die Freitagabende, die Ernte, das Schweigegelübde, das nur Robbi durchhielt, die Mau-Mau-Spiele, die Veranstaltungen, die sie besuchten, und dies nicht nur schweigend, die Demos, auf die sie immer noch gingen mit den paar Leuten, die bei der Stange geblieben waren, und er dachte an die Sache mit Norbi und an die alten Geschichten, die sie umwoben wie ein unsichtbarer Schleier. »Wir machen, was möglich ist«, sagte er endlich und schaute in Lilys wartende Augen. Sie ist nicht mehr so nervös wie früher. Sie weiß, was sie will. Aber was will sie?

80

»Ihr bleibt, wie ihr immer wart«, sagte sie mild.

»Nein, wir verändern uns«, erwiderte Matti. »Wir leisten Widerstand, auch wenn wir das große Ziel nicht mehr haben. Aber Widerstand muss sein, man kann ja nicht alles mit sich machen lassen wie diese Stinos.« Er erschrak ein bisschen, vielleicht wollte Lily auch nur noch stinknormal sein.

Sie lachte aber nur. »Und Dornröschen zieht die Strippen …« Lily tat so, als würde sie gähnen. Warum mussten sich immer alle über Dornröschen lustig machen?, ärgerte sich Matti. Aber der Ärger verschwand so schnell, wie er gekommen war.

Er zuckte mit den Achseln. Dann rollte er die erste Portion Spaghetti auf die Gabel.

»Ich fand euch drei immer ziemlich … perfekt. Zusammen unschlagbar.« Sie lachte. »Twiggy der Bastler, Dornröschen das abgehobene Masterbrain, und du als der Einzige mit praktischem Verstand. Und viel intelligenter, als es auf den ersten Eindruck scheint.« Sie hob die Hände. »Nicht dass du blöd daherkommst. Siehst gut aus, das lenkt gewissermaßen ab, aber der große Redner bist du nicht. Du durchschaust das alles, auch deine Rolle, die du spielst, freiwillig natürlich. Die Verhältnisse in eurer WG haben sich zurechtgerückt, als Dornröschen auftauchte, davor warst du der helle Kopf, aber diesen Part hast du ihr überlassen. Vielleicht weil es sonst keine Rolle für sie gegeben hätte. Und weil es für dich bequem ist. Du bist nämlich ein fauler Sack.«

Was will sie? Natürlich, so unrecht hat sie nicht. Aber was sie nicht versteht, ist, dass ich mich wohlfühle, so, wie es ist. Und dass Dornröschen der klügste Mensch ist, den ich kenne. »Warum sagst du das?« Die Befangenheit war spurlos verflogen, er war nun gereizt, sie rührte in Dingen herum, die niemanden etwas angingen. Warum?

»Ich hab doch recht«, sagte Lily mit vollem Mund.

»Selbst wenn«, erwiderte Matti. Er war wieder ruhig. Warum hatte er sich überhaupt aufgeregt?

»Ihr seid wie eine Familie, alles muss laufen, wie es immer gelaufen ist. Nichts darf sich ändern.«

»Und wenn es so wäre, wo ist das Problem?«

Sie kaute, öffnete den Mund und schloss ihn wieder. Dann hörte sie für ein paar Sekunden auf zu kauen. »Da gibt's keines, ich hab's nur festgestellt. Ist ja heutzutage was Besonderes, wenn sich nichts ändert.«

Nichts ändert? Es hat sich unendlich viel geändert. Sie hatten ihre Illusionen verloren, aber nicht ihre Grundsätze. Wir leben solidarisch. Wir wehren uns gegen Ungerechtigkeit. Immer noch. Aber wir brauchen kein großes Ziel mehr, dem wir unser Leben unterordnen. Wir leben zusammen, weil wir uns lieben. Auf unsere Art, unwiederholbar. Natürlich würden wir das nie aussprechen.

»Was gut ist, muss sich nicht ändern.« Matti trank einen Schluck und warf einen Blick auf einen kleinwüchsigen Fettsack an einem Tisch an der Wand, der auf sein Glas stierte.

Der Kotelettentyp streckte seinen Rücken und drückte mit der Hand gegen das Genick.

»Ihr seid eigentlich ziemlich konservativ«, sagte Lily.

Früher hätte ihn so ein Spruch auf die Palme gebracht. »Wenn du meinst.«

Sie schaute ihn an, ihre Augen waren ruhig und rätselhaft. Er konnte nichts in ihnen lesen.

»Dafür hast du dich verändert. Sehr sogar.« Matti steckte die Gabel in den Mund, ein paar Spaghetti sträubten sich, aber er zog sie in den Mund und wischte ihn ab. »Und ich weiß nicht, ob zu deinem Vorteil.«

»Ich auch nicht«, sagte Lily nach einer Pause. »Ich glaube aber, dass du den äußeren Eindruck überschätzt.« Sie hob die Hand und strich sich durch die Haare.

Er sah jetzt, dass sie keinen BH trug. Und fragte sich gleich, ob sie sich in die Haare gegriffen hatte, weil sie wusste, was es auslösen könnte. Bei keiner anderen Frau hätte er es gedacht. Ihr Körper hatte ihn damals erregt, und er hatte es ihr auch gesagt. Matti erinnerte sich, wie sie gelacht hatte, ein bisschen rau.

Sie tippte sich an die Schläfe. »Darin hat sich einiges getan, natürlich. Aber hier« – sie zeigte mit einem pathetischen Gesichtsausdruck auf ihr Herz – »hat sich gar nichts geändert. Sagen wir mal, an meinen Sekundärtugenden.« Sie lachte. »Vielleicht sind es ja auch Sekundärschwächen.«

»Seit wann hast du Schwächen?«

»Du hast recht.« Sie schaute zum Tresen, dann blickten ihre Augen auf ihn, ohne dass sich ihr Kopf wendete. Ein Grinsen.

»Erzähl mir, was du so machst. Im Gegensatz zu mir führst du bestimmt ein aufregendes Leben. Bei mir ist es ja seit Jahrzehnten immer das Gleiche.« Er grinste.

Sie schob eine akkurat gewickelte Gabel in den Mund. »Puh. Neunzig Prozent meiner Zeit verschwende ich damit, Trickser und Täuscher zu verteidigen, Leute, die stinkreich sind, aber den Hals nicht vollkriegen. Die meisten jedenfalls. Bei den anderen zehn Prozent geht's um Entschädigungen, Erbsachen und so Dinge. Mit den zehn Prozent hole ich aber neunzig Prozent der Kohle für die Kanzlei. Dafür zahlen die mir ein anständiges Gehalt.«

»Und diese Kanzlei …«

»Ein paar von unseren Jungs sitzen auch in Ministerien und arbeiten fleißig mit zum Wohl unserer Mandanten, so kriegt man sogar Regierungsaufträge.«

»Der moderne Gauner schreibt sich seine Gesetze selbst.« Matti lachte.

»Klingt gut«, sagte sie. »Ist aber ein bisschen übertrieben. Das letzte Wort hat der Staatssekretär oder der Minister.«

»Und warum macht ihr es dann?«

»Weil wir vorbildliche Staatsbürger sind.« Sie prustete los, wie früher. Und er fiel ein. Sie lachten Tränen. Andere Gäste warfen erst genervte Blicke zu ihnen, dann mussten sie auch grinsen.

Matti fixierte den Kotelettentyp im Augenwinkel, der grinste nicht. Der tat so, als würde er nichts mitkriegen.

Plötzlich schlug ein Mann mit halblangen blonden Haaren und schwarzer Lederjacke Matti mit der Hand auf die Schulter. »Mal wieder was zu lachen, was?«

Matti blickte hoch und sah in Antifa-Konnys grinsendes Gesicht. Er boxte ihn sanft in den gut trainierten Bauch und erntete einen weiteren Klaps, dann verließ Konny das Lokal, an der Tür hob er die Hand mit ausgestrecktem Zeigefinger, ohne sich umzudrehen, und schüttelte lachend seinen Blondschopf. Früher war er im Raubdruckgeschäft gewesen und hatte eine Thälmann-Mütze getragen.

»Kenne ich den?« Sie schaute ihn neugierig an.

»Ist Konny. Schwer in Ordnung.«

»Und auch so ein Dino wie du?«

»Nicht ganz so alt, aber schon mit ersten Rissen im Panzer.«

Als sie aufgegessen hatten, kam der Flaumbart und räumte die Teller weg. Sie bestellten noch mal die gleichen Getränke.

Dann schwiegen sie eine Weile, und während Lily ihre Augen durchs Lokal schweifen ließ, von der Tür mit den Regalen, wo Spaghetti, Pesto, Kaffee und Schokolade zum Außerhausverkauf angeboten wurden, über den Tresen mit der gläsernen Kuchenauslage bis zur Küchentür, und ihn nicht zu beachten schien, musterte er sie. Nie hatte ihn eine Frau so angezogen, und nie hatte eine ihn so verwirrt. Er holte sein Handy aus der Hosentasche und tippte eine SMS an Twiggy: Komme heute Abend vielleicht nicht nach Hause, bin bei Lily. Er hatte sich noch nie abgemeldet, aber es war eine Ausnahmesituation.

»Na, der Freundin Bescheid gesagt?« Lily grinste, aber ihre Augen fragten todernst.

»Nein, habe Twiggy nur Bescheid gesagt, dass ich vielleicht nicht nach Hause komme.«

Ihre Augen musterten ihn von der Stirn bis zur Tischkante, dann grinste sie breit. »Okay«, sagte sie. »Ganz schön vorlaut, der Kleine.«

Sie nahm seine Hand und drückte sie.

Der Flaumbart brachte die Getränke.

»Können wir gleich zahlen?«, fragte Lily bestimmt.

Matti warf ihr einen kurzen Blick zu und lächelte.

Als der Flaumbart mit der Rechnung kam, sagte Lily: »Ich übernehm das«, und ihr Ton duldete keinen Widerspruch. Dann stand sie auf, obwohl sie noch keinen Tropfen ihres Weins getrunken hatte. Er nahm einen Schluck Bier und erhob sich ebenfalls. Sie ging voraus, und er sah jetzt wieder, wie gut ihr die Hose stand. Die Erregung meldete sich, aber sie übertönte das komische Gefühl im Bauch erst nach ein paar Augenblicken.

Der Kotelettentyp bezahlte ebenfalls beim Flaumbart.

Sie hatte ihren schwarzen Dreier-BMW an der Gneisenaustraße abgestellt, ziemlich nah an der Kreuzung mit der Solmsstraße. Sie öffnete ihn mit der Fernbedienung, der Wagen blinkte. Als sie vor dem Auto standen, ging sie zu ihm, nahm ihn in den Arm und küsste ihn auf den Mund, ihre Zunge suchte seine. So standen sie eine Zeit lang, und seine Hände strichen kräftig über ihren Rücken, dann über den Po.

»Komm«, sagte sie endlich, löste sich und ging auf die Fahrerseite.

Er hörte Schritte, sie näherten sich. Matti erkannte das Leuchten einer Zigarette und dann den Kotelettentyp, der schlenderte in ihre Richtung, bog dann aber Richtung Zossener Straße ab, ging ein paar Meter, ließ ebenfalls ein Auto blinken, und Matti hörte einen dumpfen Schlag, als sich die Tür schloss.

Sie fuhr zügig. Matti klappte die Sonnenblende hinunter und blickte in den Schminkspiegel, was ihm einen grinsenden Blick eintrug. Er versuchte, etwas auf der Straße zu erkennen, aber er konnte angesichts der vielen Lichter und Scheinwerfer nicht feststellen, ob ihnen jemand folgte. Die Kantstraße entlang, hinter *Good Friends* bog sie rechts ab in die Schlüterstraße und bremste nach etwa sechshundert Metern, um nach links in eine Tiefgarageneinfahrt zu steuern, deren Tor sie mit einem Sender geöffnet hatte. Die Garage bot vielleicht Platz für dreißig Fahrzeuge und war ziemlich voll. Matti erkannte vor allem Autos einer Preisklasse, die von seinem Einkommen unendlich weit entfernt war. Lilys BMW gehörte hier unten zu den Kleinwagen.

Ein Aufzug brachte sie eng aneinandergeschmiegt und schweigend in den dritten Stock, wo sie eine massive Holztür öffnete und ihn mit dem Zeigefinger hineinwinkte. Drinnen war alles Stahl, Glas und Leder. Ausgenommen eine dunkel gebeizte Barockkommode auf dem dicken grauen Teppichboden im Flur. Dort hingen an weißen Wänden zwei abstrakte Bilder. Sie schlüpfte aus ihren Schuhen, woraufhin er auch seine auszog, und sie ging voraus in ein Wohnzimmer im Bauhausstil. Sie schaltete das indirekte Licht ein, zog die roten Vorhänge zu, startete die dänische Designerstereoanlage, suchte ein paar Sekunden in einem mehrstöckigen CD-Regal, zog eine Hülle heraus und legte die Silberscheibe in den CD-Träger. Was nun erklang, kannte er vom Radio, es war Sade, dahingehaucht, das mochte er sonst nicht, aber jetzt mochte er alles. Lily zog ihre Trainingsjacke aus und schaute ihn dabei an. Der Teppich im Wohnzimmer war blendend weiß.

Als sie danach erschöpft nebeneinanderlagen auf dem Boden, fragte Matti sich, wo der Kotelettentyp war. Sie erhob sich und holte Zigaretten. Sie zündeten sich beide eine an, sie hustete. »Normal rauch ich nicht.« Wieder ein Husten. Mit der freien Hand streichelte sie seine Hüfte.

»Hast du den Typen gesehen in der Kneipe, so einer mit langen Koteletten, ein Bullentyp, die Art eingebremster Schläger?«

Sie lachte. »Diese Gestalten kenne ich, durchtrainiert, Möchtegernstahlblick, scharf wie ein Rasiermesser, direkt der Kinoleinwand entsprungen.«

»So etwa.«

»Nein, ich habe nicht auf andere Typen geachtet.« Sie lächelte, zog an der Zigarette und blies lachend den Rauch aus. Ihre Hand wanderte zur Mitte. »Da war aber früher mehr los.« Sie prustete.

Er ging am frühen Morgen, nachdem sie ein zweites Mal miteinander geschlafen hatten, diesmal sanft und geduldig. Sie hatte ohnehin etwas von der Härte verloren, die sie früher für nötig gehalten hatte.

Als Matti auf die Straße trat, sah er den beigefarbenen Audi A4 sofort. Der stand auf der anderen Straßenseite, darin der Kotelettentyp, dessen Gesicht in diesem Augenblick von einer glühenden Zigarette rötlich beschienen wurde. Matti zögerte, ob er hingehen sollte, aber dann begriff er, dass er nicht wusste, was er den Kerl fragen könnte, ohne sich lächerlich zu machen.

Es war ein lauer Morgen, der Himmel war weiß-blau, nur wenige Wolkenfetzen zogen träge nach Westen. Nur ein unstetes mildes Lüftchen wehte. Vor ihm ging eng umschlungen ein junges Paar, sie kicherte, er hatte eine Flasche Bier in der Hand. Der Verkehr rollte zäh, irgendwo hupte es, ein Bus kam vorbei, ein paar Taxis. Ein Mann eilte mit einer Plastiktüte über die Straße und wich geschickt den Autos aus. In den Schaufenstern Elektrogeräte, Zigaretten, Zeitschriften, Handys. Matti stellte sich schräg vor das unbeleuchtete Fenster eines geschlossenen Imbisses und sah gleich den Audi, der in hundert Meter Abstand am Straßenrand angehalten hatte. Diesmal erkannte er das Kennzeichen: *B-ZT 2109.*

Seltsam, aber Matti blieb ruhig, schaute sich die Situation an, als betrachtete er sie von außen. Diese Beschattung war viel zu auffällig. Der Kotelettentyp wollte gesehen werden.

Er lief weiter zur U-Bahn-Station Wilmersdorfer Straße. Am Ende der Treppe stand ein Mann mit grauen Haaren in einem abgerissenen Parka und bettelte um U-Bahn-Karten. Die U 7 in Richtung Rudow rumpelte gerade herein, warme Luft zog durch den Tunnel. Matti drängte sich in eine Menschentraube und wurde mehr in den Waggon geschoben, als dass er ging. Er schaute zurück, erkannte aber niemanden. Doch er war sich fast sicher, dass ihm jemand folgen würde. Vielleicht war der Auftritt des Kotelettentyps nur ein Ablenkungsmanöver. Vielleicht sollte er den sehen, damit er einen anderen übersah.

Neben ihm stand eine junge Frau, sie war grell geschminkt und hatte in Parfüm gebadet. Der Gestank waberte durch die stickige Luft und schlug Matti auf den leeren Magen. Sie brauchten knapp zwanzig Minuten zum Hermannplatz, wo sich ein Großteil der Fahrgäste durch den Pulk der Wartenden hindurchdrängen musste, um entweder die Treppe zu Karstadt hochzusteigen oder den Übergang zur U 8 zu nehmen. Matti nahm die Rolltreppe zur U 8. Die Bahn in Richtung Hermannstraße brauchte drei Minuten bis zur Leinestraße. Matti schaute draußen auf die Uhr. Er hatte noch mehr als zwei Stunden Zeit, bis er seine Schicht antreten musste. Als er daran dachte, durchfuhr ihn der Gedanke, dass einmal ein Mann einsteigen würde, der ihm ein Messer an den Hals oder eine Pistole an den Kopf setzte. In diesem Augenblick war er sicher, dass es geschehen würde. Er schritt schneller voran.

Er schloss die Wohnungstür auf, betrat den Flur und stand vor einem Zettel mit großen roten Buchstaben: *Wahrscheinlich Wanzen!!! Kein Wort über die DVD, Norbi usw.!!!*

Dornröschen stand in der Küche an der Spüle, wusch ab, bedächtig, als wäre es eine hinduistische Zeremonie. Matti setzte sich in die Küche und schaute eine Weile zu. »Wo ist Twiggy?«

»Weiß nicht«, sagte sie, ohne den Kopf zu wenden. Sie stellte einen Teller ins Abtropfgestell. Dann drehte sie sich um, hob die Augenbrauen, nahm den Block mit den Einkaufszetteln und schrieb mit dem Bleistift: *Besorgt ein Wanzengerät.*

Matti nickte.

Plötzlich klingelte es. Er ging an die Tür. Drei Bullen, außer Atem, sie hatten die PCs hochgetragen. Einer hielt Matti ein Papier hin. »Unterschreiben, da!«

»Kennen Sie das Wort mit den beiden T in der Mitte?«

Der Beamte schaute Matti blöd an und tippte auf das Ende des Formulars.

»Wie soll ich das unterschreiben, wo ich doch gar nicht weiß, ob die Dinger« – er deutete auf die drei PCs und Dornröschens Notebook – »vollständig sind? Wahrscheinlich fehlen Festplatten, DVD-Laufwerke, Grafikkarten, Speicherriegel und ein Haufen Dateien.«

Der Polizist schnaubte. Einer seiner Kollegen verdrehte die Augen, der andere lehnte stumpfsinnig am Geländer und atmete schwer.

»Um die Sache zu beschleunigen, sollten Sie die Geräte wieder dorthin tragen, wo Sie sie weggeschleppt haben. Dann schließe ich sie an und schaue nach. Okay?«

Der Polizist faltete das Formular, steckte es in die Innentasche seiner Uniformjacke, tippte mit dem Finger an die Stirn und stieg die Treppe hinunter. Die anderen folgten ihm. Als sie schon ein Stockwerk tiefer waren, hörte Matti: »So ein Arschloch!« Er grinste und trug Twiggys einen PC in dessen Zimmer, dann den anderen. »Dein Spielzeug ist wieder da!«, rief er in die Küche, als er Dornröschens Notebook auf ihren Schreibtisch gestellt hatte. Den eigenen Computer schloss er gleich an und startete ihn. Er war gespannt, ob etwas verändert war. Doch bald erkannte er, dass die Polizei sich offenbar mit dem Kopieren der Festplatte begnügt hatte. Er aktualisierte das Antivirenprogramm und startete einen Komplettscan. Und dachte an Lily.

Twiggy kam schnaufend zurück, in der Hand eine Plastiktüte. Er ging in die Küche und holte aus der Tüte ein kleines Paket, während die anderen zuschauten. Robbi maunzte, aber das nützte ihm diesmal nichts, auch nicht, als er begann, an Twiggys Hose zu kratzen. Beleidigt setzte er sich in eine Ecke und putzte sich.

Findet so gut wie jede Wanze. Wir müssen überall Lärm machen. Wanzen akustisch geschaltet? Radio/TV einschalten oder singen, kritzelte Twiggy. Er packte ein schwarzes Gerät aus mit aluminiumsilbernen Knöpfen und einem kleinen Pegelanzeiger. Die Batterien setzte er in das vorgesehene Fach, und dann musste er eine wabbelige schwarze Antenne in eine Buchse schrauben. Er drückte auf einen Knopf an der Seite, Matti sah einen leichten Pegelausschlag und hörte ein leises Pfeifen. Twiggy nickte Dornröschen zu, die ging in ihr Zimmer und sang mit ihrer zarten Stimme die »Partisanen vom Amur«, während Twiggy mit dem Wanzensuchgerät langsam und gründlich jeden Quadratmeter Boden und Wand abtastete. Als der Feldzug sein Ende erst am Stillen Ozean genommen hatte, stimmte sie – Twiggy beschäftigte sich gerade mit ihrem Bett – das »Lied vom kleinen Trompeter« an. Matti verzog das Gesicht, und Twiggy schüttelte den Kopf, was Dornröschen überhaupt nicht irritierte. Sie wechselte zum »Roten Wedding«, nachdem das lustige Rotgardistenblut endlich für immer schlief.

Dann ein leises Pfeifen. Matti stand neben Twiggy und sah den gelben Pegelbalken zittern. Twiggy drehte an einem Knopf, das

Pfeifen verstummte, und er hielt das Gerät unters Bett. Wieder das Pfeifen.

Dornröschen war bei der »Internationale« angekommen und beobachtete mit großen Augen, was Twiggy tat. Der hob die Matratze an und lehnte sie gegen die Wand, was für einen Augenblick Missmut in Dornröschens Gesicht trieb. Er verringerte wieder die Suchempfindlichkeit und tastete mit dem Gerät den Bettrahmen ab. Wieder ein Pfeifen, ganz leise nur. Twiggy steckte seine Hand unter den Rahmen, dann grinste er und hatte ein winziges Kästchen mit einem Kabelschwanz in der Hand. Er legte es vorsichtig auf den Rahmen, winkte Dornröschen zu weiterzusingen – sein Zeigefinger schrieb Kreise in die Luft – und suchte weiter.

Matti blickte auf die Uhr und erschrak.

Er gab den anderen ein Zeichen, dass er abhauen musste, Twiggy nickte, Dornröschen sang weiter. Als Matti die Wohnungstür hinter sich schloss, war sie bei »Auf, auf zum Kampf« angekommen. Das passte immerhin irgendwie. Er summte die Melodie, während er auf dem Rad zu Ülcan peste. Fast hätte er an der Ecke Hermannstraße/Biebricher Straße einen Penner umgefahren. Lily hatte ihm zugelächelt.

Als er aus dem Hinterhof fuhr, vibrierte das Handy in der Jackentasche.

»Es war schön«, sagte Lily. »Wir sollten das bald wieder tun.«

»Klar«, erwiderte Matti.

»Fährst du gerade?«

»Schicht hat begonnen.«

»Bist du allein?«

»Ja.«

»Immer noch so einsilbig am Telefon?«

»Ja.«

Sie lachte.

Er schaute in den Rückspiegel und sah einen beigefarbenen Audi, der ihm folgte. *B-ZT 2109*, klar. Er fuhr an den Straßenrand und bremste. Der Audi fuhr ebenfalls an den Straßenrand und bremste.

»Jetzt sagst du gar nichts mehr …« Sie klang ein wenig beleidigt, wie sie früher oft geklungen hatte.

»Mich verfolgt einer«, sagte Matti. Und gleich fiel ihm ein, dass er es besser nicht gesagt hätte. Warum ihr das erzählen?

»In einer Stadt fährt einem immer jemand hinterher.« Sie lachte. Früher wäre sie länger eingeschnappt gewesen.

Er lachte, aber ein richtiges Lachen war es nicht. Er fragte sich, wie viele Wanzen Twiggy noch gefunden hatte. Sie müssten sich zusammensetzen und überlegen, was sie tun könnten. Er fühlte sich hilflos.

»Wenn du Lust hast, dass wir mal wieder … was essen gehen, rufst du an. Und ich auch.«

»Rat mal, warum ich angerufen habe, du Schlaumeier?«

Matti spürte, wie seine Erregung wuchs. Die Erinnerung an die letzte Nacht war ihm nah. Er hatte die ganze Zeit eigentlich nur an sie gedacht, und alles andere schien hinter einem Schleier verborgen, sogar die Wanzen.

»Ich weiß jetzt noch nicht …«

»Melde dich, bald!« Er hörte noch ihr Lachen, bevor sie auflegte.

Der Audi hinter ihm stand einfach da. Matti gab Gas, der Audi gab Gas. Es war sonnenklar, der Audi-Fahrer wollte, dass Matti es merkte. Wie gestern. Der will mir Angst machen. Der sagt mir, gib die DVD zurück, dann hast du Ruhe. Und wenn ich nicht darauf reagiere, wird er sich melden und deutlicher werden. Alles klar.

Als er sich aus unerfindlichem Grund entschieden hatte, sein Glück vor dem Urban-Krankenhaus zu versuchen, meldete sich die Zentrale auf dem PDA. Die SMS lautete: *Vorm Eckbert, Bürknerstraße*. Mehr um sich vom Verfolger abzulenken, übernahm Matti die Tour. Am Landwehrkanal blühte eine Trauerweide, ein kleines Motorboot tuckerte ostwärts. Als er in die Bürknerstraße links einbog, sah er sie gleich, eine große Frau, korpulent, mit blau-rot gemustertem Kopftuch und dicker Brille, die schon reichlich nervös vor dem Eingang wartete.

»Da sind Sie ja endlich!«, blaffte sie mit keifiger Stimme und warf ihren Körper auf die Rückbank hinterm Fahrersitz. »Julius-Hart-Straße 17«, befahl sie.

Matti überlegte fieberhaft, wo diese elende Straße sein könnte. Klang nach Osten, wohin ein altgedienter Westberliner Taxifahrer sich nur ungern verirrte. Ostberlin lag für Matti immer noch hinter einer Mauer, und wenn es nach ihm gegangen wäre, hätte man besser mehr Bananen in den Osten gekarrt als Ostberliner in den Westen. Es gab Kollegen, die kannten sich auf dem Mond besser aus als in Lichtenberg, Biesdorf oder Marzahn.

Er holte das kleine Navi aus dem Handschuhfach und steckte es in die Halterung an den Lüftungsdüsen. Es dauerte eine Weile, bis das Gerät gestartet war. Dann suchte es die Satelliten.

»Fahren Sie Richtung Köpenick, das werden Sie doch kennen.« Eine Bierfahne wehte nach vorn.

Er tippte die Adresse ein und wartete, bis das Gerät bereit war. Über die Wuhlheide und Hirschgarten bis Friedrichshagen. Den Müggelseedamm kannte er sogar. Es waren gut achtzehn Kilometer, das lohnte sich immerhin. Dafür würde er auch den Bierdampf vom Rücksitz ertragen. Nur warum musste sie sich direkt hinter ihn setzen?

Sie schnaubte.

Er wendete und fuhr los. Der Audi hatte in hundert Metern Abstand gewartet und folgte, als würde ihn das Taxi an einem langen Abschleppseil ziehen. Schnellerstraße, Karlshorster-, dann in die Wilhelminenhofstraße, während sie pausenlos Unverständliches vor sich hin brabbelte und der Audi gemütlich folgte. Die Ampel an der Kreuzung mit der Edisonstraße war grün, er sah es von Weitem. Er wurde langsamer, und sie schnaubte. Als er vielleicht dreißig Meter vor der Ampel war, schaltete sie auf Gelb um, und Matti bremste, während er den Audi beobachtete. Der folgte hinter einem Porsche-Cabrio. Rechts vorn sah er einen großen Komplex mit Lagerhäusern und einem Fabrikgebäude. Von links näherte sich eine Straßenbahn. Als die Ampel auf Rot umschaltete, gab Matti Gas, der Diesel heulte auf wie ein Treckermotor unter Volllast, und der Wagen dröhnte über die Kreuzung. Irgendwo hupte es zornig, im Rückspiegel sah er die Straßenbahn. Er bog in die nächste Straße rechts ab, sie entpuppte sich als Zufahrt für Gewerbegebäude und Hallen. Grauer Beton, der Weg, die Gebäude. Er raste an einer Mauer entlang und sah vor sich Wasser, die Spree. Am Ende der Straße erkannte er links einen Parkplatz, auf dem Handwerkerbusse und Lieferwagen parkten. Er stellte sich ans Ende vor ein großes Gebäude mit bröckelndem gelbem Putz. Die Frau auf der Rückbank hatte nicht mal mehr gebrabbelt. Aber als er stand, atmete sie schwer aus, während Matti den Wagen verließ.

»Sind Sie wahnsinnig?«, keifte sie. »Da kriegt man ja einen Herzinfarkt.«

»Motorschaden«, sagte Matti und starrte in den Weg zurück, den er gekommen war. Er erschrak nur kurz, als ein weißer Lieferwagen heranrollte. Kein Audi.

Matti griff unters Lenkrad und öffnete die Motorhaubenverriegelung. Dann öffnete er die Motorhaube, arretierte sie und beugte sich in den Motorraum. Er tat so, als würde er etwas verstellen, dann klappte er die Motorhaube wieder zu.

Er setzte sich wieder ins Auto. »Tut mir leid, der Gaszug hatte sich verklemmt. Ist mir auch noch nicht passiert, dass der Wagen einfach losschießt wie verrückt.« Er schüttelte entsetzt den Kopf. »Natürlich erlasse ich Ihnen die Hälfte des Fahrpreises.«

Er sah im Spiegel, wie sich ihr Gesicht aufhellte. Aber nur kurz.

»Können wir jetzt weiterfahren?«, nörgelte sie.

»Selbstverständlich.«

Matti fuhr zurück auf die Wilhelminenhofstraße, fädelte sich in den Verkehr ein und fand sich ganz pfiffig. Doch wusste er, dass die Sache erst begonnen hatte. Er konnte einen Verfolger abschütteln, aber die Typen würden sie so nicht loswerden. Die Typen, die Norbi gekillt hatten. Daran hatte Matti keinen Zweifel. Und ihm fuhr es kalt den Rücken hinunter.

Wir müssen unbedingt den großen Ratschlag einberufen.

Als er in den Müggelseedamm einbog, meckerte sie: »Über den Fürstenwalder wäre es kürzer gewesen.« Rechts tauchten die Villen auf, eine Bootswerft, ein ehemaliges Brauereigebäude – oben am Gebäude ließ sich noch die Aufschrift lesen: *Berliner Bürger-bräu –*, daneben ein hoher Schornstein.

»Es ist gleich lang«, sagte Matti. »Und hier geht's einen Tick schneller.« Eine bessere Begründung fiel ihm nicht ein.

In der Bruno-Wille-Straße standen beidseitig mehrstöckige Mietshäuser mit kleinen Balkons vor den Wohnungen, davor Laubbäume, die Straßenränder waren zugeparkt. Er bog rechts ab in die Julius-Hart-Straße, ein Sportstadion tauchte auf.

»Halten Sie hier, den Rest laufe ich.«

Er hielt vor einem zweistöckigen Haus mit weißer Fassade, auf dem Grundstück daneben wurde gebaut.

Er schaute auf den Taxameter, der zeigte *28,40* an. »Also, 14 Euro, 20 Cent«, sagte Matti.

Sie gab ihm sechzehn. »Stimmt so!«, keifte sie.

Als Matti zurück auf der Schnellerstraße war, sah er im Rückspiegel den Audi mit dem Kennzeichen *B-ZT 2109*. Er erschrak nicht einmal, er hatte nichts anderes erwartet.

5: **You better you bet**

Sie saßen im *Bäreneck* in der Hermannstraße. In der Luft lag Rauch. Am holzvertäfelten Tresen trank ein heruntergekommener Alter, dessen graue Haare unter einer Baseballkappe hervorquollen, Bier und Schnaps. Aus den beiden Lautsprechern an der Wand dröhnte ein Schlager. Die korpulente Wirtin mit Kurzhaarschnitt stand mit gebeugtem Rücken über einer Zeitung. Twiggy aß eine Bockwurst mit Kartoffelsalat und war schon beim zweiten Bier, Dornröschen hatte eine Tasse vor sich stehen, darin heißes Wasser und einen Teebeutel, den sie äußerst skeptisch inspiziert hatte, und Matti trank auch ein Bier. Er hatte keinen Hunger, und er wusste, warum.

»Also, was haben wir?«, fragte Dornröschen. Sie drückte den Teebeutel mit dem Löffel aus und legte ihn, begleitet von einem letzten zweifelnden Blick, auf der Untertasse ab. »Matti wird verfolgt von diesem … Audi.« Die Automarke klang aus ihrem Mund, als hätte sie vom Grünen Knollenblätterpilz gesprochen. »Dann haben Twiggy und ich sechs Wanzen entdeckt …«

»Und zwar echte Edelteile, akustisch geschaltet und sauempfindlich. So Dinger nehmen alles auf.« Twiggy sagte das mit Entdeckerstolz, während er auf dem Rest seiner Wurst herumkaute. »Und die Dinger sind teuer.«

»Reichweite?« Dornröschen gähnte.

»Beliebig, geht über Handyfunk, der Fachmann spricht von GSM.«

»Macho«, sagte Dornröschen.

»Also, Norbi wurde umgebracht, nachdem ich ihm die Scheibe gegeben habe.« Matti hatte ein blödes Gefühl im Magen, als er es sagte.

»Und dann ist noch dieser Schmelzer angerückt und hat die PCs ausgespitzelt«, sagte Twiggy.

»Das war vielleicht eher Zufall«, warf Dornröschen nach kurzer Überlegung ein.

»Vielleicht auch nicht«, sagte Matti. »Diese Typen, die die Wanzen eingebaut haben, die waren eher nicht von den Bullen.« Matti kratzte sich am Kopf. Er dachte an Lily, er musste sie anrufen. Bald, hatte sie gesagt. Ihn drängte es auch.

»Ganz von vorn«, sagte Dornröschen, wie sie das immer machte, wenn es schwierig wurde, ohne auch nur einen Gedanken daran zu verschwenden, dass andere vielleicht ungeduldig werden könnten. »Matti fährt einen Typen, vermutlich aus Osteuropa, da gibt's ja auch nur fünfundzwanzig oder so Länder, gut, hätte auch ein Weltbürger sein können, besser als nichts, also er fährt ihn zum Potsdamer Platz. Der Typ vergisst seine Aktentasche. Entweder ist er schusselig oder so unter Druck, dass er die Kontrolle verliert. Hat ihn jemand verfolgt? Hast du was bemerkt?«

Matti zog die Augenbrauen hoch und zeigte die offenen Handflächen. »Ich habe nichts bemerkt, aber auch nicht darauf geachtet.« Dornröschens strafenden Blick konterte er mit der Bemerkung: »Okay, ich werde jetzt bei allen Fahrgästen gucken, ob sie verfolgt werden. Und wenn ich einkaufen gehe ...«

Twiggy prustete. Dornröschen ermordete beide mit Strahlenblicken. Dann wischte sie die Albernheit vom Tisch, trank einen Schluck Tee, verzog das Gesicht vor eingebildetem Schmerz und fuhr trocken fort: »Dann klaut Matti die DVD, brennt sie und bringt sie gleich zurück zum Taxi. Niemand konnte merken, dass die DVD kopiert wurde. Oder?« Ein strenger Blick zu Matti.

Der schüttelte bedächtig den Kopf. »Es ist nicht tausendprozentig auszuschließen. Aber Ülcan hätte was gesagt. Kann nur sein, dass der Typ vom Potsdamer Platz sich eine Art Markierung gemacht hat. Also, wenn die Hülle geöffnet wird, dann fällt ein Haar heraus oder so ...«

»Mein Name ist Bond, James Bond.« Twiggy lachte. Doch sein Lachen erstarb, als er Dornröschens Blick sah.

Matti blickte sich um, aber es hörte niemand zu. Zwei Tische weiter hatten sich zwei Männer gesetzt, denen Matti ansah, dass sie gut im Training waren und nicht das erste Bier intus hatten. Hinter dem Tresen putzte die Wirtin Gläser.

Dornröschen hatte die Kneipe vorgeschlagen, weil sie dort keiner kannte und mit Sicherheit keine Lauschgeräte installiert waren. Wer hier zuhören wollte, musste schon näher kommen. Sie waren durch den Friedhof geradelt und hatten auch sonst einige Haken geschlagen. Niemand war ihnen gefolgt. Twiggy hatte sogar seinen Wanzenscanner auf den Tisch gelegt, als wäre er ein Handy, und die kleine Kiste hatte selbst bei höchster Empfindlichkeit keinen Piep von sich gegeben. Im Wohnungsflur hatte er versteckt eine winzige Überwachungskamera installiert, die per WLAN mit seinem PC verbunden war und bei der geringsten Bewegung ausgelöst wurde. Er freue sich schon auf die schönen Bilder von Robbi, hatte Twiggy gesagt. Mal sehen, was der treibe, wenn er sich unbeobachtet fühle. Aber ein bisschen unheimlich war ihm doch zumute, das sah man ihm an. Der wird sich heimlich Katzenpornos angucken, hatte Matti gesagt, aber das brachte ihm einen blauen Fleck auf dem Oberarm ein. Dornröschens Ellbogen war spitz wie ein Dolch, waffenscheinpflichtig, nur hatten die Bullen es noch nicht gemerkt.

»Was ich nicht begreife«, sagte Dornröschen nach einigen Augenblicken des Schweigens, »das ist die Verbindung zwischen der Scheibe und Norbis Tod.«

»Darüber habe ich lange nachgedacht«, sagte Matti. »Vielleicht ist mir dieser Typ da schon gefolgt. Aber woher sollte er wissen, dass ich die DVD zu Norbi bringe? Zuerst musste er denken, dass ich eine normale Tour habe. Gut, dann hat er gesehen, dass Norbi in den *Biertempel* kommt, in den ich vorher reingegangen bin. Und ich war davor in dem Büro, in dem Norbi arbeitet oder das in dem Haus liegt, aus dem Norbi gekommen ist. Das kann man so zusammenbringen mit ein bisschen Fantasie.«

»Aber wie wahrscheinlich ist es, dass dir einer gefolgt ist?«, fragte Twiggy. »Das würde voraussetzen, dass der Osteuropäer mitgekriegt hat, dass du an seiner Aktentasche warst.«

»Wahrscheinlichkeit maximal ein Prozent«, sagte Dornröschen.

»Und nun?«, fragte Twiggy.

»Welche Möglichkeiten gibt es noch?« Matti kratzte sich am Oberarm und zeigte demonstrativ ein Schmerzgesicht.

»Zwei, sofern man die Astrologie rauslässt«, erklärte Dornröschen. »Möglichkeit Nummer eins: Norbis tragisches Ende« – sie klang nicht gerade traurig – »hat mit was anderem zu tun. Also, irgendwelche Typen brechen ein, Norbi der Schleimer ist superfleißig und schiebt Überstunden, und das ist sein Pech.« Matti wartete darauf, dass sie anfügte: »Und unser Glück«, aber sie trank stattdessen einen Schluck Tee, fixierte irgendeinen Fleck an der Decke, um sich dann endlich wieder mit irdischen Dingen zu befassen. »Möglichkeit Nummer zwei: Norbi hat Kontakt mit dem Osteuropäer aufgenommen oder den Leuten, denen die Scheibe gehört.«

»Hä?« Twiggy riss die Augen auf. »Und wie soll er das gemacht haben? 'ne Adresse steht da nicht drauf.«

»Stell dir vor, dir fielen solche blöden Zeichnungen in die Hände, sagen wir mal von einem Auto, und du würdest in den Zeichnungen entdecken, es handelt sich um einen … Mercedes« – wieder der Grüne-Knollenblätterpilz-Ton –, »dann wüsstest du doch, an wen du dich wenden müsstest, um, sagen wir mal, deine kläglichen Einnahmen aufzubessern.« Sie tat so, als würde sie einen Telefonhörer abnehmen. »Guten Tag, Herr Benz, also wenn Sie nicht wollen, dass Ihre Malübungen bei der Konkurrenz landen oder in der Presse oder in WikiLeaks, na, was fällt Ihnen dazu ein? … Sie wollen mit mir reden? Ne, reden ist nicht. Verhandeln gefällt mir besser … also gut, verhandeln ist okay … vielleicht treffen wir uns mal nett zum Essen … das würde mir auch gefallen.« Sie legte auf.

Matti überlegte, hielt sich im Geist die Zeichnungen vors Auge und sagte: »Da war nichts drauf.«

»Da war nichts drauf, aus dem *wir* was erkennen konnten«, warf Twiggy ein.

Dornröschen nickte. »Aber Norbi war Dippel-Ing, und der sieht da mehr.«

»Sag mal, du hast erzählt, dass der Audi dann auf der Wilhelminenhofstraße wieder hinter dir war, nachdem du ihn abgehängt hattest.« Twiggy spielte mit seinem Wanzenscanner.

Matti schaute ihn erwartungsvoll an.

»Das heißt, du hast 'nen GPS-Peiler im Auto. Den haben die dir eingebaut.«

»Drecksäcke«, sagte Matti.

»Ich hab da eine Idee.« Dornröschen gähnte. »Findest du den Sender in Mattis Auto?«

Twiggy nickte und tippte auf den Scanner.

»Dann bau den doch in ein anderes Taxi ein. Kann doch nicht so kompliziert sein, oder?«

Matti wiegte seinen Kopf. »Sauber ist das nicht. Und riskant. Stell dir vor, 'nem Kollegen passiert was, weil der mit mir verwechselt wird.«

»Mir ist es lieber, *dir* passiert nichts«, sagte Dornröschen leise, aber bestimmt. Und streichelte ihn an der Stelle, wo sie ihn geboxt hatte.

»Ne«, sagte Matti. »Das mach ich nicht.«

Dornröschen beschäftigte sich wieder intensiv mit der Decke oder dem Himmel.

»Nein«, sagte Matti. »Letztes Wort.«

Dornröschen war ganz weit weg.

»Du kriegst mich sonst immer rum. Aber hier nicht. Nein.« Die Wirtin guckte, dann schüttelte sie ihren Kopf und kramte weiter in einer Schublade unterm Tresen.

»Gut«, sagte Dornröschen endlich. »Meinetwegen.«

Twiggy trank sein Bier aus und schnalzte mit zwei Fingern. Dann hielt er sein Glas hoch.

»Was dann?«, fragte Dornröschen. »Der Typ hängt dir am Gesäß, und wir wissen natürlich, dass der nicht allein ist. Das ist eine ganze Truppe, die verstecken Wanzen in unserer Wohnung, die fahren dir nach, die installieren Peilsender. Und die machen bestimmt auch Dinge, von denen wir noch nichts wissen. Und das machen die nicht aus Spaß. Der Typ fährt dir hinterher, um dir

Angst zu machen. Das ist sonnenklar. Und die Botschaft ist: Wenn du die DVD-Kopie nicht zurückgibst oder irgendwas damit anstellst, passiert dir was.«

Sie sagten eine Weile nichts, Twiggys Bier wurde gebracht. Zwei Typen kamen zur Tür herein, Matti musterte sie misstrauisch, aber es waren offenbar zwei Handwerker, jedenfalls trugen sie Blaumänner, einer war reichlich verdreckt. Sie setzten sich in die hintere Ecke, weitab von den drei Freunden. Matti warf ihnen einen letzten Blick zu, dann musterte er Dornröschen und Twiggy, doch die waren in sich versunken.

»Wir drehen den Spieß um«, sagte Matti. »Egal, wie die Sache verdröselt ist, wir müssen rauskriegen, wer die sind. Also bauen wir dem Audi einen Peilsender ein. Wie du mir, so ich dir.«

Twiggy lachte. »Das ist gut.«

Dornröschen gähnte zustimmend. Sie gähnte sogar zwei Mal.

Matti fragte, an Twiggy gewandt: »Du besorgst so ein Teil?«

»Klar. Am liebsten würde ich dem das Ding aus dem Taxi einbauen. Aber dann merken sie, dass sie aufgeflogen sind.«

»Das merken sie doch sowieso, wir haben die Wanzen in der Wohnung gefunden.«

»Falsch«, sagte Twiggy. »Die funktionieren alle noch. Die liegen jetzt nur offen rum. Ich werde die Stück für Stück in den Flur schaffen. Dann hören die noch was, aber wir können uns bei geschlossener Tür im Zimmer unterhalten.«

»Haben die nicht mitbekommen, dass ihr die entdeckt habt?«

Twiggy schüttelte energisch den Kopf: »Nein, nur muss jetzt Dornröschen jeden Tag was singen. Wir können dann ja schön laut diskutieren, dass uns das Gekreische« – zwei genau gezielte bitterböse Blicke von Dornröschen ließen beide zu Aschehäufchen verglühen – »auf den Keks geht, und sie kriegt Jaulverbot.«

»Wir brauchen Verstärkung«, sagte sie dann. »Uns kennen die.«

Die beiden nickten.

Und dann erläuterte sie ihren Plan. Und zauberte ein breites Grinsen in die Gesichter der beiden Jungs.

»Wer könnte mitmachen?«, fragte Dornröschen.

»Konny«, sagte Matti. »Den hab ich grad getroffen. Ist gut drauf.«

»Antifa-Konny«, sagte Dornröschen, »der ist sauber. Und wer noch?«

»Werner das Großmaul. Ich muss dem die Marke noch zurückgeben«, sagte Matti.

»Dann weiß das nachher die ganze Szene«, maulte Dornröschen.

»Und was ist mit Gaby?«

»Wenn du es schaffst, die zu überreden, ohne dass Werner was spitzkriegt«, sagte Twiggy. »Gaby ist in Ordnung.«

Gaby schwamm so am Rand mit, war Sekretärin in der Verwaltung einer alternativen Lebensmittelkette, aber sie gehörte dazu, war auch auf Demos dabei.

»Die Sache hätte den Vorteil, dass die Bullen die eher nicht auf dem Kieker haben«, sagte Dornröschen. »Also, du bringst dem Großmaul die Marke zurück, preist seinen Heldenmut und machst dich an Gaby ran, wenn der es nicht merkt.«

»Und wenn die die Klappe nicht halten kann? Schließlich wohnt sie mit Werner zusammen …«

»Wir machen ihr schön Angst. Geheimaktion, vertraulich, nur zuverlässige Genossinnen, du weißt, was ich meine.« Sie grinste sogar ein bisschen. »Matti, du kriegst das hin, ja?«

Matti nickte. Er hatte mit Gaby eigentlich noch nie etwas zu tun gehabt außer Hallo und Tschüss, aber sie hatte Respekt vor der Dornröschen-WG. »Wetten, dass das klappt?«

Twiggy winkte ab, und Dornröschen rollte mit den Augen.

Zwei Tage später hatte Twiggy den Peiler und ein Empfangsgerät besorgt. Und Matti hatte sich schon fast an seinen Verfolger gewöhnt. Aber er begriff nicht, dass sonst nichts passierte. Der Typ fuhr ihm nur hinterher. Doch dann dachte er, dass die Wanzen in der Wohnung immer noch funktionierten, auch wenn Dornröschen nicht mehr sang, nachdem sie einen gut hörbaren Krach inszeniert hatten für die geheimen Lauscher, die gewiss ebenfalls erleichtert waren über das Ende des akustischen Terrors. Sie überwachten die WG und Matti und hofften, so herauszubekommen, ob es eine weitere Kopie der DVD gab. Was sonst? Vermutlich hatten sie Norbis Kopie im Ingenieurbüro gefunden. Doch es gab keinen Zweifel, dass die Typen brutal genug waren, wieder jemanden umzubringen, wenn sie es nützlich fanden. Aber gleichzeitig wollten sie so wenig Aufsehen erregen wie möglich. Norbis Tod ließ sich noch vertreten, ein zweiter Mord, und der an einem Freund von Norbi, das würde auffallen. Matti kombinierte sich das zusammen und wusste doch, es konnte alles ganz anders sein. Wahrscheinlich war es das auch. Doch war er erst mal zufrieden, denn die Wanzenaktion hatten sie gut getarnt, und nun lagen die Lauscher im Flur. Hin und wieder stellten sie sich nah an eine Wanze und taten so, als würden sie sich in einem der Zimmer unterhalten. Dabei deckten sie die anderen Wanzen mit dicken Handtüchern ab. Matti kam es ziemlich albern vor, aber wie sollten die merken, dass sie gelinkt wurden?

Konny und Gaby waren Feuer und Flamme, als Matti ihnen erzählte, es gehe darum, dem VS eine reinzuwürgen. Genaueres könne er nicht sagen, aber was er sagte, schuf gute Laune.

Die attraktive kurzhaarige Blondine in einem blauen Sommermantel und mit einer großen Einkaufstüte kam aus dem KaDeWe-Ausgang Passauer Straße und winkte dem Taxi, das gerade vorbeirollte. Sie sah aus, als hätte sie sich neue Kleidung gekauft. Der Fahrer hielt an, gute hundert Meter hinter ihm bremste ein beigefarbener Audi. Die Blondine ließ sich den Kofferraum öffnen, ohne den Audi eines Blicks zu würdigen. Sie legte in aller Ruhe die Tasche hinein, und der Fahrer klappte den Kofferraum zu. Dann sagte sie ihm das Fahrziel, der Fahrer nickte und hielt ihr die Tür auf. Sie gehörte zu den Frauen, denen selbst ein eher schlampig aussehender Taxifahrer die Tür öffnete. Gaby setzte sich auf die Rückbank, und nachdem auch Matti Platz genommen hatte, fuhr er los. Sie sagten nichts während der Fahrt, das hatte Twiggy ihnen eingebläut. »Vielleicht habe ich eine Wanze nicht gefunden, glaube ich zwar nicht, aber es ist besser, ihr zieht das konsequent durch.« Gaby war begeistert.

Der Plan, den die Okerstraßen-WG sich ausgedacht hatte, verlegte die Ereignisse ganz in den Westen der Stadt, möglichst weit weg vom eigenen Kiez. Twiggy war der Merowingerweg eingefallen, genauer gesagt, hatte er ihn sich, wie andere aussichtsreich scheinende Gegenden, erst am PC ausgeguckt und dann selbst inspiziert. Die beiden anderen waren sofort überzeugt, dass es dort klappen würde.

Matti kurvte mit Gaby, die ein Dauergrinsen aufgesetzt hatte, und dem Audi im Schlepptau zum Westend, um sich dort zielsicher auf Germanenstraßen in den Merowingerweg vorzuarbeiten. Villen, Einfamilienhäuser, Luxusapartments, große Gärten, teure Autos. Gaby stieß einen leisen Pfiff aus und hielt sich gleich die Hand vor den Mund. Matti bog in den Merowingerweg ein, er war schmal und führte nach ein paar Metern, gesäumt von Laubbäumen und Grünanlagen, gleich auf einen Park- und Wendeplatz, um sich dort nach drei Sperrsäulen in einen schmalen Fußgängerweg zu verwandeln. Zwei schwarze Luxuskarossen parkten einträchtig nebeneinander. Ein Typ auf einem Fahrrad kurvte herum, und eine Frau mit Kopftuch in einem verwaschenen Kittel, die aussah wie eine Putzfrau auf dem Weg zur Arbeit, trug eine verschlissene Stoffeinkaufstasche in Mattis Fahrtrichtung. Bald hatte auch der Audi die beiden Passanten hinter sich gelassen. Er rollte langsam hinter dem Taxi her und hielt an der Ecke. Matti prüfte im Rückspiegel, ob der Audi in Sichtweite war. Er steuerte den Benz an den Straßenrand vor ein imposantes Einfamilienhaus mit Eisenzaun und Doppelgarage. Gaby wartete, bis Matti die hintere Tür geöffnet hatte, dann ließ sie sich ihre Tüte aus dem Kofferraum reichen. In diesem Augenblick fuhr der Radfahrer in hohem Tempo dicht an dem Audi vorbei und trat den Seitenspiegel mit einem schnellen Tritt ab. Die Putzfrau hatte fast das Heck des Audis erreicht, als dessen Fahrer aus dem Auto sprang, dem Radler hinterherstarrte und dann eine Serie von Flüchen losließ. Währenddessen kniete die Putzfrau am Heck, nestelte ein schwarzes Gerät aus der Einkaufstasche und ließ es mit einem leisen Plopp unter der Stoßstange verschwinden. Sie brauchte nur wenige Sekunden, dann lief sie gemütlich weiter, würdigte den Audi-Fahrer, der nun den Schaden inspizierte, keines Blicks und überholte auch das Taxi, dessen blonder Fahrgast an der Gartentür stand. Der Audi-Fahrer schaute verzweifelt dem Radler nach, aber der war längst auf dem Fußgängerweg.

Als das Taxi sich endlich in Bewegung setzte und wendete, folgte ihm der Audi bis zur Alemannenallee, in die Matti rechts abbog, der Verfolger aber nach links, in Richtung Heerstraße. Als der Audi weit genug entfernt war, steuerte Twiggy den Bulli aus der Parklücke und folgte dem Audi. Dornröschen saß neben ihm und hielt das Empfangsgerät auf dem Schoß. Auf dessen Monitor wanderte ein Punkt in Richtung Innenstadt.

Twiggys Handy klingelte, Matti war dran. »Alles klar?«

»Und wie«, sagte Twiggy. »Aber schau trotzdem in den Rückspiegel. Wir spielen nämlich gerade ein Spiel, das nennt sich Doppelverfolgung. Jede Wette, dass an dir einer dranhängt.«

Matti blickte in den Spiegel. Ein Lastwagen, ein anderes Taxi auf der Frankenallee, weit hinten ein dunkelblaues Auto, aber das näherte sich schnell und überholte.

Der Funk krächzte, aber die Tour war weitab. Er hatte sowieso keine Lust, er war gespannt, was Dornröschen und Twiggy erzählen würden am Abend im *Bäreneck.*

Dann klingelte das Handy. »Du willst mich gar nicht mehr treffen«, schmollte Lily.

»Doch, doch. Aber ich habe im Augenblick ziemliche Schwierigkeiten…«

»Ausrede!«, schimpfte Lily.

»Sobald ich Zeit habe, erzähl ich es dir, okay? Ich beeil mich.«

»Okay.« Sie klang besänftigt.

Matti sah den gelben Einband seines Konfuziusbandes in der Ablage unterm Aschenbecher. Und er dachte, dass es vielleicht nicht so klug wäre, Lily einzuweihen. Es wäre überhaupt nicht klug, einem Außenstehenden etwas zu verraten von dem Schlamassel, in den sie geraten waren. Sie wussten ja selbst nicht, um was es ging.

Als Matti direkt von Ülcan zum *Bäreneck* geradelt war, schnaufte er noch, als er sich zu den beiden an den Tisch setzte. Am Tresen stand ein einsamer Trinker, sonst war es leer. Ein elendes Gedudel lief. Diesmal saßen sie in der von der Tür am weitesten entfernten Ecke.

Nachdem die Wirtin zwei Bier und einen Tee gebracht hatte, begann Twiggy zu berichten. Sie waren dem Audi bis nach Friedrichsfelde gefolgt, wo er in die Zornstraße eingebogen war, eine Sackgasse. Sie hatten den Wagen ein Stück entfernt abgestellt und waren dann in die Straße hineingegangen, obwohl Twiggy ein wenig mulmig war. Aber sie hatten es richtig gemacht, und der Typ würde Dornröschen ohne Kopftuch und Kittel nicht wiedererkennen, wenn er sie überhaupt wahrgenommen hatte. Der Audi stand auf einem Parkplatz vor einem unverputzten zweistöckigen Betongebäude aus DDR-Zeiten, einem Plattenbau, wie man ihn noch hundertfach sah. Daneben lagen die Werkstatt einer Schreinerei sowie ein Getränkemarkt, und gegenüber verkaufte ein Fritjof Schmitt Tiernahrung und sonstige Zooartikel. Dornröschen ließ es sich nicht nehmen, die Klingelschilder an der Tür des Gebäudes anzuschauen, vor dem der Audi parkte.

»Detektei Warnstedt«, sagte Dornröschen und rührte in ihrer Tasse. »Ich habe mal recherchiert, was das für ein Laden ist. Im Internet werben sie als Spezialisten für Industriespionage und Geheimnisverrat. Ihre Kunden sind durchweg Firmen, behaupten die jedenfalls. Diese typischen Schnüffelsachen wie Ehegatten-Watching machen die nicht, jedenfalls bieten sie die nicht an. Viel findet man nicht über sie. Im Handelsregister sind satte sieben Geschäftsführer eingetragen. Einen Herrn Warnstedt habe ich unter den Namen übrigens nicht gefunden. Ich hätte es mir denken können. Ist bestimmt ein Fantasiename, auch zur Tarnung. Wie gut, dass sie den Laden nicht Detektei Dornröschen genannt haben.«

»Eines ist aber sicher«, sagte Matti. »Privatdetektive morden nicht.«

Dornröschen gähnte. Twiggys Finger trommelten auf der Tischplatte.

»Die arbeiten konspirativ«, sagte Matti. »Wahrscheinlich ehemalige Bullen oder Stasis oder beides. Wie es in Berlin so ist.«

»Und was soll die DVD mit der Stasi zu tun haben oder mit den Bullen oder mit beiden?«, fragte Dornröschen.

»Keine Ahnung«, sagte Matti.

»Wir wissen gar nichts«, sagte Twiggy. »Und wenn die uns keine Wanzen eingebaut hätten, wüssten wir noch weniger.«

»Immerhin wissen wir, dass die Detektei drinhängt. Einer von denen verfolgt mich, und wer sonst sollte die Wanzen bei uns eingebaut haben?« Matti trank von seinem Bier.

»Wir gehen einfach rein und fragen die«, sagte Twiggy.

Dornröschen tippte sich an die Stirn.

»Wir könnten wieder einbrechen, aber das hat beim letzten Mal nichts gebracht. Außerdem dürften die den Laden abgesichert haben wie Fort Knox.« Matti hob die Hände, wie um zu sagen, dass er schon bessere Ideen gehabt habe. »Und sich da hineinzuhacken, das kann man auch vergessen«, sagte er nach einem Seitenblick auf Twiggy.

»Wir drehen den Spieß um«, erklärte Dornröschen. »Wir überwachen die.«

Die beiden anderen starrten sie an, aber dann zog ein Lächeln über Twiggys Gesicht, während Matti sich ausmalte, wie er todmüde nach Schichtende die Detektei überwachte.

Als hätte Dornröschen seine Gedanken erraten, sagte sie nach einem ausgiebigen Gähnen: »Wir beschränken es auf den Tag. Matti kann ja ein paar Taxi-Nachtschichten übernehmen, dann hat er tagsüber frei. Das geht doch, oder?« Ein strenger Blick traf Matti in den Augen.

»O Gott!«, sagte Matti resignierend.

»Das ist doch ganz einfach.« Wenn Dornröschen mal auf einem Trip war, dann war sie unerbittlich. Es war die Kommandophase.

Wenn etwas richtig war, musste es getan werden. »Detekteien arbeiten im Auftrag. Der Geldgeber der Detektei ist der, dem die DVD gehört und der Norbi umgebracht hat. Wäre doch logisch«, sagte sie, aber in ihrer Stimme klangen Zweifel mit.

»Als einigermaßen sicher können wir nur ansehen, dass die Detektei mich überwacht und die wahrscheinlich auch die Wanzen eingebaut hat.«

»Wir sollten die Scheißdinger nehmen und sie denen auf den Tisch knallen«, brummte Twiggy.

»Dann glotzen die uns unschuldig an und erklärten, das wären nicht ihre.«

»Ob die so einen Lieferwagen auf dem Hof stehen haben?« Matti überlegte. »Das war ein Toyota Hiace, weiß. So viele gibt es davon nicht.«

»Ob die den haben, finden wir heraus, wenn wir den Laden überwachen. Wir dürfen aber den Hof nicht betreten, da sind bestimmt überall Kameras und eine Alarmanlage.«

»Und wie stellen wir uns hin, ohne aufzufallen?« Twiggy trank sein Bier aus.

»Da gibt es einen Parkplatz am Getränkemarkt.« Dornröschen überlegte einen Augenblick. »Wir brauchen noch ein paar Autos, unser Bus fällt auf, den können wir nicht benutzen. Irgendeinen alten Golf oder so was fürs Erste, ein Auto, das ohnehin überall herumsteht, kann jemand so eine Karre besorgen?«

»Wir sollten da erst mal zusammen hinfahren und Bier einkaufen«, sagte Matti.

»Und wenn die uns erkennen?« Twiggy riss seine Augen weit auf.

»Nur wenn wir blöd sind«, sagte Matti, und Dornröschen nickte. »Wir fahren mit dem Taxi hin.«

»Das kennen die auch«, sagte Twiggy.

»Kannst du den Wagen tauschen?«, fragte Dornröschen.

Matti lockerte das Kabel der Einspritzpumpe und rollte mit Zündaussetzern auf den Hof. Da dieses Teil im steinzeitalten E-Klasse-

Diesel immer mal wieder Ärger machte, kamen dem Chef keine Zweifel an Mattis Darstellung. Matti erhielt für die Tagschicht den Wagen von Aldi-Klaus.

Als er nach der Ausfahrt vom Hinterhof in den Rückspiegel schaute, grinste er. Er entdeckte ziemlich weit hinten in der Manitiusstraße den Audi, aber der ließ sich vom Nummernschild irreführen, jedenfalls folgte er nicht. Oder die Typen verließen sich auf den eingebauten GPS-Peiler.

Mit dem Taxi fuhren die drei in die Zornstraße, auf den Parkplatz von *Gerd's Getränkemarkt mit Kofferraum-Service.* Matti parkte den Wagen zwischen einem alten Volvo-Kombi und einem Opel Astra. Dornröschen hatte sich superfein gemacht, und es schien ihr zu gefallen. »Demnächst ist der Laufsteg deine Heimat«, hatte Twiggy gespottet, und Dornröschen hatte lässig genickt. Sie sah großartig aus, fand Matti. Ihr Haar hatte sie am frühen Morgen auf dunkelbraun umgefärbt, mit dezenten hellbraunen Strähnchen. Eine enge schwarze Hose passte, als trüge sie nie etwas anderes, ihre graue Leinenbluse saß ebenso elegant, und sie konnte sogar in hochhackigen Schuhen laufen, was Matti nur bestätigte, dass Dornröschen ein Naturtalent war, dem alles gelang, wenn sie es nur wollte. Sie stieg aus, während die anderen beiden sitzen blieben und die Umgebung beobachteten. Twiggy saß auf der Rückbank hinter dem Beifahrersitz. Matti blickte durch die Scheiben des Volvos auf die Detektei. Ein graues Betongebäude mit getönten Scheiben und herabgelassenen Jalousien. Auf der Rückseite des Gebäudes schloss sich eine Betonwand an, darauf gerollter Stacheldraht und darüber eine an weißen Isolatoren befestigte Stromleitung. Die Idee, in dieses Gebäude einzubrechen, war wirklich abwegig.

Er sah, wie Dornröschen im Getränkemarkt verschwand, einer Riesenhalle, auf deren zum Parkplatz zeigender Stirnseite das Firmenschild prangte, weiße Schrift auf schwarzem Untergrund. Ein Golf-Kombi dieselte auf den Hof und stellte sich vor das Taxi.

»So ein Idiot«, sagte Twiggy, als der Fahrer ausstieg und fett zur Halle humpelte. »Der sollte sowieso aufhören mit dem Saufen.«

Matti fand es gar nicht schlecht, so versteckt worden zu sein, er hatte ziemlich Schiss, und dies umso mehr, je länger sie da standen. Ein Gefühl von Hilflosigkeit brandete an wie eine Welle, zog sich zurück und rollte wieder los.

Es war nichts los vor der Detektei. Er erkannte eine Einfahrt neben dem Gebäude, die führte offensichtlich in den Hof. Das Haus schien verlassen. Matti versuchte sich vorzustellen, was sich hinter den Jalousien abspielen mochte. Büros mit vielen Bildschirmen, überall Überwachungstechnik, Tresore, ein Besprechungsraum, in dem graue Männer in grauen Anzügen saßen, die letzten Tschekisten. Der Begriff gefiel ihm, er war schön absurd. Aber er wusste, diese Leute waren Profis, die hatten in ihrem Leben nie etwas anderes gemacht, als Leute zu verfolgen, zu bespitzeln, zu entführen, zu ermorden. Für die war das normal. Keine beruhigende Aussicht, sich mit solchen Leuten anzulegen.

Endlich schlenderte Dornröschen zurück, sie tat alles, um auszusehen wie jemand, der kein Ziel und einen Haufen Zeit hatte. Sie setzte sich auf die Rückbank. »Also, hinten gibt es keine Tür und keine Einfahrt. Das ist schon mal gut. Aber das Ding ist wirklich gesichert wie eine Festung. Eigentlich bräuchten wir zwei Wagen, einen, um den Laden im Auge zu behalten, den anderen, um zu verfolgen, wo dieser oder jener hinfährt.«

»Das schaffen wir nicht«, sagte Matti. »Aber wir sollten uns morgen früh hier mal hinstellen und beobachten, wie die Typen zur Arbeit kommen. Dann werden wir schon einiges kapieren.«

Dornröschen gähnte und nickte. »Genauso machen wir es. Und dann sehen wir weiter.«

Die Sonne verdrängte eine schwere tiefgraue Wolke vom Himmel, und in ihrem Licht blendete der Beton. Obwohl Autos parkten und gerade ein Paar mit zwei Kindern aus der Halle trat, wirkte der Ort auf Matti verlassen wie der Mars. Es war trostlos.

Matti quälte sich kurz vor Sonnenaufgang aus dem Bett, in der Küche klapperte etwas. Er setzte sich auf die Bettkante und strich sich durch die Haare. Dann erinnerte er sich an einen erregenden Traum, in dem Lily und er an einem Sandstrand wild vögelten. Das Bild war nur geeignet, seine Laune zu verschlechtern. Er wusste, wo er den Morgen verbringen würde, Regen war angesagt, Ülcan würde meckern, wenn er herumstand, statt Fahrgäste zu befördern, und wahrscheinlich würde die Aktion nichts bringen. Er ging in den Flur und wäre beinahe über Robbi gestolpert, der sich gerade streckte und Matti vorwurfsvoll ansah. Er tippelte ins Bad, aber das war abgeschlossen, den Brummgeräuschen nach zu urteilen, saß Twiggy auf dem Klo, was er stets akustisch untermalte, während er steinalte Fix-und-Foxi-Comics las, die er alle schon kannte und nur im Bad noch anfasste. Matti steckte seinen Kopf in die Küche. Dornröschen war angekleidet und hatte den Teekessel auf eine Gasflamme gesetzt. Sie wandte ihm kurz ihr Gesicht zu, gähnte und zwinkerte spitzbübisch mit einem Auge. Ihr Haar glänzte. Die Klospülung wurde betätigt, Robbi maunzte, die Badezimmertür ging auf. Twiggy walzte in der Unterhose in den Flur, Robbi maunzte noch lauter, was ihm eine Streicheleinheit einbrachte und den gemeinsamen Marsch in die Küche, wo das arme Tier endlich zu fressen bekam. Ein Fremder hätte sofort den Tiernotdienst angerufen, weil er nicht wusste, dass auf Robbi ersatzweise immer ein gut gefülltes Schälchen Trockenfutter wartete, falls er des Nachts den kleinen Hunger verspüren sollte. Aber diesmal wollte Robbi seine Lieblingsspeise, Thunfischkatzenfutter. Dornröschen hatte ihn schon beschimpft, weil wegen Robbi die letzten Thunfische ausgerottet würden, was aber Twiggy nur zu der Erklärung veranlasste, bei der Güterabwägung zwischen den Interessen Robbis und denen der Thunfische seien die Prioritäten für ihn klar.

Twiggy war am Abend noch einmal weggegangen und spät ziemlich beladen zurückgekehrt. Er marschierte nun in sein Zimmer, und Matti begann sich anzukleiden. Jeans, T-Shirt, Hemd, Turnschuhe. Diesmal musste er sich nicht verkleiden. Sie wollten sich auf Fritjof Schmitts Parkplatz stellen, der gegenüber dem Plattenbaueingang lag, und Twiggy würde sogar etwas kaufen, vielleicht ein Spielzeug für Robbi oder einen neuen Kratzbaum oder imprägnierte Bälle oder Spezialfutter für junge oder alte Katzen oder eine Fellmaus oder alles zusammen. Wurde er sonst bespöttelt, weil er Robbi nach Strich und Faden verpimpelte, so war die Überfürsorge nun streng geplante Tarnung, wobei wenigstens Dornröschen und Matti wussten, wie albern das war.

Matti trank in der Küche einen Schluck von Dornröschens Tee, dann polterte Twiggy heran, in der Hand schleppte er einen Pilotenkoffer. Er schob Mattis Tasse und die Zuckerdose zur Seite und wuchtete den Koffer auf den Tisch. Dann öffnete er ihn. »Richtmikrofon, Zwölffach-Zoom-Kamera mit HD-Video, vierzehn Megapixel, Digitalrekorder, Netbook mit UMTS-Modem«, sagte er stolz.

Matti staunte pflichtgemäß, aber es wunderte ihn doch, wo Twiggy immer genau die Gerätschaft herbekam, die er gerade brauchte. Er fragte nicht und hätte sich allerdings nicht gewundert, wenn irgendwann die russische und die italienische Mafia aufgetaucht wäre, verstärkt um kolumbianische Drogenbarone und baskische Terroristen.

»Außerdem haben wir ein neues Auto. Dein Taxi bringen wir am besten zu Ülcan, und du meldest dich krank.«

»Soll ich dir ein paar hübsche Punkte ins Gesicht malen?«, fragte Dornröschen mit besorgter Stimme.

»Schön, dass ihr alles schon beschlossen habt. Ich gebe mein Leben in eure Hände.« Er muffte ein wenig, manchmal überrollten sie ihn einfach, doch manchmal überrollten sie auch Twiggy, da fielen die Entscheidungen vom Himmel wie Sternschnuppen, und es war immer richtig. Und natürlich würde er sein Leben in ihre Hände geben.

»Es ist ein weißer Golf«, sagte Twiggy, »das Nummernschild habe ich mir geborgt.« Er grinste. »Von den Autos gibt es unendlich viele«, fügte er lakonisch hinzu, während er Robbi sanft am Ohr zog.

Twiggy schaute auf den GPS-Empfänger, der auf dem Küchentisch lag. »Oh, dein Verfolger macht sich auf den Weg. Ruf mal bei Ülcan an.«

Matti ging in sein Zimmer, nahm das Handy vom Nachttisch und wählte Ülcans Nummer. »Ich bin krank«, sagte Matti mit gepresster Stimme, als sein Chef abgenommen hatte. »Über Nacht, solche Hautausschläge, Fieber« – die Stimme wurde kläglich.

Ülcan glaubte kein Wort, er hätte noch den Sargdeckel geöffnet, um nachzuschauen, ob sein Fahrer wirklich darin lag, wenn Matti das eigene Ableben gemeldet hätte, und Ülcan hätte auch noch gewartet, bis der Sarg wirklich unter der Erde lag, um dann Allah und den Propheten zu fragen, warum ihm das Schicksal abverlange, nach einem neuen Fahrer suchen zu müssen, wo doch der alte zwar ein Betrüger gewesen sei, aber immerhin berechenbar. Ülcan hasste es wie einen Bombenanschlag auf Mekka, sich an neue Leute gewöhnen zu müssen. Wütend knallte er den Hörer aufs Telefon.

Matti grinste umso mehr, als er daran dachte, wie der Typ im Verfolger-Audi nun umsonst wartete. Aber sie mussten los, die Spitzel standen früh auf. Ein Grund mehr, sie nicht zu mögen.

6: Who are you?

Über der Stadt lag Dunst, die Luft war feucht und kalt, und sie klebte einem eine Weichzeichnerlinse vor die Augen. Der Beton der Straße, des Parkplatzes, der Gebäude färbte sich dunkelgrau, und wäre Matti allein gewesen und depressiv und vielleicht auch noch betrunken, dann wäre dies der richtige Ort gewesen, sich eine Kugel in den Kopf zu schießen. Aber Matti war nicht mies drauf, er war angespannt, und manchmal schweiften seine Gedanken zu Lily, auch um gleich alle Fragen zu verscheuchen, die sich ihm aufdrängten. Es war so, wie es war, es dauerte so lange, wie es dauerte, und warum es so war, wie es war, bloß nicht fragen, es könnte alles ändern. Denn dass diese alte neue Beziehung auf ganz eigene Weise fragil war, das hatte er vom ersten Tag an gespürt. Nur wusste er nicht, wo die Bruchstellen lagen, also besser nicht daran rühren.

Die Zoohandlung hatte noch nicht geöffnet, es war Viertel vor sieben. Sie warteten in einem weißen Golf IV, der noch passabel aussah, Matti saß auf der Rückbank und beobachtete das Detekteigebäude durchs Fernglas, wobei er Dornröschen auf dem Beifahrersitz als Abschirmung nutzte. Sie roch gut, das hatte er vorher nie richtig gemerkt, überhaupt fand er Dornröschen seit einigen Tagen erstaunlich attraktiv, was sie bis dahin geschickt verborgen hatte hinter ihrem Schleier aus ewigem Gähnen, absurden Frisuren und tülligen Klamotten. Heute trug sie eine Jeans, ein weißes T-Shirt und eine blaue Kapuzenjacke, die Haare waren glatt, und sie hatte sich kaum geschminkt. Sie wollte nicht auffallen durch Exotik, aber Matti fiel sie jetzt erst recht auf. Sie war äußerlich wie verwandelt. Oder Matti hatte nie so genau hingeschaut.

Eine Weile tat sich nichts. Offenbar war der Audi-Verfolger als Erster zur Arbeit gekommen, hatte sich das Auto besorgt und wartete in der Manitiusstraße auf sein Opfer. Jedenfalls zeigte das der GPS-Empfänger an. Ülcan hatte gewiss längst einen Aushilfsfahrer angerufen, und wenn der Audi-Fritze dumm genug war, würde er sich auf den Peilsender verlassen und nicht genau hingucken, wer im Taxi saß.

Sie warteten und sagten nicht viel. Das Licht wurde weiß, als die Sonne den Dunst durchdrang. Um acht Uhr wurde endlich die vergitterte Tür der Zoohandlung aufgesperrt. Twiggy stieg aus und verschwand im Laden. Ein grauer Xantia-Kombi rollte auf den Parkplatz und stellte sich ein paar Buchten weiter hin. Darin eine dickliche mittelalte Frau mit Kopftuch. Sie stieg aus, öffnete die Heckklappe und holte einen Pappkarton heraus, schlug die Klappe zu, ließ die Blinker aufleuchten, als sie die Fernbedienung benutzte, um den Wagen zu schließen, und trug die Kiste zu der Einkaufswagenreihe neben dem Eingang. Sie löste mit einer Münze einen Wagen aus und stellte die Kiste hinein, als sie plötzlich stillstand, ein Handy in der Hand hatte und telefonierte.

Matti beobachtete sie eine Weile aus Langeweile, bis ihn Dornröschen anzischte. »Da!«

Ein schwarzer Mercedes der S-Klasse rollte die Straße entlang und fuhr auf den Parkplatz vor dem Detekteigebäude. Matti holte die Kamera aus dem Pilotenkoffer, fixierte den Wagen und drückte den Auslöser. Das Kennzeichen war *B-CA 7078*. Der Benz hielt, die rechte hintere Tür öffnete sich, ein groß gewachsener schlanker Mann in einem dunklen Mantel und mit eckiger Brille stieg aus. Er hatte einen Bürstenschnitt. Matti schaltete auf den Mehrbildmodus um und drückte wieder den Auslöser, die Kamera klickte wie eine gedämpfte Maschinenpistole. Der Typ zeigte das Profil, dann wandte er sich dem Eingang zu und klingelte. Die Tür öffnete sich, der Mann verschwand. Dann hob sich das Stahltor rechts daneben, und der Mercedes rollte hinein. Das Tor schloss sich. Und dann sah es aus, als wäre nie jemand dort gewesen. Matti nahm die Speicherkarte aus der Kamera und steckte sie in die fünfte Tasche seiner Jeans. Was ich habe, das habe ich. Er kramte im Koffer und fand drei weitere Speicherkarten, nachdem er die Verpackung geöffnet hatte, legte er eine in die Kamera und vergewisserte sich, dass diese die neue Karte erkannte.

»Das war der Chef«, sagte Dornröschen. »Hast du das Kennzeichen drauf?«

»Klar, kann es schon auswendig: B-CA 7078.«

Twiggy kam aus der Zoohandlung, Tüten in beiden Händen. Er öffnete den Kofferraum, stellte die Beute hinein und setzte sich hinters Steuer.

»Volltreffer«, sagte Matti, »wir haben den Chef im Bild.«

»Chef?«, fragte Twiggy.

»S-Klasse«, sagte Matti.

Twiggy nickte, Dornröschen gähnte.

Ein beigefarbener E-Klasse-Kombi fuhr zügig zum Detekteihaus. Diesmal stieg niemand aus. Matti fotografierte den Wagen, in dem nur der Fahrersitz besetzt war. Die Hofeinfahrt öffnete sich, der Wagen rollte hinein und verschwand, das Tor schloss sich.

Gleich darauf ein neuer Golf, zwei Frauen auf den Vordersitzen, eine hatte längere schwarze Haare, die andere einen Kurzhaarschnitt, entweder dunkelbraun oder ebenfalls schwarz. Letztere trug eine Brille. Wieder öffnete sich das Hoftor, wieder schloss es sich nach dem Wagen. Matti knipste Dutzende von Bildern.

Nach ein paar Minuten tauchte der weiße Toyota Hiace auf, der vielleicht vor ihrem Haus gestanden hatte. Ein Typ mit Baseballkappe saß hinterm Steuer. Der Wagen folgte den anderen. Twiggy schaute auf die Uhr. »Arbeitsbeginn, neun Uhr, Chef kommt etwas früher. Die haben wahrscheinlich gleich eine Besprechung, und der Boss will gut vorbereitet sein.«

»Geniale Eingebung«, murmelte Dornröschen.

Matti kicherte. Sein Blick wanderte über die Hausfassade, aber die Jalousien blieben unten.

Ein roter Renault Laguna Kombi, neuestes Modell, rollte heran und verschwand samt Fahrer ebenfalls im Hof.

»Gut, das reicht erst mal«, sagte Dornröschen. »Nachher kriegen die spitz, dass sie beobachtet werden. Jede Wette, dass sie mit Kameras die Umgebung beobachten.«

»Ist verboten«, sagte Twiggy.

»Schwer beeindruckendes Argument«, erwiderte Matti. »Lass uns abhauen.« Er steckte die Kamera in den Koffer.

Twiggy zögerte, dann startete er den Motor, und sie fuhren nach Hause. Das Auto stellten sie allerdings in der Kienitzer Straße ab, von dort hatten sie nur ein paar Minuten Fußweg. Twiggy brachte Robbis Geschenke in die Wohnung, während Matti und Dornröschen schon zum *Bäreneck* liefen. Sie würden nun Kriegsrat halten, hatte Twiggy pathetisch angekündigt.

»Was machen wir mit der DVD?«, fragte Matti. »Wir sollten schon herausfinden, um was es geht. *Tubes*, was ist das? Wenn wir richtig geraten haben, wurde wegen der paar Röhrenzeichnungen Norbi umgebracht.« Sie liefen die Hermannstraße entlang, links und rechts die Friedhöfe, die Autos stauten sich, die Sonne hatte den Restdunst verdampft, auf dem Bürgersteig zogen Menschen entlang in billiger Kleidung, Frauen mit Kopftüchern, manche Mädchen aufgesext, mit Taschen und Tüten, viele aus *Migrantien*, wie Twiggy mal gesagt hatte.

»Und was, wenn wir die einem anderen geben, und der wird auch umgebracht?«, fragte Dornröschen.

Sie hatten diese DVD nicht mehr hervorgeholt, seit Norbi tot war. Es war ein stillschweigendes Abkommen gewesen, aber das hielt nun nicht mehr. Die DVD war womöglich der Schlüssel, konnte vielleicht erklären, warum Norbi ermordet worden war. Aber vielleicht ging es auch um was anderes, und sie reimten sich nur Mist zusammen, vergeudeten ihre Zeit mit lächerlichen Beschattungsaktionen. »Und wenn alles ganz anders ist?«, fragte Matti fast ängstlich. »Wenn wir uns das nur einbilden, wenn Norbi nur einen Einbrecher überrascht hat ...«

»Dann würde niemand bei uns Wanzen einbauen.«

»Aber stell dir vor, die Wanzen sind von den Schlapphüten.«

»Die fahren keinen weißen Toyota irgendwas, der einer Detektei gehört.«

»Als gäbe es nur einen weißen Hiace.«

»Also, du gibst Norbi die DVD, der wird umgebracht, daraufhin baut uns jemand die Wanzen ein.« Sie hielt an und zupfte Matti am Ellbogen. Matti blieb stehen, und sie nahm ihn in den Arm. »Du hast keine Schuld«, sagte sie leise. »Überhaupt keine. Schuld haben nur die, die Norbi umgebracht haben.« Sie löste sich ein wenig von ihm und schaute ihm streng in die Augen. »Klar?«

Matti nickte leicht.

»Und wenn es da doch eine Schuld gibt, sind Twiggy und ich mit zwei Dritteln dabei. Aber es gibt keine. Ich konnte eine Weile nicht schlafen und habe immer daran denken müssen, dass Norbi zwar ein Arsch war, aber den Tod hatte er niemals verdient. Wir werden die Typen kriegen, die Norbi auf dem Gewissen haben. Okay?«

Matti nickte wieder.

Sie küsste ihn zart auf die Wange, dann gingen sie Arm in Arm weiter.

Wieder im *Bäreneck*. Schlagergedödel, am Tresen ein alter dürrer Mann mit räudigen roten Haaren, hinterm Tresen die Wirtin, die irgendwas schwätzte. Als Twiggy kam, hatte Dornröschen schon fast ihren Tee ausgetrunken und Matti zwei Drittel seines Biers intus. Er bestellte gleich zwei neue, indem er die Hand mit gestrecktem Daumen und Zeigefinger hob.

»Robbi ist fast ausgeflippt«, sagte Twiggy, als er sich schnaufend gesetzt hatte.

»Pass auf, wir müssen sortieren.« Dornröschen gähnte. »Und dann legen wir fest, was wir als Nächstes machen.«

»Was machen eigentlich die Bullen?«, fragte Twiggy.

»Kannst ja mal fragen«, sagte Matti lakonisch.

Twiggy kratzte sich an der Backe.

»Erste Frage: Sollen wir die DVD noch mal jemandem zeigen?« Dornröschen blickte die beiden nacheinander an.

»Nächste Frage«, sagte Twiggy.

Dornröschen zuckte mit den Achseln. »Zweite Frage: Der Typ in der S-Klasse war der Chef, wollen wir herauskriegen, wer das ist?«

Die beiden nickten.

»Dann müssen wir nachher wieder hinfahren, um ihm zu folgen. Dritte Frage: Wer besorgt ein anderes Auto?« Sie blickte Twiggy an.

Matti sagte: »Ich frag mal Konny. Wir brauchen sowieso Verstärkung.«

»Oder wir leihen uns eins«, sagte Twiggy.

»Matti ist mir zuvorgekommen. Frage vier: Brauchen wir Verstärkung? Meine Antwort: Unbedingt. Wir schaffen es nicht mehr allein. Wir richten Tag- und Nachtschichten ein. Frage fünf: Wen? Konny? Gaby? Die sind okay und haben schon mal mitgemacht.«

»Klar«, sagte Matti. Er stand auf und verließ die Kneipe. Auf der Straße wählte er Konnys Nummer. Als der abnahm, sagte Matti: »Kennst du das *Bäreneck*?«

»Nein«, sagte Konny, und er war gar nicht verblüfft über die Frage.

Matti erklärte ihm den Weg, und Konny wollte gleich zur U-Bahn gehen.

Dann wählte er die Nummer von Gabys WG. Werner das Großmaul nahm ab und lachte anzüglich, als Matti Gaby sprechen wollte. Gaby war nicht da. Er möge ihr einen Zettel mit seiner Telefonnummer auf den Schreibtisch legen, sie solle zurückrufen. Es sei dringend. Werner gackerte pseudobedeutend.

»Frage Nummer sechs«, sagte Matti, nachdem er sich wieder gesetzt hatte. Inzwischen stand das neue Bier auf dem Tisch. »Das ist die Frage, ob die DVD-Geschichte mit den Wanzen und dieser Detektei zusammenhängt. Und wenn ja, wie. Und wenn nein, um was geht es eigentlich?«

Twiggy trank gemächlich einen Schluck. »Es hat keinen Sinn zu spekulieren. Wir tun einfach so, als hätten die Schnüffler was mit dem Mord zu tun, direkt oder indirekt, und der Mord hängt mit der Scheiß-DVD zusammen. Wenn wir mehr wissen, können wir noch mal raten. Wir sollten den Oberschnüffler Tag und Nacht überwachen, herausfinden, wie er heißt, mit wem er sich trifft, und wenn wir ein paar Namen und Firmen auf dem Zettel haben, dann schauen wir, ob das weiterhilft. Und wenn es nichts bringt, haben wir unsere Zeit verplempert. Wäre schließlich nicht das erste Mal.«

Matti dachte gleich an die unendliche Reihe blödsinnigster Sitzungen und Versammlungen, die zuerst dazu gedient hatten, recht zu behalten, und für manche nur die Bühne waren, sich wichtig zu machen, um sich später mit großem Gehabe von den Jugendsünden loszusagen. Wie viel Zeit und Energie hatten sie verschwendet, um Flugblätter zu schreiben, die kaum jemand verstand außer ihnen selbst, und auch da waren Zweifel angebracht. Welch ein Kontrast war dagegen ihre WG, wo sie nicht viele Worte brauchten, und einfache dazu, um glasklar zu entscheiden, was sie tun mussten. Wie jetzt wieder im *Bäreneck*. Klare Fragen, klare Antworten, eindeutige Schlussfolgerungen.

Konny trug eine Fransenjeans, ein schwarzes T-Shirt mit einem weißen Bakunin-Porträt, und nachdem er sich gesetzt hatte, schüttelte er seine blonde Mähne, während sein breiter Mund nicht aufhören wollte zu grinsen. Er schniefte einmal kräftig, winkte nach einem Bier, zündete sich eine Zigarette an und klopfte mit der Faust leise auf die Tischplatte. »Nun, Genossen, was gibt's?« Er klang ziemlich hessisch, was er unterdrückte, wenn er nicht aufgeregt war, als müsste er sich seiner Herkunft aus Mörfelden schämen. Er blickte in die Runde, und seine Augen blieben an Dornröschen hängen. Die sagte bedächtig: »Du weißt, wir sind einer krummen Sache auf der Spur. Einer ganz krummen Sache. Und wir brauchen deine Hilfe.«

Konny wiegte seinen Kopf. »Ihr müsstet mir schon ein bisschen mehr erzählen.«

Dornröschen blickte erst Hilfe suchend zu Matti, dann zu Twiggy.

Matti sagte nach einer Pause: »Pass auf, es ist eigentlich besser, du weißt nicht zu viel. Die Sache…« Und dann fiel ihm ein, dass sie Konny in etwas hineinzogen, das gefährlich werden konnte. Er hatte ein Recht, mehr zu erfahren.

Ein fragender Blick zu Dornröschen, die nickte, dann hob Twiggy die Augenbrauen und nickte auch. Endlich erzählte Matti Konny die ganze Geschichte.

»Gewidder noch emol«, sagte Konny, als Matti fertig war. Dann sagte er eine Weile gar nichts mehr, schniefte, schob sein Bierglas hin und her, trank mehr aus Verlegenheit, und Matti konnte in Konnys Gesicht ablesen, wie dessen Hirn arbeitete.

Mattis Handy klingelte. Es war Gaby. Matti ging hinaus, um dem Kneipenlärm zu entgehen, es lief mal wieder *Satellite*, und Matti ärgerte sich immer, wenn er das Lied hörte, weil seine Finger oder Füße unwillkürlich dem Rhythmus folgten. »Kannst du ins *Bäreneck* kommen?«, fragte er, während ein ukrainischer Lastwagen vorbeidröhnte. Er brauchte dann auch nicht lange, um Gaby zu überreden, obwohl die, wie sie sagte, »eigentlich« keine Zeit hatte.

»Ihr seid mein familiärer Notfall«, sagte Gaby, als sie abgehetzt auftauchte. Aber sie schnaufte doch nicht stark, sie war durchtrainiert, lief jeden Tag, arbeitete mit Gewichten, und vor allem siegte sie in Karatekämpfen für den Verein *Rote Fäuste*, nachdem sie im Kickboxen keine Gegnerinnen mehr gefunden hatte.

Sie bestellte ein Mineralwasser.

Gaby erwiderte erst mal nichts, als Matti sie eingeweiht hatte. Aber in ihren Augen las Matti Zorn und Entschlossenheit. »Da habt ihr uns aber ganz schön verarscht«, sagte sie schließlich, aber es klang nicht vorwurfsvoll. Ihr Zorn richtete sich auf ein anderes Ziel.

Matti zuckte mit den Achseln, und Twiggy hob kurz die Augenbrauen, während Dornröschen keine Reaktion zeigte. Sie hörte zu und würde am Ende erklären, ob es richtig gewesen war, den Kreis der Mitwisser zu erhöhen.

»Ich kann die Tagschichten machen«, sagte Konny. »Ich bin auf Hartz IV.«

»Und ich bin in der Nacht dabei«, sagte Gaby. Sie hatte eine kehlige Stimme, männlich fast.

»Gut«, sagte Twiggy, »wir fangen am Nachmittag an, spätestens ab vier beginnt die Nachtschicht, wir wissen ja nicht, wann der Typ Schluss macht. Hast du Zeit, Matti?«

»Ich bin ja krank«, sagte Matti.

In den Augen der anderen las Matti Anspannung, vielleicht Angst. Sie hatten es vielleicht mit Leuten zu tun, die mordeten, wenn sie es für nötig hielten. Aber eine Detektei, die Killer beschäftigte? Nur, wer hatte Norbi ermordet? Wer hatte die Scheißwanzen eingebaut?

Das Handy klingelte, er las Lily auf der Anzeige. »Ich ruf zurück, in spätestens zwanzig Minuten.« Er wandte sich an Konny. »Wir brauchen gleich ein Auto, hast du eines?«

Konny legte einen Augenblick Falten auf die Stirn, dann schniefte und nickte er. »Könnte klappen, wenn nicht...« Ein Blick zu Twiggy. Der hörte gerade Gaby zu, die leise irgendwas über Werner das Großmaul erzählte. Matti verstand nur, dass man ihn »unbedingt raushalten« müsse, und er fragte sich, warum sie mit diesem Kerl in einer WG lebte. Wenn man sichergehen wolle, dass auch das letzte Geheimnis herumgetratscht würde, müsse man nur... und so weiter. Klar, das hatte Matti schon hundert Mal gehört.

»Die Sache bleibt unter uns«, sagte Dornröschen, »niemand, absolut niemand außer uns erfährt davon. Nicht mal den Hauch einer Andeutung. Einverstanden!« Das fragte sie nicht, sie verordnete es.

Gaby murmelte: »Okay«, Twiggy nickte, Matti fand es unter seiner Würde, eine Reaktion zu zeigen, und Konny klackte zwei Mal mit der Faust auf den Tisch, leise, aber bestimmt.

»Also, Konny und Matti, ihr macht euch auf den Weg.«

»Wir gehen zu Schlüssel-Rainer«, sagte Konny und steckte sich einen Kaugummi in den Mund.

Schlüssel-Rainer hatte eine Autowerkstatt am Kopf des Oberhafens, und die halbe Szene ging zu ihm, um alles reparieren zu lassen, was Motoren hatte, auch Twiggy mit dem WG-Bus. Den

Namen verdankte Rainer seiner nützlichen Fähigkeit, Autos binnen weniger Sekunden zu knacken und kurzzuschließen. Schließlich ging immer mal wieder ein Schlüssel verloren. Rainer hatte Theologie studiert, aber das war gefühlte hundert Jahre her, und niemand hätte sich daran erinnert, hätte der kleinwüchsige Fettsack nicht diesen elenden pastoralen Ton draufgehabt, der spätestens nach drei Sätzen nur noch nervte. Aber man musste sich zusammenreißen, Rainer war gerne beleidigt, und dieser voll ausgekostete Zustand konnte dauern und ihn in einer Art geistigen und körperlichen Selbstbetäubung erstarren lassen.

Sie fuhren in Konnys altem R4 in die Lahnstraße, wo eine rostige Wellblechhalle von Dutzenden alter Autos umstellt war, dazu Motorroller und Mofas. Begrenzt wurde das Grundstück auf der Rückseite durch das Wasser des Oberhafens, rechts durch einen großen Platz, auf dem Container darauf warteten, verladen zu werden, und gegenüber von einem winkligen Gewerbebau mit Flachdach.

Rainer saß im ölverschmierten Blaumann in einer Ecke der Halle, die er sich als Büro eingerichtet hatte, am Schreibtisch und schaute Matti und Konny reglos zu, wie sie sich näherten. Auf einem dunkelbraunen Wandregal mit drei Aktenordnern hinter dem Schreibtischstuhl stand ein Gettoblaster, er dröhnte *My Generation*. Auf dem Tisch standen eine Bierflasche und ein Wimpel von Union. Vor Rainer lag ein Formular, grau, es sah eklig nach Finanzamt aus.

»Tag, Rainer«, sagte Matti. Konny nickte.

»Tag«, erwiderte Rainer. Er hatte seine Haare streichholzkurz schneiden lassen, das war neu.

Daltreys Gestotter ließ sie verstummen, doch dann erhob sich Rainer, drehte den Gettoblaster leise und stellte sich zu den beiden.

»Wir brauchen eine Karre«, sagte Konny nuschelig, weil er kaute, während er redete. »Für zwei Tage, maximal.«

»Zwei Tage, maximal«, murmelte Rainer. »Eigentlich habe ich keine Mietwagenfirma.«

»Wir bezahlen es auch«, sagte Matti. »Einen Zwanziger und

einen vollen Tank. Vielleicht brauchen wir in zwei Tagen noch mal ein Auto, ein anderes.«

Rainer ließ seinen Blick zwischen den beiden wandern. Aber er fragte nicht. Er ging stattdessen zum Halleneingang, die beiden anderen folgten ihm. Dann standen sie vor einem schwarzen Fiat Punto, der sogar noch ganz gut aussah.

»Macht keinen Kratzer rein, der Besitzer ist im Urlaub.«

»Kennt er den Kilometerstand?«, fragte Konny.

»Das ist das geringste Problem«, sagte Rainer.

Er ging in die Halle und kehrte zurück mit Kfz-Schein und Schlüssel.

Ein tief liegender Frachter, doppelstöckig beladen mit Containern, manche mit Beschriftung, andere ohne, schob sich mit stotterndem Diesel heran. Von Weitem sah es aus, als trüge er Legosteine. Über ihm zogen weiße Wolken in einer endlosen Reihe träge dahin. Ein milder Wind ließ Matti spüren, dass der Sommer anbrach. Er setzte sich ans Steuer des Fiat, und nachdem auch Konny saß, steuerte er den Wagen gemächlich in die Lahnstraße. Er öffnete das Schiebedach. Sie fuhren in die Okerstraße und luden Twiggys Koffer aus dem Bulli in den Fiat. Dann hatten sie noch Zeit, unterwegs an einem Kiosk ein paar Zeitungen zu kaufen, und sahen am Treptower Park durch die Bäume für den Bruchteil einer Sekunde den monumentalen Kopf des Rotarmisten, der das Kind in den Armen hielt. Als sie den Markgrafendamm erreichten, zischte rechts, hinter den Bahngleisen, ein Motorboot in der Rummelsburger Bucht, und der Verkehr wurde zäh, aber ab dem Rummelsburger S-Bahnhof ging es wieder schneller voran. Konny blätterte in der *Zeitung für Deutschland*, wie er die *FAZ* zu nennen pflegte, und war die Ruhe selbst. Nur musste er hin und wieder kommentieren, was er las, indem er »Arschloch« sagte oder zur Abwechslung »Drecksack«. Aber das Hessische hatte er wieder weggesteckt. Das Schniefen nicht.

Mattis Handy klingelte, und er fummelte es aus seiner Hosentasche heraus, während er bremste. Vor ihm schrien sich eine Blondine im Audi-Cabrio und ein Fahrradkurier an.

»Warum rufst du nicht zurück?« Lily klang maulig.

»Hätte ich schon. Gleich, ich wollte nur nicht im Fahren mit dir reden.« Die Lüge kam ihm verblüffend leicht von den Lippen. Er hatte es tatsächlich vergessen.

Konny grinste ihn von der Seite an, dann beschäftigte er sich mit dem *Tagesspiegel*. Immerhin verkniff er sich während des Telefonats seine differenzierten Kommentare.

»Heute Abend habe ich noch nichts vor«, sagte sie, schon ein bisschen weniger maulig, und Matti fragte sich, was sie eigentlich von ihm wollte. Was machte ihn so attraktiv für sie, dass sie ihn bedrängte? Früher war es andersherum gewesen. Es wäre unter ihrer Würde gewesen, mehr als beiläufiges Interesse zu zeigen.

»Ich habe heute Abend leider einen wichtigen Termin.« Ein kurzes Angrinsen von Konny.

Schweigen. Dann: »Aha. Und ...?«

»WG«, sagte Matti.

»Du meinst, es ist dir wichtiger, dich mit den Leuten zu treffen, die du sowieso jeden Tag siehst?«

»Nein«, stammelte Matti, und er ärgerte sich, dass sie ihn in diese Misslichkeit brachte. »Es ist eine wichtige ... Sitzung. Wirklich sehr wichtig.«

»Aha«, sagte sie wieder. »So wichtig also.«

»Ich erklär's dir später.«

»Die Liste der Dinge, die du mir noch erklären musst, wird immer länger.«

»Nein, es geht immer um das gleiche ... Projekt.«

»Na dann«, schnappte sie und trennte das Gespräch.

Matti pustete. Das Cabrio fuhr weiter, der Kurier zeigte der Fahrerin den Mittelfinger und trat wütend in die Pedale wie Lance Armstrong mit frischem Blut.

Als sie hinter einem Brauereilaster in die Zornstraße hineinfuhren, entschied sich Matti für den Parkplatz der Getränkehalle.

Er parkte neben einem angerosteten Nissan und hinter einem blank polierten Beetle und zog den Verriegelungsgriff für die Motorhaube. »Mich kennen die wahrscheinlich, also solltest du mal in den Getränkemarkt gehen und einen Sechserpack besorgen, ist für Twiggy, also für einen guten Zweck. Dann öffnest du die Motorhaube und tust so, als hätten wir Schwierigkeiten. Wenn ich pfeife, klappst du die Haube zu. Okay?« Er kam sich ein bisschen blöd vor, wie er sich da Kommandos geben hörte. Aber Konny hob nur ein paar Augenblicke die Brauen, dann seufzte er leise, stieg aus und latschte, bewegt von der Macht der Logik, zum Getränkemarkt.

Matti sah hinüber zum Detekteigebäude, das gerade von einer dunkelblauen Wolke beschattet wurde, während sich außenrum die Sonne im Beton spiegelte. Matti gefiel das Bild: das Zentrum des Bösen. Dann dachte er an Lily. Irgendwie war es anders, als er es sich ersehnt hatte. Er musste gar nicht um sie werben, sie lief ihm fast nach, sie zeigte Initiative, wenn es nach ihr ginge, wären sie jede Nacht zusammen. Der Gedanke erregte ihn, aber weit unten in seinem Hirn rieb etwas. Vielleicht nur, dass sie weniger begehrenswert geworden war, weil sie sich ihm nicht entzog.

Ein Lieferwagen dieselte vorbei, aus dem Auspuff quoll blauschwarzer Qualm. Im Gebäude bewegte sich nichts. Die Jalousien waren geschlossen. Allmählich zog die Schattenwolke weiter.

Matti schaute auf die Uhr, es war Viertel vor fünf, und in diesem Augenblick öffnete sich das Hoftor. Verdammt, wo steckte Konny? Panik kündigte sich an, Matti drängte sie weg. Doch spürte er den Schweiß auf der Stirn. Eine Schwachsinnsidee, ihn Bier kaufen zu schicken. Sollte er selbst aussteigen, um die Motorhaube zuzuklappen? Es würde vielleicht auffallen. Als er gerade einen heftigen Fluch auf der Zunge hatte, sah er den Renault hinausrollen, und das Tor schloss sich wieder. Er starrte zum Getränkemarkt, als könnte er Konny so herbeizitieren. Jetzt fiel ihm ein, dass er ihn anrufen könnte. Also doch Panik. Als er die Nummer wählte, sah er Konny heranschlendern, die Macht der Logik führte ihn zwar, aber sie beschleunigte ihn nicht.

Konny packte den Sechserpack hinter den Beifahrersitz, dann öffnete er die Motorhaube und beugte sich in den Motorraum. Er fummelte herum, dann sagte er: »Also Kolbenfresser, Zylinderkopfdichtung ist im Eimer, die Lichtmaschine ist durchgebrannt, der Öltank leckt, mit der Einspritzpumpe kann man nicht mal mehr Kaffee kochen. Alles Schlüssel-Rainers Werk.« Er knallte die Motorhaube zu, und in diesem Augenblick kam sich Matti dämlich vor. Denn nichts war auffälliger als ein Typ, der bei offener Motorhaube an einem Auto bastelte. Da guckte jeder hin. In diesem Augenblick war er überzeugt, dass sie den Quatsch lassen sollten, dass der Typ vom Potsdamer Platz sowieso schlauer war als sie alle zusammen, dass die Leute in der Detektei an den Monitoren der Überwachungskameras saßen und sich vor Lachen auf die Schenkel klopften und dass auf der DVD höchstens Ersatzteile für einen Pommes-Automaten abgebildet waren. Sie waren einfach zu blöd für so eine Sache.

Konny stieg ein, die Hände waren ölverschmiert. Er wischte sie an einem Taschentuch ab, ohne dass sie sauber wurden. Er war ganz unbekümmert. Allerdings, dachte Matti, allerdings werden die nicht davon ausgehen, dass wir den Spieß umdrehen. Sie werden nicht damit rechnen, dass wir hier parken und sie beobachten. Sie werden auf Ergebnisse ihrer Lauschattacke warten, aber die würde es nicht geben, weil die WG ihnen immer noch ein Theater vorspielte, auch wenn es nervig wurde. Gestern hatten sie sich zu einem Anschlag auf die Siegessäule verabredet, ohne dass ein beweiskräftiges Wort gefallen wäre. Robbi hat freudig gemaunzt, zumindest in der Interpretation von Twiggy, und von allem anderen abgesehen, hatte die Siegessäule ohnehin nur ein solches Schicksal verdient, dieses elende Riesenstreichholz auf Hitlers Prachtpromenade, auf dem heldenhafte Preußenkrieger mit Wollust Franzosen abschlachteten. Eine gute Idee, wirklich, hatte Dornröschen gesagt. Wir halten das mal fest. Matti war etwas schummrig geworden. Wenn Dornröschen etwas festhielt, dann tat sie es auch.

Matti hätte gern gewusst, was die Lauscher dabei gedacht hatten. Einen Augenblick hatte er mit dem Gedanken gespielt nachzuschauen, ob die Siegessäule nun überwacht würde, aber sie hatten andere Sorgen.

Das nächste Auto, das den Hof verließ, war der S-Klasse-Benz.

Er hielt nicht, um auf den Chef zu warten, sofern der aus der Tür kam, durch die er hineingegangen war. Matti konnte nicht sehen, ob jemand außer dem Fahrer darin saß, die Scheiben waren getönt. Er entschloss sich, dem Wagen zu folgen. Nach dem Motto, ihn lieber zu verlieren, als aufzufliegen, morgen ist auch noch ein Tag, hielt er einen großen Abstand. An einer Ampel holte er die Kamera heraus, an der nächsten sagte er Konny kurz, was Twiggy ihm erklärt hatte. Das Gerät war ohnehin einfach zu bedienen, Schalter auf *Intelligente Automatik* stellen, mit dem Zoom den Bildausschnitt wählen, den Rest erledigte der Apparat, wenn Konny auslöste. Manchmal war es sinnvoll, das Ding Serienbilder schießen zu lassen. Er deutete auf den Schalter für den Bildmodus. »Und bloß den Blitz eingeklappt lassen.«

Konny nickte, er war ja nicht blöd, und was ein Fotoapparat war, wusste er, denn er hatte einen, wenn auch nicht so ein Hightech-monstrum.

Überhaupt fand Matti, dass Konny ein cleverer Typ war. Sie hatten sich bei einer Veranstaltung im *Kato* kennengelernt, irgendeine der fünf Millionen Streitereien über den bewaffneten Kampf. Konny war irgendwann der Kragen geplatzt, und er hatte sich über den Größenwahn und die Anmaßung der RAF-Typen lustig gemacht und ein bisschen öffentliche Exegese ihrer Schriften betrieben. Er war unterhaltsam, denn Konny hatte genau gelesen, er hatte ein scharfes Urteil und eine Menge Witz dazu. Und Nerven, ihn verunsicherte das Gejohle der einschlägigen Fraktion nicht im Geringsten. Natürlich hatte alles Reden keinen Sinn gehabt, wie bei den 4 999 999 Gelegenheiten zuvor. Erst später begriff Matti, dass die Leute in ihren Biografien steckten und nicht mehr herauskamen. Man wirft ungern ein Leben weg, selbst wenn es nötig wäre, um ein richtiges Leben zu gewinnen.

Nachdem sie auf die Weitlingstraße abgebogen waren, kamen sie bald an einem Bahnhof vorbei, auf dessen fast dreieckiger Empfangshalle prangte *BERLIN-LICHTENBERG*, darunter, bis zum Vordach, unter dem Taxis warteten, eine grau getönte Glasfront, die oberen beiden Reihen mit nach außen gewölbten Scheiben. Der

Benz schwamm ruhig im Verkehr mit, und Matti ahnte, dass es in die Frankfurter Allee gehen würde. Tatsächlich bog der Luxusschlitten ab in Richtung Mitte, wo er nach einiger Kurverei endlich die Frankfurter Allee erreichte.

Zwischen ihnen und dem Benz fuhren zwei Laster, einer mit Hänger, ein grauer Golf, und links überholte ein hektischer Handwerker-Kleinbus. Der Benz rollte ruhig voran. Matti schnappte sich sein Handy und tippte Twiggys Kurzwahl.

»Wo ist der Audi? Du weißt, wen ich meine.«

»Moment.« Eine kurze Pause. Dann: »Der steht tatsächlich in der Manitiusstraße, ich lach mich schlapp. Besonders helle scheinen die nicht zu sein.«

»Gruß an Robbi.«

»Den weck ich doch nicht wegen so was!«

Matti grinste und trennte das Gespräch. Er blickte in den Rückspiegel, sah einen Audi und las dessen Nummernschild: B-ZT 2109.

Er erstarrte hinterm Steuer, blickte noch einmal in den Rückspiegel und sah, wie der Wagen gemütlich auf die linke Spur hinüberzog, als wollte er sich zeigen. Matti stellte sich vor, wie der Typ hinterm Steuer grinste.

»So eine Scheiße«, sagte er, als er wieder sprechen konnte. »So eine verdammte Scheiße!«

Konny schaute ihn ratlos an. »Was ist?«

»Dreh dich nicht um, auf keinen Fall. Wir werden verfolgt.«

Konny runzelte die Stirn, dann lehnte er sich zurück, drückte den Kopf gegen die Stütze, beugte sich nach vorn, lehnte sich wieder zurück, und nachdem er seine gymnastische Übung beendet hatte, fragte er leise, als könnte jemand mithören: »Wer verfolgt uns?« Er schniefte.

»Na, einer von den Typen!« Matti schrie es fast und deutete nach vorn, in Richtung Mercedes, der, wie um ihn zu verhöhnen, gemächlich dahinrollte, und Matti ahnte, dass der Detekteiboss, wenn er überhaupt darin saß, sich einen Ast ablachte. Aber wahrscheinlich hatten sie den Benz als Lockvogel losgeschickt, um zu schauen, wer ihm folgte. Oder hatten die das gar nicht nötig?

Wussten die sowieso alles? Wahrscheinlich hatten sie die Wanzen nur eingebaut, um die WG einzuschüchtern, um sie abzulenken. Die Gedanken rasten durch seinen Kopf. Er erinnerte sich ihres Triumphes, als Twiggy die Wanzen gefunden hatte. Ach, was waren sie doch schlau gewesen. Matti kam sich unendlich lächerlich vor. Und er hatte Angst. Eine Scheißangst.

Er rief Twiggy an: »Sag nichts, hör zu. Der Audi-Typ ist hinter mir, und ich habe nicht den Eindruck, dass er sich versteckt.«

Twiggy sagte doch etwas, nach ein paar Sekunden: »Warte.« Er klang sehr ruhig. Nach einer Weile: »Ich bin jetzt draußen. Wir treffen uns am Eingang vom katholischen Friedhof. Ich bin in zwanzig Minuten dort.« Dann war er weg.

Und Matti folterte sein Hirn, während er versuchte, den Wagen in der Spur zu halten. Bloß keinen Schlenker jetzt. In dem Fiat steckt kein Peilgerät. Nein, Rainer ist sauber. Sogar wenn nicht, wie hätten die wissen können, dass wir zu ihm fahren wollten? Und selbst wenn sie es wussten, so schnell geht das nicht. Nein, ich kann den Kerl abhängen. Ich muss ihn abhängen, so schnell wie möglich, so unauffällig wie möglich.

»Was jetzt?«, fragte Konny.

»Pack die Knipse in den Koffer«, sagte Matti.

Konny tat es. Er schaute Matti kurz an und blickte dann nach vorn. Matti verkürzte den Abstand zum Benz. Sie kamen am U-Bahnhof Frankfurter Tor vorbei. Links und rechts ragten die beiden Türme, zwischen ihnen in der Ferne der Fernsehturm auf dem Alexanderplatz wie eine Nadel, die im oberen Drittel eine Kugel durchstach im weichen roten Licht des Sonnenuntergangs. Wie riesige Galgen die Straßenlaternen auf beiden Seiten, in der Mitte der Grünstreifen. Als er dem Benz schon auf einige Meter nahe gekommen war, sah er links noch die ehemalige Karl-Marx-Buchhandlung, wo er einmal gewesen war, um alte Bücher zu kaufen, darunter eine Radek-Biografie und Gedichte Mandelstams. Komisch, dass ihm das jetzt durch den Kopf ging. Er überholte den Mercedes, und Konny schaute hinüber. Auch Matti riskierte einen kurzen Blick. Auf der Rückbank saß ein Schemen, wie ein

Gespenst, dessen Konturen in der Spiegelung der Scheibe verschwammen. Matti beschleunigte, setzte sich vor den Benz und vergrößerte den Abstand. Er sah, wie der Audi die Lücke schloss und mit beängstigender Sturheit an ihnen dranblieb. »Wir müssen den abhängen«, sagte Matti.

Konny überlegte einen Augenblick, dann sagte er: »Vielleicht Parkhaus rein, Parkhaus raus?«

»Hast du noch einen Kaugummi?«, fragte Matti.

»Ja, willst du einen?«

»Genau«, sagte Matti. Ein Grinsen zog über sein Gesicht. Er steckte den Kaugummi in den Mund.

»Kennst du hier ein Parkhaus?«, fragte Matti. »Eines, bei dem die Ausfahrt nicht auf derselben Seite ist wie die Einfahrt?«

»Schönhauser Allee, Ecke Wichertstraße. Ist ziemlich groß.« Er schaute Matti neugierig an. Der steuerte den Fiat gemütlich in die Schönhauser Allee, bald sah er schon das blaue P-Schild mit der Aufschrift *Einfahrt*. Der Zugang zweigte rechts ab von der Straße, vor der Einlassschranke stand ein Ford Focus und fuhr an, als die Schranke sich hob. Matti rollte an die Schranke und tat so, als würde er die Parkkarte entnehmen. Gleichzeitig beobachtete er im Seitenspiegel, was sich hinter ihm tat. Der Audi näherte sich. Matti hatte gehofft, dass ein anderes Auto den unfreiwilligen Puffer spielen könnte, aber nun musste es so klappen. Matti simulierte Ärger mit dem Kartenausgabeautomaten und stieg schließlich aus, ohne den Wagen hinter ihm zu beachten. Er kehrte dem Audi seinen Rücken zu, zog die Parkkarte, bekam einen Hustenfall, beugte sich nach vorn, entnahm den Kaugummi, als er sich beim Husten die Hand vor den Mund hielt, und stopfte ihn schnell, aber kräftig in den Schlitz für die Parkkarten. Die Schranke war noch offen, er setzte sich hinters Steuer und fuhr langsam los. Die Schranke schloss sich. Dann gab er Gas, musste die enge Bahn nach oben ins erste Stockwerk fahren, um dann die Ausfahrt zu nehmen, die in die Wichertstraße führte. An einem Ausgang bremste er hart, ließ den Motor laufen, sprang die Treppe hinunter zum Bezahlautomaten, warf den verlangten Euro Mindestgebühr ein,

130

rannte die Treppe hoch, setzte sich ins Auto und gab Gas. Niemand war hinter ihm, als er die Schranke der Ausfahrt passierte. Auf der Wichertstraße beschleunigte er und schaute immer wieder in den Spiegel. Der Audi tauchte nicht auf, Matti schnaubte einmal, dann schlug er aufs Lenkrad.

»Wir fahren jetzt noch ein bisschen spazieren, auch wenn wir zu spät kommen.« Er deutete auf den Rückspiegel. »Bieg dir den mal zurecht und beobachte fortlaufend, ob uns einer folgt.«

Konny richtete den Spiegel aus und schniefte. »Ich hab mal 'nen Spionageroman gelesen, da hieß das ›Schüttelstrecke fahren‹.«

Matti grinste. Er bog ein in die Prenzlauer Allee, Richtung Autobahn 114, und fuhr langsam auf der rechten Spur. Links und rechts Läden und Kneipen und die Fassaden fast durchweg neu. Die Gentrifizierung war im Gange. Er lenkte den Fiat auf die Autobahn. »Sobald wir alle Wagen, die jetzt hinter uns sind, loswerden, fahren wir zum Friedhof.« Er wurde langsamer, bald fuhr er nur noch sechzig, und bald waren alle Autos, die hinter ihm gewesen waren, vorbeigezogen.

»Wir können«, sagte Konny.

An der Schönerlinder Straße verließ er die Autobahn. Hier war es schon grün, beidseitig unbebaut, Felder, Wiesen, Büsche, Bäume. Doch nach ein paar hundert Metern auf der Bundesstraße 109 in Richtung Mitte begann schon die Stadt, so, wie alle Städte beginnen, mit den ewig gleichen Gewerbegebieten, den Tankstellen, Handwerksfirmen, Speditionen, Autohäusern und Billigläden. Es ging zurück über die B 96a, die Skalitzer Straße entlang, in der Mitte geteilt durch die lange U-Bahn-Überführung, die Gleise der U 1 auf Stahlstelzen, und am Kottikreisel links weg.

Twiggy und Dornröschen warteten schon am Tor, auf dessen Bogen in verwitterter Schrift *Friedhof der St.-Michael-Gemeinde* stand. Unter einem Schild, das allen, die vor dem Eingang zu parken wagten, das Abschleppen androhte, hatte jemand Vögel auf den Putz gemalt, Elstern vielleicht. Die beiden hatten sich hinter einer Torsäule verborgen.

Matti und Konny hatten das Auto in der Leinestraße abgestellt, bloß nicht am Haus und bloß nicht am Friedhof. Sie hatten Angst, die Sache lief aus dem Ruder. Was bisher eher ein Abenteuer gewesen war, entwickelte sich mit einer Dynamik, der sie nicht gewachsen waren.

Sie gingen die Allee hinunter zum Kruzifix mit der Aufschrift *Es ist vollbracht*, Dornröschen in der Mitte, Matti rechts von ihr, Konny nach hinten versetzt, er übernahm die Sicherung der Gruppe und schaute sich immer wieder um. Niemand folgte.

»Die überwachen uns auf Schritt und Tritt. Der Audi-Typ hätte sich nicht zeigen müssen, aber er hat es getan. Die führen einen Psychokrieg gegen uns. Nicht wir verfolgen sie, sondern sie uns. Wahrscheinlich haben sie die Wanzen in der Wohnung so eingebaut, dass wir sie finden müssen, wenn wir nicht total bescheuert sind, und die richtigen Wanzen sind welche, die man mit unseren Mitteln nicht findet.« Während Matti seine Vermutungen äußerte, verwandelten sie sich in Gewissheiten. Es konnte nicht anders sein. Die Typen verarschten sie nach Strich und Faden.

»Und nun?«, fragte Twiggy.

Aber Dornröschen schwieg weiter. Sie gähnte nicht einmal.

»Wir könnten nicht mal einfach aufhören. Oder aufgeben«, sagte Twiggy. »Wir haben es nicht mehr in der Hand. Als wir angefangen haben mit der DVD, da haben wir die Sache in Gang gesetzt, und nun geht es immer weiter, und wir wissen nicht einmal, was es ist.«

»Vielleicht sollten wir doch jemanden finden, der herauskriegt, was auf der DVD ist«, sagte Matti, aber ihn schauderte. »Vielleicht doch nicht«, sagte er dann. Immer wieder quälte ihn die Idee, dass er an Norbis Tod schuld war. Nein, schuld ist allein der, der ihn getötet hat. Und wenn wir dieses Schwein finden und Norbis Tod rächen, habe ich meinen Anteil getilgt.

Dornröschen blieb stehen. Sie wandte sich an Konny: »Wenn wir ein paar zuverlässige Genossen hätten, könnten wir herausbekommen, wer der Chef dieser Detektei ist, und wir machen erst mal gar nichts.«

Konny nickte nachdenklich.

»Ihr müsst das superintelligent aufziehen. Nicht einer und nicht nur Autos hängen sich an den Kerl ran, sondern ihr macht so eine Art… Kettenverfolgung. Ein Stück übernimmt einer auf einem Motorrad, dann ein Fahrradkurier, aber der schnellste, den du kennst, danach ein Auto, ein Taxi, ein Lastwagen. Je mehr, desto besser. Und wir drei tun so, als hätten wir aufgegeben. Wir werden die Kapitulation auch besprechen. Wir machen ein paar Kopien von dieser Scheiß-DVD und geben zwei zurück. Wir rufen einfach bei der Detektei an. Die werden uns das natürlich nicht glauben und uns weiter überwachen. Was uns aber nützt, denn so werden sie feststellen, dass wir nichts tun, während ihr euch« – ein bittender Blick zu Konny – »schlaumacht, mit wem wir es zu tun haben. Okay?«

Konny nickte. »Ich wüsste schon, wen wir da einspannen.«

»Gut«, sagte Dornröschen nachdenklich. »Der Nachteil ist, dass immer mehr eingeweiht werden.«

»Ich werde ihnen nur das Nötigste erzählen«, sagte Konny. Er fuhr mit der Hand durch seine Haare und schniefte.

Als sie zu Hause waren, setzten sie sich in die Küche. Twiggy hatte die Wanzen auf den Tisch gelegt. Matti nahm eine Wanze in die Hand, blickte Dornröschen an, die gleich nickte, und sprach direkt hinein. »Also, meine Herren, wir geben auf. Wir schlagen Ihnen einen einfachen Deal vor: Sie bekommen die DVD, wir haben zwei Kopien, und Sie lassen uns in Ruhe. Okay? Wenn Sie einverstanden sind, rufen Sie uns an, lassen es drei Mal klingeln, legen auf, und lassen es dann vier Mal klingeln. Wir werden die DVDs dann sofort in den Briefkasten der Detektei in der Zornstraße stecken.« Er räusperte sich. Twiggy nahm die Wanze. »Wenn Sie Einwände haben sollten, schicken Sie mir eine Mail.« Er nannte seine E-Mail-Adresse. »Wenn Sie mailen wollen, dann kündigen Sie das an, indem Sie nach zwei Mal klingeln auflegen«, fügte er noch hastig hinzu.

Dann legte er die Wanze auf den Tisch, ging zum Kühlschrank, entnahm zwei Flaschen Bier, öffnete sie und stellte eine vor Matti ab, die andere setzte er an seine Lippen. Keiner sagte einen Ton.

Matti überlegte, ob sie ausziehen müssten, denn er konnte nicht in einer Wohnung leben, die bespitzelt wurde. Und die anderen auch nicht.

Er erschrak, als das Telefon im Flur klingelte. Ein Mal, zwei Mal und dann drei Mal. Eine Pause von vielleicht einer halben Minute, dann klingelte es wieder, vier Mal.

»Gut«, sagte Matti. »Dann fahren wir hin und stecken die DVDs in den Briefkasten.« Er trank einen Schluck. »Und wir vergessen, dass es diese DVD jemals gab, zumal wir sowieso nicht verstehen, was darauf ist. Wir möchten unsere Ruhe haben, damit Sie das wissen. Wir packen Ihnen auch die Wanzen in eine Tüte, dann haben Sie sie zurück, und wir werden nicht mehr abgehört. Das ist eine faire Lösung.« Sein Gesicht zeigte keinerlei Regung bei der Lüge. Vielleicht hatten die auch Kameras versteckt.

»Puh, bin ich erleichtert«, sagte Twiggy und klang erschöpft.

7: I can't reach you

Eine SMS genügte, um Konny aktiv werden zu lassen. Während die WG Normalität spielte, Matti Taxi fuhr, Twiggy seinen Geschäften nachging und Dornröschen sich ihrem Redakteurinnendasein widmete, zog Konny die ganz große Nummer auf. Sie vermieden jedes Treffen mit ihm, sein Name wurde nicht genannt, und erst nachdem alles vorbei war und sie die Erschütterung und Lähmung wegen des feigen Mordes überwunden hatten, erfuhren sie, wie Konny es gemacht hatte. Sie bewunderten ihn für seine Umsicht. Konny hatte sich Zeit gelassen, die richtigen Leute anzusprechen, und mit jedem hatte er alles gründlich diskutiert. Auf den dünnen Bert hatte er dann verzichtet, weil der schon Angst zeigte, bevor es losging. Konny verlor kein Wort über die Auftraggeber, die DVDs, die sie zusammen mit den Wanzen wie verabredet in den Briefkasten geworfen hatten, was immerhin das Eingeständnis der Detektei bedeutete, in die WG eingebrochen zu haben.

Was dann geschah, berichtete Platten-Rosi in der WG. Sie saß verheult am Küchentisch, Robbi hatte es sich auf Twiggys Schoß bequem gemacht und lugte erstaunt über den Tisch, Dornröschen rührte in ihrem Kräutertee, und Matti hatte die Ellbogen aufgestützt, die Hände an die Wangen gepresst und starrte Rosi an. Die wischte sich Tränen aus den Augen und berichtete weiter.

Konny suchte gezielt Leute mit Autos. Er kriegte auch Schlüssel-Rainer rum, wenigstens zeitweise mitzumachen. Dazu die rote Anna, die ihren Namen weniger ihrer Gesinnung als der Haarfarbe verdankte und die ihren Mut einbrachte, ihren Opel Astra und ihre Abgebrühtheit als Sozialarbeiterin. Und den dürren Dieter vom Kneipenkollektiv in Neukölln, der die Gelassenheit in Person war und einen schwarzen Heckflügel-Benz besaß. Und Platten-Rosi, die auf Flohmärkten ziemlich unverkratzte Vinylscheiben undurchsichtiger Herkunft verkaufte und einen Ford-Kombi fuhr. Und Friedrich, der eigentlich Otto hieß, aber bei jeder Gelegenheit einen Spruch von Engels aufsagen konnte, wobei die Quelle oft nicht ganz gesichert war, was Otto alias Friedrich nicht weiter beunruhigte, wusste er doch genau, was Friedrich Engels in dieser und jener Lage gesagt hätte.

Konny hatte es geschickt angestellt und gleich alle vier Wagen parken lassen, und zwar nicht in der Zornstraße, sondern jeweils links und rechts davon in der Ribbecker Straße, links den Heckflügel-Benz mit Dieter am Steuer und Annas Astra. Rechts Rainer in einem alten Honda Civic, der allerdings in Topzustand und auch noch frisiert war, und Platten-Rosi. Je nachdem, in welcher Richtung der S-Klasse-Mercedes der Detektei mit dem Kennzeichen B-CA 7078 fahren würde, sollten sich die in Fahrtrichtung Stehenden zuerst dranhängen, die anderen in weitem Abstand folgen. Friedrich fuhr bei Anna mit und Konny bei Platten-Rosi. Man verständigte sich per Handy. Jedes Auto sollte die Luxuskarosse nur eine Zeit lang verfolgen, zum Schluss sollte sich Rainer dranhängen, aber sie waren auch darauf vorbereitet zu improvisieren. Sie wollten so lange an dem Wagen bleiben, bis sie wussten, wo der Boss wohnte. Und dann wollten sie seinen Namen herausfinden. Mehr nicht. Wenn sie den Namen kannten, würden sie Dornröschen eine SMS schicken. Treffpunkt war dann das *Bäreneck*, wobei nur Dornröschen und Konny dorthin kommen sollten.

Am Anfang lief alles gut. Der Wagen rollte spät um die Ecke, und Platten-Rosi parkte aus und folgte ihm. Rainer fuhr ihr langsam hinterher und beschleunigte erst, als die S-Klasse rechts in die Rummelsburger Straße eingebogen war. Die anderen beiden ließen es langsam angehen, und als sie auf die Rummelsburger Straße rollten, hatten sie den großen Daimler nicht mehr im Blick. Dann rief Konny Rainer an und sagte, er solle jetzt schon übernehmen, weil Konny später wieder in die direkte Verfolgung einsteigen wolle. Er müsse auf Nummer sicher gehen.

Bald waren sie auf der A 100, dann auf der A 103, immer in Richtung Westen. Nur wenn sie sich Ausfahrten näherten, schloss einer etwas auf, sonst rollten sie gerade noch in Sichtweite hinterher. Wenn sie ihn verlören, würden sie es am nächsten Tag noch einmal versuchen. Bloß kein Risiko.

Die weit auseinandergezogene Kolonne fuhr nach Dahlem, das spürte Konny bald. In Dahlem gab es Villen und reiche Leute. Da mochte ein Boss wohnen. Und es war so. Konny gelang es, dass er und Platten-Rosi ab der Thielallee übernahmen. Sie folgten dem Wagen in den Kuckucksweg und dann in die Musäusstraße.

»Feine-Pinkel-Gegend«, sagte Rosi. »Ein Luxusbunker neben dem anderen.«

Es war dunkel geworden, in den Fenstern leuchtete es, und selbst das Licht schien teurer als in Neukölln. Die Villen waren ummauert und von Hecken umgeben. An einem Prachtbunker sah Konny unter dem Dach Scheinwerfer, die gewiss mit einer Alarmanlage gekoppelt waren, und in die Hecke war ein Zaun eingezogen worden, den oben Stacheldraht abschloss. Die S-Klasse hielt vor einem mächtigen rostroten Garagentor neben der Eingangstür des gesicherten Grundstücks. Zwischen Garage und Tür verhinderte eine stacheldrahtbewehrte Holzwand den Blick auf Grundstück und Haus. Rosi rollte langsam vorbei, während sich das Garagentor hob und den Blick auf einen Porsche freigab. Sie fuhren weiter, bogen rechts ab in die Bitterstraße und parkten.

»Wir sind da«, sagte Konny ins Handy. »Sag den anderen Bescheid. Parkt irgendwo. Die Adresse ist Musäusstraße 14. Aber kommt nicht her.«

Sie stiegen aus und gingen den Weg zurück. Neben der 14 eine weitere Villa mit großem Grundstück. Im Fenster sahen sie ein älteres Paar am Tisch sitzen, jeder vor sich ein Weinglas.

»Stell dir mal vor, du müsstest zu zweit in so einem Bunker in so einer Gegend wohnen. Um Gottes willen«, sagte Rosi.

Sie kamen an der Tür der 14 vorbei. Eine Messingklingel, fast unscheinbar, aber kein Namensschild. »Das wäre auch zu schön gewesen«, flüsterte Konny, und sie gingen weiter.

»Was nun?«, fragte Rosi.

»Keine Ahnung.« Konny ärgerte sich, nicht vorher darüber nachgedacht zu haben. Es war doch klar, dass so jemand nicht einfach seinen Namen an die Tür hängte. Er hatte insgeheim gehofft, den Namen Warnstedt dort zu lesen, was die Aktion schlagartig beendet hätte.

Sie drehten eine Runde um den Block und setzten sich ins Auto. Per Handy schickte Konny die anderen nach Hause. Sie saßen lange schweigend. Rosi kaute an ihrem geflochtenen Zopf, Konny starrte hinaus auf die Straße. »So eine Scheiße«, sagte er.

»Warum spielen wir hier eigentlich Verfolgungsjagd? Die hätten doch nur ins Handelsregister gucken müssen.«

»Haben sie«, sagte Konny, »da gibt es sieben Geschäftsführer, und keiner ist der Boss, wie es aussieht. Die haben wahrscheinlich so was wie eine Firma in der Firma. Eine Art Mantel und darin verborgen die Truppe, um die es geht.« Jetzt, wo er es gesagt hatte, kam es ihm plausibel vor. »Das ist nicht eine Firma, das sind zwei.«

»Wie bei dieser Öltankwerbung. Ich bin zwei Tanks«, lachte Rosi.

»Und er, woher wissen wir, dass er nicht nur eine Tarnexistenz ist?«

»Das *wissen* wir nicht. Er fährt das dickste Auto im Laden.«

»Ja und?«

Konny zuckte mit den Achseln. Er schaute Rosi an, sie hatte Grübchen auf den Backen und vielleicht sogar recht. »An irgendwas muss man sich ja halten. Oder glaubst du, der Boss gurkt aus Tarngründen mit dem Trabi durch die Gegend?«

»Wenn ich Boss wäre, würde ich das tun.« Rosi lachte leise, weil sie die Vorstellung amüsierte, sie könnte irgendwo der Boss sein. Nichts verabscheute sie mehr als diese Idee.

»Wahrscheinlich ist das bei denen wie bei diesen russischen Puppen, wo eine in der anderen steckt.« Konny kaute am Fingernagel und überlegte. Sie konnten noch ewig herumstehen und rätseln. Oder sie konnten etwas unternehmen.

»Hast du eigentlich noch einen Draht zu Rudi?«

»Welchen meinst du?« Rosi blickte ihn neugierig an.

»Post-Rudi.«

»Ja«, sagte Rosi. »Post-Rudi gehört zu den Motten, die mich umschwirren wie das Licht.«

Konny grinste. Rosi war ein echter Typ, aber keine Schönheit, klein, untersetzt, mit kräftigen Oberarmen und einer grobporigen Haut. »Ruf ihn an.« Und er erklärte ihr, was er vorhatte.

»Du bist verrückt«, sagte Rosi. »Ich ruf ihn nicht an. Man muss dich ja vor dir selbst schützen.«

»Da gibt es kein Risiko. Mehr als auffliegen kann ich nicht. Na und?«

»Frag wenigstens Dornröschen oder Matti.«

»Die wollen mit all dem nichts zu tun haben. Und es ist wichtig, dass wir das so durchziehen. Es ist ja der Witz der Sache.«

»Witzig ist hier gar nichts.« Jetzt war sie sauer.

»Ich brauche nur seine Postbotenuniform, das ist alles. Okay?«

Sie atmete tief durch, schüttelte den Kopf, als wäre sie verzweifelt ob solcher Unvernunft, und wählte eine Nummer. »Rosi hier … ja, ja … nein … es geht jetzt um was anderes … ganz wichtig … Konny will dich sprechen … was? … Antifa-Konny.«

Sie gab ihm das Handy.

»Moin, Rudi«, sagte Konny. Rudi kam aus Norderstedt.

»Moin.«

»Leihst du mir deine Postleruniform?«

»Warum? … Ich brauch die jeden Tag.«

»Ich kann's dir nicht sagen. Es ist sauwichtig. Wirklich.«

Rudi schwieg eine Weile. »Und mich greifen sie dann, oder?«

»Nein. Ganz bestimmt nicht. Ausgeschlossen. Echt.«

»Ist das deine Idee?«

»Ja … nein, eigentlich nicht. Dornröschen …«

»Gut, hol sie nachher ab. Wann krieg ich sie wieder?«

»Morgen Abend.«

Rudi wohnte in der Innstraße, nahe des Stadtbads Neukölln, im Hinterhof. Und natürlich im fünften Stockwerk, zu dem genauso natürlich kein Aufzug führte, sondern eine alte Holztreppe mit braun gebeizten Stufen und einem weißen Geländer mit braunem Lauf. Natürlich hatte Rudi schon einige Bier hinter sich, und außerdem rochen Konny und Rosi gleich den Duft des Grases. Immerhin war er allein. Rudi umarmte Rosi und wollte sie gar nicht mehr loslassen, dann tippte er Konny auf die Schulter. »Lange nicht mehr gesehen.« Er ging schlaksigen Schritts über den kurzen Flur mit patinierter Blümchentapete und ohne jedes Bild, nur ein paar Holzhaken, an denen drei Trainingsjacken hingen, eine aus Ballonseide, darunter zwei Paar Turnschuhe, die auch schon auf ein langes gefülltes Leben zurückblickten. Rudi parkte seinen knochigen Körper auf einem fleckigen Dreiersofa.

»Was soll der Scheiß?«, fragte er, als hätten sie sich nicht längst geeinigt.

Rosi setzte sich neben ihn und nahm seine Hand. »Es ist eine gute Aktion. Ganz wichtig. Ich werde dir immer dankbar sein.« Dann lehnte sie kurz ihren Kopf an seine Schulter.

»Aber ich krieg sie wieder«, sagte Rudi als letzten Protest.

»Natürlich«, sagte Rosi.

»Und was sage ich auf dem Amt?«

»Dir hätte ein Idiot einen Becher Kaffee drübergekippt, und du hättest die Jacke in die Reinigung bringen müssen.«

»Hm.« Er riss die Augen auf und kratzte sich auf seiner Mönchsglatze. »Na gut.«

Am Morgen fuhren Rosi und Konny wieder zur Musäusstraße. Konny hatte die Uniform angezogen, und er war ziemlich nervös. Rosi hatte auf der Fahrt starr nach vorn geschaut und kaum etwas gesagt. Sie war immer noch dagegen. Er würde auf Leute stoßen, die er nicht kenne, die bestimmt gefährlich seien, die auf diesen Bauerntrick nicht hereinfielen. Die würden nie glauben, dass er Postbote sei. Und überhaupt.

Konny hat ihr den Unterarm gestreichelt, eher flüchtig, und sie hatte geschwiegen. Diesmal hielten sie in Sichtweite vom Haus. Konny nahm das Paket von der Rückbank, boxte Rosi liebevoll auf die Schulter und stieg aus.

Dann stand er vor der Eingangstür und klingelte. Sie sah, wie er etwas in die Türsprechanlage sagte, er drückte die Tür auf und verschwand. Sie spürte ihre Unruhe und starrte auf die Tür, als könnte sie ihn so zurückholen. Er würde jetzt einfach verschwunden bleiben, dachte sie, einfach weg. Und sie fragte sich, wie sie daraufkam. Eine Frau schlurfte am Auto vorbei und warf durch ihre Hornbrille einen neugierigen Blick auf Rosi. Rosis Augen verfolgten sie, sahen jetzt erst die Laubbäume, welche die Straße beschatteten, die Luxusautos, die am Straßenrand parkten, und sie hörte weit entfernt das Gebell eines Hundes. Der Wind rauschte in den Blättern, es war mild, die Sonne warf helle und dunkle Flecken auf den Asphalt, es war Ruhe. Aber sie fühlte sich elend, allein gelassen. Ein Golf fuhr vorbei, ein älteres Modell, darin zwei Männer, die nicht in diese Gegend passten, der am Steuer hatte eine Schlägerfresse, den anderen erkannte sie nicht, sah nur, dass er eine Baseballkappe auf dem Kopf trug und eine Sonnenbrille auf der Nase. Sie dieselten weiter und beachteten sie nicht.

Wo war Konny? Die Tür blieb zu, und Rosi mühte sich, die Wellen der Panik abzuwehren. Was konnte ihm schon passieren, selbst wenn er aufflog? Der Rausschmiss. Die Bullen. Na und? Hatte man alles schon gehabt. Konny hatte vor Gericht gestanden, weil er einen Nazi verprügelt hatte und dann noch den Bullen angegangen war, der ihn daran hindern wollte. Na und? Das steckte man weg, und abends trank man einen mit den Genossen.

Eine Elster kackerte, dann flog sie auf die Straße, ganz nah vor das Auto, pickte etwas auf und flog wieder in die Höhe. Rosi folgte ihr mit den Augen und sah, dass sie sich neben eine zweite Elster setzte. Lautes Gekacker, dann flog erst die eine, dann die andere fort. Weitab brummte ein schweres Fahrzeug.

Wo war Konny?

Sie begann mit ihrem Handy zu spielen. Aber sie würde seine Nummer nicht wählen. Jetzt noch nicht. Die Angst trieb ihr den Schweiß auf die Stirn. Wie lange braucht man, um ein Paket abzugeben und sich den Empfang quittieren zu lassen, nachdem man den Namen erfragt hatte, um sich zu vergewissern. Weil man das Paket nur dem Empfänger überreichen durfte. Einschreiben mit persönlicher Übergabe. Das hatte Rudi geraten, aber er konnte Konny nicht auch noch das Gerät übergeben, auf dessen Monitor der Empfang zu quittieren war. Konny sollte behaupten, es sei gerade kaputtgegangen. Scheißtechnik. Ersatzweise müsse er sich die Übergabe auf einem extra für solche Fälle vorgesehenen Formular bestätigen lassen. Und da müsse der Name aufgeschrieben werden, die Unterschrift allein reiche nicht. Das kam Konny zupass, noch besser. Der Haken war nur, dass sie den Namen des Hausbesitzers nicht kannten, nur die Adresse, der Name war so krickelig geschrieben, dass ihn niemand entziffern konnte. Darunter war aber auch noch *Detektei Warnstedt* notiert, damit es keine Zweifel gab. Und wenn der Typ das Paket einfach nicht annehmen würde? Ja, konnte sein. Dann hatten sie Pech und mussten sich was anderes einfallen lassen.

Wo war Konny?

Sie tastete die Namensliste hinunter, bis sie Konnys Namen und Nummer fand. Sie überlegte, ob sie auf die Ruftaste drücken sollte, aber sie legte das Handy auf den Beifahrersitz. Sie nahm es wieder in die Hand, überlegte, betrachtete die Anzeige, schaute auf die Straße, beobachtete ein Eichhörnchen, das über die Straße hetzte und den Zaun hochkletterte, sich in den Zweig schwang, der darüberhing, zum Ast hochraste, um auf dem Grundstück zu verschwinden, wo auch Konny verschwunden war. Sie schaltete das Radio ein und geriet in einen Valiumkommentar über Afghanistan, in dem tatsächlich von Schulen und Brunnen die Rede war. Rosi grinste kurz, dann kehrte die Panik zurück.

Wo war Konny?

Sie schaute auf die Uhr, aber sie wusste nicht, wann Konny gegangen war. Da war sie zu aufgeregt gewesen. Im Rückspiegel blitzte etwas auf, es war der Golf mit den beiden Männern. Sie fuhren auf der Seite des Grundstückzauns und hielten an, ein Stück vor der Garageneinfahrt, rechts nach hinten versetzt von ihr. Der Motor schien zu laufen, jedenfalls zog ein dünner Rauchschwaden hinter dem Auto über die Straße. Die beiden Typen, die sie kaum erkannte, saßen reglos im Auto. Sie warteten.

Wo war Konny? Verdammt.

Dann rollte der Golf langsam los, die Gartentür ging auf, Konny kam heraus, ohne Paket. Die Erleichterung war gewaltig. Jetzt spürte sie erst, was für eine Angst sie gehabt hatte. Sie hörte noch das Aufheulen des Motors, dann raste der Golf auf Konny zu, der stand wie erstarrt, guckte auf das Auto, ein Blick zu Rosi, der dumpfe Schlag, und sein Körper schien ewig lange über den Golf hinwegzufliegen, während das Auto davonraste und schon außer Sichtweite zu sein schien, als Konny auf dem Asphalt aufschlug. Eine Elster kackerte, und dann war es ruhig.

Sie saßen eine Weile nur da und schwiegen.

»Es war Mord«, sagte Matti, aber das war ohnehin klar. Die Mörder hatten sich keine Mühe gegeben, ihre Tat zu verschleiern. »Und es war kein Zufall, dass es dort geschah. Woher konnten die wissen, dass Konny gerade in diesem Augenblick auf die Straße treten würde, wenn sie nicht aus dem Haus informiert worden wären?«

Twiggy nickte bedächtig. »Sie haben einen Fehler gemacht.«

Matti schaute ihn kurz an und starrte auf die Tischplatte. »Hast du das den Bullen gesagt?«

Rosi war verwirrt, dann kehrte sie ins Diesseits zurück. »Ja, ja«, stotterte sie. »Das hab ich. Und die sind ins Haus und haben wohl alle verhört.«

»Haben sie einen abgeführt?«, fragte Matti sanft.

Rosi überlegte kurz, sah noch einmal das Blaulicht der Polizeiwagen und des Krankenwagens, sah das Schwarz des Leichenautos, in das sie Konny in einem grauen Sarg trugen, sah das rot-weiße Band, mit dem der Tatort abgesperrt wurde, aber nur drei Leute daran hinderte, ihren Weg fortzusetzen, was sie in Gaffer verwandelte, die tuschelnd Meinungen austauschten. Sah die Polizisten, mit und ohne Uniform, manche in weißen Ganzkörperanzügen mit der Aufschrift *Kriminaltechnik*, sah den jungen Kommissar, der sie am Oberarm stützte und zum Krankenwagen brachte, wo ihr eine Ärztin, deren Gesicht sie gar nicht wahrgenommen hatte, eine Spritze in eine Vene in der Armbeuge setzte, was ihr bald die Angst nahm und es ihr möglich machte zu sagen, dass die Typen in dem Golf gewartet hätten und losgefahren seien, sehr schnell losgefahren seien, als Konny auf die Straße trat. Sie habe keinen Zweifel, dass sie geplant hatten, ihn zu ermorden. Mehr konnte sie nicht sagen.

»Nein, sie haben keinen abgeführt.« Sie war jetzt klarer. »Und dass es aus dem Haus gesteuert war, das hab ich doch nicht gesagt. Aber das werde ich sagen, gleich nachher, wenn ich zur Vernehmung muss. Es kann nicht anders gewesen sein.«

Es klingelte, und es klopfte an die Tür.

»Die Bullen«, sagte Twiggy gelassen. »War ja klar. Ist dir jemand gefolgt?«

Rosi schüttelte den Kopf. »Woher soll ich das wissen?«

Matti stand auf und ging zur Tür.

Davor standen Schmelzer und wenigstens sieben Uniformierte. Schmelzer wedelte mit einem Papier vor Mattis Nase. »Das sind Vorladungen, mein Herr. Sie kommen alle mit.«

Ein Uniformierter schob Matti zur Seite, ein paar andere trampelten ihrem Kollegen hinterher. Sie gingen zur Küche, sagten ihr Sprüchlein auf, dann hörte Matti, wie Twiggy schimpfte, weil Robbi sich erschreckt hatte. Er würde nun diverse Fressschälchen füllen, und dann ging es ab zum Polizeipräsidium am Platz der Luftbrücke, gewissermaßen um die Ecke.

In der Wanne, die sie hinfuhr, sagte Dornröschen nur: »Also, ich sage gar nichts. Ich protestiere gegen…«

»Halten Sie den Mund!«, keifte einer der beiden Beamten, die dabeisaßen.

»Halten Sie Ihren!«, keifte Dornröschen zurück. Der Beamte erschrak, das hatte er der zarten Frau nicht zugetraut. »Ich rede, was ich will, wann ich will, mit wem ich will, wo ich will. Wie geht's denn der Frau Gemahlin? Oder hat die schon einen anderen?«

»Sie sollen Ruhe geben!«, donnerte der andere.

Dornröschen fing an zu singen, erst »Hänschen klein«, dann griff sie in die Vollen:

Frei sein,
Besoffen sein,
Terror muss dabei sein,
Bomben bauen,
Waffen klaun,
Den Bullen eins auf die Fresse haun.

Matti grinste und summte dann mit. Das Lied war eigentlich Mist, aber in diesem Augenblick gab es kein besseres.

Die beiden Polizisten guckten sich an, dann starrten sie auf den Boden. Prompt hörte Dornröschen auf zu singen. »Sehen Sie, geht doch!«, sagte sie und gab sich keine Mühe, den Triumph in ihrer Stimme zu verbergen.

»Also, ich sag nur, was ich gesehen habe, immer die Wahrheit«, sagte Rosi. Ihre Stimme zitterte, sie war fix und fertig.

»Du hast keine Schuld«, sagte Matti.

Sie waren auf dem Tempelhofer Damm.

Rosi weinte.

Das Polizeipräsidium mit seiner grauen Fassade und den weißen Sprossenfenstern sah aus, als hätte es der Kaiser persönlich gebaut, protziger Klassizismus, ein Monster aus Stein, schräg gegenüber vom Naziflugplatz Tempelhof. Das passt gut, dachte Matti.

Natürlich wurden sie getrennt, aber das war egal, denn sie wussten, was sie zu tun hatten. Matti wurde in ein Büro geführt, in dem zwei ältere Männer saßen, beide in Zivil. Einer hinterm Schreibtisch, einer an der gegenüberliegenden Wand, in der Ecke. Der hatte rötlich schimmerndes Haar, mit Pomade angeklebt, und ein bleiches Gesicht mit Pickeln. Der Uniformierte, der ihn vom Bus hergebracht hatte, deutete auf einen Stuhl vor dem Schreibtisch. Ein Polizist saß nun vor ihm, der andere hinter ihm.

Der Uniformierte setzte sich auf einen Stuhl neben der Tür.

Der Mann hinter dem Schreibtisch schaute ihn an aus traurigen Augen über Tränensäcken und unter buschigen Augenbrauen. Er hatte kurz geschnittene graue Haare und einen Schnurrbart wie ein Strich. Er betrachtete Matti, und der blickte zurück.

Wenn du denkst, das Gehabe beeindruckt mich, irrst du. Ich fange nicht an zu reden.

Sie schwiegen lange, einmal kratzte der Typ sich an einem viel zu langen Ohrläppchen. Matti ließ seine Augen wandern über die Aktenordnerrücken in dem Stahlregal hinter dem Schreibtisch, zu einem kleineren Tisch, auf dem ein Monitor stand. Bin mal gespannt, was die wissen und sich zusammenreimen. Mir können die gar nichts.

Fast wäre er erschrocken, als die Frage von hinten gestellt wurde. Eine schneidende Stimme, aber nicht laut.

»Herr Jelonek, Sie und Ihre Kumpane werden verdächtigt, einen Einbruch geplant zu haben. In der Musäusstraße 14.«

»Wer verdächtigt mich? Was ist mit dem Mord an ... Konrad Mattner?«

Der Typ hinterm Schreibtisch runzelte die Stirn. »Mord?«

»Ja, Mord. Er wurde absichtlich überfahren.«

»Davon weiß ich nichts. Wir haben den Auftrag, Sie zu dem geplanten Einbruch zu befragen.«

»Ich war doch gar nicht in der Musäusstraße.«

»Aber Sie wissen, wo die ist?«

»Ich bin Taxifahrer.«

Wieder das Stirnrunzeln.

»Sie kennen Herrn Mattner?«

»Ich kannte Herrn Mattner. Er wurde ermordet.«

Der Typ hinterm Schreibtisch musterte Matti, der Typ in der Ecke räusperte sich.

»Herr Mattner wollte das Haus auskundschaften, und dann wollten Sie und Ihre ... Kumpane dort einbrechen.«

Matti überlegte, ob er die Vereinbarung brach, wenn er weiterredete. Solange er nichts über die wahren Hintergründe verriet, konnte er so vielleicht etwas herausbekommen. »Wer hat mich angezeigt?«, fragte er.

Der Typ hinterm Schreibtisch schaute auf ein Papier, das vor ihm lag. »Der Herr Rechtsanwalt Dabner im Auftrag seines Mandanten.« Er hob den Blick und fixierte Matti.

146

Und der dachte: Verdammt, ich brauche dieses Blatt.

»Und wie kommt dieser Mandant auf diesen Schwachsinn?«

»Eigentlich stellen wir hier die Fragen.«

»Ich kann auch schweigen. Ich bin darin Meister aller Klassen. Ich möchte jetzt gehen. Oder bin ich verhaftet?«

»Sie bleiben«, sagte der Mann hinterm Schreibtisch, »bis wir Sie gehen lassen. Vielleicht tun wir das, vielleicht nicht.«

»Ich könnte die Sache hier aufpeppen, wenn ich meinen Anwalt rufe.«

Der Typ lächelte.

»Wenn ich einfach nichts sage, bis mein Anwalt da ist. Was halten Sie davon?«

»Das ist Ihr Recht. Aber womöglich könnten wir die Sache ohne Umweg klären.«

Matti zuckte mit den Achseln.

»Sie sagen aus, und wir sind … freundlich.«

Matti grinste. Die Typen kannten natürlich seine Akte. Und in der stand, dass er sich überhaupt nicht einschüchtern ließ, schon gar nicht von Bullen. Sie hatten ihm bereits einiges angehängt, Twiggy und Dornröschen auch, man kam nicht drum herum in Berlin, wenn man schon so lange aktiv war. Widerstand gegen die Staatsgewalt, ein paar Steine in Fenster, Hausbesetzungen, Blockaden, Störungen von Gerichtsverhandlungen usw.

»Dann seien Sie mal freundlich«, sagte Matti.

Die beiden wechselten an Matti vorbei einen Blick.

»Ich möchte wissen, wer mich angezeigt hat und warum. Dann möchte ich wissen, welche Beweise Sie gegen mich haben wollen, genauer gesagt, welche fabriziert wurden, denn es kann in Wirklichkeit keine geben.«

»Den Namen des Anzeigenden haben wir Ihnen bereits genannt …«

»Weichen Sie nicht aus«, sagte Matti.

»Mehr dürfen wir Ihnen nicht sagen.«

»Dann darf ich Ihnen gar nichts sagen.«

»Wir haben Fingerabdrücke von Ihnen.«

Das traf Matti schon. Fingerabdrücke? Woher? Das war unmöglich.

»Wir haben Fingerabdrücke auf einer Hülle für DVDs oder CDs« – er sagte das mit einer gewissen Verachtung, die er offenbar der Welt der Technik entgegenbrachte –, »die Sie und Ihre... Komplizen aus dem Auto des besagten Mandanten gestohlen haben. Dazu haben Sie das Auto aufgebrochen, nachdem Sie es mit mehreren Wagen verfolgt hatten. Die Verfolgung ist in Fotos dokumentiert, auf denen man Sie erkennt, zum Beispiel auf dem Parkplatz eines Getränkemarkts oder dem einer Zoohandlung in der Zornstraße. Herr Mattner ist deutlich erkennbar, wie er dem Mandanten im Auto folgt. Die Spuren des Einbruchs ins Auto sind klar. Offenbar haben Sie sich erschreckt, als der Mandant Sie als Einbrecher kontaktierte und die DVD zurückverlangte. Sie haben die DVD in den Briefkasten der Firma des Mandanten gesteckt und geglaubt, Sie könnten sich revanchieren und in dessen Haus einbrechen. Deshalb hat Herr Mattner sich als Postbote verkleidet, um herauszufinden, wie man in das Haus einbrechen kann. Und wenn er es herausgefunden hatte, wollten Sie zur Tat schreiten.«

Der Typ schaute Matti geradezu freundlich an. Wie gestelzt der herumlaberte, als würde er es selbst nicht glauben. Mattis Kopf arbeitete in Höchstgeschwindigkeit. Es war der Gegenangriff. Eine absolute Frechheit. Aber wie konnte es *denen* – wer waren *die* eigentlich? – gelingen, alles so zu verdrehen, dass es die Bullen glaubten? Oder wollten die Bullen es glauben? Genügte es, ihnen eine halb gare Geschichte zuzuspielen, und sie stürzten sich mit Wonne auf die WG, weil sie die sowieso auf dem Kieker hatten? Er hätte jetzt gerne mit Dornröschen und Twiggy gesprochen. Verdammter Mist! Auf Zeit spielen, befahl er sich. Du musst das Papier lesen. Er linste auf den Schreibtisch. Alles andere ist erst mal egal. Nichts rauslassen, aber auch nicht schweigen. Sorge dafür, dass sie den Raum verlassen. Mach irgendwas. Lulle sie ein, spiel ihnen vor, dass du anstandshalber noch ein bisschen herumzickst, um dann vielleicht umzufallen.

»Also, das mit dem Einbruch ist eine Erfindung«, sagte Matti.

Der Typ hinterm Schreibtisch lächelte. »Und die Fingerabdrücke? Es sind Ihre, bezweifeln Sie das, sollen wir Sie mal wieder erkennungsdienstlich behandeln?«

»Nicht nötig«, sagte Matti ziemlich zerknirscht. Er machte jetzt auf unsicher. »Ich müsste mal mit jemandem … reden.«

»Reden Sie mit uns. Lassen Sie's raus, es erleichtert Sie. Und es wirkt sich aufs Strafmaß aus. Sie sind vorbestraft, aber das wissen Sie ja, und Einbruch, das ist Moabit.«

»Ich muss nachdenken, in Ruhe.«

»Wie lange brauchen Sie?«, fragte der Typ in der Ecke. Er klang nicht begeistert.

»Zehn Minuten. Lassen Sie mich einfach hier sitzen.« Er tat erschöpft.

»Sollen wir Ihnen einen Kaffee mitbringen?«, fragte der Typ hinterm Schreibtisch.

Matti nickte müde. »Ja … bitte.«

Die beiden verließen das Büro.

Matti krümmte sich nach vorn, legte die Ellbogen auf die Knie und stützte sein Gesicht in die Hände. Er linste nach dem Polizisten neben der Tür, der ihm nur einen flüchtigen Blick zuwarf und sich wieder seiner Langeweile hingab.

»Darf ich ein bisschen umherlaufen?«, fragte Matti müde und schaute zum Polizisten.

Der überlegte kurz. »Bitte.«

Matti erhob sich und trat ans Fenster. Draußen der Tempelhofer Damm mit dem üblichen Verkehr. Gegenüber das ausrangierte Flughafengebäude. Matti drehte eine Runde, dicht am Schreibtisch vorbei. Der Polizist an der Tür gähnte und reckte sich. Matti stellte sich neben dem Schreibtisch ans Regal und tat so, als lese er die Rücken der Aktenordner. Der Polizist schielte zu ihm. Matti tat einen Schritt zur Seite und las weiter. Dann drehte er sich um, blickte auf das Blatt Papier und las. Er ignorierte den Text der Anzeige und jubelte innerlich, als er auf die richtige Zeile stieß:

… im Auftrag seines Mandanten, Dr. Werner Entenmann, …

Er wandte sich ab, bevor der Polizist meckern konnte. »Nun setzen Sie sich mal wieder hin«, sagte der. Matti warf ihm einen frustrierten Blick zu und setzte sich. Er hatte sich sonst was ausgemalt, was für eine Schau er abziehen müsste, um einen Blick auf das Papier zu werfen. Und dann war es so einfach gewesen.

Dr. Werner Entenmann, hatte der in der Aufzählung der Geschäftsführer gestanden? Matti konnte sich nicht daran erinnern. Wenn nicht, dann war es so, wie Rosi gesagt hatte, dass nämlich Konny richtiglag, als er rätselte, ob es sich um eine geheime Firma in der Firma handelte. Wenn der Boss nicht mal als Geschäftsführer firmierte, wie sollte man das sonst erklären? Als Ergebnis unübertrefflicher Bescheidenheit? Matti kicherte vor sich hin, es musste raus. Er hatte binnen weniger Sekunden mehr begriffen als in den Wochen zuvor. Jetzt wusste er, wo sie ansetzen mussten. So ein Besuch bei den Bullen hatte auch was Gutes.

Die beiden Kommissare kehrten zurück und setzten sich auf ihre Plätze. Der hinterm Schreibtisch fragte betont freundlich: »Nun, was haben Sie uns zu sagen?«

»Dass ich meinen Rechtsanwalt sprechen will«, sagte Matti ebenso betont freundlich.

Der Typ hinterm Schreibtisch lief rot an, ganz langsam weitete sich die Farbe von der Nase aus übers Gesicht, und Matti beobachtete es mit Vergnügen. Er sah, wie der Polizist mit seiner Fassung kämpfte, konnte fast in dessen Gedanken lesen, in denen es um Prügel ging und um die Sehnsucht, dieses verfluchte linke Arschloch mit dem Kopf zuerst aus dem Fenster zu hängen.

Gerd Tegith war ein langer Lulatsch mit streng gescheiteltem schwarzem Haar und einer großen Nase zwischen dem stechenden Blick, den er zusammen mit seinen schwarzen Augen von irgendwem geerbt haben mochte, wenn er ihm nicht durch genetisches Würfeln zugewachsen war. Unbestreitbar war sein scharfer Verstand, und an seiner Loyalität gegenüber seinen Mandanten war nicht zu zweifeln, schon gar nicht, wenn sie zu Mattis Preislage gehörten. Diese Art von Mandanten zahlten ihm zwar kaum sein ausstiegen. Ob das nicht längst die anderen entschieden. Als die WG diesen anderen die DVD-Kopien gegeben hatte, war Konny kurz darauf aufgeflogen und ermordet worden. Und die Bullen schienen von einem Unfall auszugehen. Sie hatten das auch Twiggy und Dornröschen gegenüber behauptet. Unfall mit Fahrerflucht. Und die Zeugin, die von Absicht redete, die war doch parteiisch, die steckte mit der WG unter einer Decke. Die wollte zusammen mit denen einbrechen bei einem ehrbaren Bürger, der im feinen Dahlem wohnte.

»Wir können das nicht auf sich beruhen lassen«, sagte Dornröschen ruhig. Sie wischte sich mit dem Handrücken Tränen aus den Augen. »Wir werden ihn rächen. Die Bullen werden die Mörder nicht suchen und den Auftraggeber auch nicht. Der heißt Entenmann, und den knöpfen wir uns vor. Und ganz nebenbei möchte ich wissen, was es mit dieser Scheiß-DVD auf sich hat. Davon abgesehen, habe ich keine Ahnung, wie wir da herauskämen, wenn wir es wollten. Wir wissen ja nicht einmal, worin wir stecken.«

Ein Mann mit einem Bullterrier und Maulkorb schlenderte vorbei. Er schien gut gelaunt, sein Gesicht strahlte. Und Matti hätte ihm am liebsten eine runtergehauen. Es gab nichts zu lachen und nicht den geringsten Grund, gut gelaunt zu sein. Der Terrier schnupperte an Twiggys Fuß, dann wurde er weitergezerrt.

»Wir müssen aus der Wohnung raus«, sagte Dornröschen. »Dort sitzen wir abholbereit, für wen auch immer.«

»Und Robbi?«, nölte Twiggy.

Sie überlegten.

Mattis Handy vibrierte. »Klappt es heute?«, fragte Lily.

»Ja, ich glaub schon.« Er guckte in die Runde, erntete aber keine Reaktion. »Ich komm zu dir. Ab wann bist du zu Hause?«

»Ab sofort. Ich pack gerade meine Sachen.«

Matti war erleichtert. Er würde mit ihr über Konny reden. Früher hatte er gut mit ihr reden können, wenn es wirklich um was Ernstes ging. Sie war schwierig gewesen, aber nicht oberflächlich.

»Ich weiß vielleicht eine Wohnung für euch«, sagte Gerd. »Erinnert ihr euch an Theo?«

»Du meinst Zocker-Theo?«, fragte Twiggy.

Gerd nickte. »Der ist jetzt Prof an der Humboldt. Finanzwissenschaftler. Der geht für ein halbes Jahr in die USA, Princeton. Große Sache.«

»Der mag aber keine Katzen«, sagte Twiggy. Das hatte er sich gemerkt, denn es schloss Theo von vornherein aus dem Kreis möglicher Freunde aus.

Gerd grinste. »Seit wann habt ihr 'ne Katze? Ich weiß nichts davon.«

»Und wo wohnt der?«

»Chamissoplatz, hier um die Ecke.«

»Ach, du lieber Himmel«, entfuhr es Matti. »Da, wo die Ökos wohnen, die Studienräte in Latzhosen und überhaupt nur gute Menschen mit Tausenden von kreischenden Kindern. Stimmenanteil der Grünen bei den letzten Wahlen« – Matti verzog sein Gesicht zu einer Horrorgrimasse – »so um die hundertfünfzig Prozent!«

»Es geht mir nicht aus dem Kopf«, sagte Dornröschen, »die haben Konny umgebracht und wahrscheinlich auch Norbi. Das muss eine ganz große Sache sein.« Sie schaute Gerd an. »Kennst du einen absolut vertrauenswürdigen Dippel-Ing oder so was?«

Gerd kratzte sich am Hals. »Ich denk mal drüber nach. So aus dem Stegreif nicht.«

»Kann auch woanders sein«, sagte Matti. »Wäre vielleicht gar nicht schlecht. Ihr habt doch Gutachter, kennst du da keinen, der dichthält?«

»Gutachter kenne ich, klar. Aber verbürgen könnte ich mich für keinen.« Gerd rührte in seiner leeren Tasse und trank das kleine Wasserglas in einem Zug leer. Er schaute auf die Uhr. »Oh, ich muss los. Ich schick dir eine SMS wegen der Wohnung, heute oder morgen. Kommt drauf an, wann ich Theo erwische.«

»Hat der 'ne Satellitenglotze?«, fragte Twiggy.

8: Relay

In der U-Bahn fiel ihm ein, dass er lange nicht mehr Konfuzius gelesen hatte und sich am Morgen bei Ülcan melden musste. Er hatte ein blödes Gefühl, dass er ihn hängen ließ, aber Matti hatte stichhaltige Gründe. Allerdings würde er auch künftig den Schichtplan nicht immer einhalten können. Das war jetzt schon klar. Entenmann, wir kriegen dich.

Lily trug eine enge blaue Jeans und eine weiße Seidenbluse. Sie sah umwerfend aus und empfing ihn zärtlich. Sie war überhaupt nicht beleidigt, sondern sagte nur: »Ach, so siehst du aus.«

Doch fühlte sich Matti gedrängt, ihr etwas zu erklären.

»Du erinnerst dich an Konny?«, fragte er, nachdem sie sich in der Küche an den gedeckten Tisch gesetzt hatten. »Wir haben ihn im *Molinari* kurz gesehen.« Es gab italienische Vorspeisen, auf dem Gasherd stand ein großer Topf. Lily hatte als Erstes Rotwein eingeschenkt. Die Küche war natürlich aus Marmor, Stahl und Glas, Anthrazittöne, wenig Schwarz. Der Boden bestand aus schwarzweißen Kacheln. Den Tisch hatte sie von der Wand abgeklappt.

Sie nickte. »Ich erinnere mich. Du isst ja gar nichts.«

»Konny ist tot, und ich bin schuld.«

»Was?«

Er berichtete gerafft, was geschehen war, auch von der DVD. Natürlich war ihr Gesicht ein einziges Fragezeichen.

»Warum fahrt ihr solchen Leuten nach? Warum hat Konny sich da herumgetrieben? Ihr müsst doch einen Grund haben, so … eine Sache aufzuziehen.«

»Wir wollten nur herausbekommen, wie der Hausbesitzer heißt.«

»Ich empfehle das Telefonbuch …«

»Haben wir alles versucht. Dem Typ gehört eine Detektei, vermuten wir jedenfalls. Aber er wird im Handelsregister nicht als Geschäftsführer genannt...«

»Dann ist er keiner.«

»Er ist der Boss.«

»Aha. Matti und die Detektive.«

»Er hat das dicke Auto mit Chauffeur und die dicke Villa mit Hauspersonal. Glaubst du, der sitzt an der Pforte?«

»Gut, gut, kann sein.« Sie überlegte, und er fand, sie war großartig, ihre Augen glänzten vor Klugheit. So sah er es. Und die schmale Falte über der Nase stand ihr so gut. Das fiel ihm erst jetzt auf, dabei hatte es die Falte früher auch schon gegeben. »Welche Gründe kann es haben, dass er sich versteckt, dieser... Entenmann?«

»Es ist eine Firma in der Firma, die Detektei dient als Tarnung für etwas, das viel wichtiger ist. Wichtig genug, um Leute umzubringen.«

»Firma in der Firma«, murmelte sie kauend. »Das sagt mir was.«

Sie stand auf und schüttete Spaghetti ins Wasser. Sie schaltete die Dunstabzugshaube ein, es erklang ein freundliches Summen. Dann stellte Lily am Herd eine elektronische Uhr ein und setzte sich wieder.

»Also Firma in der Firma, klingt nach Geheimdienst, Stasi.«

»Ja, habe ich auch schon gedacht. Wahrscheinlich gibt es in Ostberlin keinen Privatschnüffler, der nicht bei der Stasi war.«

»Heute passen sie auf den Klassenfeind auf«, grinste Lily. »Lass uns mal im Internet gucken, ob wir den Entenmann finden, der Name ist ja nicht so häufig.« Sie stand wieder auf und regelte die Gasflamme niedriger. »Gleich nach dem Essen.« Sie deutete auf eine kleine Schüssel in der Mitte des Tisches. »Ich hab gar nicht gefragt, aber *al pesto* ist doch okay, oder?« Irgendwie sah sie jetzt italienisch aus.

Sie hatte für ihn gekocht, es rührte ihn, mit welcher Selbstverständlichkeit sie es tat. Vielleicht erinnere ich sie an ihre besseren Zeiten, vielleicht braucht sie diesen Schickimickikram, um sich über das Elend hinwegzutrösten, in dem sie lebt bei allem Erfolg, den sie aber allen zeigen muss, als wollte sie ihre Umwelt überzeugen, dass sie glücklich ist. Merkwürdige Gedanken.

»Und die Sache mit Konny, du weißt doch genau, dass du unschuldig bist. Schuld ist, wer ihn ermordet hat. Diese Typen im Auto und der Auftraggeber, nennen wir ihn hilfsweise mal Herrn Entenmann.«

Nun musste er doch lächeln, und noch mehr, als er in ihrem Gesicht las, wie sie sich darüber freute, ihn zum Lachen gebracht zu haben.

Der Zeitmesser klingelte.

Sie goss die Spaghetti ab und verteilte sie auf zwei große weiße Teller.

Er schaute sich noch einmal um und begriff jetzt, dass das alles, diese Wohnung, diese Küche, dieses Schlafzimmer, eigentlich nichts mit ihr zu tun hatte. Sie hatte früher auf Matratzen geschlafen, die auf dem Fußboden lagen, und ihr Möbelgeschäft war der Sperrmüll gewesen. Sie passte hier nicht hinein, obwohl sie so aussah, als würde sie es. Aber die Lily, die er kannte, gehörte nicht hierher. Kann sich ein Mensch so ändern, oder hat sie mir damals was vorgespielt?

»Über was denkst du nach?«, fragte sie.

Er blickte sie an, dann sagte er: »Ach, an Konny natürlich. Rosi ist fix und fertig. Und wütend. Die Bullen reden von einem Unfall, aber sie hat gesehen, wie zwei Typen in einem Golf Anlauf nahmen, auf Konny warteten und dann losfuhren, direkt drauf. Die müssen aus dem Haus ein Signal bekommen haben, dass Konny nun kommt.«

»War er lange im Haus?«

»Wir wissen nicht, ob er im Haus war.« Er nahm sich mechanisch Pesto und rührte es in die Nudeln. »Das Grundstück ist völlig abgeschirmt, ist ja auch ungewöhnlich …«

»Reiche Leute«, sagte sie.

»Er war auf jeden Fall lang drin. Rosi spricht von mindestens zehn Minuten.«

»Für was braucht ein Postbote zehn Minuten?«

»Er hatte ein Paket dabei, sie hatten zwei neue Bücher reingepackt und als Absender eine Versandbuchhandlung angegeben, nicht sehr schlau, weil die das ja per Büchersendung verschicken, und die muss man nicht quittieren. Aber sie haben es halt so gemacht. Und Konny sollte behaupten, dieses Gerät, das die Postler mit sich herumschleppen, sei kaputt, aber für diesen Fall gebe es ein Formular, auf dem der Empfänger den Erhalt einer Sendung quittiert.« Er überlegte einen Augenblick. »Der Entenmann saß auf dem Klo oder hat gerade telefoniert und Konny warten lassen.«

»Oder die hatten ihn schon erkannt, als er vor der Tür stand, und mussten erst das Killerkommando rufen. So lange haben sie Konny aufgehalten.« Lily seufzte und aß eine Gabel Spaghetti. »Das ist doch die einfachste Erklärung.«

»Stimmt, Konny hatten sie ja schon fotografiert.«

Es war doch gut, dass er mit Lily darüber sprechen konnte. Das half, die Puzzleteile in seinem Kopf zu sortieren. Und so eine Rechtsanwältin, die hat ja dauernd zu tun mit verdrehten Geschichten. Das merkt man, sie begreift blitzschnell und kann die Dinge so ordnen, dass es einen Sinn ergibt.

»Und habt ihr von dieser DVD eine Kopie gemacht?«

»Natürlich nicht«, log Matti. Er grinste verlegen und versuchte es zu verbergen. Die erste dicke Lüge, seit er sie wieder getroffen hatte.

»Ist gut«, sagte sie nur und lächelte.

Nach dem Essen setzten sie sich im Schlafzimmer an den Computer. Der stand auf einem kleinen Tisch in der Zimmerecke zwischen dem Kleiderschrank, dessen drei Türen verspiegelt waren, und dem Fenster. Lily setzte sich auf den Schreibtischstuhl und bootete das weiße Apple-Notebook. Matti stellte sich hinter sie und legte seine Hände auf ihre Schultern. Er roch ihre Haare. Sie wandte sich zu ihm um, lächelte ihn von unten an, legte ihre Wange an seinen Handrücken und startete den Internetbrowser.

Während sie hantierte, schaute er zum Fenster hinaus. Ein

dunkles Auto schlich langsam die Straße hinunter, die Lichtkegel der Scheinwerfer zitterten voraus. Der Wagen verschwand, ein Fahrradfahrer fuhr ohne Beleuchtung im matten Schein der beiden Straßenlaternen, die sich auf den Straßenseiten gegenüberstanden.

»So ein Mist«, sagte Lily, und Matti kehrte ins richtige Leben zurück. »Ich habe jetzt gesucht und einen Haufen Links zu der Datensammlung gefunden, aber die Links gehen alle ins Leere. Bisher. Irgendwo muss das doch sein.«

Twiggy, dachte Matti, wie immer in solchen Fällen elektronischer Aussichtslosigkeit.

»Soll ich Twiggy eine SMS schicken? Der findet das.«

Sie schüttelte den Kopf. »Das ist das Persönlichkeitsschutzrecht, das hier zuschlägt. Völlig absurd in dem Fall.« Sie schüttelte wieder den Kopf.

»Da haben wir's doch. Ach nee, eine schlichte Textdatei … gut, dann lade ich das Teil herunter.«

In einem kleinen Fenster wurde der Download von *MA_Stasi.txt* bestätigt.

»Schön, schön«, sagte sie. »Das ist ja richtig spannend.« Sie legte ihre Hand auf seine, die immer noch auf ihrer Schulter war. »Das mit Konny ist wirklich scheiße«, murmelte sie. Als die Datei gespeichert war, öffnete sie diese und gab den Suchbegriff »Entenmann« ein. »Davon gibt's nur einen. Vielleicht hatten die noch einen Erpel …« Sie kicherte. »Da ist er, Werner heißt er auch, und der Doktor darf nicht fehlen. Wahrscheinlich ein waschechter Potsdam-Titel, womöglich vom Doktorvater Mielke persönlich.«

»Und was heißt der Zahlensalat?«, fragte Matti.

»Diensteinheitenschlüssel, Personalnummer, Gehalt, etwas davon, alles zusammen, was weiß ich.«

»Also muss ich jemanden suchen, der sich mit dem Zeug auskennt.«

Sie stand auf, nahm ihn in den Arm, küsste ihn sanft und sagte lächelnd. »Du hast ihn schon gefunden. Ich kenne da einen Kollegen …«

Schon hatte sie das Telefon in der Hand. »Frank, die Stasi-Datei, du hast doch mal einen von denen vertreten. Kannst du den Zahlensalat erklären … gut, ich schick's per Mail.«

Sie setzte sich wieder an den Computer, kopierte die Entenmann-Zeile in eine Mail und schickte sie ab.

Dann führte sie ihn zurück in die Küche. »Ich habe noch einen Nachtisch«, aber Matti schüttelte den Kopf. Er goss sich ein Glas Wein ein und setzte sich.

»Früher warst du so … nervös«, sagte er nach einer Weile.

Sie saß mit dem Fuß des einen Beins unter dem Oberschenkel des anderen auf dem Stuhl. »Ich war jünger«, sagte sie. »Ziemlich unreif, ich geb's zu. Weißt du, ich habe mir dauernd was beweisen müssen.« Sie schaute ihn fragend an, dann: »Ich war schrecklich, nicht wahr?«

»Irgendwie schon«, erwiderte er. »Aber nicht nur. So was dazwischen.«

»Sehr differenzierte Analyse.«

»Okay, schrecklich.«

Sie lachte, hielt sich aber die Hand vor den Mund. »Mein Gott, der arme Konny, und ich rede nur Scheiße.«

»Das ist das Beste. Wenn wir nur herumsäßen und uns an Trauerkloßigkeit überträfen …«

Sie seufzte. »Ich kann mit solchen Situationen schlecht umgehen, eigentlich gar nicht.«

Sie saßen schweigend und tranken. Beide hatten ihre Gläser schnell leer, und Lily schenkte nach.

Das Telefon lag auf dem Tisch. Als es klingelte, fuhr Matti zusammen.

»Ja? Frank! … hm … ach du lieber Himmel … okay … klar. Vielen Dank, ich revanchiere mich.« Sie lachte hell und legte auf.

»Also, der Erpel ist Oberst in der Abteilung X der HVA gewesen, die war zuständig für Desinformation. Die geheimste Abteilung der Stasi, tätig vor allem in Westdeutschland. Frank sagt, mit dem Dienstgrad war der Typ stellvertretender Abteilungsleiter. Er könnte auch Chef gewesen sein, aber den Chef kennt Frank, und davon gab es nur einen.«

»Puh!«, sagte Matti. »Klingt so, als wären wir an den Richtigen geraten.« Nach einer Weile. »Was hat so jemand mit Röhren zu tun?«

»Frank hat auch gesagt, dass er sich mit dem nicht anlegen würde.«

»Da hat er recht.« Er trank einen Schluck, behielt das Glas in der Hand und stierte hinein, als könnte er dort die Wahrheit finden. »Der Typ hat Konny auf dem Gewissen.«

»Die Polizei sieht das aber anders.«

Er schaute sie lange an. Bisher hatte sie es ihm geglaubt. Jetzt wollte sie ihn bremsen, sie hatte offenkundig Angst, dass er sich mit Entenmann anlegte. Sie war wirklich anders geworden als früher, verantwortungsbewusster, reifer. Nur, diese Wohnung passte nicht zu ihr.

»Komm, wir gucken mal, ob die anderen Typen, diese Geschäftsführer der Schnüffelfirma, auch auf der Liste sind.«

Sie blickte ihn missmutig an, dann stand sie auf und ging zum Computer, er folgte ihr. Das Ergebnis ihrer Suche war eindeutig, kein Geschäftsführer stand in der Liste.

Zurück am Küchentisch – sie hatten getrunken, und Lily hatte nachgeschenkt mit der Bemerkung: »Ich brauch das heute und du auch« –, sagte er: »Sieht wirklich aus wie eine Firma in der Firma. Außenrum nur Tarnung.«

»Das ist die Abteilung X im Kleinformat, er hat einfach das Prinzip übernommen.«

»Aber was macht so eine getarnte Organisation? Was hat die mit diesen Röhren zu tun?«

Lily zuckte mit den Achseln.

Es war eine komische Geschichte. Je mehr sie herausbekamen, desto weniger wussten sie. Matti überlegte, ob er den anderen gleich Bescheid sagen sollte, aber er tat es nicht. Was nützte es, ihnen seine Ratlosigkeit mitzuteilen. Und dass dieser Entenmann bei der Stasi war, das hatten sie längst vermutet. Er hatte nicht viel Neues herausbekommen, nur eine Bestätigung.

»Was sollen wir jetzt machen?«, fragte er in den Raum hinein.

»Ich würde mich raushalten«, sagte Lily. »Die Polizei findet heraus, dass er bei der Stasi war. Ich kann es denen auch stecken, ist kein Problem.«

Matti zeigte die Handflächen. Es war ihm egal. »Es ist nicht verboten, bei der Stasi gewesen zu sein. Für die Bullen ist der Entenmann das Opfer, nämlich von unserem angeblichen Einbruchsversuch ...«

»Ihr wolltet da rein, gib's zu.«

»Nein, wir wollten den Namen rauskriegen.«

»Und warum schaut ihr dann nicht ins Grundbuch oder bittet mich, es zu tun?«

Darauf war er gar nicht gekommen. »Aber da steht er wahrscheinlich auch nicht drin«, stammelte er, »sondern ein Strohmann ... egal, wir wollten nur den Namen, sonst nichts. Echt.«

Lily blickte ihm in die Augen, dann grinste sie und schüttelte den Kopf. »Ab sofort geschieht nichts mehr ohne meine Genehmigung«, sagte sie, um es dann gleich wegzuwischen. Hoffnungslos, sie kannte ihren Matti samt Genossen. Hoffnungslos. Politromantiker. Hoffnungslos, sie lebten geistig im Jahrhundert der Postkutsche. Aber wahrscheinlich machte das gerade ihren Reiz aus. Kerle statt Flanellanzugträger. Das alles sagte ihr Blick, mit dem sie ihn nun fixierte.

»Und jetzt zieht ihr um, weil eure Wohnung abgehört wird.«

Matti nickte.

»Und seid ihr sicher, dass die neue ...«

»Nein, aber solange die nicht wissen, wo wir abgetaucht sind ...«

»Solche Typen könnten ...«

»Und immer einer zu Hause bleibt ...«

»Könnten die immer noch das Telefon anzapfen ...«

»Aber nur mit richterlicher Genehmigung ...«

Sie prustete los. »Es gibt tatsächlich einen Menschen in Berlin, der an den Rechtsstaat glaubt. Rührend! Und das gerade du.« Sie lachte, aber bald nicht mehr wegen Mattis Gutgläubigkeit, sondern weil es sie befreite. Und sie hatte ein halbes Glas zu viel getrunken. Tränen glitzerten über die Wangen, sie wischte sie weg, und schlagartig war sie wieder ernst. »Ihr könnt hier tagen, wenn ihr so verrückt seid, diese … Sache weiterzumachen. Aber mein Rat ist: Hört auf. Die sind euch über. Die haben das Tarnen, Tricksen und Täuschen gelernt. Und das Morden auch.« Sie schaute ihn ängstlich an – und er dachte: Es ist wie früher, die Stimmungen wechseln wie das Licht einer Ampel, die verrücktspielt –, dann ging sie um den Tisch herum und setzte sich auf seinen Schoß. Sie legte ihr Gesicht auf seine Schulter. »Hört auf. Wenn du willst, geh ich zu dem Entenmann und handle einen Deal aus. Die letzte Kopie gegen Ruhe. Sie werden dann noch einen Blick auf euch haben, weil sie euch nicht trauen. Aber wenn ihr ruhig bleibt, werden sie es irgendwann glauben. Und, was sagst du, war auf der DVD? Röhren?«

»Ja, so was. Norbi hätte es bestimmt erklären können.«

»Röhren für was?«

»Für 'nen Wurstautomaten, eine Gartenbewässerungsanlage …«

»Und für so einen Scheiß …«

»Dass es nichts dergleichen ist, beweist deren Verhalten. Für eine Wurstautomatenröhre mordet man nicht.«

»Es sei denn, sie revolutioniert die Wurstindustrie und ist Hunderte von Millionen Euro wert. Für Geld mordet man.«

»Stimmt auch wieder.«

»Und wo zieht ihr hin?«

»Ist geheim. Ich hab den anderen versprochen, es niemandem zu erzählen. Eigentlich habe ich schon zu viel gesagt. Ist auch besser für dich, ich will dich nicht hineinziehen.«

Ein Schatten zog über ihr Gesicht. Aber er verflog. »Wenn ihr so bescheuert seid weiterzumachen, also, wie gesagt, dann könnt ihr auch hier tagen. Hier kommt so schnell keiner rein. Obwohl, garantieren kann ich es nicht. Diese Typen sind mir unheimlich.« Und es schien so, als fröstele sie.

Er legte seine Arme um sie. Sie sagten lange nichts. Dann gingen sie schlafen, ohne aufzuräumen. Sie lagen eng umschlungen und schliefen so ein. In der Nacht träumte er von einem gigantischen Röhrensystem, in dem es rumorte und vibrierte, metallische

Schläge, aber es hatte keinen Anfang und kein Ende. Und dann, als er halb wach lag, ihre Hand warm auf seinem Oberschenkel, da spürte er den Schmerz über Konnys Tod wie einen Krampf. Er begriff aber auch, dass er es besser ertrug, wenn er mit Lily zusammen war.

Ülcan beschwor den Allmächtigen und den Propheten, er verfluchte die Betrüger und Halsabschneider, die Geizigen und die Gottlosen und vor allem Matti, als der nach einer kurzen Nacht in der Manitiusstraße auftauchte. Aldi-Klaus, der auf der Treppe vor dem Büro saß und Kaffee trank, grinste freudig. Matti hätte es nicht gewundert, wenn der Istanbul-Kalender von der Wand gefallen wäre oder sich Risse ins Gemäuer hineingefressen hätten oder wenn sogar der Unabbildbare höchstpersönlich aufgetaucht wäre, um ihn, den pflichtvergessenen Taxifahrer des allzeit gnädigen und gottesfürchtigen Ülcan, zu geißeln. Kein Zweifel, dass er es verdient gehabt hätte, betrachtete man die Sache aus Ülcans Augen. Das gab Matti insgeheim zu. Er tippte aber darauf, dass sich der Zorn des kleinen Mannes hinter dem Schreibtisch zu achtzig Prozent wegen eines innerfamiliären Verbrechens entzündet hatte, über das Ülcan niemals Auskunft geben würde, zu zwanzig Prozent wegen der Verluste, die seine nichtswürdigen Fahrer seit Jahrzehnten anhäuften, und zu maximal fünfzehn Prozent wegen Matti, der also von dem hundertfünfzehnprozentigen Zorn einen gerechten Anteil übernahm, sich aber hundertprozentig nicht beeindrucken ließ. Er schwieg einfach, wie immer, wenn Ülcan ausrastete. Wieder blieb der Kalender hängen, und wieder blieb die Wand heil. Und wieder schnappte sich Matti wortlos den Schlüssel, stiefelte die Treppe hinunter, vorbei am dauergrinsenden Aldi-Klaus, setzte sich ans Steuer und fuhr los.

Am Himmel kündigte sich ein Sonnentag an, doch der Wind war immer noch kühl an diesem Morgen. Er fuhr aus dem Tor und bremste, weil ein VW-Käfer mit kaputtem Auspuff heranröhrte. Darin eine junge blonde Frau mit Pferdeschwanz und einem Lächeln im Gesicht. Als der Käfer vorbeigezogen war, fuhr Matti los, bremste aber sofort noch einmal, er hätte fast eine Frau übersehen, mit Kinderwagen, einem schwarzhaarigen Jungen an der anderen Hand und einem Hund, dessen Leine am Kinderwagen verknotet war.

Auf der Straße schaute er sofort in den Rückspiegel, aber da gab es keinen Audi. Auch kein anderes Auto. Er musste lächeln, als ihm einfiel, dass das Peilgerät immer noch am anderen Taxi hing. Er beschloss, zum Hauptbahnhof zu fahren, dort konnte er sich in die Schlange stellen und nachdenken. Und vielleicht ein paar Zeilen Konfuzius lesen. Aber auf dem Tempelhofer Ufer, kurz nach der Kreuzung mit dem Mehringdamm, stand eine alte Frau mit einem Koffer und winkte. Matti spürte kurz den Impuls, sie zu übersehen, doch dann hielt er an. Sie hatte weiße Haare und eine schwere schwarze Brille auf der Nase. Matti durchzuckte der Gedanke, ob sie eine Killerin sein könnte, das wäre die beste Tarnung. Und er sagte sich gleich, er sei verrückt, auf dem besten Weg, sich eine Paranoia einzufangen. Aber manchmal, widersprach er sich, manchmal werden auch Paranoiker verfolgt.

»Nun, junger Mann, wollen Sie vielleicht…«

Er erschrak, sprang aus dem Auto und hievte das Gepäck in den Kofferraum. Dann öffnete er ihr die Tür hinterm Beifahrersitz, und sie stieg huldvoll ein. »Sedanstraße, Spandau«, sagte sie. Wenigstens lohnte sich die Tour. Matti sortierte die Straßen im Hirn. »Die geht von der Straßburger ab«, sagte er mehr, um etwas zu sagen, denn als Entschuldigung für seine Unhöflichkeit.

»Ja, genau«, aber sie war doch indigniert. »Vielleicht können Sie den kalten Zug…«, sagte sie.

Matti schaltete die Klimaanlage aus und öffnete das Schiebedach einen Spalt. »Wenn es noch zieht, sagen Sie es bitte.«

Er spürte die wärmer gewordene Luft. »Schönes Wetter«, sagte Matti, immer noch bemüht, die Stimmung der Dame aufzuhellen. Aber die antwortete nicht.

Irgendwann sitzt dein Mörder im Auto, dachte er. Und zwar auf der Rückbank.

Die A 100 war voll, aber es ging zäh voran. Hin und wieder warf er einen Blick in den Rückspiegel, und sie saß unverändert da, die Hände auf den Knien, die Augen starr geradeaus gerichtet, als gäbe es in der Ferne etwas, das sie fürchten müsste.

Plötzlich sagte sie: »Fahren Sie nicht so schnell, junger Mann!« Ihr Ton hatte etwas Schneidendes, und ihre Augen trafen sich im Rückspiegel mit seinen. Sie war so etwas wie eine Gouvernante oder eine Lehrerin, pensioniert natürlich. Ihre Erscheinung war streng, das graue Kleid, der beigefarbene Mantel, das spärlich gemusterte Halstuch aus Chiffon.

Nach dem Luisenfriedhof II, am Westend, verließ er die Autobahn und hätte fast einen Motorradfahrer gerammt, der sich in der Ausfahrtsspur rechts an ihm vorbeiquetschte. Mit wütend aufheulendem Motor und die Linke mit dem Stinkefinger nach oben gerissen, raste der Mann in seinem schwarzen Organspenderkostüm davon. Offensichtlich hatten sich alle Lieferwagen Berlins verschworen, gerade in diesem Augenblick im Spandauer Damm zu halten, und so musste er überholen, in der Lücke warten, wieder überholen, bis er endlich am Olympiastadion und den beiden Friedhöfen vorbeifuhr und über die Havel hinweg bis zur Klosterstraße, vorn die Spandau Arcaden, einer der riesigen Konsumtempel, die Matti nie betrat; das Größte, das er sich zumutete, war Karstadt am Hermannplatz. Er bog links ab und musste bis zur Pichelsdorfer weiter, bis er endlich auf der anderen Fahrspur ein Stück zurückfahren konnte, um rechts in die Sedanstraße abzubiegen.

»Ganz am Ende«, sagte sie. »Da am Eckturm.«

Eine mächtige Häuserzeile zog sich ums Eck und das Havelufer entlang, am Knick war wie ein Turm ein mehreckiger Bau eingefügt, der das Ganze wie eine Festung aussehen ließ. Auf der Havel tuckerte ein tief liegender Frachter vorbei, er hatte Kies geladen.

Als er hielt, klingelte sein Handy.

Sie warf einen missbilligenden Blick auf die Mittelkonsole und lehnte sich zurück. Er stieg aus und öffnete ihr die Tür, was sie mit einem Seufzer quittierte. Dann kassierte er, sie gab sogar ein paar Cent Trinkgeld, und reichte ihr den Koffer. Grußlos schritt sie davon.

Auf dem Display des Handys las er, dass er einen Anruf von Twiggy verpasst hatte. Er wählte dessen Handynummer.

»Kannst du reden?«, fragte Twiggy. Matti stieg aus dem Auto aus und ging ein paar Schritte.

»Ja.«

»Umzug klappt. Heute ab 19 Uhr.«

»Ich komme vielleicht etwas später.«

»Kein Problem.«

Die Wohnung am Chamissoplatz war schick. Twiggy und Robbi beschlagnahmten das Wohnzimmer mit dem Ausblick auf den Platz, Dornröschen entschied sich für das Arbeitszimmer, und Matti belegte das Schlafzimmer, mit Fenster zum Hinterhof, wo die Müllcontainer und ein großer überdachter Fahrradständer aufgestellt waren. Außerdem entdeckte er eine Betontischtennisplatte, einen Kinderwagen neben einem der Hintereingänge und eine Werkstatt, die vielleicht einem Schuster gehörte oder einem Tischler. Manche der Wohnungen gegenüber hatten Vorhänge, andere Gardinen, wieder andere Rollos und einige wenige gar keinen Sichtschutz. Die hinteren Fassaden waren nicht so reich verziert wie die vorderen mit ihrem historistischen Dekor.

Das Mobiliar in der Wohnung war eine Mischung aus Bauhaus-Design und Ikea. Alles dunkel gehalten, Tisch und Stühle in der Küche waren schwarz mit Chrombeinen, was Matti an Lilys Wohnung erinnerte. Im Wohnzimmer standen Ledermöbel und ein massiver Glastisch, an der Wand ein schwarzes Bücherregal, davor ein riesiger Flachbildschirm, auf dem Twiggy schon al-Dschasira eingeschaltet hatte, glücklicherweise tonlos. Im Regal entdeckte er noch diverse Geräte, die sündhaft teuer aussahen. Robbi hatte es sich auf einem Ledersessel bequem gemacht, woraufhin ihn Twiggy kurz anhob, um ihm eine Decke unterzuschieben, die er Matti im Schlafzimmer geklaut hatte.

Das Bett dort war riesig, an der Wand ein schwarzer Kleiderschrank mit silbrigen Stahlbeschlägen, über dem Bett die Strichzeichnung einer nackten Frau.

Dornröschen setzte sich im Arbeitszimmer an den Schreibtisch und schaltete ihr Notebook ein. An der Wand stand die Campingliege, die sie sich mitgebracht hatte, darauf eine graue Decke und ihr Kopfkissen. In einer Ecke ein kleines Regal mit finanzwissenschaftlicher Fachliteratur, die Matti gleich als »Dokumente großspurigen Versagens« eingeordnet hatte. Er hatte sogar ein Buch entdeckt, das Zocker-Theo geschrieben hatte: *Finanzwissenschaftliche Methoden und Börsenzyklen*, was Matti zu der unbezweifelbaren Schlussfolgerung drängte, dass Theo für die Revolution verloren sei. »Man öffnet die Augen und sieht Renegaten.«

»Hör auf!«, befahl Dornröschen, bevor Matti anfing, die Verräter zu verdammen, traditionell angefangen bei einem ehemaligen Außenminister, der sich heute als Staatsphilosoph und Pipelinelobbyist gefalle und unter einer verquasten Bedeutungsschwangerei leide, die er ausbreite wie süßen Brei. »Ihr kennt doch die Geschichte vom süßen Brei?«

Am Abend saßen sie in der superschicken Küche. Robbi hatte in harter Arbeit die ganze Wohnung inspiziert und schien nun sein Schicksal trotz anfänglichen Gejaules anzunehmen. Nicht nur wegen ihm war der Umzug verwickelt gewesen, sie hatten sich aus dem Haus in der Okerstraße geschlichen wie Diebe. Twiggy hatte zuerst den Bulli in den Hinterhof gefahren, dort hatten sie ihn ohne Erfolg auf einen Peilsender gescannt und beladen, dann hatte Twiggy den Bus durch die Gegend kutschiert, war bei Gaby gewesen und hatte eine schwere Kiste mit alten Büchern ausgeladen und die Treppe hochgeschleppt, damit Verfolger dachten, dass er nur einen kleinen Transport erledigte. Er hatte Werners Sprüche über bedrucktes Altpapier ertragen und Gaby nur kurz trösten können wegen Konny, den sie ja auch gemocht hatte. Dann war er zurück in die Okerstraße gefahren und hatte den Bulli geparkt wie immer. Als es dunkel war, schalteten sie in der Küche das Licht aus und starrten auf die Straße, ohne aber etwas Verdächtiges zu entdecken. Matti hatte einen Spaziergang gemacht und genau geprüft, ob in einem der geparkten Autos jemand saß. Alle waren leer gewesen. Dann waren sie in ihren Unterschlupf zurückgekehrt.

»Vielleicht haben die sich verpisst, weil die Bullen wegen Konny ermitteln.«

»War doch ein Unfall«, sagte Dornröschen abfällig.

»Könnte doch sein, dass es intern Zweifel gibt.«

Twiggy lachte. Er stand auf, ging zum Kühlschrank und holte zwei Flaschen Bier heraus, die er öffnete und auf den Tisch stellte. Dornröschen hatte sich schon eine Kanne Tee gekocht. Robbi stand vor seinem Schälchen und schmatzte.

Dornröschen gähnte ausgiebig. »Wir sollten überlegen, welche Möglichkeiten wir haben. Ich schließe nur eine aus, und zwar dass wir aufgeben. Wir sind es Konny schuldig weiterzumachen. Wir haben ihn hineingezogen.« Ihr Löffel quietschte im Teebecher.

Matti räusperte sich und trank einen Schluck aus der Flasche. »Also, Lily hat angeboten, dass sie als Anwältin zu Entenmann geht und einen Frieden aushandelt. Ich bin dagegen und sage es nur, weil es ihre Idee ist.«

»Wie schön, dass sie auf dem Laufenden ist«, sagte Twiggy trocken. »Warum ziehst du sie mit rein?«

»Sie hat Ahnung …«

»Von was?« Twiggy klang schwer genervt.

»Von der Rechtsverdreherei«, sagte Matti. Er fühlte sich schuldig. »Und von der Stasi. Der Erpel war Spionage-Oberst.« Er erzählte knapp, was er mit Lilys Hilfe herausgefunden hatte.

Dann schwiegen sie lange, bis Twiggy abwinkte.

»Wir könnten Entenmann erpressen«, sagte Dornröschen.

»Mit was?«, fragte Matti.

»Wenn wir eine andere Detektei beauftragen, vielleicht findet die was. So ganz klassisch, Schwanz in der falschen Öffnung«, sagte Twiggy.

»Das kostet einen Haufen Geld …«, widersprach Matti.

»Wir könnten es sammeln«, sagte Dornröschen, aber ihre Stimme verriet, dass sie den Vorschlag nicht gut fand.

»Kannst du garantieren, dass in einer anderen Schnüffelfirma nicht ausgerechnet der Lieblingsgenosse vom Erpel arbeitet? Ich würde niemals eine Berliner Firma beauftragen, und eine andere würde es nicht hinkriegen. Man braucht Ortskenntnis. Und wenn du bedenkst, wie diese Typen aufpassen, die kriegen das mit. Nicht sofort, aber irgendwann. Außerdem, woher weißt du, dass der fremdgeht?«

»Tun das solche Gestalten nicht immer?«, fragte Twiggy, aber er klang nicht sehr überzeugt.

Sie schwiegen und überlegten.

Dann sagte Dornröschen: »Also, die Erpel sind militant geworden ...«

Matti nickte. »Das können wir auch. Lissagary, ich sage nur Lissagary.«

Dornröschen gähnte noch einmal. Dann runzelte sie die Stirn, glättete sie wieder. »Aber was sind die Folgen? Wir schlagen zu, wie auch immer, dann haben wir nicht nur die Stasi an der Backe, sondern auch die Bullen. Sie werden uns hetzen, und sie werden uns kriegen.« Sie starrte auf ihren Becher. »Es sei denn, wir stellen uns sehr schlau an.«

»Wir schnappen uns den Entenmann«, sagte Twiggy.

»Und lassen ihn schmoren, bis er auspackt«, ergänzte Matti.

Robbi jaulte und schlug seine Krallen in Twiggys Hosenbein. Twiggy nahm ihn auf den Schoß. »Robbi ist auch dafür.« Er kraulte ihn hinter dem Ohr, und der Kater warf seinen Zweitakter an.

»Wie kriegen wir den?«, fragte Matti.

»Was ist denn mit Gerd und dem Dippel-Ing?«, fragte Dornröschen.

»Ach, du lieber Himmel, den wollte ich doch anrufen!« Er nahm das Handy und wählte.

»Tag, Gerd. Hast du den ... hast du! ... morgen Abend.« Er schaute in die Runde, die anderen nickten. »So gegen acht? Ja, das passt.«

»Diesmal geben wir die DVD nicht aus der Hand«, sagte Dornröschen. »Der Typ soll gleich sagen, was es ist.«

»Dann machen wir es so: Erst der Dippel-Ing, und wenn der uns nicht weiterbringt, dann geht's zu Lissagary.« Matti schaute die beiden anderen an. Sie nickten.

»Gut, dann gehen wir jetzt zu den wichtigen Dingen über«, sagte Dornröschen. Sie beugte sich nach unten, wo ihre Tasche stand, warf ein Kartenspiel auf den Tisch und gähnte.

Twiggy und Matti wechselten einen verblüfften Blick.

»Ihr Feiglinge glaubt wohl, ihr könnt euch drücken.«

Manfred wohnte im Wedding, im afrikanischen Viertel, Togo-straße, die in der Mitte durch einen Grünstreifen mit Bäumen geteilt war und den Eindruck einer Idylle vermittelte. Sein Büro lag im dritten Stock eines lang gezogenen, nüchternen Häuserblocks, der in den Zwanzigerjahren errichtet worden war. Am Hauseingang verriet ein Schild, dass Manfred Koschinski Dippel-Ing war und *Staatlich anerkannter Sachverständiger für die Prüfung der Standsicherheit in den Fachrichtungen Massivbau, Metallbau und Holzbau.*

»Na, das klingt ja toll«, hatte Twiggy gesagt.

Gerd klopfte oben, die Tür wurde gleich geöffnet, vor ihnen stand ein mittelgroßer Mann in einem blauen Strickpulli und ausgewaschenen Jeans, nicht dünn, nicht dick, mit Vollbart, einer Brille mit runden Gläsern, einer großen Nase und einem breiten Mund, der nikotingefärbte Zähne zeigte, als er sich zu einem lahmen »Tach« öffnete. Manfred gab allen einen wabbeligen Händedruck. »Dann mal herein.« Er sprach schleppend.

Sie gingen durch einen schmalen Flur über Parkett, in dem nur ein paar Garderobenhaken auffielen. Das Büro lag an der Hausrückseite, die Fenster wiesen hinaus auf parzellierte Gärten mit Häuschen und Beeten und Sandkästen und Menschen, die völlig sinnlose Dinge taten wie umgraben oder Unkraut zupfen.

Auf dem Schreibtisch stand ein überquellender Kristallaschenbecher, der von Aschehäufchen umzingelt war. An der Wand ein schwarzes Regal mit Handbüchern, Lexika, Softwarehüllen und Gesetzessammlungen.

»Dann wollen wir mal«, sagte Manfred und steckte die DVD ins Laufwerk. Er hatte einen riesigen LCD-Monitor, und auf dem zeigte sich nach der Eingabe des Passworts das dürre Menü mit den *tubes.*

»Na, wir sind wohl im Röhrengeschäft«, sagte er zu sich selbst. Er schaute sich jede einzelne Zeichnung genau an. Und als er fertig war, begann er wieder von vorn. Sie standen hinter ihm und starrten auf den Bildschirm. Was, verdammt, konnte an diesen harmlosen Strichzeichnungen bedeutend sein? Er schaute sich auch die Ordnerstruktur auf der DVD an, aber es war nichts weiter drauf.

»Das Zeug hätten wir auch auf einer Mini-CD untergebracht. Was, meint ihr, soll darauf nun sein?«

»Keine Ahnung, das fragen wir dich.«

Manfred schüttelte den Kopf. »Aus den paar Zeichnungen können wir nur darauf schließen, dass es um …«

»Röhren geht«, ergänzte Twiggy.

»Genau«, sagte Manfred und steckte sich eine Zigarette an.

»Und zu was sind Röhren gut?«, fragte Gerd.

»Da können wir was durchleiten. Gase, Flüssigkeiten oder körnige Stoffe wie Sand oder Zement. Alles, was wir in Bewegung kriegen.« Er zuckte mit den Achseln. »Den Röhren sieht man nicht an, zu was sie benutzt werden können. Sie sind unschuldig.« Matti hätte sich nicht gewundert, wenn Manfred jetzt eine Hymne auf die Röhre vorgetragen hätte. Stattdessen starrte der Dippel-Ing auf den Bildschirm, ließ noch einmal alle Zeichnungen aufscheinen, vergrößerte sie, verkleinerte sie, drehte sie, zerrte und stauchte sie, spiegelte sie, aber es blieben diese langweiligen Röhren, alle mit dem gleichen Querschnitt. »Man steckt sie wohl ineinander, allerdings fehlen dazu noch die Verbindungen. Aber das wäre eine Kleinigkeit für uns.«

»Kannst du dir vorstellen, dass jemand wegen dieser Zeichnungen ein schweres Verbrechen begehen würde?«, fragte Gerd.

Manfred wandte ihm das Gesicht zu und schaute ihn lange aus halb geschlossenen Augen an. »Dafür würden wir nicht einmal unsere Großmutter vergiften. Das ist harmloses Zeug, für sich genommen. Vielleicht gehört es zu etwas Größerem, das nicht so harmlos ist. Aber das wird aus den Zeichnungen nicht ersichtlich.« Er schüttelte den Kopf. »Nein. Wer dafür was Krummes macht, hat einen an der Waffel.« Ein Blick auf Matti. »Was haben wir damit vor?«

»Nichts, gar nichts.«

Manfred wiegte seinen Kopf, und seine Mimik zeigte, dass er Matti nicht glaubte.

»Tut mir leid, dass wir da nicht weiterhelfen können.«

Die Wirtin vom *Bäreneck* kannte sie nun schon, diese drei Exoten, gemessen an der Typologie ihrer sonstigen Gäste. Da sie stets das Gleiche tranken, waren sie berechenbar, immerhin. Sie saßen an ihrem Tisch, und am Tresen lungerten drei Typen herum, von denen einer einen Cordhut trug und besoffen war.

»Für was haben die Norbi umgebracht?«, fragte Twiggy, »wenn das Röhrenzeug nichts ist. Jedenfalls finden *wir* das«, ahmte er den schleppenden Ton Manfreds nach.

»Da muss was dran sein. Wir sehen es nur nicht. Wahrscheinlich ist es direkt vor unseren Augen. Ob diese Zeichnungen 'ne Kostprobe sind. So nach dem Motto: Wir können da was liefern …«

»Du meinst, der Typ vom Potsdamer Platz war ein Kurier«, sagte Dornröschen.

»Könnte doch sein, dass der das Zeug nur vorzeigen sollte. Alles wollten sie nicht rausrücken, weil die anderen es dann vielleicht klauen oder sich mit Gewalt unter den Nagel reißen könnten. Und mein toller Fahrgast war hier in Berlin, genau dort, wo ich ihn abgesetzt habe, mit einem Vertreter des Kaufinteressenten verabredet. Der hatte ein Notebook dabei …«

Dornröschen gähnte inbrünstig. »So könnte es sein. Hätten wir ein Foto von dem Kerl, könnten wir dort rumfragen, obwohl …« Ihre Hand warf etwas weg.

»Wir schnappen uns den Erpel«, sagte Twiggy.

»Jeder wird wissen, dass wir es sind, die ihn entführen«, sagte Matti. »Das geht nach hinten los. Der Erpel watschelt fröhlich umher, und wir wandern in den Knast. Was uns immerhin davor bewahren würde, mit Dornröschen Mau-Mau spielen zu müssen.«

»Hältst du mich für blöd?«

»Bisher nicht«, sagte Matti. »Aber das entwickelt sich.«

Twiggy grinste schief. »Und was sonst?«

»Was wollen wir?«, fragte Dornröschen.

»Die Revolution und 'ne Gummibärchen-Flatrate«, sagte Twiggy.

»Seit wann isst du Gummibärchen?«, fragte Matti.

»Wenn's eine Flatrate gäbe, würde ich mich von den Dingern ernähren.«

»Jetzt mal ernst«, sagte Dornröschen unwillig. »Wir wollen herausfinden, wer Konny umgebracht hat. Wir wollen auch Norbi nicht vergessen. Und wir wollen immer noch wissen, was diese Scheißzeichnungen bedeuten. Und wir wissen, dass zwischen beidem ein Zusammenhang besteht ...«

»Das wissen wir nicht, das vermuten wir ziemlich heftig«, warf Matti ein.

»Ja, ja«, sie winkte ab. »Korinthenkackerei geht mir peripher am Gesäß vorbei.«

Matti erschrak, so in Rage hatte er sie noch nie erlebt. Das letzte Mal bei der Schlacht auf dem Mariannenplatz, Dornröschen mitten im Getümmel, und als er sie rausziehen wollte, da hatte sie ihn angeschnauzt. Er hatte zwar kein Wort verstanden, aber das war auch gar nicht nötig gewesen.

»Was ist, Matti?« Sie schaute ihn strafend an. »Was müssen wir also tun, wenn wir diese Ziele erreichen wollen?«

»Und möglichst nicht unter die Räder kommen wollen«, ergänzte Matti.

»Welchen Spuren können wir folgen?« Sie schrieb mit dem Finger eine Eins auf den Tisch.

»Besagte Zeichnungen«, sagte Twiggy.

»Entenmann«, sagte Matti.

»Stasi«, sagte Twiggy. »Wenn wir seine Stasi-Kumpane auftun.«

»Wir können weder sein Telefon abhören noch einbrechen, noch ihn verfolgen«, sagte Matti. »Wie sollen wir seine Exgenossen finden? Und wenn wir einen finden und der ist ein Detektivkollege vom Erpel, was dann? Dann machen die uns erst recht fertig.«

»Ruf doch mal Gerd an, der hat bestimmt gefragt, ob es was Neues gibt bei den Ermittlungen.«

Matti ging raus und rief Gerd an.

»Nein, die Bullen gehen von einem Unfall aus. Sie behaupten, dass Rosis Aussage nichts wert ist, weil die dort einbrechen wollte. Rosis Motiv sei Rache. Das ist zwar Unsinn, aber sie kommen damit erst mal durch. Ich werde natürlich weiter Dampf machen, aber das kann dauern.« Gerd klang so, als hätte er nichts anderes erwartet.

Nachdem Matti in der Kneipe berichtet hatte, was Gerd meinte, sagte Twiggy nur: »Scheiße.«

Die Tür ging auf, und es stand ein Mann im Raum. Er passte ganz und gar nicht in diese Kneipe. Er trug einen eleganten blauen Mantel über dem Arm, in der Hand hatte er einen breitkrempigen Hut. Sein Anzug sah teuer aus und passte perfekt. Der Mann hatte kurz geschnittene graue Haare und einen schmalen grauen Schnurrbart. Seine Augen waren schwarz und passten gar nicht zu dem Lächeln, das makellose Zähne zeigte. Matti warf einen Blick auf die Schuhe, sie waren vermutlich handgefertigt. Der Mann stand eine Weile, vielleicht genoss er es, die Blicke auf sich zu ziehen, dann wandte er sich mit einem freundlichen Lachen dem Tisch zu und fragte mit öliger Stimme: »Darf ich mich einen Augenblick zu Ihnen setzen?«

Bevor einer antworten konnte, hatte er einen Stuhl zurückgeschoben und sich hingesetzt. Mantel und Hut legte er auf den letzten freien Stuhl. Er schaute in die Runde, und die anderen blickten ihn an.

»Mein Name ist Seiler, Michael S. Seiler.«

»Mein Name ist Jelonek, Matthias Nichts Jelonek.«

Twiggy musste lachen, auch Dornröschen grinste.

»Haben Sie eine Visitenkarte?«, fragte Matti.

»Gewiss«, sagte Seiler. »Aber sie würde Ihnen nichts nützen. Sie ist falsch.«

»Sehr beruhigend«, sagte Matti.

Die Wirtin kam, und er bestellte einen Kaffee, zeigte aber deutlich, dass er sich gestört fühlte. Überhaupt schien ihm das Ambiente nicht zu behagen. Im Radio plärrte einer dieser Schlager, die einem trotz ihrer Dämlichkeit noch eine Zeit lang im Ohr klebten. Die Figuren am Tresen hatten sich nur kurz umgewandt zu dem seltsamen Mann, sich dann aber wieder ihren Getränken gewidmet. Ein Rauchschwaden zog über den Tisch.

»Ich bin der Mann, der für Ruhe zuständig ist. Da liegen Sie ganz richtig.« Er lächelte freundlich, genauer gesagt, der Mund lächelte, die Augen nicht. Matti sah, der Kerl hatte sich offenbar die Augenbrauen gezupft, jedes verbliebene Härchen lag akkurat. »Und ich bin auch zuständig für gute Nachrichten.«

»Aha«, sagte Twiggy. »Da freuen wir uns aber.«

Dornröschen sagte nichts, sondern fixierte den Mann. Darin war sie Meisterin, sie konnte Leute in den Wahnsinn treiben, während sie sie mit ihren Augen durchbohrte.

»Ich will Sie nicht lange hinhalten, Sie werden ja schon neugierig sein.«

»Es geht so«, sagte Matti.

Der Mann lächelte. »Sie haben da ein ... Projekt in Arbeit, von dem ich Ihnen abrate.«

»Das ist wirklich sehr freundlich von Ihnen«, sagte Matti.

»Ich bin gerührt«, ergänzte Twiggy.

Dornröschen schwieg und schaute.

»Darf ich fragen, wer Sie schickt?«

»Ja, natürlich«, sagte der Mann fast erleichtert. »Ich darf es Ihnen leider nicht sagen.« Er hob die Schultern, öffnete die Hände, und auch sein Gesicht zeigte nur Traurigkeit über diesen misslichen Umstand.

»Das ist ja echt schrecklich«, sagte Matti. »Tut mir leid, dass ich gefragt habe.«

»Ist in Ordnung«, sagte der Mann . Und dann sagte er kalt: »Sie kriegen eine Million Euro.« Er blickte sich einmal um. »Sie geben alle Dateien heraus, die Sie sich illegal angeeignet haben. Sie zeigen mir das Versteck der DVD-Kopie ...«

Irgendwie hatte er gesehen, dass sein Kaffee serviert wurde. Er wartete, bis die Tasse stand, dann sprach er weiter. »Sie lassen diese Sache mit Ihren Freunden auf sich beruhen.«

Wieder blickte er in die Runde. Dann rührte er etwas Zucker in den Kaffee und trank einen kleinen Schluck, um das Gesicht zu verziehen und die Tasse abzusetzen.

»Wenn Sie nicht sagen, wer Sie sind und wer Sie schickt, passiert hier gar nichts«, sagte Matti.

»Da irren Sie sich.« Wieder dieser Ausdruck des Bedauerns. »Ich mache Ihnen ein freundliches Angebot. Eine Million, bar, steuerfrei. Ziehen Sie nach … Italien, machen Sie sich ein schönes Leben. Sie würden sich einen Gefallen tun, Berlin für eine Weile zu verlassen.«

»Dann gehört das mit zum Deal?«, fragte Twiggy.

Der Mann nickte bedächtig. »Zum *Deal*« – das Wort gefiel ihm nicht – »gehört auch, dass Sie aus Deutschland verschwinden, und zwar für mindestens drei Jahre.«

»Da ist angesichts unseres Lebensstils eine Million recht knapp bemessen«, sagte Matti. »Wenn ich da nur an Robbi denke …«

Der Mann dachte nach. »Ich biete Ihnen drei Millionen für drei Jahre Ausland. Es ist das letzte Angebot.«

»Und wenn wir es nicht annehmen wollen?«, fragte Matti. Der Typ war ihm unheimlich. Niemals würde der so viel Geld bezahlen. Oder doch?

»Dann werden Sie sterben, noch in dieser Woche.« Das sagte er in einem Tonfall, als würde er übers Wetter parlieren.

»Haben wir Bedenkzeit?«, fragte Dornröschen. Sie war noch blasser als sonst.

»Morgen Abend, neunzehn Uhr, hier.« Er erhob sich, nahm seinen Mantel und seinen Hut, nickte ihnen zu und verließ das Lokal.

»Der hat nicht mal bezahlt«, sagte Twiggy.

»So reich, wie wir werden, sollte uns das egal sein«, sagte Matti. Aber eigentlich war ihm nicht nach scherzen zumute.

Dornröschen saß da wie erstarrt, den Löffel ihres Tees in der Hand, und guckte ein Loch in die Luft. Dann hielt sie ihren Zeigefinger an die Lippen und setzte sich auf den Stuhl, auf dem der Mann gesessen hatte. Sie ließ ihre Hand unter den Tisch wandern und tastete, bis sie die Hand hervorzog und kommentarlos ein winziges schwarzes Teil auf den Tisch legte. Es sah ähnlich aus wie der Kopf einer Stecknadel, hatte an einer Seite aber eine kleine Platte mit Klebstoff.

»Ich finde das Angebot eigentlich gut«, sagte sie. Sie gab Twiggy das Teil, und der musterte es und schüttelte den Kopf. Er nahm einen Bierdeckel, schrieb etwas darauf und schob ihn Dornröschen zu. *Ist ne Wanze.* Dornröschen schob den Deckel weiter zu Matti. Der nickte.

Doch Dornröschen schüttelte den Kopf. »Also, wenn du mich fragst, wir nehmen die Kohle und hauen ab nach Marokko.«

Matti hob die Augenbrauen: »Als Frau in ein islamisches Land, du spinnst. Ich plädiere für Kuba.«

»Tropischer Spätstalinismus im Absaufen«, sagte Twiggy. »Die Knäste dort sollen höchst unkomfortabel sein. Das ist ja auch ein Faktor.«

»Südfrankreich«, sagte Dornröschen.

Matti kratzte sich am Ohr. »Cornwall.«

»Das Essen ist Mist«, widersprach Dornröschen.

Sie schwiegen eine Weile. Dann sagte Matti: »Eigentlich fände ich es wirklich prima, wir würden mal ein paar Jahre abhauen. Früher wäre man zwangsläufig bei den Tupamaros oder so gelandet. Inzwischen hat sich das ja … entspannt.«

Twiggy grinste und warf einen Blick auf die Wanze. Er nahm sie und gab sie Dornröschen, die sie wieder unter dem Tisch befestigte. Dann bezahlten sie, auch den Kaffee des Typen, und gingen in Richtung Okerstraße.

»Woher wusste der, wo wir sind?«, fragte Matti. Er blieb stehen, die anderen auch, und sie bildeten einen Kreis, wie um sich zu unterhalten. Aber sie blickten vor allem in alle Richtungen, ob sie irgendjemanden erkannten. Aber wie sollten sie jemanden erkennen? War es die Frau mit dem Doppelkinderwagen, die an der Fußgängerampel wartete? Das Pärchen, das unschlüssig an der

Treppe der U-Bahn-Station stand? Die beiden Türkenbengel, die am Geländer des U-Bahnhofs lehnten und sich einen Weitspuckwettkampf lieferten? Der Typ mit dem Outfit eines Geschäftsmanns und dem lächerlichen Lederaktenkoffer in der Hand, der gerade in seinen Benz einstieg? Die junge hübsche Frau, die ihre Jacke auszog, weil die Sonne die Wolken durchbrach und ihr das trägerlose Seidenkleid warm genug war? Mattis Blick verharrte ein paar Sekunden auf ihr, und er dachte an Lily. An Lily, die so war, wie er sie kannte, und die aber auch so war, wie er sie nicht kannte.

Sie sahen niemanden, der sich verdächtig benahm.

»Ob die wissen, dass wir umgezogen sind?«, fragte Matti.

Keine Antwort.

»Hat jemand den Namen *Bäreneck* mal ausgesprochen in unserer Wohnung?«, fragte Dornröschen.

Keine Antwort.

»Das wird es sein«, sagte sie. »Wir dürfen auch nicht mehr ins *Bäreneck* und müssen jetzt hier wegkommen, ohne dass uns einer folgt.«

»Vielleicht haben die den Bulli verwanzt?«, fragte Twiggy.

»Lass ihn einfach stehen«, sagte Dornröschen und erntete einen verzweifelten Blick von Twiggy. »Wir holen ihn ab, wenn alles vorbei ist. Jetzt zu Lissagary. Wo ist die nächste Mietwagenstation?«

Sie fuhren in einem schwarzen Polo eine Weile kreuz und quer durch die Stadt, wobei Matti wenigstens drei Ampeln bei Hellrot passierte, während die anderen nach hinten schauten, aber niemanden entdeckten, der an ihnen dranhing. Am Heidelberger Platz verließen sie die Autobahn, um in einem Baumarkt einen Spaten zu kaufen, und fuhren dann weiter. Über Tegel ging es auf der Stadtautobahn an der Jungfernheide, am Flugplatz und am backsteinernen Borsigturm vorbei, und dann umfuhr Matti das Nordeck des Tegeler Sees, bis er links in die Konradshöher Straße einbog, mitten hinein in den Wald.

Auf dem Weg dorthin hatten sie nur das Nötigste gesprochen. Matti versuchte, sich zu erinnern, wie es war, als sie aufgegeben hatten, ganz kurz nur bevor sie hätten abtauchen müssen. Was wäre aus ihnen geworden, hätten sie sich auf den bewaffneten Kampf eingelassen damals, 1980, im Dezember, als tatsächlich Schnee gefallen, aber der Boden noch nicht so hart und tief gefroren war, dass man ihn nicht hätte aufgraben können? Das hatten sie getan, genauer gesagt Twiggy und er, während Dornröschen Schmiere stand. Eine Zeit lang hatten sie geglaubt, es sei das Beste, das Zeug in die Spree zu werfen, aber dann hatten sie, als wollten sie so hilflos gegen die Endgültigkeit der Niederlage protestieren, es doch nicht weggeworfen, sondern vergraben. Daran, es wieder auszugraben, hatte Matti seitdem nicht ein einziges Mal gedacht.

»Erster Waldweg rechts«, sagte Dornröschen auf dem Rücksitz hinter Matti.

»Ich weiß.« Matti fuhr langsam, im Rückspiegel sah er kein anderes Auto. »Das war vor dreißig Jahren. Ist bestimmt alles zugewachsen ... hätte doch schon längst auftauchen müssen ... das finden wir nie.«

»Da vorne, fahr langsamer«, sagte Twiggy. »Das ist der Weg. Aber da hängt etwas davor.«

Eine weiße Kette sperrte die Abzweigung ab. Daneben ein Schild, das es verbot, den Weg zu befahren, ausgenommen forstwirtschaftliche Fahrzeuge.

»Ich bin der Förster«, sagte Twiggy und stieg aus. Er betrachtete die Kette und ihre Befestigung an zwei Pfählen, holte den Spaten aus dem Kofferraum, schlug die Kette an einem Pfahl ab und rollte sie am anderen ordentlich zusammen. Er legte den Spaten zurück in den Kofferraum und setzte sich ins Auto. »Nun fahr doch.«

Sie holperten den Waldweg hinein. Die Sonne glitzerte in den Blättern, und wenn der Wagen einen Ast überfuhr, knackte es. Ein Hase hoppelte unbeeindruckt über den Weg, blickte noch einmal zurück, als könnte er es nicht glauben, und verschwand dann. Eine Krähe krächzte.

»Der muss doch irgendwo sein. Oder haben sie den rausge-
holt?« Matti schimpfte vor sich hin. Sie hatten sich Ortsmarkie-
rungen gemerkt, mehr um zu unterstreichen, dass sie die Waffen
nicht verschwinden lassen wollten.

»Ein Stück zurück«, befahl Twiggy.

Matti rollte ein Stück zurück.

»Ha, das ist er.«

Tatsächlich, da war ein Grenzstein. Dunkelgrau und vermoost.

»Halt an.«

Matti bremste und machte den Motor aus. Twiggy nahm den
Spaten, dann liefen sie im rechten Winkel zum Weg in den Wald
hinein, während Twiggy die Schritte zählte. Der Boden war weich,
moosig und die Luft kühl und feucht. Ein Baum lag da und streckte
die Wurzeln, die Rinde glänzte schwarz. Nach einundsiebzig Schritten blieb er stehen. Es knackte laut, und sie fuhren zusammen.
Sie schauten sich um, aber da war nichts zu sehen, nur ein leises
Getrappel zu hören. Sie standen vor einer mächtigen Eiche, in
deren Rinde sie nun nach dem Zeichen suchten. Aber da war kein
Zeichen.

»Höher«, sagte Matti, »die ist gewachsen seitdem.«

Aber auch weiter oben war kein Zeichen, und Dornröschen fand
nur ein von einem Pfeil durchbohrtes Herz, als sie sich auf Twiggys Schultern stellte. Sie untersuchten die Nachbarbäume, aber da
war nichts.

»Wir sind falsch«, sagte Dornröschen schließlich.

»Scheiße«, sagte Matti.

Sie marschierten zurück zum Auto und setzten sich hinein.

»Was ist falsch?«, fragte Matti.

»Vielleicht haben sie den Baum gefällt?«, fragte Twiggy.

»Eine Eiche braucht ewig, bis sie so groß ist. Die stand da schon
vor hundert Jahren«, sagte Dornröschen und zeigte auf den Baum,
den sie untersucht hatten. Und die Bäume daneben sahen auch
alt aus. »Es ist … vielleicht der Stein. Dass wir den damals übersehen haben und es ein anderer ist.« Sie gähnte. »Fahr mal weiter
hinein.« Ihr Zeigefinger wies nach vorn.

181

Er schlich nun mit schleifender Kupplung weiter. Und fragte sich, wie viele von diesen verdammten Steinen es geben könnte. Und woran sie erkennen sollten, welcher der richtige war. Er versuchte verzweifelt, sich zu erinnern. Aber es war verschwommen, blöderweise hatten sie damals nur einen Stein entdeckt. Sie waren dann in den Wald gegangen, waren in Kommunelaune gewesen, hatten deren Anfang und Ende 1871 diskutiert, in der Schulung hatten sie Lissagarys Bericht gelesen, und, das kam ihm jetzt pubertär vor, sie hatten sich einundsiebzig Schritte in den Wald hineinbewegt und dem Versteck diesen kryptischen Namen gegeben, den Namen eines Schriftstellers, dem es offenbar nichts genützt hatte, von Marx gepriesen worden zu sein. Wie überernst sie gewesen waren, wie lächerlich diese symbolüberladene Beschwörung einer Vergangenheit klang, die mehr Beschwörung als Vergangenheit war. Das wusste Matti längst, es war ihm peinlich, aber es half ihm nun auch nicht, dieses elende Versteck zu finden.

»Vielleicht sind wir schon längst daran vorbeigefahren«, klagte Twiggy. »Oder es gibt diesen Stein nicht mehr. Oder eine Wildsau hat das Zeug ausgegraben. Es ist ohnehin längst verrottet. Das ist doch alles ein Mist.«

Eigentlich verlor Twiggy nie die Nerven, aber wenn er es tat, dann gründlich. Es war alles zu viel für ihn geworden, das musste ihm nun im Wald einfallen. Mord, Verfolgung, Bespitzelung und überhaupt ein Feind, der so unsichtbar war, wie er mächtig erschien.

»Halt's Maul!«, zischte Dornröschen. Sie war die Einzige, die Twiggy jetzt in den Griff bekommen konnte.

»Mach mich nicht an!«, donnerte der.

»Ruf doch gleich den Förster an! Was soll Robbi von dir denken!«, fügte sie blödsinnigerweise hinzu.

Doch Twiggy schwieg nun. Matti warf ihm einen Blick zu, wie er da saß, beleidigt und schwermütig.

Mattis Handy piepte. Er warf einen Blick auf die Anzeige.

Ich liebe dich. L.

Das hatte sie noch nie gesagt. Er steckte das Handy in die Tasche und spürte, wie er anfing zu schwitzen.

Twiggy starrte böse geradeaus, Dornröschen war auf die rechte Seite gerutscht und starrte auf den Straßenrand, und Matti starrte mal auf Twiggy, mal auf den Straßenrand und dann auf Dornröschen. »Das wird nichts«, sagte er. »Wir sind schon viel zu weit gefahren.«

»Sag ich doch«, brummte Twiggy. Immerhin, er sprach. Wenn er richtig sauer war, schwieg er wie eine Betonwand.

»Das ist doch jetzt egal«, sagte Dornröschen betont freundlich. »Fahr noch ein bisschen.«

Der Wagen wippte durch ein Loch, Dornröschens Stirn schlug an die Scheibe, aber sie meckerte nicht.

Jetzt hielt auch Twiggy wieder Ausschau nach dem Stein. Matti war erleichtert, eine Twiggy-Krise hätte gerade noch gefehlt.

Ein Reh stand auf dem Weg, wackelte mit den Ohren und guckte aufs Auto.

»Hoffentlich hat es kein Handy dabei und ruft den Förster«, sagte Matti. Er rollte noch langsamer weiter, und das Reh hoppelte gemächlich in den Wald.

»Da!«, sagte Dornröschen.

Da war ein Stein, und er sah so aus wie der andere.

»Wir sind aber nicht so tief in den Wald hineingefahren«, nörgelte Twiggy.

Matti hielt an und stieg aus. Dornröschen folgte ihm. Matti holte den Spaten, und dann stapften sie wieder über den tiefen Boden die albernen einundsiebzig Schritte in den Wald hinein. Und während sie liefen, blitzte es in Matti auf. *Ich liebe dich. L.* Schon hatte er sich verzählt. Aber Dornröschen marschierte unbeirrbar weiter, dann sagte sie: »Einundsiebzig.«

Es knackte wie ein Schuss, und die beiden erschraken. Doch dann sahen sie Twiggy, der demonstrativ durch den Wald schlenderte, als hätte er mit dem Quatsch nichts zu tun.

Dornröschen starrte den Baum an, dann streckte sie ihren Zeigefinger nach oben und zeigte auf eine Einkerbung, genauer gesagt, auf Rindennarben, die vielleicht einmal einen Kreis gebildet haben mochten.

»So, fünf Schritte davor«, sagte sie, lehnte ihren Rücken an den Baum und marschierte los. »Hier!« Sie ritzte mit den Füßen ein Kreuz in den Boden.

Matti stach den Spaten ins Kreuz und drückte ihn mit dem Fuß ins Erdreich. Die Erde war schwarz und durchsetzt mit dünnen Wurzeln und Regenwürmern. Er musste nicht lange graben, bis er auf Widerstand stieß. Er grub um den Widerstand herum und legte einen kleinen Tresor frei.

»Das Ding ist doch abgeschlossen!«, murrte Twiggy. »Jetzt müssen wir die Scheißkiste zum Auto schleppen.«

»Erstens heißt das Hurra«, sagte Dornröschen, »wer wollte denn schon aufgeben?« Sie grinste dreckig. »Und zweitens« – sie holte ein rotes Ledermäppchen aus ihrer Hosentasche und hielt es stolz in Gesichtshöhe – »hab ich den Schlüssel dabei, ihr Schnarchnasen.« Sie lachte glockenhell, und darin steckte auch die Botschaft: Seht, ich habe mal wieder recht gehabt!

Sie beugte sich über die Kiste und steckte den Schlüssel ins Schloss. Er ließ sich drehen, als wäre die Kiste erst neulich vergraben worden. Sie öffnete den Deckel, und alle sahen, was darin lag: drei ölverschmierte Leinenbeutel, ein paar Schachteln und eine größere Kiste. Matti beugte sich hinunter und nahm einen Beutel, öffnete die Zugschnur und holte sie hervor, die schwarze Makarow PM mit dem eingeprägten fünfzackigen Sowjetstern auf der braunen Griffschale. Er zog das Magazin heraus, es war gefüllt mit acht Patronen, deren Messing angelaufen war, die aber trotzdem noch funktionieren sollten. Matti verpackte die Pistole wieder und verteilte die anderen beiden Beutel, auch die Munitionsschachteln. Er griff nach der größeren Kiste, öffnete den Deckel, sagte: »Die sieht noch gut aus«, und legte sie zurück. »Die brauchen wir nicht.« Dann klappte er den Kistendeckel zu und schob Erde über die Kiste. Als er fertig war, stampfte er sie mit den Füßen fest, verteilte Laub und Gezweig über der Stelle, dann gingen sie zum Auto.

»Okay«, sagte Twiggy, mehr zu sich selbst.

Matti atmete durch, die Krise schien vorbei, bevor sie richtig ausbrechen konnte. Er verrenkte sich fast den Hals, während er den Wagen rückwärtssteuerte, einen Platz zum Wenden hatte er nicht gesehen, und er wollte so schnell wie möglich aus dem Wald heraus. Sie kamen zurück auf die Straße, und Matti gab Gas.

9: Saturday Night's Alright (For Fighting)

Den Polo hatten sie abgegeben und vorher den Spaten in einem Straßengraben entsorgt. Sie saßen in der Wohnung am Chamissoplatz, die sie vorher präpariert hatten, indem sie überall kleine Zeichen hinterließen, vermeintlich ungeordnete Papierschnipsel auf dem Tisch, Haare zwischen Schubladen und Rahmen geklemmt, zwei Beine von Dornröschens Schreibtisch und des Tisches in der Küche standen an hauchdünnen Strichen. Schließlich hatte Twiggy unter dem unteren Scharnier der Haustür unsichtbar ein transparentes Klebeband angebracht, das so unversehrt war wie die anderen Fallen. Nur die Papierschnipsel wurden Robbis Beute. Er lag bräsig auf dem Tisch und hatte die meisten auf den Boden gestrampelt.

»Und jetzt?«, fragte Twiggy.

Sie saßen in der Küche, die Beutel und Schachteln lagen auf dem Tisch.

»Wir schnappen uns den Erpel«, sagte Twiggy.

»Und dann?« Dornröschen gab selbst die Antwort. »Dann werden sie uns jagen, bis sie uns haben, die Stasi-Detektive genauso wie die Bullen.«

»Und wenn...« Matti überlegte. Sie schwiegen eine Weile.

»Wir gehen aufs Ganze«, sagte Twiggy. »Wir schnappen uns den Entenmann, tauchen ab mit ihm. Wir könnten statt Lösegeld die Aufklärung der DVD-Scheiße verlangen und sicheres Geleit irgendwohin.«

»Ich empfehle Mallorca«, sagte Dornröschen. »Schön warm, tolle Strände, die Langeweile ist garantiert.«

»Warum haben wir dann das Zeug geholt?« Twiggy deutete auf den Tisch. Es rumorte noch ein Rest Beleidigtsein in seiner Stimme.

»Erstens, weil wir uns selbst verteidigen müssen gegen Leute, die nichts dabei finden, andere umzubringen. Zweitens, weil das auch für uns selbst ein Zeichen ist, dass wir uns wehren. Drittens, weil wir sie bestimmt bald brauchen, aber nicht um uns in Teufels Küche zu befördern. Viertens …«

Robbi maunzte. Vielleicht weil er keine Knarre bekommen hatte. Vielleicht hatte er Heißhunger auf Thunfisch. Vielleicht wollte er darauf aufmerksam machen, dass es ihn auch noch gab. Er saß neben der Tür, guckte mit großen Augen auf die Versammlung, kratzte sich mit der Hinterpfote am Ohr, schüttelte den Kopf und zog ab. Gleich hörten sie das Gehampel vom Katzenklo.

»Wenn die uns eine Entführung anhängen können, sind wir aus dem Rennen«, sagte Matti. »Aber wir müssen uns den Kerl schnappen.«

»Wir entführen seine Frau«, sagte Twiggy.

»Und nachher sagt der Typ: Vielen Dank, ein Problem weniger.« Matti hustete.

Dornröschen warf ihm einen strafenden Blick zu. »Es muss völlig zweifelsfrei sein, dass wir nichts damit zu tun haben, was immer wir unternehmen.«

»Wir könnten eine Scheinfirma gründen und die Detektei mit irgendwas beauftragen«, sagte Matti.

»Dann werden die zuerst unsere tolle Firma unter die Lupe nehmen«, sagte Dornröschen.

»Dir fällt auch nichts Besseres ein«, brummte Twiggy. »Mach nicht immer alles gleich nieder. Konstruktiv, Genossen, seien wir doch mal konstruktiv. Wie könnten denen eine Bombe durchs Fenster werfen.«

Sie lachten.

»Wer hat das immer gesagt: Genossen, seien wir doch mal konstruktiv?«, fragte Matti.

»Paule.«

Matti kratzte sich am Kopf. »Stimmt, der wollte doch immer das Bullenpräsidium in die Luft sprengen. Ein *sehr* konstruktiver Vorschlag, leider nicht mehr zeitgemäß.«

»Wo steckt Paule?«, fragte Dornröschen.

»Keine Ahnung«, sagte Twiggy. »Hab den schon ewig nicht mehr gesehen.«

»Mir kommt das vor, als würden wir gegen eine Wand rennen«, sagte Matti. »Immer mit der Birne dagegen. Wir sind gerade mal drei Hanseln, und ob Rosi oder Gaby noch mal was machen…«

»Wir sind viel mehr, wenn wir es gescheit angehen«, widersprach Dornröschen. »Wenn wir eine Art Fanal setzen. Wenn wir der Szene eine Chance bieten, was *Großes* zu tun…«

»Aha«, sagte Twiggy. »Drunter geht's ja nicht.«

»Nein«, sagte Dornröschen freundlich, »drunter geht's nicht.«

»Aber was, ohne uns selbst eine reinzuwürgen?« Matti schüttelte den Kopf. »Wir müssen das noch mal ganz von vorn überlegen.«

»Das geht schnell«, sagte Dornröschen, sie war nun ein wenig genervt. »Erstens, wir sitzen in der Scheiße. Die glauben, dass wir eine DVD-Kopie haben. Wir können das Gegenteil nicht beweisen. Solange die das glauben, haben wir sie an der Backe.« Sie tippte auf den Beutel, der vor ihr lag. »Zweitens: Wenn die schon Leute umgebracht haben wegen dieser DVD, dann werden sie keine Hemmungen haben, auf diesem segensreichen Weg voranzuschreiten.« Zeige- und Mittelfinger marschierten auf dem Tisch. »Drittens sind wir es Konny schuldig. Und Norbi auch. Weil nämlich die Bullen nichts unternehmen. Die Ermittlungen im Norbi-Fall sind genauso tote Hose wie im Konny-Fall. Bei Letzterem wissen wir es, vom anderen haben wir nichts gehört. Gehen wir also davon aus, dass die Ermittlungen im Sand verlaufen, wenn sie überhaupt geführt werden.«

»Sechstens«, sagte Matti, »sechstens…«

»Wir sind erst bei viertens«, unterbrach Twiggy.

»Zählen kann ich auch, ich hab nur Dornröschen noch zwei Nummern überlassen, da kommt bestimmt noch was Geniales.«

Twiggy lachte. Immerhin. Dornröschen schnaufte, konnte sich aber ein Grinsen nicht verkneifen.

Twiggy holte zwei Flaschen Bier aus dem Kühlschrank, öffnete sie und stellte sie auf den Tisch. Dornröschen setzte noch einmal

Wasser auf und bereitete eine Teekanne vor. Sie schwiegen, bis der Tee gezogen war. Währenddessen erschien Robbi und landete auf Twiggys Schoß, wo er sich hinsetzte und aufmerksam in die Runde schaute.

»Er weiß bestimmt, was wir tun sollen, aber er bricht sein Schweigegelübde nicht«, knurrte Twiggy und zog Robbi sanft am Ohr.

»Bestimmt«, sagte Dornröschen gedehnt. »Aber solange er nicht spricht, müssen wir uns selbst was einfallen lassen.«

Sie gähnte und trank von ihrem Tee. Dann sagte sie mit einem verschmitzten Lächeln: »Also, viertens und fünftens könnten vielleicht so gehen.«

Sie rührte in ihrem Becher und erklärte ihren Plan, baute ihn, während sie sprach, ließ die Einwände der Freunde einfließen, baute wieder um, und am Ende hatten sie ein Konzept, das sie Schritt für Schritt umsetzen wollten. Und das den Vorzug hatte, dass sie jederzeit abbrechen konnten. Das glaubten sie jedenfalls. Trotzdem war die Sache gefährlich, und sie durften sich um keinen Preis erwischen lassen. Um keinen Preis.

Schlüssel-Rainer hatte diesmal einen alten Honda Civic in seiner Verwaltung. Freundlicherweise schraubte er die kleinen Birnen heraus, welche die Nummernschilder beleuchteten. Dornröschen bestand darauf, den ersten Schritt allein zu gehen. Das sei am sichersten, und da es die Wahrheit war, fiel der Widerspruch lau aus. Sie fuhr nach neunzehn Uhr in die Zornstraße, und als sie nicht sah, was sie suchte, fuhr sie weiter. Eine Stunde später kam sie wieder vorbei, und so ging es die ganze Nacht, während Matti mit Lily schlief und Twiggy seiner nächtlichen Arbeit nachging.

Am nächsten Abend fuhr Dornröschen wieder los, und dann entdeckte sie gegen zehn Uhr tatsächlich, was sie suchte. Aus einem silberfarbenen Peugeot-Kombi stiegen drei Frauen aus, angezogen in Kittel. Sie standen bei einem Mann, der irgendwelche Anweisungen gab, dann zur Tür des Detektivbüros ging, aufschloss, die Frauen mit einem Winken hineinwies, wieder abschloss, sich hinters Steuer setzte und wegfuhr. Dornröschen notierte den Firmennamen, der in spröden schwarzen Großbuchstaben auf beiden Seiten des Autos auflackiert war: *REINIGUNGSSERVICE WITT-MANN*, kleiner darunter: *www.r-wittmann.de*.

Zufrieden fuhr sie nach Hause. Da war nur Twiggy, Matti hatte Nachtschicht bei Lily. Twiggy setzte sich an ihrem Schreibtisch neben sie und schaute zu, was sie tat. Sie gab die Internetadresse in ihr Notebook ein. Es öffnete sich eine handgestrickte Seite, rechts oben das Porträt des Inhabers, der auch als Klischee eines Wurstverkäufers hätte herhalten können. Er pries die Qualität seines Service, seines Personals, die Pünktlichkeit und Sauberkeit und die Entschlossenheit, auch Kundensonderwünsche zu erfüllen. Dornröschen begriff sofort, dass es eine Dummheit wäre, einen anderen Reinigungsdienst zu beauftragen, Wittmann war die beste Putztruppe im Universum. Sie las das Impressum, der Laden saß in Lichtenberg, und der Wurstverkäufer hieß mit Vornamen Hans. Sie schlug den Namen in der Stasi-Datei nach und fand gleich fünf, die so hießen. Das sagte alles oder nichts.

Sie wählte die Telefonnummer. Der Anrufbeantworter, natürlich.

»Morgen«, sagte Twiggy. »Jetzt geh schlafen.«

Am Morgen tauchte Matti auf, er sah übernächtigt aus und hatte am Hals blaurote Flecken. Dornröschen wählte wieder die Nummer und stellte den Lautsprecher an.

»Reinigungsservice Wittmann!«, krähte es.

»Ja, hier Frau Winter. Ich suche eine Putzstelle.«

Ein elektronischer Ton, dann: »Wittmann.« Ein tiefe Stimme, ruhig.

»Frau Winter, guten Tag… Morgen. Ich suche eine… Putzstelle.«

»Wir haben im Augenblick nichts frei… vielleicht könnten Sie mal als Krankheitsvertretung einspringen. Dann lernen wir Sie auch mal kennen. Wissen Sie, wir legen großen Wert auf die Zuverlässigkeit, Sie wissen, was ich meine, also die Zuverlässigkeit unserer Reinigungskräfte.«

Und Dornröschen dachte gleich an ihr polizeiliches Führungszeugnis, das unter Herrn Wittmanns Augen niemals hätte bestehen können. »Ich bin sehr zuverlässig«, sagte sie.

»Ja, ja«, beruhigte Wittmann sie. »Daran habe ich keinen Zweifel. Wenn Sie wirklich interessiert sind, wissen Sie, es geht um eine Vertretung, da muss man mal bereit sein, da kann man mal kurzfristig angerufen werden …«

»Ich bin immer bereit«, sagte Dornröschen eingeschüchtert. »Ich brauch nur so dringend eine Stelle.«

»Gut, das weiß ich jetzt mal«, sagte die Großzügigkeit in Person. »Wenn Sie vielleicht mal bei uns vorbeikommen können. Wissen Sie, dann …«

»Wann immer Sie wollen«, und ihre Stimme klang so froh.

»Heute, sechzehn Uhr?«

»Ich werde kommen, pünktlich. Vielen Dank!«

Matti grinste, als Dornröschen aufgelegt hatte. »Warum kannst du nicht zu uns so freundlich sein? Es geht doch, wie man sieht.«

»Wissen Sie? Wissen Sie?«, äffte Dornröschen Wittmann nach. »Was der immer mit dem Wissen hat.«

»Du brauchst jetzt eine neue Biografie«, sagte Matti. »Und die übst du mit Twiggy bis zum Nachmittag. Ich muss los, Ülcan ist immer noch sauer.«

»Tschüss« sagte Dornröschen, »in unseren Kreisen, also beim Geheimdienst, nennt man das nicht ›neue Biografie‹, sondern ›Legende‹. Damit das klar ist.«

Matti winkte grinsend ab und verschwand.

Dornröschen suchte sich Klamotten zusammen, die sie auftreten ließen wie jemand, der auf ungeschickte Weise versuchte, schick auszusehen. Einen geblümten Rock, eine schneeweiße Bluse, einen blauen Blazer. Ihre neue Biografie war so einfach, dass sie glaubwürdig klang. Viel zu früh geheiratet, keine Berufsausbildung, Scheidung, Hartz IV, Gott sei Dank keine Kinder – »die hätten mir gerade noch gefehlt«. Erstaunlicherweise konnte sie ihr intelligentes Gesicht »verdumpfen«, wie Twiggy sagte, und sie sah dann aus, als könnte sie nicht bis drei zählen. Die Daten in ihrem Personalausweis blieben natürlich gültig. Auch wenn sie sich gut vorbereitet fühlte, hatte sie doch Angst. Natürlich war sie zu früh in der Siegfriedstraße 12, einem fünfstöckigen Haus mit einer grauen Rauputzfassade, in dessen Erdgeschoss das Büro des Reinigungsservice Wittmann lag, wie die Klingel verriet. Sie drückte, und schon schnarrte das Schloss. Sie öffnete die Tür, ging in den Flur, rechts hingen erstaunlich unversehrte Briefkästen. Dann stand sie schon vor der Tür mit dem Firmenschild, blaue Schrift auf weißem Hintergrund. Sie klingelte.

»Ist offen!« Eine Frauenstimme, quäkig. Dornröschen zog die Tür auf. Ein kurzer schmaler Flur, dann stand sie in einem Büro aus den Sechzigerjahren, ausgenommen der Röhrenmonitor auf dem Schreibtisch. Die Frau war klein, dick und hatte ihre schwarzen Haare zu einem Dutt geflochten. Sie trug einen rosa Plastikpulli. Es stank nach Rauch, auf dem Schreibtisch stand ein Drehaschenbecher, darauf eine qualmende Zigarette. Die Frau lugte Dornröschen durch eine elliptische Brille an, die ihr ungefähr so gut stand wie einem Känguru. Am ehesten glich sie einer Brillenschlange, die die schnellsten Mäuse schon nicht mehr kriegte.

»Sie wünschen?«

»Ich habe einen Termin bei Herrn Wittmann.«

»Ach, Frau Winter wie Sommer.« Sie lächelte falsch wie eine Natter.

»Ja, die bin ich«, sagte Dornröschen schüchtern, als würde sie das Ambiente gewaltig beeindrucken.

»Na, dann wollen wir mal schauen, ob Herr Wittmann schon Zeit für Sie hat.« Die Brillenschlange nahm den Telefonhörer, meldete Frau Winters Eintreffen, nickte, bedankte sich vielmals und legte auf. »Bitte!« Sie deutete auf eine Tür hinter ihr.

Dornröschen klopfte und öffnete fast gleichzeitig, dann ermahnte sie sich, schüchtern zu bleiben. Sie streckte vorsichtig ihren Kopf hinein, als fürchtete sie ein Untier in dem erstaunlich kleinen Raum, sah dann aber einen Mann von vielleicht fünfundfünfzig Jahren mit ergrauendem Haar, das vorne schon die Stirn glänzen ließ. Der Mann war die vollendete Durchschnittlichkeit, auch in seinem Gesicht fand sich nichts Markantes, sah man davon ab, dass es auffällig unsymmetrisch erschien, auch wenn sie nicht bestimmen konnte, was diesen Mangel ausmachte. Als sie näher kam, erkannte sie, dass ihm aus der Nase kräftige Haare wuchsen. Wittmann saß selbstgefällig und bewaffnet mit einem Friseurlächeln hinter einem Schreibtisch aus grau lackiertem Pressspan. Auf der Backe zeigte sich eine kleine Verletzung, die vom Rasieren stammen mochte. An der Wand hinter ihm hingen Fotos mit Waldlandschaften, an der Seite ein Plakat der Boxstaffel des Polizeisportvereins, das originellerweise die Gestalt eines äußerst muskulösen Boxers in Ausgangsstellung präsentierte. Ein kleines Foto darunter zeigte einen Mann in einer DDR-Uniform, sie erkannte mit einiger Mühe Wittmann darauf, konnte die Uniform aber nicht einsortieren.

Wittmann blieb sitzen, und Dornröschen ging unsicher zum Schreibtisch und stellte sich neben den Besucherstuhl.

»Sie sind also Frau Winter«, sagte er.

Dornröschen nickte.

»Haben Sie denn schon mal geputzt, also richtig …«

Dornröschen nickte. Sie hatte sich ihr Studium unter anderem so verdient, aber das durfte sie nicht sagen. »Richtig.« Sie nickte schüchtern.

»Und wo?«

»Da, wo ich herkomme, also bei Frankfurt … Main.«

»Und was?«

»Büros, Läden, Wohnungen, Gaststätten …«

»Gut«, sagte er.

Auf dem Schreibtisch lagen nebeneinander zwei Stapel mit Akten und eine dreistöckige Ablage, obenauf erkannte sie ein Steuerformular. Dann waren da noch ein Kalender und eine lederne Schreibunterlage mit Silberrand.

Er lehnte sich zurück, verschränkte die Hände hinter dem Nacken und musterte sie ungeniert. Sie erkannte eine schmale Narbe am Mundwinkel und einen Pickel an der Nase. Der Kragen seines grob karierten Hemds war fettig, er trug eine schwarze Lederweste darüber. Als er mit der Sichtung fertig war, sagte er gönnerhaft: »Die Dünnen sollen ja besonders zäh sein.« Er dachte nach oder tat so, dann klopfte er einmal mit der flachen Hand auf die Tischplatte, um schließlich zu erklären: »Also gut, wir versuchen das mal. Wissen Sie, im Augenblick habe ich nichts, aber im Krankheitsfall…« Er beendete den Satz nicht. »Lassen Sie sich draußen mal die Papiere geben, füllen Sie sie sorgfältig aus, und dann werde ich mich melden, sobald eine Kollegin verhindert ist.« Er nickte vor sich hin. »Es ist ja gut, dass Sie zu den Leuten gehören, die arbeiten wollen. Wissen Sie, heute liegen die meisten doch in der Hängematte und lassen sich die Scheine rüberwachsen. Früher hieß es mal: Wer nicht arbeitet, soll auch nicht essen… eben früher.« Er klang traurig.

Dornröschen hätte ihm gerne eine rechte Gerade zwischen die Augen geschlagen, aber sie verschob es auf einen günstigeren Zeitpunkt. Sie bedankte sich unterwürfig und verließ das Büro, erbat sich draußen von der Brillenschlange die Formulare, füllte sie aus, erfuhr auf diesem Weg, dass sie sieben Euro neunundachtzig verdienen würde, trug nur ihre Handynummer ein und als Adresse die Okerstraße 34 und reichte die Formulare zurück, was ihr ein gnädiges Nicken der Kobra eintrug. Dann radelte sie zum Chamissoplatz.

Am Abend beratschlagten sie den zweiten Schritt.

»Wie viele Arbeitsstellen hat der?«, fragte Twiggy.

Dornröschen zuckte mit den Achseln.

Matti trank einen Schluck Bier und drehte sich eine Zigarette. »Genau darum geht es jetzt. Stell dir vor, der hat sieben oder acht *Putzobjekte*, so hieß das bestimmt bei der Stasi, dann kann Dornröschen putzen, bis sie grün wird, und vielleicht kommt sie nie in die Zornstraße.«

Twiggy kraulte Robbi am Hals. »Schaden würde es ihr nicht.« Er tat so, als duckte er sich weg, um dem tödlichen Blick auszuweichen. »Wir müssten also dafür sorgen, dass mindestens eine der Damen einer schrecklichen Krankheit zum Opfer fällt.«

»Wie viele Krankheitsvertretungen hat der?«, fragte Matti.

In Dornröschen Blick lag die Antwort: Beim nächsten Mal gehst du in die Höhle des Löwen und stellst die richtigen Fragen. Aber sie zuckte nur wieder mit den Achseln.

Matti zündete sich die Zigarette an. »Nicht mal was von der Ernte hat man hier. Wenn es so weitergeht, wird sie vertrocknen. Es ist ein Elend.«

»Nun heul nicht gleich«, sagte Dornröschen. »Wir müssen uns meine Kolleginnen genauer anschauen, heute Abend.«

Matti holte sein Handy aus der Tasche und schrieb eine SMS an Lily.

»Echt nett von dir, dass du mitmachst.« Dornröschens Stimme triefte vor Sarkasmus.

»Reg dich wieder ab«, sagte Matti.

Sie schnaubte, verkniff sich aber eine Antwort.

Zum ersten Mal spürte Matti, dass der Druck die WG veränderte. Die Gelassenheit war verflogen. Vor allem Dornröschen hatte gerade eine Phase der Verbissenheit. Sie war selten so, und nur dann, wenn ihr etwas schwer auf die Nerven ging. Twiggy war fast zum Schweiger mutiert, und Matti ging auch deswegen gern zu Lily, weil er so der Anspannung entkam. Und doch merkte er, dass sich Twiggy und Dornröschen mühten, sich im Griff zu behalten. Und Matti mühte sich auch.

Es war morgens um halb zwei Uhr, als endlich der Peugeot mit der Aufschrift *REINIGUNGSSERVICE WITTMANN* aus der Zornstraße in die Ribbecker Straße einbog, entgegen der Fahrtrichtung, in der die drei parkten. Matti wendete den Civic und schaltete dann erst die Scheinwerfer ein. Der Peugeot fuhr die Rummelsburger Straße in westlicher Richtung, um rechts in die Lincolnstraße einzubiegen, dann links in die Delbrückstraße. In der Luft lag dünner Nebel wie eine Gaze, die das Licht dämmte und weißte. Vorbei an den gelben Fassaden der Plattenbauten ging es in Richtung Bahnhof Rummelsburg, dann bog er ab in die Weitlingstraße. Er hielt vor dem geschlossenem Schaufenster eines Tattoostudios mit dem Namen *Ost-Zone*, die Fassade einschließlich des Rollladens, auf dem ein Trabi prangte, war in verwegenen Schwüngen in Schwarz und Rot gestrichen. Zwei Frauen stiegen aus, dann fuhr der Wagen weiter. Twiggy und Dornröschen stiegen ebenfalls aus und folgten ihnen. Matti fuhr dem Peugeot nach.

Es war schon fast drei Uhr, als Matti die beiden anderen vor dem Tattoostudio auflas. In der Wohnung am Chamissoplatz besprachen sie das Ergebnis ihrer Beschattungsaktion. Die beiden zuerst ausgestiegenen Frauen wohnten in dem Eckhaus Margaretenstraße/Weitlingstraße, im dritten Stock rechts die eine, *E. Ögun*, im vierten Stock links die andere, am Klingelschild stand nur *Datulu*. Sie hatten, nachdem Lichter in den Wohnungen angingen, beide Klingeln gedrückt, und Frau Ögun hatte sich aus dem Fenster gelehnt und angefangen zu schimpfen, während Frau Datulu tatsächlich den Türöffner betätigt hatte, wohl instinktiv im anbrechenden Dämmerschlaf. Matti war währenddessen dem Peugeot bis in den Rosenfelder Ring gefolgt, wo der Wagen vor einem renovierten Riesenplattenbau gehalten hatte und die Frau mit Kittel und Kopftuch in einer Tür verschwunden war. Matti lief noch hinterher, aber die Tür war zugefallen, die Frau im Aufzug verschwunden, und er konnte zwar erkennen, wie Lichter eingeschaltet wurden, aber es brannten auch in ein paar anderen Wohnungen noch Lampen. Und wie er hier von der Lage des Fensters auf das Klingelschild zurückschließen sollte, wusste er nicht. Es war ein Reinfall.

»Egal«, sagte Dornröschen, »zwei reichen. Nur, wie machen wir das?« Sie schaute Twiggy an.

Der überlegte kurz und sagte: »Bert.«

Matti grinste. Dann gingen sie zu Bett.

Matti musste früh raus, er hatte Schicht. Er war zwar versucht, Urlaub zu nehmen, aber ein Gefühl sagte ihm, dass er womöglich jeden Urlaubstag noch brauchen konnte. Außerdem verdiente er dann nichts. Twiggy und Robbi schliefen aus, während Dornröschen mit Bert telefonieren wollte. Was auch insofern günstig war, da Bert einmal ziemlich verliebt gewesen war in Dornröschen, die in ihrer nüchternen Art auf eine emotionale Reststrahlung setzte.

»Hallo, Bert«, sagte sie.

Matti wäre lachend vom Stuhl gefallen, hätte er ihren Flötenton gehört. Aber der saß glücklicherweise schon im Taxi und las Konfuzius. »Wer am Morgen den rechten Weg erkannt hat, könnte am Abend getrost sterben.« Nein, sterben wollte er noch nicht.

Bert war erfreut über den Anruf. Er hatte schon lange eine Arztpraxis in Neukölln, in der er nicht nur Patienten mit eigener Krankenkassenkarte behandelte. Er übersah jeden Hinweis, der erkennen ließ, dass eine Karte illegal gekauft oder von einem Freund geliehen worden war. Bert hatte eine Weile bei den Autonomen mitgemacht, bis ihm deren inhaltsleeres Militanzgewäsch auf den Geist gegangen war. Er hatte früh ergraute Haare und eine tiefe Stimme.

»Wenn ich will, dass jemand arbeitsunfähig wird, aber es darf nicht gefährlich sein, was hast du da im Angebot?«, fragte sie, nachdem sie es bedauert hatten, so lange nicht mehr miteinander gesprochen zu haben.

»Brauchst du den gelben Schein, den könnte ich …«

»Nein, ist nicht für mich.«

»Aufdringlicher Verehrer?«

»Das Zeug sollte flüssig sein oder sich in Flüssigkeit auflösen können. Und es darf nach nichts schmecken.«

Bert zögerte. »Klingt nicht ohne.«

»Ist nicht ohne.«

»Du willst also, dass jemand todsicher kotzt, aber halbwegs überlebt.«

»So ungefähr.«

»Und er darf nicht mitkriegen, wie er sich das eingefangen hat.«

»Wie bei einem ordentlichen Durchfall«, sagte sie. »Aus humanen Gründen ohne Krämpfe.«

»Oh«, staunte Bert, »so viel Menschlichkeit gibt es also noch.«

»Nur bei mir, natürlich auch bei dir«, sagte Dornröschen.

Am Abend stand ein Plastikfläschchen auf dem Tisch. Twiggy hatte Spaghetti à la Robbi gekocht, Nichtgourmets hätten von Hackfleischsoße gesprochen oder ihr Bedauern geäußert, dass die arme Katze nun doch im Topf gelandet sei, aber immerhin bekam der Kater seinen Teil ab, nachdem die Soße erkaltet war, was die Namensgebung legitimieren mochte.

»Von dem Zeug wird einem kotzspeiübel«, sagte Dornröschen.

Twiggy legte Gabel und Löffel weg und stand auf. »Das ist jetzt echt zu viel.«

»Hey, ich meine das Zeug da.« Dornröschen fuchtelte mit ihrem Zeigefinger zum Fläschchen.

Twiggy stutzte, blieb aber stehen. »Und was ist das?«

»Sage ich doch, davon wird einem so schlecht, dass man garantiert nicht zur Arbeit geht. Es heißt Crotonöl.«

Twiggy setzte sich wieder hin. »Klingt wie ›Krypton‹, Supermans gefährlichster Feind.«

»Die Nudeln sind übrigens klasse«, sagte Matti.

»Verscheißern kann ich mich selbst«, antwortete Twiggy. Aber er wickelte jetzt Spaghetti auf die Gabel.

Matti überlegte, ob es ein Mittel gab, die Anspannung zu lösen, aber er fand keines, die Lage war hundsmiserabel, und die Vorstellung, sich mit Killern anzulegen, beruhigte die Nerven auch nicht.

»Und wie jubeln wir das den Damen unter?«, fragte Twiggy.

»Der eine hält sie fest, der andere stopft es ihnen rein, ganz einfach.« Matti lachte gezwungen.

»Jeder nimmt sich was und verfolgt eine Putzfrau, bis er die Chance hat, es ihr unterzujubeln«, sagte Dornröschen.

»Genialer Plan«, knurrte Twiggy und schlürfte ein paar Nudeln. Er wischte sich den Mund ab. »Ich mach so einen Scheiß nicht mit. Wie soll denn das gehen? Das ist doch behämmert.«

»Und wenn Dornröschen es macht, dann wird sie später von einer von denen erkannt. Und dann?«, maulte Matti zurück. »Ich hab morgen eigentlich wieder Schicht. Aber ich mach blau, irgendwann schmeißt er mich raus. Trotzdem mach ich's. Weil wir nämlich sonst aus dieser Scheiße nicht rauskommen. Kapiert?« Er war laut geworden.

Twiggy kaute auf den Spaghetti herum. Dornröschen hatte ihr Besteck auf den Tellerrand gelegt und schaute wechselnd auf die Streithähne.

»Also, ich latsche einer nach und warte, bis ich die Chance kriege. Mit ein bisschen Glück kann ich eine Heldin an der Putzfront in den vorübergehenden Ruhestand schicken. Aber es wäre besser, wir könnten das mit beiden machen.«

»Du hast ja deine verloren«, sagte Twiggy. »Drei wären doch viel besser. Dann muss der Typ Dornröschen rufen, so viele Aushilfen hat er nicht. Aber das hast du ja verschlafen.«

»Nun reg dich ab«, sagte Dornröschen bestimmt. »Dass wir von zweien die Namen und Adressen herausgekriegt haben, ist richtig gut. Und jetzt ist Schluss mit der Streiterei.« Und als Twiggy was sagen wollte, schlug sie mit der flachen Hand auf den Tisch. Nicht laut, aber hörbar. So, wie sie war.

Sie aßen und tranken schweigend. Robbi verlangte lautstark einen Nachschlag Thunfischfutter und erhielt ihn. Dann sagte Twiggy: »Okay, ich lass mir nicht nachsagen, dass ich kneife. Aber wenn das klappt, heiße ich Otto.«

»Okay, Otto, dann fahren wir am besten gleich zu dem Haus, wo die beiden wohnen. Vielleicht erwischen wir sie ja schon. Du wirst sehen, wir haben Glück.«

»Das haben wir geradezu gebucht«, sagte Twiggy, er klang noch maulig.

Sie fuhren in dem Honda Civic zur Ecke Margaretenstraße/Weitlingstraße, parkten den Wagen aber ein Stück weiter vor einer Gaststätte mit dem Namen *Zum Happen*, die *Deutsche Küche* anbot. Sie lag im Hochparterre eines mehrstöckigen Hauses mit grauer Fassade, unter den beiden Fenstern des Gastraums zog sich ein breiter weißer Strich, darunter lugte die Oberkante von zwei Kellerfenstern über den Asphalt.

»Und jetzt lungern wir hier herum«, sagte Twiggy.

»Genau das. Lass mich ein bisschen herumlaufen, und du passt auf, ob eine deiner Damen auftaucht.«

Es war noch hell, und der Tag tat seit dem Morgen so, als wollte er Frühsommer spielen. Matti schlenderte gemütlich umher, aber sein Hirn arbeitete im Rekordtempo. Es war eine blödsinnige Idee, zu glauben, man könne zwei Frauen Crotonöl einflößen, ohne dass sie es merkten.

»Passen Sie doch auf!«, schnauzte ihn eine junge Frau an, in deren Kinderwagen er fast hineingelaufen wäre.

»Entschuldigung!«, sagte Matti und blieb stehen, während sie kopfschüttelnd weiterzog. Er war in der Margaretenstraße. In der Weitlingstraße fuhr ein Taxi, verfolgt von einem Fiat Panda mit einem Dachreklameschild, das für einen Pizzaservice warb. Irgendwas begann, in seinem Hirn zu arbeiten. Dann sah er das Schild an der Fassade, direkt vor seiner Nase, der Panda parkte davor, im rechten Winkel zur Straße und den Kühler zur Hausfassade gewendet wie die anderen Autos hier auch. Matti hatte gar nicht bemerkt, dass der Wagen in die Margaretenstraße abgebogen war. Ein junger Mann sprang aus dem Auto und verschwand fast hinter den leeren grünen Styroporkisten, die er auf den Unterarmen vor sich hertrug und mit dem Kinn stabilisierte.

Pizza Maxx stand auf dem Schild über einer Glastür, abgebildet war darauf eine Pizza mit reichem Belag. Matti stellte sich neben die Tür und las die Karte. Pizza, Pasta, belegte Baguettes, das Übliche. Er ging ein paar Schritte weiter, hinter ihm öffnete sich die Tür, und der Typ eilte hinaus, beladen wieder mit Thermokisten, die er im Auto verstaute, um dann mit quietschenden Reifen zu starten.

Matti ging zurück und betrat den Laden. Eine lange Theke, die Wärme der beiden Pizzaöfen an der Rückwand stand im Raum. Hinter dem Tresen saß ein älterer Mann und verpackte Pizzas in knallige blau-gelbe Kartons mit dem roten Firmenlogo. Ein jüngerer Mann mit weißer Kochmütze drehte Matti den Rücken zu und zog auf einem Blech Pizzas aus dem rechten Ofen. Auf einem Tisch vor dem linken Ofen standen Bleche mit belegtem Teig. Irgendwoher ertönte Gianna Nanninis Röhrstimme, aber nicht aufdringlich.

Jetzt wandte der Jüngere Matti das Gesicht zu und lächelte ihn an, als wäre er der Lieblingskunde. An der Seitenwand hing ein Plakat, das äußerst dynamisch erklärte, dass man die Gerichte von Pizza Maxx nun auch mithilfe einer *iPHONE APP* bestellen könne. Der Mann wartete lächelnd, bis Matti sich ihm wieder zuwandte. Er bestellte zwei Pizza Almeria und zwei Cola.

»Sind gleich fertig«, sagte der Mann. »Was trinken, während Sie warten?«

Matti winkte ab und schaute durch die Glastür hinaus auf die Straße. Ein weißer Golf-Kombi parkte ein, es entstiegen eine Frau, drei Kinder und ein kleiner Hund, der vom ältesten Kind gleich auf den Arm genommen wurde, obwohl er strampelnd sein Missfallen kundtat. Matti überdachte seinen Plan noch einmal. Obwohl, Plan? Das war übertrieben. Es war ein simpler Versuch, der mit großer Wahrscheinlichkeit schiefgehen würde. Aber das Glück, dass wenigstens eine der beiden Frauen sich in eine Dönerbude verfolgen lassen würde, um sich dann taktvoll aufs Klo zurückzuziehen, damit Matti ihr in aller Ruhe das Zeug in den Kaffee kippen konnte, während der Wirt mal kurz rausmusste, nein, ein solches Glück würden sie nicht haben. Und wenn es nicht klappte? Dann klappte es eben nicht, und sie mussten sich was anderes einfallen lassen. In dieser Sache klappte ohnehin nichts, da kam es auf den nächsten Reinfall auch nicht an.

Eigentlich war der Abend zu schön, um Frauen zu vergiften. Die Sonne schien warm über dem Dachgiebel der Häuser, von Weitem hörte er durchs offene Fenster das leise Quietschen vom Rummelsburger Bahnhof, der Wind kam aus dem Osten und trocknete die Luft.

»Ihre Pizzas sind fertig!«, rief der Mann freundlich. Er hatte Essen und Getränke in getrennten Tüten verpackt.

Als er mit den Tüten auf Twiggy traf, grinste der breit. »Tolle Idee, ich habe einen tierischen Hunger. Mensch, vielen Dank.«

»Nix da! Außerdem hast du gerade vorzügliche Spaghetti à la

Robbi verputzt.« Matti ging zum Eckhaus, und Twiggy folgte ihm. Matti drückte zwei Klingeln im obersten Stock, es ertönte der Türöffner.

»Werbung!«, rief Matti das Treppenhaus hoch. Oben knallte eine Tür.

»Gib mal das Zeug her.«

Sie setzten sich nebeneinander auf die Steintreppe. Twiggy reichte ihm das Fläschchen.

»Getränke oder Pizza?«

»Beides!«, sagte Twiggy.

»Na gut.« Er öffnete die Colaflaschen und schüttete eine kleine Menge der Flüssigkeit hinein. Dann klappte er die bunten Pappdeckel auf und verteilte den Rest über die Pizzas.

»Sieht aus wie edelstes Olivenöl«, sagte Twiggy.

Matti grinste. Aber dann sagte er: »Eigentlich ist es nicht in Ordnung, Putzfrauen einen Durchfall zu verpassen.«

»Nein, ist es nicht, aber es geht um, na ja, um Leben und Tod. Da darf man so was.« Twiggy kratzte sich an der Backe, um diese exklusive Auslegung des kategorischen Imperativs zu unterstreichen. »Es ist harmlos, und sie kriegen Lohnfortzahlung.«

»Du hast Nerven.« Matti erhob sich, ließ sich von Twiggy noch einmal die Zettel geben, auf dem die Namen standen, und stieg die Treppe hoch. *E. Ögun* las er im dritten Stock. Vor der Tür lag ein Fußabtreter mit einem Herz in der Mitte. Jetzt war er nervös. Er packte beide Tüten in die eine Hand, mit der anderen klingelte er.

Schritte näherten sich, dann verdunkelte sich der Spion, und endlich ging die Tür einen Spalt weit auf, die Kette klirrte.

»Ja, was wollen Sie?« Eine Männerstimme, kaum ein türkischer Akzent.

Scheiße, dachte Matti. »Guten Abend, ich komme von Pizza Maxx … ich habe hier eine Pizza für Frau Ögun. Ist ein Geschenk für treue Kunden. Ich bringe auch gleich Frau Datulu eine Pizza und eine Cola, sie ist ja auch eine gute Kundin.«

Sein Herz begann zu rasen. Er stellte sich vor, wie ein Riesentyp die Tür aufschlug und ihn am Hemd packte. Die Tür ging auf, und es erschien ein mittelgroßer Mann, ganz dünn, mit einem schmalen Gesicht und großen schwarzen Augen. Die Schläfen waren ergraut, auf den Wangen sprießten Pickel. »Das wird ja Zeit, dass Sie mal an Ihre treuen Kunden denken«, sagte er freundlich. »Die Pizza für Frau Datulu können Sie gleich hierlassen, die isst immer bei uns.«

Er nahm die beiden Tüten, blickte Matti fragend ins Gesicht und sagte dann. »Einen Gruß an Angelo. Und vielen Dank.« Er lächelte, schüttelte den Kopf und schloss die Tür.

Matti eilte die Treppe hinunter, packte Twiggy am Arm und zog ihn nach draußen. Dann gingen sie dicht an der Hauswand im Normalschritt zum Auto, setzten sich hinein, und Matti steuerte zurück zum Chamissoplatz.

»Wie lange braucht das Zeug?«, fragte Twiggy.

Sie saßen zu dritt am Küchentisch, Dornröschens Handy lag vor ihr.

»Nun sei mal nicht so nervös«, sagte Matti.

Dornröschen kaute am Nagel.

Robbi hatte sich irgendwohin verzogen, wo die Stimmung nicht so geladen war.

»Bert hat gesagt, es wirkt ziemlich schnell«, sagte Dornröschen. »Aber vielleicht haben die das an ihre Kinder verfüttert...«

»Ach, du lieber Himmel«, sagte Twiggy.

»So ein Durchfall ist nicht so schlimm«, sagte Matti.

»Deine schwarze Seele möchte ich nicht haben«, knurrte Twiggy.

»Kriegst sie auch nicht.«

»Nun reißt euch zusammen«, schimpfte Dornröschen leise, ihre Finger trommelten unhörbar auf der Platte.

»Vielleicht hat der noch mehr Aushilfskräfte, dann war alles umsonst.« Twiggy warf einen ungeduldigen Blick in die Runde.

»Vielleicht, vielleicht, vielleicht«, sagte Matti. Er war genervt, nicht nur wegen der Ungewissheit. Reiß dich zusammen, schalt er sich. Natürlich geht einem dieser Irrsinn auf den Geist, und die Angst lässt die Stimmung nicht steigen. Aber da müssen wir jetzt

durch. Er dachte an die Makarow, die er unter den Nachttisch geschoben hatte. Wenn der Schmelzer das wüsste! Nun grinste er
doch, wenn auch schadenfroh.

»Was ist?«, fragte Twiggy, während Dornröschen Nägel, Hände
und Unterarme abkaute und gerade den Ellbogen erreichte.

Matti nahm Dornröschens Hand und drückte sie sanft auf den
Tisch. Sie starrte seine Hand an, die auf ihrer lag, er zog sie zurück,
und sie schob ihren Zeigefingernagel gleich wieder in den Mund.

Twiggy schnaubte. Dann stand er auf und holte sich ein Bier
aus dem Kühlschrank, nachdem Matti abgewinkt hatte.

Er wäre so gern zu Lily gefahren heute Abend, es lief fantastisch
zwischen ihnen. Sie hatte nur manchmal Augenblicke, da schien ein
Schatten über ihr Gesicht zu laufen. Aber das war alles. Sie war
zärtlich geworden, nicht mehr so ruppig, wie er sie in Erinnerung
hatte. Aber er konnte Dornröschen nicht sitzen lassen, wenn sie
heute Abend noch losziehen musste. Dann würden sie in der Wohnung warten, diesmal mit ihren Handys auf dem Tisch, und sie
würden bangen, dass nichts passierte.

Erst maunzte Robbi in der Tür, dann röhrte Patti Smith los.
Dornröschens Hand riss das Handy ans Ohr, und Patti Smith verstummte.

»Ja?« Sie hatte es geschafft, sich sofort einen leicht debilen Ton
zuzulegen, schlaff, teilnahmslos.

»Ja«, sagte sie. Dann noch mal: »Ja.« Sie hörte zu, dann: »Ich
komme.« Sie legte das Handy auf den Tisch. »Es hat geklappt.«
Ein bisschen Freude mischte sich mit ein bisschen Angst. »Ich
muss gleich los. Ich nehm die U-Bahn. Und ihr wartet, bis ich wie-
derkomme.«

Die beiden nickten.

»Und ihr besauft euch nicht, auch keinen Stoff, klar?«

»Keinen Alk, keinen Stoff«, schwor Twiggy in feierlichem Ton.

»Und du putzt schön ordentlich«, sagte Matti.

Ihre Faust schlug auf seinem Oberarm ein. Er stöhnte auf,
sagte aber nichts. Sie zog sich eine verwaschene Jeans an, ein altes
T-Shirt und einen Pulli, der längst reif für den Abfall war.

Als Dornröschen zum Haus in der Siegfriedstraße kam, in dem Wittmanns Büro untergebracht war, standen dort zwei Frauen mit Kopftüchern und verblichenen Kitteln. Am Straßenrand parkte der Peugeot-Kombi.

»Wo muss ich mich melden?«, fragte Dornröschen die eine Frau, die einen schwarzen Oberlippenbart und eine milchige Gesichtshaut hatte.

»Drinnen«, sagte die Frau in derbstem Ickisch. Ihr breiter Daumen zeigte zum Eingang. Die andere Frau, eine Hagere mit ausgemergeltem Gesicht und unbestimmbarem Alter, schaute nicht einmal hin.

Dornröschen, die nur gefragt hatte, um Kontakt aufzunehmen, betrat das Büro. Die Kobra las gerade in einem Formular, sie hob den Kopf. »Das sind Sie ja!«, sagte sie, als ob sie schon ein Leben lang auf Dornröschen gewartet hätte.

»Ich habe mich beeilt«, erwiderte sie unterwürfig, als würde sie verstehen, dass Eile nicht genug sei.

»Na gut, dann gehen Sie mal raus zu den beiden Kolleginnen, Herr Wittmann kommt gleich und bringt Sie.«

Dornröschen stellte sich zu den beiden Frauen, die offenbar nicht miteinander sprachen. »Wo arbeiten wir?«, fragte Dornröschen die Hagere.

»Kowalski«, sagte sie nur.

»Wo ist das?«

»Köpenick.«

Dornröschens Laune sank schlagartig, sie hatte wider jede Vernunft gehofft, sie würden in der Detektei putzen.

»Wer ist denn ausgefallen?«

»Zwei für die Zornstraße.«

»Gleich zwei?«

»Haben die Scheißerei.«

»Ach, du lieber Himmel, die Armen.«

»Und warum ersetze ich nicht eine von denen?«

»Frag den Chef.«

Der kam gerade aus dem Haus. Er begrüßte seine Mitarbeiterinnen nicht. Die stiegen in den Peugeot, Dornröschen setzte sich hinter den Fahrersitz. Wittmann startete den Wagen und fuhr los. Niemand sagte ein Wort. Er fuhr ruhig und überlegt. Dann sagte er doch etwas. »Sie kennen sich ja aus, da muss ich Ihnen keinen Vortrag halten. Nur mal so weit: Säurehaltige Putzmittel immer in kaltes Wasser geben. Holz reinigen Sie mit warmem Wasser, Kalk und Urin werden mit Säure behandelt. Aber Sie kennen den Spruch ja: Erst das Wasser, dann die Säure, sonst passiert das Ungeheure.«

»Ja«, log Dornröschen und schwor sich, diesen Spruch nie zu vergessen. Dann stellte sie sich vor, wie sie wochenlang putzte, ohne die Detektei in der Zornstraße auch nur von Weitem zu sehen. Großartige Aussichten. Ihre Kollegen in der *Stadtteilzeitung* waren ohnehin bedient, als sie hörten, Dornröschen wolle ihre vorsichtig geschätzten siebentausend Überstunden ausgleichen und auch den überhängenden Jahresurlaub nehmen. Aber da sie in dem Laden ohne Chef die Chefin war, verkürzte sich der Widerspruch auf die Frage, ob man sie wenigstens anrufen dürfe, wenn was sei. Ja, auch mailen, hatte Dornröschen geantwortet, und das hellte die Stimmung einigermaßen auf.

»Die beiden Kolleginnen werden Ihnen vor Ort alles zeigen. Ich muss gleich die Nächsten fahren.«

»Was ist denn mit den Kolleginnen von der Zornstraße passiert?«, fragte Dornröschen.

»Sie wissen ja schon gut Bescheid.« Er lachte tatsächlich, auch wenn es sich eher wie ein Brummen anhörte. »Die haben sich wohl ein Virus eingefangen.«

»Und warum vertrete ich nicht eine von denen?«

Ein Seitenblick, und Dornröschen bereute schon, zu viel Neugier gezeigt zu haben.

»Wissen Sie, wen Sie vertreten, überlassen Sie mal mir.«

Sie fuhren in die Alfred-Randt-Straße, und der Peugeot hielt vor einem lang gestreckten vierstöckigen Plattenbau, dessen frisch geweißte Fassade von der Laterne gelb angestrahlt wurde. Als sie vor der Haustür standen, las Dornröschen einige Firmenschilder. Wittmann sagte nichts, sondern schloss die Tür auf, ging eine Treppe voraus, in der Hand ein monströses Schlüsselbund, öffnete eine Stahltür mit der kleinen Aufschrift *MIT Computersysteme und Programmierung*, schaute auf die Uhr, befahl: »Um eins!«, und verschwand. Die beiden Kolleginnen betraten einen Flur, Dornröschen folgte ihnen auf einem glänzenden Steinboden. Wo der Flur ausbuchtete, stand ein Eichenholztresen, dahinter ein schmaler Schreibtisch mit einer kleinen Telefonanlage, einem PC und einem Drucker mit mehreren Papierschächten. Sie erreichten das Ende des Flurs, wo die Hagere eine Tür öffnete zu einem langen schmalen Raum, an der rechten Seite ein Stahlregal, zu drei Vierteln vollgestopft mit Druckerpapier, Tonerkartuschen, DVD-Rohlingen und Büromaterial. Am Ende des Raums entdeckte Dornröschen Staubsauger, Schrubber, Lappen, Eimer, und im Regal standen Putzmittel- und auch zwei Glasflaschen, von denen eine mit einem schwarz-weißen Totenkopf versehen war und der Aufschrift *Gift*, darunter ein lateinischer Name.

Die Hagere sagte: »Das!«, und zeigte auf einen Eimer. Dann sagte sie wieder: »Das!«, und zeigte erst auf einen Schrubber, dann auf Einmalhandschuhe, eine Bürste und einen Lappen. Schließlich drückte sie Dornröschen die unbeschriftete Glasflasche in die Hand. Die Flasche war zu drei Vierteln mit einer Flüssigkeit gefüllt, die aussah wie Wasser. Dann ging die Hagere los und winkte Dornröschen, ihr zu folgen. Sie landeten natürlich im Herrenklo.

»Wasser!«, sagte die Hagere. Sie war nicht unfreundlich, ihre Anweisungen waren sachlich, und wahrscheinlich war es nur so, dass sie nicht gern schwätzte. Aber Dornröschen fühlte sich plötzlich elend, allein, verlassen und verloren. Hätte es Streit gegeben, dann wäre Dornröschen in einem ihrer Elemente, damit konnte sie gut umgehen. Aber sie traf diese vollständige Missachtung, die hinter der Sachlichkeit Wittmanns und dieser Hageren steckte.

In der Ecke, neben dem Waschbecken, war ein Wasserhahn mit einem Schlauchstutzen. Dornröschen stellte den Eimer darunter und ließ heißes Wasser ein. Als der Eimer fast voll war, schüttete die Hagere etwa ein Viertel des Flascheninhalts in das Wasser. Es schäumte weiß und kleinporig.

»Zuerst die Becken, dann den Boden«, sagte die Hagere, dann drehte sie sich um und ging.

Die Klobecken und die Pissoirs waren vollgepinkelt, vor allem die Ränder, und auch der Boden drum herum war bedeckt von eingetrockneten Urinspritzern, in einem der Klobecken entdeckte sie eine lange dunkelbraune Spur. Es würgte in ihr. Aber sie riss sich zusammen, redete sich fortwährend den Sinn dieses Unternehmens ein, flüsterte ein paar Mal Konnys Namen und überzeugte sich, dass man Klos putzen konnte, wenn es half, seinen Mörder zu finden. Außerdem, andere putzten auch Klos, lebten sogar davon. Da konnte sie sich nicht zu fein sein. Die Selbstüberredung half ein bisschen, und sie arbeitete zügig, auch wenn es aus dem Wassereimer scharf roch. Sie brauchte mehr als eine halbe Stunde, ging noch einmal in den Materialraum, fand Fensterreiniger und ließ auch den Spiegel glänzen. Dann nahm sie sich ohne weitere Rückfrage das Frauenklo vor, die Hagere hätte es ihr sowieso zugewiesen. Als sie gerade den Spiegel putzte, öffnete sich die Tür, und die Hagere trat ein. Sie schaute sich um, dann nickte sie. »Nicht schlecht fürs erste Mal. Morgen gehst du aber auch mit der unverdünnten Säure an den Urinstein.«

Immerhin, sie hatte zwei Sätze herausgebracht. Dornröschen lächelte sie an, was die Hagere zu verwirren schien. Sie zog ab.

Als Dornröschen fertig war, schüttete sie den Inhalt des Eimers in eine Kloschüssel und zog. Dann ging sie zur Tür, sah sich noch einmal um und war verdutzt, als sie ein Gefühl der Zufriedenheit in sich verspürte, weil es so sauber war. Pervers, dachte sie, und das Gefühl war weg. Ihr fielen ihre beiden Supertypen ein, die saßen zu Hause am Küchentisch und ließen es sich gut gehen. Ein bisschen sauer wurde sie schon, während sie das Putzzeug zum Materialraum trug.

Die Hagere schien ihre Augen überall zu haben, jedenfalls tauchte sie in der Sekunde auf, als Dornröschen alles verstaut hatte. Nun musste sie in den Büros helfen.

Um Viertel vor zwei am Morgen war sie wieder zu Hause, erschöpft und genervt. Sie sagte erst einmal nichts, wusch sich lange die Hände und das Gesicht, kochte sich einen Kräutertee und setzte sich zu Twiggy und Matti in die Küche. Mattis Handy lag auf dem Tisch. Die beiden spürten, dass es besser war, sie nicht anzusprechen. Sie trank einen Schluck, Matti öffnete den Kühlschrank, nahm zwei Flaschen Bier heraus und öffnete beide. Robbi erschien gähnend in der Tür, setzte sich und ringelte das Schwanzende um die Vorderpfote. Dann starrte er die Menschen an, als wären sie Außerirdische.

»Der hat mich nach Köpenick geschickt. Klos habe ich geputzt«, sagte sie leise.

Matti und Twiggy wechselten einen ratlosen Blick.

»Wir haben das Zeug den Putzfrauen verpasst, die aus der Zornstraße kamen«, sagte Matti.

»Ich schwör's«, ergänzte Twiggy.

»Das heißt, in der Zornstraße darf nicht jeder putzen. Wenn da eine ausfällt, dann sucht Wittmann sich genau aus, wen er hinschickt.« Dornröschen gähnte. »So eine Scheiße.«

»Und nun?«, fragte Matti. Er fluchte innerlich. Es hatte so gut geklappt mit dem Pizzatrick, und jetzt das.

»Der hat mich auch für morgen Abend bestellt. Als ich ihn gefragt habe, ob es wieder nach Köpenick geht, hat er gesagt, das soll ich mal seine Sorge sein lassen.«

»Toll«, sagte Twiggy. »Hör auf mit der Putzerei, das bringt nichts.« Er stöhnte, setzte die Flasche an und leerte sie zur Hälfte.

»Nicht so schnell«, sagte Dornröschen.

»Echt, wenn du jetzt aufhörst, ist das okay«, sagte Matti.

»Lass mich doch nachdenken, nicht immer so hektisch. Warum schickt der mich nicht in die Zornstraße, obwohl da zwei ausgefallen sind?«

»Weil da nur Putzfrauen hinkommen, die er für vertrauenswürdig hält«, sagte Twiggy.

»Das ist die eine Möglichkeit, die andere ist, Wittmann will beim alten Genossen besonders gründlich putzen.« Dornröschen gähnte noch einmal und steckte die anderen damit an.

»Ich geh jetzt erst mal pennen«, sagte sie. »Und ihr auch. Matti, hast du morgen Schicht?«

Matti nickte. Er würde viel zu wenig schlafen in dieser Nacht wie auch in den Nächten zuvor. Nur hatte das bei den anderen Malen einen schöneren Grund.

Sie frühstückten schon um sieben Uhr. Matti war als Erster aufgestanden und hatte bereits Tee für Dornröschen aufgesetzt, als sie die Küche betrat. »Du bist mir zuvorkommen«, schimpfte sie erfreut, und Matti erwiderte: »Der Edle steht mit niemandem im Wettstreit.« Dornröschen tippte sich an die Stirn, aber sie lächelte. Immerhin.

Draußen kündigte sich ein wolkenloser Sonnentag an. Das Blau war messerscharf, als wäre die Luft gewaschen worden. Der Zweig vor dem Küchenfenster wiegte sich in einem freundlichen Wind, der die Berliner heute mild umfächeln würde. Die Müllabfuhr dröhnte und schepperte auf dem Platz. Irgendwoher erklang, durch das Fenster gedämmt, Kindergeschrei. Eine Hupe, kurz und bösartig.

»Ich putze weiter«, sagte Dornröschen.

Twiggy erschien, er hatte Robbi auf dem Arm. Beide waren verschlafen.

»Sie will weiterputzen«, sagte Matti zu Twiggy.

Der sagte gar nichts. Er setzte Robbi vor dem Fressnapf in der Ecke neben dem Abfalleimer ab, wo der Kater apathisch sitzen blieb. Dann füllte er ihm Thunfischfutter in den Napf, was Robbi immerhin dazu bewegte zu schnüffeln. Dann fing er an zu schmatzen, erst leise, dann immer lauter.

Twiggy goss sich einen Kaffee ein, obwohl die Maschine noch nicht ganz fertig war. Er setzte sich schwerfällig an den Tisch. »Müssen wir mal entkalken, das Teil.«

»Matti hat schon Konfuzius zitiert«, sagte Dornröschen. »Am frühen Morgen!«

Twiggy schüttelte den Kopf, seine Mimik deutete Verzweiflung an. »Das chinesische Geschwätz auf nüchternen Magen.

Irgendwann fängt er mit Mao an, war ja auch so ein Bauernphilosoph.«

Matti hob die Hand und deutete einen Schlag an. Dann frühstückte er weiter. Als er sich endlich seine erste Zigarette anzünden konnte, stand er auf und öffnete das Fenster. Draußen platterten Autoreifen über das Kopfsteinpflaster.

»Und wenn die beiden schon wieder gesund sind?«, fragte Matti.

»Bert sagt, das reicht für zwei Tage. Der Durchfall hört zwar bald auf, aber danach fühlt man sich schlapp«, erklärte Dornröschen.

»Das heißt gar nichts. Die schleppen sich auch todkrank zur Arbeit für einen Hungerlohn«, sagte Matti, der am Fenster stand und rauchte.

»Wenn ich bei dem den Eindruck erwecke, ich sei absolut zuverlässig und für jede Arbeit zu haben« – die Klos kamen ihr in den Sinn – »dann hab ich vielleicht eine Chance …«

»Und wie lange willst du deine Zuverlässigkeit beweisen?«, fragte Matti.

Ein blauer Lieferwagen hielt vor der Kneipe unten.

Dornröschen antwortete nicht.

»Das ist doch alles Mist«, sagte Twiggy.

»Aber wir müssen in die Zornstraße rein, du weißt, warum«, sagte Matti. Eine Brise wehte Zigarettenqualm in die Küche.

»Wenn der eine Weg versperrt ist, gehe den zweiten«, sagte Twiggy getragen.

Sie schauten sich an und prusteten los, sogar Dornröschen.

»Wie geht denn das beim Putzen?«, fragte Matti, dem Tränen in den Augen standen.

»Was heißt, wie geht das?«

»Er fährt euch hin und dann?«

Dornröschen gähnte. »Also, er bringt uns, dann schließt er auf, lässt uns rein und schließt wieder zu.«

»Er sperrt euch ein?«

»Ja.«

211

»Hm.« Matti überlegte. »Wenn er das in der Zornstraße genauso macht, dann hat er den Schlüssel ...«

»Er hat einen ganz dicken Schlüsselbund, ein Monsterteil«, sagte Dornröschen. »Du bist ja manchmal gar nicht so blöd.«

Matti überhörte es. »Wenn du ihm den Schlüssel klemmen könntest oder einen Abdruck ...«

»Vergiss es«, warf Twiggy ein. »Die haben mit Sicherheit Schlüssel, die sich nicht kopieren lassen. Und außerdem haben sie eine Alarmanlage. Und wahrscheinlich eine zusätzliche Türsperre mit Sicherheitscode. Jedenfalls, wenn das die Typen sind, die eine Geheimfirma in der Firma aufgezogen haben, haben die wenigstens diese Sicherungstechnik eingebaut. Da genügt dir kein Schlüssel.«

Schweigen.

Natürlich hat er recht, moserte Matti insgeheim, mehr mit sich selbst als mit Twiggy. Aber was sollen wir tun? Dornröschen wird sich krumm putzen, und sie können nicht ewig in dieser Wohnung bleiben. Und wenn sie zurückmussten in die Okerstraße, dann begann der Tanz von vorn.

»Wenn man einen einschleusen könnte«, sagte er.

Die beiden anderen schauten ihn an.

»Wen?« Twiggy hatte große Augen. »Uns kennen die, wenn wir da auftauchen, machen die Goldbroiler aus uns.«

»Das hätte vielleicht Konny geschafft«, sagte Dornröschen traurig. Sie war gerade in der frühen Depriphase.

»Der bestimmt.« Matti schnippte die Zigarette aus dem Fenster und drehte sich eine neue. »Aber selbst wenn uns einer einfiele, wir können ihn nicht hinschicken, die bringen den auch um.« Eine Angstwelle rollte an.

»Noch mal zurück zu dem Schlüssel«, sagte Dornröschen. »Und wenn der keine Türsperre mit so einem Code hat? Das wissen wir doch gar nicht.«

»Du meinst, wir sollten es versuchen?« Twiggy knetete seine Hände.

»Wenn dir die zweite Tür versperrt ist, klau den Schlüssel von der ersten«, sagte Dornröschen.

Matti musste doch grinsen.

»Mit dem Schlüssel kämen wir immerhin ins Gebäude. Vielleicht finden wir da, was wir suchen«, sagte Twiggy.

»Das ist alles Unsinn«, sagte Matti. »Wenn wir da reingehen, dann können die einen Kinofilm aufnehmen, mit uns in den Hauptrollen. Titel: Drei Deppen in Berlin. Wahrscheinlich kommen wir rein, aber nicht mehr raus. Ich gehe jede Wette ein, dass selbst Profis da nichts reißen könnten. Stell dir vor, du baust so eine Art Minigeheimdienst auf und eine Firma darum herum als Tarnung. Und dann lässt du es zu, dass Amateureinbrecher da einfach so reinmarschieren? Lächerlich.«

Schweigen.

Robbi maunzte, kratzte am Hosenbein und landete auf Twiggys Schoß.

»Du brauchst gar nicht mehr putzen zu gehen. War ein Versuch, bringt aber nichts«, sagte Matti. »Die armen Putzfrauen, aber es war ja für den … Weltfrieden.«

»Ich geh jetzt arbeiten«, sagte Matti. »Mir fällt nichts mehr ein. Heute Abend um acht wieder hier?«

Die beiden anderen nickten.

10: Shakin' All Over

Die SMS auf dem PDA rief ihn nach Tempelhof, in die Nähe von Norbis Büro. Ein Geschäftsmann, der aussah wie alle Geschäftsmänner und sich wenigstens so wichtig fühlte, telefonierte schon, als er einstieg. Er bellte nur: »Flughafen Tegel!«, dann schwätzte er weiter. Erst mit einem Geschäftspartner – »die Zwischenfinanzierung kriegen wir hin, ich habe da eine gute Idee, machen Sie sich keine Sorgen« –, dann mit seiner Sekretärin – »Beate, seien Sie doch so nett, ein paar Blumen für meine Frau zu besorgen… sagen wir, wie immer… ja… bis dann… ach so?… Den halten Sie mir bitte vom Hals« –, dann mit seiner Frau – »Schatz, es geht voran, ist nur viel zu tun… ich bin bestimmt pünktlich… wie geht's den Kindern… Küsschen« –, im Rückspiegel sah Matti, wie er seine Lippen zu einem Kussmund formte, und dann stand er auf der Bremse, das ABS ließ den Wagen wippen und brachte ihn einen Zehntelmillimeter hinter einem nagelneuen BMW zum Stehen.

Matti hörte, wie sein Fahrgast gegen die Lehne des Beifahrersitzes geschleudert wurde, und hätte fast gesagt: Hier herrscht Anschnallpflicht. Aber er schwieg. Und der Mann schwieg auch.

Der Typ gab immerhin Trinkgeld, wenn auch nicht viel. Matti stellte sich in die Warteschlange und begann, Konfuzius zu lesen. Diese Marotte war ihm quasi zugeflogen, als ein Fahrgast das gelbe Bändchen auf der Rückbank liegen gelassen hatte. Er wollte es erst wegwerfen, aber dann hatte er in einer Pause darin geblättert und war hängen geblieben. Eine seltsame Gedankenwelt, die sich mehr andeutete, als dass sie sich zeigte. Wenn den Chinesen die Sprüche so wichtig waren, dann drückten sich in ihnen ihre Hoffnungen und Ängste aus. Vieles klang zeitlos, manches aber doch schrullig.

»Kleinliches Verhalten stellt große Pläne infrage.« Er ließ das Bändchen sinken und überlegte.

Vielleicht denken wir auch zu klein? Schleichen hier herum und schleichen da herum, weil wir uns nicht trauen, einen Coup zu starten, um die Schweinehunde zu kriegen. Wir fahren dem Typen nach, lassen Konny den Postboten spielen, schicken Dornröschen putzen, und was kommt heraus? Nichts. Der Entenmann gondelt durch die Gegend, lässt Leute umbringen, und es passiert ihm gar nichts. Es gibt keinen Mord! Unfall! Mit Fahrerflucht! Ja, tut uns schrecklich leid.

Er rollte ein paar Meter nach vorn.

Dann klopfte es an der Scheibe, Matti fuhr zusammen. Die Angst macht dich noch fertig.

Ein Kollege, er kannte ihn schon viele Jahre, ohne ihn wirklich zu kennen. Ein gemütlicher Typ mit breitem Gesicht, glatt gekämmten halblangen fettigen Haaren und rotem Backenbart. Matti öffnete das Fenster.

»Na, Kollege, auch mal wieder hier?«

Wie er dieses Geschwätz hasste. Gerade jetzt.

Ein Flugzeug donnerte in den Himmel und zog zwei Abgasbahnen hinter sich her.

Er redete also ein bisschen mit dem Kollegen. Dass es viel zu viele Taxis gebe und die Zahl der Fahrgäste sinke. Dass die Fahrpreise zu niedrig seien, wenn man sie nur verglich mit den ewig steigenden Spritkosten. Dass die Leute immer weniger Geld in der Tasche hätten und beim Trinkgeld knauserten. Dass Daimler auch nicht mehr Daimler sei, und diese Elektronikprobleme, es sei zum Kotzen. Während er sich die Litanei anhörte, verfolgten seine Augen den Flughafentrubel. Menschen eilten hinein und hinaus, manche schoben schwer beladene Gepäckwagen vor sich her. Neben den Eingängen standen Pulks von Rauchern. Busse kamen, Busse fuhren ab. Er drehte sich eine Zigarette und ließ sich nun über die Klimaerwärmung belehren, die auch ihr Gutes habe und bestimmt nicht vom Autoverkehr verursacht werde. Überhaupt seien solche Klimaschwankungen völlig normal, und sie hätten eben gerade die warme Phase. Alles andere sei Hysterie. Die Wälder gebe es ja auch noch, und was hätten sie früher rumgejammert.

Matti sagte nur »ja, ja« und »bestimmt«, »könnte schon sein«. Er hatte andere Sorgen. Sie mussten heute Abend entscheiden, wie sie weitermachten. Er hätte am liebsten aufgehört, aber das ging nicht mehr, und außerdem hatten die Konny umgebracht. Und die Bullen glaubten es nicht. Warum glaubten sie es nicht? War es nicht offensichtlich? Oder hatte Rosi Mist erzählt, war sie in Panik geraten, und da sahen Leute Dinge, die es nicht gab? Diese Erklärung durften sie nicht ausschließen. Doch wäre es mehr als ein Zufall gewesen, dass Konny gerade bei dieser Aktion umkam. Er war lange auf dem Grundstück, und das konnte nicht an ihm liegen, er sollte doch nur den Namen herauskriegen. Und während er auf dem Grundstück war, kam der Golf mit den Typen. Und die hatten mit laufendem Motor gewartet. Und als Konny auf die Straße trat, waren sie losgefahren. Konnte Rosi sich das alles wirklich eingebildet haben, Panik hin, Panik her? Und mussten die Bullen nicht allen Spuren folgen?

Manni hieß der Kollege, jetzt erinnerte er sich. Der schwadronierte munter weiter. Aber Matti hörte nur noch ein Rauschen, das sich vermengte mit den Geräuschen des Flughafens. Ein Jumbo hing fett in der Luft, seine Fenster glänzten in der Sonne.

Er trat die Zigarette aus und setzte sich in den Wagen, um ein paar Meter nach vorn zu fahren. Glücklicherweise musste auch Manni zu seinem Taxi, das weiter hinten stand. Matti schaltete den Motor aus und nahm das gelbe Bändchen, schlug es auf, und seine Augen lasen: »Einen Fehler machen und ihn nicht korrigieren – das heißt erst wirklich einen Fehler machen.«

Nach mehr als einer halben Stunde Wartezeit sah er sie im Spiegel. Matti erkannte es sofort, wenn ein Fahrgast sich näherte. Die meisten starrten auf das Taxi, das sie nehmen wollten, wie ein Geier auf einen toten Hasen. Andere taten cool, aber in den Blicken war doch Unruhe zu lesen, spätestens, wenn sie näher gekommen waren. Matti kannte sie alle, einschließlich sämtlicher Blickzwischenstufen.

Er war von der coolen Sorte. Ein Mann um die fünfzig, gekleidet in eine Jeans, die wahrscheinlich mehr kostete als zehn von der Sorte, die Matti trug, ein schwarzes Hemd und eine Wildlederjacke, die unendlich weich und unendlich teuer war, Ziegenleder oder so was. Er schob den Gepäckwagen. Sie, groß und gertenschlank mit schwarzem Kurzhaarschnitt, war höchstens fünfunddreißig. Sie trug einen engen und kurzen dunkelblauen Rock, eine Schlichtheit vortäuschende Bluse mit dezentem Ausschnitt und ein Handtäschchen, das vermutlich von einer dieser italienischen Nobelmarken stammte und das mit Sicherheit er gekauft hatte. Chef plus Sekretärin einschließlich Verhältnis, diese Gespanne gehörten zum Standard. Matti stieg aus, als der Gepäckwagen neben seinem Kofferraum stand. Er verstaute zwei Aluminiumkoffer und eine lederne Laptoptasche, während seine Fahrgäste sich auf die Rückbank setzten, wo er sofort seine Hand auf ihr Knie legte. Als Matti hinterm Steuer war, sagte der Mann kalt und knapp: »Adlon.«

Klar, was sonst?

»Aber ich würde gerne noch eine Tour durch Kreuzberg machen«, sagte sie, und das klang so wie der Wunsch eines reichen Afrikatouristen nach einer Kanufahrt auf einem mit Krokodilen verseuchten Fluss. »Bergmannkiez, davon hat Ulrike gesprochen, du erinnerst dich?«

Er erinnerte sich, und Matti dachte nur, dass es ein schöner Umweg war, der ihm ein paar Euro mehr einbringen würde. Dafür ertrug er auch diese Fahrgäste.

Während er auf die 100er Stadtautobahn fuhr, begann der Typ zu fummeln, was Matti mehr hörte als sah. Sie kicherte. Dann: »Später«, und er lehnte sich zurück, aber seine Hand arbeitete weiter und war nicht mehr auf dem Knie.

Der Verkehr war dicht, aber er rollte. Am Himmel zogen von Osten dunkle Wolken auf, im Wetterbericht war von Böen die Rede, von Regen, sogar Wolkenbrüchen. Die ersten Tropfen fielen auf die Windschutzscheibe, doch dann hörte es gleich wieder auf, und es kamen immer neue dunkle Wolken, aber der Wind trieb sie nach Westen. Das Licht wurde hellgrau und blendete, obwohl die Sonne nicht mehr schien. Matti setzte die Sonnenbrille auf. Die Frau hinter ihm hüstelte, zog ein Taschentuch aus der Tasche und schnäuzte sich, steckte das Taschentuch weg und förderte ein Puderdöschen zutage, um sich an Reparaturarbeiten in der Nasengegend zu machen. Wahrscheinlich wollte sie ihn so ablenken, weil sie sich einen Rest von Scham erhalten hatte. Diese Leute, die auf der Rückbank knutschten und fummelten, würden das in einem Restaurant, einem Flugzeug oder der U-Bahn nie tun, und Matti empfand es als Beleidigung, dass sie es in seinem Taxi taten. Als wäre er nicht da. Oder als wäre er ein gelehriges Tier, das zwar steuern konnte, aber keine Empfindungen hatte.

In Tempelhof verließ er die Autobahn und folgte dem Tempelhofer Damm, bis er rechts in die Bergmannstraße abbog. Die Bürgersteige waren voller Fußgänger, die Plätze vor den Cafés und Restaurants waren gut besetzt.

»Ist die das?«, fragte sie.

»Ja«, sagte Matti.

»Die hatte ich mir ganz anders vorgestellt.« Sie klang enttäuscht.

Matti überlegte sich, wie. Wahrscheinlich überschwemmt von islamischen Horden, die Krummsäbel im Mund. Oder von finster blickenden, schwarz gekleideten Autonomen, die lässig mit Mollis jonglierten. Oder von Prügel-und-Krawalltouristen, die nach Opfern Ausschau hielten.

»Ja, solche Straßen ähneln sich doch alle.« Ganz weltmännisch.

Matti fuhr in die Zossener Straße, dann links ab in die Gneisenaustraße. Ein Blick auf den Taxameter hob seine Stimmung. Er würde die beiden bald los sein.

An der Kreuzung mit der Mehringstraße staute sich der Verkehr vor der Ampel. Sobald die Autos standen, stürzten Männer und Frauen mit Wischern und Schwämmen auf die Fahrbahn und begannen, Scheiben zu putzen. Zwangsfensterputzer, aber bei einem Taxi trauten sie es sich nicht. Doch für die anderen Fahrer war es eine nicht immer sanfte Form der Nötigung.

»Schau mal, die putzen die Autofenster«, sagte sie. Sie klang blöder, als sie war, wahrscheinlich hatte sie ihren Dummstellreflex eingeschaltet, als sie ihn am Flughafen getroffen hatte. Damit er ihr alles erklären konnte.

Die Ampel schaltete auf Grün, aber Matti schaffte es nicht, der Idiot vor ihm bremste schon bei Hellgelb. Wieder schwärmten die Putzer aus und fingen an zu wischen. Der Frühbremser ließ es über sich ergehen, öffnete die Seitenscheibe einen Spalt und reichte eine silbrig glänzende Münze hinaus. Dann schloss er die Scheibe schnell.

»Ich hab eine Idee«, sagte Matti am Abend. Sie saßen in der Küche, Dornröschen sah blass aus und gähnte häufiger als sonst. Die Putzerei war ein Elend, noch schlimmer war die Aussichtslosigkeit dieses Plans.

»Wenn wir deinen Chef in die Mangel nehmen, der kommt doch rein beim Erpel?«, sagte Twiggy. Seine Stimme verriet, dass er die Nase voll hatte. Legte Twiggy auch sonst eine Seelenruhe an den Tag, wenn es ihm reichte, dann reichte es. Vor allem stank es ihm, dass sie sich versteckten, er fühlte sich wie ein Heimatvertriebener, und er wusste genau, wer daran schuld war: dieser Entenmann und alle seine Schergen, der Reinigungsfritze eingeschlossen. Der stand derzeit ganz oben auf der Hitliste.

»Lass mich doch mal meine Idee erzählen. Also, die kam mir beim Taxifahren …«

Twiggy unterbrach: »Wir nehmen den in die Mangel. Vielleicht nicht wir selbst, aber ich kenne da welche, die machen das gern.« Twiggy schaute in die Runde. »Und dein Plan wird so toll sein wie der letzte. Und deswegen putzt Dornröschen abends Klos. Wir machen jetzt Nägel mit Köpfen.« Er dröhnte wie Entwistles Bassverstärker mit dem Volumeregler am Anschlag. »Der Reinigungsscherge kommt da rein, also schnappen wir uns den und lassen ihn eine exklusive Führung durchs Schnüffelparadies machen.« Jetzt lächelte er, fast ein wenig selbstzufrieden.

Dornröschen gähnte, dann schüttelte sie den Kopf. »Wer soll den denn in die Mangel nehmen?«

»Ich sag doch, ich kenne da Typen.«

»Lass uns mit denen in Ruhe«, sagte Matti scharf. »Das läuft aus dem Ruder, das gibt richtig Ärger. Ich verlass mich nicht auf... Typen, die ich nicht kenne.«

»Aber ich kenne die«, sagte Twiggy leise. »Doch das scheint dir nicht zu genügen.« Er erhob sich, warf noch einen hilflosen Blick auf die beiden anderen und verzog sich in sein Zimmer.

Dornröschen und Matti schwiegen eine Weile. Dann stand sie auf und ging zu Twiggys Zimmer. Sie klopfte, öffnete und blieb in der Tür stehen. Matti brauchte es nicht zu sehen, um sich die Szene vorzustellen: Twiggy lag auf dem Bett, Robbi auf seinem Bauch, und beide glotzten al-Dschasira ohne Ton.

»Ich kann ja verstehen, dass du genervt bist«, sagte sie. »Das sind wir alle.«

Keine Antwort.

»Aber Matti hat doch recht, ich habe diese Scheißidee mit dem Putzen auszubaden. Ich beschwer mich aber nicht, ich habe ja selbst dran gestrickt. Also, lass uns weiterdiskutieren. Außerdem, du hast Matti einfach unterbrochen, als der seine Idee...«

»Wird wieder ein schöner Scheiß sein«, sagte Twiggy. »Mir reicht's. Ich will nach Hause, in dieser Pissgegend halte ich es nicht mehr aus. Wenn ich hier aus dem Haus gehe, stoße ich sofort auf eine Horde Mütter mit Kinderwagen und kreischenden Blagen, alle ganz alternativ und so geduldig und so glücklich. Die lächeln immerzu, es ist zum Kotzen. Mir geht diese Grünenschickeria so was von auf den Geist, das ist eine sanftmütige Aggression, da ist mir jeder Normalspießer lieber. Wenn ich diese Latzhosenmamis und Strickpullipapis nur sehe. Das sind genau die Typen, die Latte macchiato mit Sojamilch... schlürfen.«

»Ja, stimmt ja. Wir versuchen doch, hier so schnell wie möglich wieder wegzukommen. Aber es nützt nichts, wenn du jetzt auf beleidigt machst. Schnapp dir Robbi, und komm in die Küche.« Dann schickte sie noch ein »Verdammt!« hinterher.

Sie setzte sich zu Matti in die Küche.

»Wir können ja schon mal anfangen«, sagte der.

»Nein, warte.«

»Scheiße!«, dröhnte es aus Twiggys Zimmer, dann schlurfte er heran, mit Robbi vor der Brust, als bräuchte er einen Schutzschild. Er setzte Robbi auf seinen Stuhl, holte sich eine Flasche Bier aus dem Kühlschrank, ohne Matti einen Blick zu schenken, nahm Robbi hoch, setzte sich und packte sich den Kater auf den Schoß. Dann trank er einen kräftigen Schluck und inspizierte mit seinen Augen einen Punkt auf der Tischplatte.

»Gut, Twiggy«, sagte Dornröschen. »Ich wäre auch dafür, den Putzschergen in die Mangel zu nehmen. Das ist ein Stasi-Arsch, und vor allem hängt er beim Erpel mit drin. Also, ich hätte kein Mitleid, wenn deine… Freunde dem eine Abreibung verpassen würden.«

Und Matti überlegte wieder einmal, was für Typen das sein mochten. Nie hatte er einen von ihnen gesehen. Wenn die Okerstraßentruppe das Theater überstanden hatte, sollte sie eine Espressomaschine bestellen. Als Prämie. Und vielleicht sollte er Twiggy mal auf den Zahn fühlen.

Twiggys Augen bohrten ein Loch in die Tischplatte. Matti sah es schon rauchen und roch den Qualm.

»Jetzt sagt Matti, was er vorhat, und dann diskutieren wir darüber. Das haben wir immer so gemacht. Und jeder kann Vorschläge machen. Aber ausrasten geht nicht. Klar?«

Ihr Blick ruhte auf Twiggy, aber der war noch am Bohren. Sie streichelte seinen Unterarm.

»Also, Matti.«

Der räusperte sich. »Gut…« Er räusperte sich noch einmal. Dann holte er sich ein Bier aus dem Kühlschrank, öffnete die Flasche und trank. Er fühlte sich mies, sie hatten sich nie gestritten, hatten immer vorher einen Ausweg gefunden. »Also«, sagte er. »Ich habe diese Fensterputztypen gesehen, an der Kreuzung Mehringdamm/Gneisenaustraße…«

»Schon wieder putzen«, sagte Twiggy, aber es klang nicht mehr ganz nach Grab.

»Ruhe!«, befahl Dornröschen. Energisch.

Robbi zuckte zusammen und machte sich flach.

»Also«, sagte Matti leiser, »also wenn wir Zwangsfensterputzer spielen …, also dann könnten wir dem Auto vom Erpel nahe kommen, also, ihn verbeulen.« Er schnaufte einmal, als könnte er so die miese Stimmung wegblasen.

»Und wenn wir dem ein paar Beulen verpassen, dann muss er in die Werkstatt«, sagte Dornröschen, in deren Stimme Ungeduld mitklang. »Und wenn wir wissen, wo der Wagen repariert wird, kommen wir vielleicht ganz an ihn ran. Das meinst du doch, oder?«

Matti nickte und trank einen Schluck.

»Das heißt, wir *verbeulen* den« – das Wort schien Twiggy zu gefallen – »und einer fährt ihm hinterher. Wir tun so, als wären wir sauer, dass wir die Windschutzscheibe von der Bonzenkutsche nicht säubern dürfen. Und wenn wir rauskriegen …«

»Das ist doch eine gute Idee«, sagte Dornröschen. »Wir fragen Rainer, ob er hinterherfährt.«

»Nein«, sagte Matti. »Ich fahre hinterher. Im Taxi, nicht in meinem und nicht als Fahrer. Rainer kann mit Fensterputzen, da gibt's kein großes Risiko. Wenn er überhaupt will. Irgendwas müssen wir dem dann aber erklären. Außerdem brauchen wir Kohle. Vielleicht muss ich das Taxi wechseln. Und wir müssen die Roma kaufen, sonst wird das nichts mit dem Putzen. Wir brauchen einen, der uns sagt, wenn die Bonzenkutsche losfährt. Und dann kann man nur … beten, dass er denselben Weg nimmt wie beim letzten Mal …«

»Vielleicht müssen wir es ein paar Mal versuchen, bis es klappt«, sagte Twiggy, der gerade wiederauferstand aus dem Tal der Trübnis. »Und ich weiß schon, wie es dann weitergeht. Ich hab da so 'ne Idee …«

»Und?«, fragte Dornröschen.

»Wart's ab.« Ein bisschen Rache musste sein.

»Gaby macht das bestimmt«, sagte Matti. »Die ruft an, sobald die Kutsche losfährt. Die kann sich ja einen Kinderwagen besorgen, eine Puppe reinlegen und auf Ökomama machen.«

Twiggy lachte tatsächlich.

»Wir schnappen uns den am Frankfurter Tor. Wenn da schon Scheibenputzer sind, geben wir denen Geld.«

»Also«, sagte Matti.

»Hör mal auf mit dem ›Also‹«, schnappte Twiggy, damit bloß keiner dachte, es wäre alles wieder perfekt.

»Ist ja gut«, sagte Matti. »Du und Dornröschen, ihr seid die Miniputzkolonne…«

»Ich komme aus dem Putzen gar nicht mehr heraus«, schimpfte Dornröschen.

»Tja, jedem nach seinen Bedürfnissen, jedem nach seinen Fähigkeiten«, sagte Twiggy.

Sie prusteten los.

Dann sagte Matti: »Der Edle ist selbstbewusst, aber nicht streitsüchtig.«

Und sie mussten wieder lachen.

Gaby fand es nur begrenzt anregend, die Mama aufzuführen. Aber sie rollte den Kinderwagen vom Sperrmüll schicksalsergeben über den Gehweg und hielt die Ecke Zornstraße/Ribbecker Straße im Auge, wo der Daimler des Erpels herauskommen musste. Kennzeichen: *B-CA 7078*. Sobald das geschah, würde sie Dornröschen anläuten. Und die konnte nur hoffen, dass die Karre vorbeikam und nicht woandershin fuhr. Sie hatten erwogen, den Wagen zu verfolgen, aber damit hatten sie beim letzten Mal keine guten Erfahrungen gemacht. Vielleicht hatte der Typ wieder einen Schatten dabei. Matti hatte Aldi-Klaus als Taxifahrer angeheuert, gegen Bezahlung, allerdings als Siegerfahrt und mit Personalrabatt, wie Klaus großzügig zugestand.

»Und was willst du von dem?«, hatte Aldi-Klaus gefragt.

»Der hat mich mal verarscht«, sagte Matti. Mehr nicht, und Klaus quittierte das nur mit einem schrägen Seitenblick.

Dann musterte Klaus Mattis Gesicht. »Neue Frisur, was?« Wieder grinste er.

Matti hatte sich die Haare nach hinten gegelt, außerdem hatte er sich gründlich rasiert.

Sie warteten in der Karl-Marx-Allee, am rechten Straßenrand, direkt hinter den beiden Türmen der Stalin-Bauten. Dort, wo wir schon einmal verarscht worden sind, dachte Matti. Wo wir gelernt haben, dass der Erpel eine ganz andere Preislage ist. Wenn sie das früh genug erfahren hätten, dann hätten sie vielleicht aufgeben können. Aber nun ging das nicht mehr, die hatten Konny ermordet. Nun würden sie die Sache austragen bis zum Ende.

»War am Wochenende am Kotti«, sagte Klaus. »Die ganze Szene war da. Sind aber ziemlich abgeschlafft die meisten.«

»Ja«, sagte Matti nur. »Wir sind auch nicht mehr die großen Kämpfer.«

»Ich auch nicht«, sagte Klaus.

»Aber wir haben nicht in den Sack gehauen«, sagte Matti trotzig.

Er saß als Fahrgast auf der Rückbank, und sie rauchten. Klaus kannte er gut und gar nicht. Gut, weil der seit Jahrzehnten immer dabei gewesen war, gar nicht, weil Klaus zu anderen Klüngeln gehörte. Aber er war verlässlich. Viele der alten Genossen waren müde, aber sie ließen einen nicht im Stich. Nur bei wenigen wie Werner dem Großmaul war sich Matti nicht sicher, aber wahrscheinlich war das ungerecht. Wenn es gegen die Bullen ging oder das Kapital, dann würden sie noch einige Leute zusammenkriegen. Manche sah man auch auf Demos, auch wenn es dann oft ein bisschen peinlich war, denn die Demos von heute, nun ja, das waren entweder Latschveranstaltungen für oder gegen Pipifax oder Autonomenkloppereien für oder gegen gar nichts. Bis auf ein paar Antifademos und Heiligendamm war die Luft raus.

Mattis Handy klingelte. Es war Lily.

»Ich habe dich vermisst«, sagte sie. »Wo warst du gestern?«

Da hatten sie den ganzen Tag die Aktion vorbereitet. Eimer, Wischer und Werkzeuge besorgt, Masken aufgetrieben und an der sonstigen Verkleidung gearbeitet. Aldi-Klaus musste überzeugt werden, und Gaby wollte zunächst gar nicht Mama spielen, das fand sie unter ihrer Würde. Alles habe seine Grenzen. Aber angesichts der Aussicht, dass die Sache nur ihretwegen scheitern könnte, hatte sie die Grenze dann doch ein wenig verschoben, heftig brummend allerdings. »Sonst höre ich das Gemotze noch Jahrzehnte.« Werner das Großmaul roch den Braten natürlich mit seiner Spürhundnase. Aber sie wimmelten ihn ab, und Matti kam er allmählich vor wie Troubadix. Die Vorstellung, Werner gefesselt in einen Baum zu hängen, zauberte Matti ein Grinsen ins Gesicht. Trotz der Anspannung und der Angst.

»Wir hatten einiges zu bereden.«

»Ach ja.« Mehr nicht.

»Heute Abend schaffe ich es wahrscheinlich. Ich rufe auf jeden Fall an.« Ihm war mulmig.

»Ich könnte ja auch mal zu dir kommen.«

»Toll... aber zurzeit ist es nicht... günstig.«

»Ihr haust immer noch in der Geheimwohnung?«

»Ja.«

»Und die steht immer noch unter Quarantäne.«

»So etwa...«

»Danke für den Vertrauensbeweis.«

»Ich hab es dir doch erklärt. Es ist auch für dich das Beste.«

»Wie schön, dass du das so genau weißt.«

Klaus grinste, Matti sah es im Spiegel.

»Aber du kommst heute Abend?«, fragte sie.

»Ich versuche alles.«

Sie trennte das Gespräch.

Sie war unzufrieden. Das war klar. Er kam mal, mal kam er nicht, aus ihrer Sicht hing sie von seinen Launen ab. Früher hätte sie sich das nicht gefallen lassen. Nicht ein einziges Mal.

Der Feierabendverkehr rollte mächtig nach Mitte. Auf der Straße die endlose Kette der Autos, auf den breiten Bürgersteigen hetzten die Menschen mit Taschen und Regenschirmen zur U-Bahn oder quollen aus dem U-Bahnhof. Am Himmel hingen Regenwolken, nur hin und wieder blitzte die Sonne durch und erhellte das Grau der Stadt. Weit hinten spießte der Fernsehturm eine Wolke auf.

Beim letzten Mal hatten sie hier einen Reinfall erlebt, dachte Matti. Ein blödes Gefühl.

Aber es hatte gut angefangen. Twiggy zeigte gleich an, dass die

Roma woanders zuschlugen, das Geld und den möglichen Ärger hatten sie gespart. Aber dann begann das Warten.

Hoffentlich fängt es nicht an zu regnen. Hoffentlich muss der Daimler an der Ampel halten und rutscht nicht einfach durch. Hoffentlich kommt er überhaupt. Auf dem direkten Weg nach Hause musste der Typ aber hier vorbei. Wenn es heute nicht klappt, dann morgen. Oder übermorgen. Aber sie könnten doch mal Glück haben. Das hatte sich in letzter Zeit ziemlich verdünnisiert.

Klaus guckte immer mal wieder skeptisch in den Spiegel. »Ihr macht schon komische Sachen.« Aber dann steckte er sich eine Selbstgedrehte an und schwieg. Im Funk wurde drei zwo neun gerufen.

»Drei zwo neun, melden Sie sich. Ihr Fahrgast wartet.«

Klaus schaltete die Funke aus und das Radio ein. Er startete den CD-Spieler: *Won't get fooled again*, das passte irgendwie.

Es nieselte. Matti konnte Twiggy und Dornröschen nicht sehen, aber das war das Einzige, das ihn nicht beunruhigte. Er betrachtete sein Handy, es zeigte den höchsten Empfangsspegel, und der Akku war fast voll. Er stellte sich vor, wie Gaby ihren Kinderwagen durch die Gegend schob. Sie musste ein seltsames Bild abgeben, diese Mutter, die ihren Kinderwagen umherrollte, ohne Ziel, einfach so. Und das im Regen.

Seine Stimmung sackte bis zu den U-Bahn-Gleisen. Es war ein Elend, was sie trieben. Nichts gelang ihnen. Er malte sich aus, wie irgendwo da oben jemand saß und sich einen Ast ablachte über die drei Dilettanten und ihre noch armseligeren Helfer. Allein Gaby mit dem Kinderwagen! Wer sie kannte, kriegte sich nicht mehr ein. Wenn sich das herumsprach, hätte sie ihren Spitznamen weg: Mutter Gaby oder so.

»Scheiße!«, murmelte er.

Klaus guckte in den Spiegel und grinste. Er zog an seinem Ziegenbart. »Was ist Scheiße?«

»Alles.«

»Wenn's nicht mehr ist.«

»Wie machst du das eigentlich mit Ülcan?«

»Was mache ich mit Ülcan?«

»Na, dass der nie mit dir meckert.«

»Weiß ich auch nicht. Er hat mich wahrscheinlich als Schwiegersohn auserwählt.«

Matti tippte sich an die Stirn.

»Nee, echt«, sagte Klaus.

Schweigen.

Mattis Augen verfolgten eine alte Frau mit Einkaufstasche und einer Regenmütze. Sie stand leicht gebeugt verloren am Fußgängerüberweg. Fast schien es, als könnte jeden Augenblick eine Fußgängerlawine sie überrollen. Dann sahen ihre Augen das Taxi, und sie winkte, um im selben Augenblick die Hand fallen zu lassen, weil sie den Fahrgast entdeckt hatte.

Daltrey kreischte.

Matti wäre gern ausgestiegen.

Das Handy klingelte. »Ist gerade los«, sagte Gaby. »Dann putzt mal schön.«

Bevor er sich bedanken konnte, hatte sie aufgelegt.

Er klingelte Twiggy an, und ein paar Minuten später sah er Eberhard Diepgen und Hanna-Granate Laurien mit der großen Brille, jeder einen Putzeimer und einen Fensterwischer in den Händen, zur Kreuzung laufen. Am zögerlichen Gang erkannte Matti ihre Unsicherheit. Sie trugen die alten Mäntel, die sie in Gabys Keller aufgetrieben hatten. Twiggy und Dornröschen stellten sich ans Ende des Mittelstreifens, hielten Ausschau nach dem Erpel-Daimler, und sobald die Autokolonne stoppte, betraten sie die Fahrbahn. Matti musste grinsen, als Dornröschen Geld einzusammeln begann. Doch dann spürte er seine Angst. Es musste klappen. Diese ganze Sache musste ein Ende finden, so schnell wie möglich. Sie hatten sich sogar gestritten.

Diepgen putzte gerade einem Fiat die Scheibe, als Matti sah, wie Hanna ruckartig in die Kolonne starrte, aber sofort ihren Blick wieder abwendete. Matti drehte sich um und guckte. Da war ein Daimler. Aber er konnte das Nummernschild nicht lesen. Diepgen und Laurien näherten sich dem Wagen und begannen zu putzen.

Dann stellte sich Diepgen neben die Fahrertür und schaute hinein. Aber die Scheibe senkte sich nicht. Da hob er das Bein und trat den Seitenspiegel ab. Aus der Manteltasche zog er einen Hammer und schlug auf die Kühlerhaube ein, während Laurien die Beifahrerseite mit ihrem Hammer bearbeitete. Die Fahrertür öffnete sich, und beide rannten davon, was Diepgen aber nicht daran hinderte, drohend die Faust zu heben. Es war ja auch gemein, dass der Typ nicht zahlen wollte.

Die Ampel schaltete auf Grün, der Fahrer wollte erst Diepgen und Laurien nachrennen, doch dann stoppte er abrupt. Die Autos hinter der S-Klasse hupten. Der Fahrer rannte zum Auto, setzte sich hinein, knallte die Tür zu und fuhr los.

Klaus startete das Taxi und fädelte sich ein paar Wagen hinter dem Daimler ein.

Die Frage war, wo Entenmann jetzt hinwollte. Erst nach Hause oder erst in die Werkstatt. Es ging in die Musäusstraße, dort stieg der Erpel aus, und der Chauffeur fuhr gleich weiter. Solche Leute hatten natürlich Werkstätten, die Autos auch nach der Schließzeit annahmen und gleich am nächsten Tag reparierten.

Klaus steuerte das Taxi, als hätte er Verfolgung studiert. Er hielt auf geraden Strecken einen großen Abstand. Matti schaute sich immer wieder um, ob ihnen jemand folgte, aber Entenmann hatte diesmal offenbar keinen Beschützer dabei. Wenn der Daimler abbog, schloss Klaus auf und nutzte, soweit es ging, die Busspuren. In der Musäusstraße fuhr das Taxi an dem demolierten Benz vorbei, und Klaus' Spekulation, dass der Chauffeur in der engen Straße nicht wenden würde, ging auf. Er bog brav in die Bitterstraße ein, und Klaus fuhr wieder los.

»Jede Wette, es geht zum Ku'damm, da ist diese protzige Daimler-Filiale«, sagte er.

Es ging durch Schmargendorf, und sie querten den Hohenzollerndamm, um schließlich von der Konstanzer Straße in den Ku'damm einzubiegen. Klaus hielt großen Abstand, es war doch klar, wo es hinging.

Matti rief Twiggy und Dornröschen an und sagte ihnen, wo

er sie erwartete. Sie würden mit Rainers Fiat dort hinkommen und im Kofferraum mitbringen, was sie vorbereitet hatten. Klaus parkte ein gutes Stück vor der Niederlassung, deren Scheibenfront im Dämmerlicht glitzerte.

Matti bedankte sich bei Klaus und stieg aus. Bevor er die Tür zuschlug, rief Klaus: »Kannst du meine Nachtschicht übernehmen?«

»Alles hat seinen Preis« erwiderte Matti achselzuckend.

»Dafür brauchst du auch nix zu bezahlen für diese Tour.«

»Okay.«

Er sah dem Taxi nach, wie es davonfuhr. Ein guter Typ, der Klaus, dachte er. Dann bummelte er zur Filiale und betrachtete die Protzkisten, deren Lack und Chrom im raffinierten Lichtspiel der Scheinwerfer glänzten. Drinnen wurde noch gearbeitet. Ein schmieriger Verkäufer beredete einen Kunden, an einem Schreibtisch in der Ecke saß eine aufgetakelte Blondine. Es passte alles.

Er überlegte, wie sie es anstellen sollten. Zwei Möglichkeiten gab es: offensiv oder vorsichtig. Matti war ungeduldig, und er hatte Angst. Es drängte ihn, die Sache gleich zu versuchen. Endlich kam der Fiat, er verschwand in der Knesebeckstraße. Matti lief hin und sah Twiggy einparken.

Dornröschen hatte sich schon fein gemacht. Sie trug einen todschicken Hosenanzug, und ihre Haare hatte sie am Hinterkopf verzurrt und ein wenig Make-up aufgetragen. Sie sah streng aus, wie die persönliche Referentin eines Vorstandsvorsitzenden oder Ministers. Matti stieg auf den Beifahrersitz und quälte sich in einen dunkelgrauen Flanellanzug. Die Klamotten hatten ein Heidengeld gekostet. Dornröschen grinste, während sie Mattis akrobatische Umkleideübung verfolgte. Als er fertig war und auch die Schnürsenkel gebunden hatte, sagte sie trocken: »Du solltest als Entfesselungskünstler auftreten.«

Sie gingen los, Dornröschen mit einem ledernen Aktenkoffer in der Hand. Twiggy fuhr an ihnen vorbei und stellte das Auto auf einen Parkplatz im Mittelstreifen. Matti war aufgeregt, aber er ließ es sich so wenig anmerken wie Dornröschen. Sie betraten die Niederlassung und steuerten die Blondine an. Matti schaute auf die Armbanduhr, dann sagte er: »Guten Abend!« Er legte eine Visitenkarte auf den Schreibtisch, die ihn als Privatsekretär von Dr. Werner Entenmann auswies. »Herr Dr. Entenmann hat Geschäftsunterlagen im Wagen vergessen und schickt mich, sie zu holen.«

»Selbstverständlich, Herr« – ein Blick auf die Visitenkarte – »Dr. Söder.« Ihr Blick streifte Dornröschen, und die blickte kalt zurück.

»Bitte folgen Sie mir.« Sie marschierte in ihrem roten, aber doch dezenten Kostüm vorneweg zur Rückseite, öffnete eine Tür und deutete hinein. »Er steht gleich hier vorn.« Dann schüttelte sie den Kopf, was ihre Hochfrisur fast ins Wanken gebracht hätte. »Dieser Vandalismus, es wird immer schlimmer. Die zünden nicht nur Autos an, diese… Typen, jetzt überfallen sie die schon offen auf der Straße. Und der Senat tut nichts. Nichts!«, wiederholte sie zornig. Man konnte fast glauben, alle in Berlin abgefackelten Mercedes-Karossen würden ihr persönlich gehören. Aber wahrscheinlich reichte ihr Gehalt nur für eine abgespeckte A-Klasse mit Personalrabatt.

Der Wagen stand ganz vorn, neben einem silbernen SL-Cabrio. Als die Blondine abgezogen war, setzten sie sich auf die Rückbank und begannen mit ihrer Arbeit. Mit einem Spray fand Dornröschen Fingerabdrücke, und Matti drückte auf jeden Abdruck ein flaches Silikonstück und warf einen prüfenden Blick darauf, bevor er es in eine durchsichtige Plastiktüte packte. Sie sahen aus wie Weihnachtsplätzchen. Er hatte dreißig Stück dabei und verbrauchte alle. Dann steckte er die Plastiktüte in Dornröschens Tasche. Sie kehrten zurück in den Ausstellungsraum. »Vielen Dank und einen schönen Abend!«, grüßte Matti, während sie den Ausgang ansteuerten. Dornröschen machte weiter auf arrogant und würdigte die Frau keines Blicks. Sie betraten den Bürgersteig, und Matti widerstand dem Impuls zu schauen, ob ihnen jemand folgte. Bloß nicht schauen, bloß nicht rennen. Sie querten die Straße und sahen gleich Twiggys Fiat, der nicht eingeparkt, sondern mit laufendem Motor auf dem Weg zwischen den beidseitigen Parklücken stand. Sie stiegen ein, Twiggy blickte in den Rückspiegel, grinste und fuhr los. Als sie auf dem Ku'damm waren, klatschte Dornröschen in die Hände. »Endlich hat mal was geklappt.«

»Aber der Entenmann wird davon erfahren«, sagte Twiggy.

»Vielleicht, aber das ist doch egal. Der wird noch was ganz anderes erfahren. Und er wird erst später kapieren, um was es geht. Diesmal sind wir einen Schritt voraus.«

Teil zwei des Plans war viel schwieriger. Zumal sie noch nicht so genau wussten, wie sie die Idee umsetzen sollten.

»Gut, dass ich noch putzen gehe. Eigentlich wollte ich heute aufhören. Aber der Typ hat angerufen, der einen geht es noch nicht so gut. Wenn du mich fragst, nutzt sie die Lage aus und hat sich erst mal krankschreiben lassen.«

»Dann kann sie uns ja direkt dankbar sein. Und warum gehst du noch putzen?«, fragte Matti.

»Sie hat ihre Bestimmung entdeckt«, warf Twiggy ein.

Dornröschen zeigte ihm den Mittelfinger. »Manchmal seid ihr echt begriffsstutzig. Die Sache ist doch ganz einfach. Wir holen die andere Kiste aus dem Lissagary, und ich verstaue sie bei dieser Computerfirma. Twiggy bastelt einen hübschen kleinen Wecker, und das war's. Die einfachsten Pläne sind die besten, da kann am wenigsten schiefgehen. Obwohl, wenn ich mir euch so anschaue...«

Twiggy streckte ihr die Zunge raus.

»So, Kinder, genug gespielt«, sagte Matti, der aber insgeheim froh war, dass wieder gefrotzelt wurde. Leichte Entspannung. »Hätten wir gleich dran denken können. Also noch mal hin. Am besten gleich morgen. Ich fahre heute Nachtschicht für Klaus.«

»Grüß Lily«, sagte Dornröschen und grinste frech. »Aber nicht, dass du ihr erzählst, wo du wohnst.«

Matti tippte sich an die Stirn.

Nachdem er ein besoffenes Pärchen in die Kantstraße gefahren und reichlich Trinkgeld eingesackt hatte, meldete er sich beim Spreefunk ab und klingelte bei Lily. Matti schaute auf die Uhr, er war sogar pünktlich. Sie erwartete ihn in einer Jeans und einem weißen T-Shirt und sah hinreißend aus. Ihre Haare glänzten schwarzbläulich, und dem Duft, der aus der Wohnung drang, nach zu urteilen, hatte sie gekocht.

Aber zuerst gingen sie ins Bett, und nachdem sie zusammen geduscht hatten, aßen sie ein Currygericht. Sie trank Pinot Grigio, er Wasser.

»Was treibt ihr so Wichtiges? Die Sache mit dieser Detektei habt ihr doch aufgegeben, oder?«

»Hab ich doch gesagt, ich bin doch nicht verrückt und leg mich mit denen an.« Ein bisschen blöd fühlte er sich schon beim Lügen. Aber es schützte doch auch sie, rechtfertigte er sich.

»Und was ist sonst im Gange? Da läuft doch irgendwas.«

»Lass dich überraschen«, sagte er. »Ist 'ne witzige Geschichte.« Ob ich aus dem Schlamassel jemals wieder rauskomme?, fragte er sich.

Sie schaute ihn lange fragend an. »Du bist schon ein merkwürdiger Typ.«

»Hab ich nie bestritten.«

Sie lachte.

»Früher warst du nicht so ein Geheimnistuer. Kein Vertrauen?«

»Doch, doch. Wenn ich es dir dann erzähle, wirst du sofort verstehen, warum es nicht früher ging.«

Sie legte ihren Kopf schräg und grinste leicht. »Welch Fürsorge, hab ich echt nicht verdient.« Dann goss sie sich ein zweites Glas ein. »Du bist anders als früher.«

»Älter«, sagte er.

»Ja, ruhiger, genau, du strahlst Ruhe aus. Früher warst du ein Hektikbeutel.«

So hatte er es nicht in Erinnerung, aber natürlich, er war unruhiger gewesen, oft angespannt. Aber die Zeiten waren ja auch so damals. Wenn er zurückdachte, schien ihm alles in Bewegung gewesen zu sein. Dauernd waren sie auf Achse gewesen, Demos, Versammlungen, Flugblätter verteilen, in Kneipen diskutieren, auf der Straße diskutieren, in der Mensa diskutieren, in Seminaren diskutieren, Vorlesungen in Versammlungen umfunktionieren, vor den Bullen abhauen, sich mit den Rechten und der linken Konkurrenz prügeln, wobei Dornröschen Letzteres als testosterongespeisten Blödsinn verspottet hatte.

»Du bist auch nicht mehr dieselbe.«

Wieder legte sie den Kopf schief. Aus irgendeinem Grund fand er sie gerade besonders reizvoll. »Ich finde, mancher Verlust ist ein Gewinn.«

»Das klingt nach Mao.« Er grinste.

»Klar. Aber weißt du, wenn man Illusionen verliert, gewinnt man an Klarheit. Illusionen verstellen den Blick auf die Wirklichkeit. Und den Blick kann man gewinnen, wenn man sich nicht mehr selbst belügt.«

»Lektion Nummer eins, Sie hörten die große Philosophin …« Er fand sich albern, dumm.

Sie blickte ihn fast traurig an, jedenfalls ernst, als würde sie sich fragen, ob es sich lohne, mit ihm zu verkehren.

»Aber was ist deine Wirklichkeit?«, fragte er.

Sie lächelte. Dann trank sie einen Schluck, stocherte auf ihrem Teller, wo Reste von Huhn und Reis lagen.

Das Gespräch hatte eine seltsame Wendung genommen. Was geht in ihr vor? Wozu führt das Gespräch? Und erspar ihr deine blöden Witze, die nicht mal komisch sind. Nur peinlich.

»Die habe ich noch nicht gefunden«, antwortete sie endlich. »Vielleicht finde ich sie nie. Besser, als irgendeiner Wahnidee nachzurennen. Ich glaube, es gibt Leute, die kämen nicht damit klar, kein fest umrissenes Weltbild zu haben. Die nehmen lieber in Kauf, dass sie an ein realitätsfremdes Konstrukt glauben, als mit offenen Fragen zu leben. Ist eine Art Religionsersatz. Braucht man auf alles eine Antwort? Ich nicht.«

Sie kratzte sich an der Wange und schaute ihm in die Augen.

Sie war wirklich etwas Besonderes.

Als er längst wieder im Taxi saß, fühlte er, wie die Verzauberung nachklang. Sie war wie ein weicher Ton, den man nach einem Konzert mit sich trug, bis er verklang.

11: I Can See For Miles

Zwei Tage später. Auf der Fahrt zum Versteck waren sie fröhlich. Wie gut, dass sie die materiellen Reste ihres revolutionären Kampfes nicht im Landwehrkanal entsorgt und Lissagary ganz aufgelöst hatten. Sie bargen die Semtex-Kiste mit den Zündern, die eigentlich dem Klassenfeind den entscheidenden Schlag hatte versetzen sollen und nun schnöderem Zweck zugeführt wurde. »Besser als gar nicht«, sagte Twiggy, denn schließlich hatten sie für den tschechischen Plastiksprengstoff und die elektrischen Zünder einiges abdrücken müssen an italienische Genossen, die auf der Flucht vor den Carabinieri, Interpol und westeuropäischen Bullen und gewiss auch diversen östlichen Geheimdiensten Geld gebraucht hatten und mit Erfolg das Prinzip durchsetzten, dass bei Tauschbeziehungen unter Genossen keinesfalls die Zwangslage des einen Beteiligten ausgenutzt werden durfte, was am Ende dazu führte, dass Twiggy und Matti aus schlechtem Gewissen viel zu viel bezahlt hatten. Es hatte lange in ihnen genagt, dass sie den Semtex ebenso wenig wie die Makarows einer auch dem Preis angemessenen Bestimmung widmen konnten. Nun gewann das Waffenarsenal aus revolutionärer Zeit doch einen Sinn. Alles fügt sich, man muss nur geduldig sein.

»Es darf aber keiner verletzt werden«, sagte Matti, als sie am Nachmittag am Küchentisch saßen, die erdverschmierte Kiste stand in der Mitte.

»Das kriege ich hin«, sagte Dornröschen nachdenklich.

Sie gingen ihren Plan noch einmal Schritt für Schritt durch, genauer gesagt, war es zwar ihr Plan, aber Dornröschen war diejenige, die ihn verwirklichen musste. »Dafür darfst du auch wieder beim Mau-Mau gewinnen«, sagte Matti, und Dornröschen schnitt ihm eine fiese Grimasse.

Am Abend packte sie alle Utensilien ein, und sie vergewisserten sich, dass sie nichts vergessen hatte. »Wenn du irgendeinen Zweifel hast, dass was schieflaufen könnte, machst du nichts, ist klar, ja?«, mahnte Matti. Er hatte Schiss.

Wittmann, der Reinigungsfritze, brachte sie mit seinem Peugeot wieder zur Computerfirma. Am wolkenlosen Himmel stand der Vollmond mit seinen Pockennarben, die Konturen scharf gezeichnet in der Schwärze. Nachdem Wittmann sie hineingelassen hatte, zog Dornröschen ihre Gummihandschuhe an, und die Hagere gab ihre Anweisungen. Zuerst die Toiletten, was auch sonst? Dann den elend langen Flur, in dessen nassem Boden sich die Neonröhren faserig spiegelten. Es war leise, ab und zu sprang der Kühlschrank in der kleinen Küche an und brummte, um sich bald wieder auszuschalten. Die Tür zur fensterlosen Küche stand offen. Darin waren eine Unterzeile mit Spüle, ein Herd mit Stahlkochstellen und einer Dunstabzugshaube, an der Wand gegenüber der Kühlschrank, an der Rückwand ein kleiner Tisch mit drei Stühlen. Immerhin stand auf dem Tisch eine Espressomaschine, daneben eine Zuckerdose. Dornröschen wischte die Oberflächen ab, es waren nur wenige Kaffeeflecken, dann öffnete sie die Unterzeile und wischte auch dort. Sie erkannte auf den ersten Blick, dass hier genug Platz sein würde. Sie überlegte, wie sie es am besten anstellte, dann ging sie zur Garderobe, zögerte, nahm dann aber entschlossen ihre Tasche und trug sie in die Küche. Wenn die Hagere oder deren Kollegin sie fragen sollten, was sie tat, dann würde sie sagen, ihr sei übel, sie müsse eine Kleinigkeit essen. Und sie würde die Aktion abbrechen. Aber die beiden anderen waren in den Büros beschäftigt und kümmerten sich nicht um Dornröschen. Die trug ihre Tasche in die Küche und packte die Plastiktüte mit dem Sprengsatz und dem Wecker aus. Sie stellte den Wecker auf halb vier Uhr morgens und schloss die Tür des Unterzeilenschranks. Dann trug sie die Tasche zurück und nahm eine zweite Plastiktüte heraus, aus der sie die Silikonpads, mit denen sie die Fingerabdrücke aus der S-Klasse gesammelt hatten, entnahm und in die Taschen ihres

Kittels steckte. Sie ging zurück in die Küche und drückte jeweils ein Pad auf die Klinke und auf die Metallknöpfe des Unterzeilenschranks. Daraufhin ging sie ins Klo und drückte weitere Pads auf Klinken und Armaturen. Sie schlich den Flur entlang und lauschte, wo die beiden anderen waren. Sie betrat ein Büro, das schon gereinigt war, und verteilte weitere Abdrücke. Das Gleiche an der Eingangstür. Sie überlegte einen Augenblick und beschloss, das Schicksal nicht herauszufordern. Sie packte die restlichen Pads in ihre Tasche, dann fand sie die Hagere in einem Büro und ließ sich neue Arbeit zuteilen.

Als Matti viel zu früh, um fünf Uhr, von der Nachtschicht zurückkam, saßen Twiggy und Dornröschen immer noch müde in der Küche. Das Radio lief. Matti war gespannt, und Dornröschen sagte nur: »Es muss geklappt haben.« Sie befand sich gerade in der späten Hoffnungsphase, kurz vor dem Umschlag in die erste Periode der Enttäuschungsphase.

»Am besten vernichten wir den Rest von dem Zeug«, sagte Matti.

»Ich bin doch nicht blöd.« Dornröschen tippte sich schlaff an die Stirn und gähnte. Sie öffnete den Kühlschrank und packte die Plastiktüte, in der sie den Semtex und den Wecker transportiert hatte, sowie die restlichen Pads hinein. »Das werden wir noch brauchen. Das kommt in die Küchenfensterbank in der Okerstraße, wenn wir wieder nach Hause können.«

Sie rührte in ihrer Teetasse. Ihre Gummihandschuhe hatte sie unterwegs weggeworfen und auch ihre geliebte alte Einkaufstasche, mit der sie jahrelang losgezogen war. Nicht der raffinierteste Kriminaltechniker mit den modernsten Geräten würde auch nur die Spur eines Hinweises darauf finden, dass Dornröschen eine Bombe gelegt hatte, wenn er nicht die Pads oder die Plastiktüte fand.

»Kam schon was?«, fragte Matti, der unterwegs immer wieder versucht gewesen war, das vereinbarte Handyverbot zu brechen, weil er die Anspannung kaum ausgehalten hatte. Sie war schlimmer, als wenn er selbst zum Bombenleger geworden wäre.

Aber Dornröschen saß da und schien im Sitzen einzuschlafen.

»Der hat nicht gezündet«, sagte Matti.

Twiggy winkte ab.

Matti begann, Kaffee zu kochen.

»Wie lange brauchen die Bullen, bis sie herausfinden, dass die Putzfrau Dornröschen die besagte Genossin ist, die sie sowieso auf dem Kieker haben?«

»Maximal zwei Tage, Wetten werden noch angenommen.«

»Wir müssen also zurück in die Okerstraße. Heute noch«, sagte Matti. »Daran hätten wir früher denken können.«

»Scheiße«, sagte Twiggy.

Robbi erschien in der Küchentür, streckte sich und maunzte.

»Glaubst du, dass da noch Mikros sind?«

»Keine Ahnung. Vielleicht waren da keine mehr nach unserer Säuberungsaktion, vielleicht haben sie neue installiert, vielleicht haben sie die, die wir nicht gefunden haben, ausgebaut. Ich tippe mal, da ist nichts mehr. Es wäre aber nützlich, wenn es noch welche gäbe. Dann könnten wir sie zutexten. Wir tun so, als gäbe es für uns keine mehr und sind ganz erschüttert über diesen Bombenanschlag.« Twiggy grinste müde. »Wenn es ihn denn gab.«

In diesem Augenblick stoppte das Radiogedudel.

Wie wir gerade erfahren, wurde auf eine Computerfirma in Köpenick ein Sprengstoffanschlag verübt. Es gab offenbar keine Opfer. Die Täter und die Hintergründe sind der Polizei noch nicht bekannt. Die Fahndung läuft auf Hochtouren. Für sachdienliche Hinweise ist die Polizei dankbar. Für Hinweise, die zur Ergreifung der Täter führen, wurde eine Belohnung von zwanzigtausend Euro ausgesetzt. Wir werden weiter berichten.

Twiggy legte die Faust auf den Tisch und hob den Daumen. Matti klatschte leise Beifall, und Dornröschen gähnte mit einem breiten Grinsen. Aber die Anspannung erstickte die Freude sofort.

Sie packten im Eiltempo alle ihre Sachen, und Robbi landete in dem Transportkorb, den er von Herzen hasste, weil er ihn längst als mobilen Verschleppungsknast entlarvt hatte, in dem es immer dorthin ging, wo er nicht zu Hause war, im schlimmsten Fall zum Tierarzt, wo sogar stinkende Riesenköter den Schwanz einklemmten und verlogen den lieben Doggie simulierten. Matti telefonierte Aldi-Klaus herbei, der gerade Schicht hatte, und als er zehn Minuten später vor dem Haus am Chamissoplatz hielt, stand er erst einmal nur da und staunte. »Was macht ihr denn hier?«

»Urlaub, aber halt die Klappe, klar?«, sagte Matti.

»Was wollt ihr denn …?« Er schaute sich um und tat so, als sähe er zum ersten Mal den Spielplatz und die hergerichteten Fassaden. Klaus schüttelte den Kopf. »Hat das was mit dieser komischen … Aktion zuletzt zu tun?«

»Noch mal: Klappe halten«, sagte Matti eindringlich.

Twiggy stellte sich ganz dicht vor Klaus und klopfte ihm freundlich auf die Schulter. »Auf Klaus können wir uns verlassen. Nicht wahr, Klaus?« Hinter der Freundlichkeit lauerte die ewige Verdammnis, also das, was einen traf, den die Szene als Verräter ausmachte. Oder verdächtigte. Oder zu verdächtigen begann.

Natürlich, dachte Matti, natürlich fällt mir jetzt Norbi ein.

Sie packten das Taxi voll und verabredeten sich in der Okerstraße. Vorher fing sich Twiggy noch einen Tritt in den Hintern ein, als er Dornröschen fragte, ob sie nicht kompetenzhalber die Endreinigung übernehmen wolle.

Es blies ein kalter Wind, Mattis Augen tränten, auch weil er elend müde war. Dornröschen begann, sich den standesgemäßen Vorsprung herauszuarbeiten, ihre Haare wehten, die kleinen Füße traten gleichmäßig wie ein Uhrwerk. Irgendwie rührte ihn das Bild, diese zarte Gestalt, in der ein so großer Wille steckte, die nie aufgab, die stärker war als die beiden anderen zusammen. Wieder fiel ihm ein, wie sie zum ersten Mal aufgetaucht war, zerbrechlich fast, aber keine Sekunde bereit, sich wegschubsen zu lassen. Niemand in der Szene würde je Dornröschen unterschätzen, schon lange nicht mehr. Den wenigen, die es anfänglich versucht hatten, war sie übers Maul gefahren, und sie konnte die Aura eisiger Kälte anlegen wie eine Montur. Aber nur gegenüber Leuten außerhalb der WG. Er hörte Twiggys Atmen nicht mehr, der Abstand wuchs. Der war sein bester Freund, Matti hatte sich auch mit dem Rätsel abgefunden, das Twiggy umgab, diese merkwürdigen Verbindungen, die er pflegte. Von was lebte Twiggy überhaupt? Er zahlte pünktlich seinen Mietanteil und in die Haushaltskasse ein, war gar nicht geizig, brachte immer mal wieder was mit und machte kein Aufheben davon. Manchmal war die Neugier stark, aber es war eine Art Respekt, der ihn hinderte, Twiggy zu fragen. Wenn der wollte, dass die anderen es wussten, würde er es sagen. Sicher war nur, dass er sie nie hineinzog in irgendetwas. So regelmäßig Schmelzer mit seinen Hilfssheriffs auftauchte, nie ging es um Twiggys Geschäfte, nie verlor der Kommissar ein Wort darüber.

Der diesige Himmel reichte hinunter bis zur Straße, alles eine Soße. Die Leute waren grau, die Fassaden, die Autos, als hätte die neblige Feuchtigkeit alle Farben aufgesogen. Und Matti fühlte sich grau im Kopf, die Müdigkeit legte sich wie ein lähmender Schleier über sein Hirn. Er blinzelte und wischte sich die Tränen aus den Augen. Lily flog ihm in die Gedanken und verschwand. Auf der Straße stauten sich die Autos hinter einem Kleintransporter, der liegen geblieben war und jetzt die Warnblinklichtanlage einschaltete. Dornröschen verschwand aus dem Blick, an einer Kreuzung hielt er vor einer roten Ampel. Neben ihm quietschte es, ein Fahrradidiot im hautähnlichen Sportdress stand mit seinem Zweitausend-Euro-Bike neben ihm. Das Teil hatte superdünne Reifen und wahrscheinlich eine Schaltung mit wenigstens fünfzig Gängen. Sein Besitzer, ein dürrer Typ, bändigte mit einem Schweißband schwarze Locken. Er hatte eine Hakennase, auf der eine Radfahrerbrille saß, die schneller aussah, als der Affe jemals in seinem Leben fahren würde. Auf dem Lenker erkannte Matti zwei Anzeigegeräte, ein Tachometer, wobei dieser Begriff den Radfahrer vermutlich beleidigt hätte, weil das Teil nicht nur Höchst-, Mindest- und Durchschnittsgeschwindigkeit, sondern auch die Fahrtdauer, die Luftfeuchtigkeit, die Wettervorhersage und die Mondphase anzeigte. Das andere Gerät sollte den Kreislauf kontrollieren, Matti sah ein pumpendes Herz und eine Ziffer darunter. Offenbar lebte Schwarzlöckchen noch. Die Ampel schaltete, und der Typ trat krachend in die Pedale, mit wackelndem knochigem Hintern sauste er davon.

Diese Szene brachte ihn zum Lachen. Dann hörte er Twiggy heranschnaufen, und Matti war wach.

»Jetzt machen wir den Erpel fertig«, sagte Twiggy.

»Wir kriegen Ärger mit dem Tierschutzverein.« Matti lachte. Sie fuhren nebeneinander, das hatten sie schon lange nicht mehr getan.

»Die werden uns eher preisen und auszeichnen, weil wir dem Arsch, der sich diesen guten Namen unter den Nagel gerissen hat, eine Abreibung verpassen. Und was für eine!«

»Hoffentlich ist der Wagen tatsächlich schon repariert«, sagte Matti.

»Was glaubst du denn? S-Klasse. Und so schlimm sind die Schäden nicht. Ersatzteile per Overnight-Express.«

»Du kennst dich da aus«, sagte Matti.

Aber Twiggy antwortete nicht.

Was hat er getan, bevor ich ihn traf? Was tut er heute? Ich weiß so wenig von ihm, und er weiß alles von mir. Twiggy war ein Typ, den man so was nicht fragte. Jedenfalls nicht zwei Mal, nachdem man beim ersten Mal mit höchstens zwei Wörtern abgespeist worden war. Twiggy war manchmal merkwürdig. Da gab es zum Beispiel Kneipen, die er grundsätzlich nicht betrat, wo er sogar den Schritt beschleunigte, wenn man an denen vorbeikam. Hin und wieder, wenn sie unterwegs waren, grüßte ein Typ Twiggy, und dann winkte der nur kurz, wenn er nicht gleich wegschaute.

»Könnte sein, dass sie Dornröschen in die Mangel nehmen. Und uns gleich mit.« Twiggy sagte es gelassen. Es wäre nicht die erste Nacht im Bau.

»Wenn wir die Klappe halten, haben die keine Chance. Wo sind die restlichen Silikonpads?«

»Die kommen in die Fensterbank.«

Twiggy schnaufte.

»Ist gut so.«

»Aber wenn sie die finden?«

Ja, wenn das geschah, wurde es schwierig. Aber die Pads waren ihre Lebensversicherung.

Sie räumten die Sachen aus dem Taxi in die Wohnung und saßen am Ende erschöpft in der Küche, aber in ihrer eigenen. Robbi schnüffelte überall herum, und Dornröschen kritzelte etwas auf einen Zettel. Als sie fertig war, schob sie ihn zu Matti.

Ich gehe ins Internetcafé, und ihr räumt hier auf. Heute Abend wird Mau-Mau gespielt.

Matti grinste und schob den Zettel zu Twiggy. Ein Stück Normalität schien zurückzukehren.

Im Internetcafé an der Saalestraße, am S-Bahnhof Neukölln, einem langen dunklen Schlauch, in dem es stickig und heiß war, setzte sich Dornröschen an einen PC und googelte den Inhaber der Computerfirma in Köpenick. Der Typ hieß Rainer S. Schmidt, er gehörte also zu den Minderwertigkeitskomplexlern, die mit dem »Schmidt« allein nicht leben konnten. Sie fand auch gleich die Mail-Adresse des Polizeipräsidiums und tippte den Text, den sie im Geist längst geschrieben hatte:

Betreff: Sprengstoffanschlag auf die Firma MIT Computersysteme und Programmierung *in Köpenick.*

Der Anschlag wurde von einem Dr. Werner Entenmann *persönlich verübt. Der Hintergrund ist ein Streit aus Stasi-Zeiten, den* Entenmann *mit dem Besitzer der Firma, Rainer S. Schmidt, auszutragen hat. Soviel ich weiß, geht es um schwarze Stasi-Gelder, die sich beide unter den Nagel gerissen haben. Ich habe früher mit beiden zusammengearbeitet. Bestimmt haben Zeugen den Mercedes-Benz von* Entenmann, *Kennzeichen: B-CA 7078, um die Tatzeit herum am Tatort stehen gesehen. Ich habe ihn gesehen. Auf jeden Fall sollten Ihre Kriminaltechniker genug Spuren finden, die Entenmann die Tat nachweisen. Ich werde ggf. die Presse unterrichten. Man kann es nicht zulassen, dass Stasi-Offiziere ihre alten Streitereien heute noch gewalttätig austragen.*

Hochachtungsvoll!
Ein Bürger

Sie überlegte, ob der Text holprig genug war, baute ein paar Rechtschreibfehler ein und schickte ihn ab. Dann schnaufte sie ein Mal tief durch.

Zu Hause war alles aufgeräumt, als sie zurückkam und nur nickte, damit die beiden wussten, dass sie die Mail geschickt hatte. Matti hatte sogar im Bad hinter der Kachel nachgeschaut, ob die DVD-Kopie noch da war. Alles schien unberührt. Wahrscheinlich waren auch keine Wanzen mehr in der Wohnung. Aber Vorsicht ist die Mutter der Porzellankiste.

Robbi fläzte sich auf Twiggys Bett, nachdem er die Weltmeere von einigen Thunfischen befreit hatte, Twiggy saß in der Küche und trank das erste Bier, er hatte auch eine Flasche vor Matti gestellt, sie aber noch nicht geöffnet. Matti dachte nach. Er überlegte, ob und, wenn ja, wann die Bullen kämen. Ob er angezogen ins Bett gehen sollte, aber entschied sich dagegen, weil es auffallen würde. Ob sie nur Dornröschen verhören wollten oder gleich alle. Ob sie danach nach Hause durften oder eingesperrt wurden. Twiggy hatte Robbi schon mit einigen Tagesrationen Trockenfutter versorgt. Trotzdem würde er sich sorgen um den Kater, denn der kannte diese Bullenexzesse noch nicht. Die läppische PC-Abräumaktion hatte ihm schon genügt.

Gedankenverloren entdeckelte er die Bierflasche, während Twiggy aufstand und zwei Raviolidosen öffnete, von der pikanten Sorte mit Fleischfüllung. Sie aßen grundsätzlich nur die Ravioli eines bestimmten Herstellers. Twiggy kippte den Doseninhalt in einen Topf und schaltete die Herdplatte ein. Dornröschen kam aus ihrem Zimmer zurück in die Küche, grinste und setzte sich. Twiggy deckte den Tisch und setzte dann Teewasser auf. Er zog Dornröschens braunfleckige Teekanne neben den Herd und füllte Darjeeling Second Flush ins Tee-Ei. Nebenbei rührte er die Ravioli um.

Nach der Schweigeminute zu Ehren Meher Babas aßen sie. Matti überlegte wieder, welche neuen Möglichkeiten sich ergaben, vor allem, welche Gefahren sich auftun konnten. Würden die Bullen dem Hinweis überhaupt folgen? Würde der Verweis auf die Presse reichen, um sie zu warnen, die Sache nicht schleifen zu lassen? Würde der Erpel herausfinden, wer ihn in den Schlamassel geschickt hatte, oder mussten sie nachhelfen?

Im Mau-Mau gewann natürlich Dornröschen, wenn auch knapp, und sie strahlte vor Freude, während die anderen darauf verwiesen, dass sie einen hinterhältigen Spielstil habe, der unter Freunden unmöglich sei. Twiggy erklärte, er habe schon lange den Verdacht, dass sie nicht nur fies sei, sondern die Karten gezinkt habe, und er begann, ein paar Siebener und Asse genauestens zu untersuchen, während Dornröschen gnadenlos gelassen in ihrem Tee herumrührte und es gar nicht nötig hatte, den Vorwürfen entgegenzutreten. Es war also fast wie immer, außer dass sie todmüde waren und sie die Ungewissheit plagte, ob ihr Plan aufging.

Nach einem Absacker verschwanden sie erst im Bad, dann im Bett. Dornröschen reklamierte ihr Siegerinnenrecht, als Erste abtreten zu dürfen, was sie sowieso fast immer tat und was in den Wunden ihrer Opfer dennoch doppelt brannte.

Matti schreckte hoch. Er hatte erst von einem mörderisch lauten Klingeln geträumt, aber dann hörte er es. Er blinzelte auf seine Uhr, es war halb sechs Uhr. Gestapozeit, es waren also die Bullen. Es trommelte nun auch gegen die Tür. Er sprang auf und schlurfte zur Wohnungstür, während Twiggy und Dornröschen aufgewacht waren, halb angezogen in den Zimmertüren standen und beobachteten, wie sich Matti der Invasion entgegenstemmen würde. Twiggy grinste sogar.

Es war nicht Schmelzer, der Matti triumphierend einen Durchsuchungsbeschluss so dicht vor die Nase hielt, dass er ihn kaum lesen konnte. Es war, wie er sich vorstellte, ein Hauptkommissar Kubitschek, dürr und lang, mit einem Bürokratengesicht. »Hier! Lesen Sie!« Seine Stimme bellte keifig. Kubitschek hatte sieben Uniformierte als Verstärkung mitgebracht. Sie glotzten alle furchtbar entschlossen. Ein Bulle schob Matti zur Seite, die anderen drängten in die Wohnung, als wartete dort die Weihnachtsbescherung. Inzwischen hatten Dornröschen und Twiggy sich angezogen und standen nebeneinander an der Flurwand zwischen den Türen zu ihren Zimmern. Teilnahmslos beobachteten sie das bunte Treiben im Flur.

»Sie suchen Robbi!«, rief Matti, der sich zwischen die beiden Bullen in seinem Zimmer mischte und sich äußerlich in Seelenruhe anzog. Die Müdigkeit war verflogen. Jetzt ging es weiter, und Matti war gar nicht schlecht gelaunt.

Robbi verzog sich unter Twiggys Bett. Der goss frisches Wasser in drei Schälchen in der Küche.

»Sie kommen mit«, bellte Kubitschek. »Zum Verhör. Sie sind dringend verdächtig, einen Sprengstoffanschlag ausgeführt zu haben.«

Die drei lachten fröhlich.

»Abführen!«

»Bumms!«, sagte Twiggy.

»Krawumm!«, erwiderte Matti.

»Boing!«, ergänzte Dornröschen.

Dann lachten sie wieder. Glaubte man seinem Gesichtsausdruck, dachte Kubitschek gerade über die Wiedereinführung der Folter nach.

Sie wurden gleich getrennt im Tempelhofer Polizeipräsidium, jeder landete in einem Verhörzimmer.

Kubitschek widmete sich Matti, ein kleinwüchsiger Oberkommissar Walter, dem der Adamsapfel gefährlich weit herausragte, befasste sich mit Dornröschen, und Twiggy hatte es mit einem Oberkommissar Heuer zu tun, einem gemütlich aussehenden Familienvatertyp mit Schnurrbart. Die Verhörzimmer sahen alle gleich aus: Tisch, drei Stühle darum, neben der Tür noch ein Stuhl, großes Fenster zum Flur hin, kleines an der Außenwand.

»Wir haben Beweise, dass Sie an dem Sprengstoffanschlag beteiligt waren«, sagte Kubitschek gönnerhaft, als erwartete er das Geständnis in der kommenden Minute und wäre bereit, es großzügig zu belohnen.

»Quatsch«, sagte Matti.

»Selten so gelacht«, sagte Dornröschen im Verhörraum daneben.

Twiggy tippte sich nur an die Stirn.

»Wollen Sie Ihren Anwalt anrufen?«, fragte Heuer fast freundlich.

»Rausgeschmissenes Geld«, sagte Twiggy.

»Nicht nötig«, sagte Dornröschen.

»Ach, du lieber Himmel«, sagte Matti.

»Sie haben am besagten Abend in der Firma *MIT Computersysteme* in Köpenick geputzt«, stellte Walter fest.

»Ich putze für mein Leben gern«, sagte Dornröschen. »Wenn Sie mir ein gescheites Angebot machen, auch bei Ihnen.«

»Sie haben Frau Damaschke geholfen, einen Sprengstoffanschlag vorzubereiten und durchzuführen.«

Twiggy tippte sich an die Stirn. »So ein Quatsch.«

Matti grinste. »Blühende Fantasie, meinen Glückwunsch, Herr Wachtmeister.«

»Sie haben diesen Anschlag vorbereitet und durchgeführt«, sagte Oberkommissar Walter.

Dornröschen erwiderte: »Wissen Sie was, wenn Sie so einen Blödsinn erzählen, sage ich nichts mehr.«

»Wir haben Ihre Fingerabdrücke«, sagte der Oberkommissar Walter.

Aber Dornröschen schwieg. Sie hatten nichts außer den Fingerabdrücken einer Putzfrau an ihrem Arbeitsplatz.

In den drei Verhörzimmern herrschte nun das Schweigen. Die Vernehmer gaben bald auf. Sie trafen sich woanders, und als sie zurückkehrten, schickten sie die drei nach Hause.

245

Dornröschen wartete zusammen mit Matti auf Twiggy, der aufs Klo gegangen war. Da näherte sich ihnen ein groß gewachsener schlanker Mann mit eckiger Brille, links und rechts Uniformierte. Er blieb vor ihnen stehen, starrte sie ausdruckslos an, und Matti quäkte.

Dornröschen grinste: »Der sieht aus wie einer, der gerne bombt, findest du nicht auch. Der muss es gewesen sein.«

Entenmann war bleich, als hätte sich die Farbe seiner Haut der seiner kurz geschnittenen Haare angeglichen. Er hatte ein fast knöchernes Gesicht mit hoch stehenden Wangenknochen. Er sagte nichts, sondern starrte nur die beiden an, und die beiden starrten zurück. Die Bullen beobachteten amüsiert die Szene.

»Ach!«, sagte Twiggy, der in Entenmanns Rücken auftauchte.

Und Entenmann zuckte leicht. Dann wendete er sich abrupt ab, und die Polizisten folgten ihm.

»Wollten Sie noch was sagen, Herr Dr. Entenmann?«, rief Matti ihm nach.

Aber der Erpel entschwand mit seiner blauen Eskorte in einem Büro.

Sie gingen zu Fuß nach Hause. Auf dem Flughafengebäude lag das Licht eines milden Vormittags. Krähen flogen und hüpften krächzend. Die Autokolonne auf dem Tempelhofer Damm strömte nach Kreuzberg oder zur Autobahn, eng fuhren die Wagen nebeneinander, die Fahrbahn war nicht markiert. Hilflos standen die Bäume auf dem Mittelstreifen, eingehüllt vom Dieselruß aus den Auspuffen von Bussen und Lastern.

»Jetzt werden die Bullen uns auch belauschen«, sagte Matti.

»Die könnten sich zusammentun, der Erpel und die Bullen. Einsparpotenzial.« Twiggy lachte.

»Wenn das nicht längst so ist«, sagte Dornröschen.

»Bist du jetzt zu den Verschwörungsheinis übergelaufen?«, fragte Matti.

»Wart's ab.«

»Aber den Erpel haben sie gegriffen«, sagte Twiggy.

»Ihnen blieb ja nichts anderes übrig«, sagte Dornröschen leise. »Das belegt oder widerlegt gar nichts.«

Sie schwiegen.

Das Dröhnen der Autobahn wurde lauter, als sie sich auf der Oberlandstraße der A 100 näherten. Sie liefen schneller, während sie die Überführung unterquerten, und verfielen wieder in den Schlenderschritt, als das Dröhnen leiser wurde. Sie kamen an einer Containerverladestation vorbei, dann an einer Sandwüste, in der ein Baufahrzeug umherfuhr, ohne dass ein Sinn erkennbar gewesen wäre.

»Der nächste Schritt geht wie besprochen«, sagte Dornröschen.

»Klar«, erwiderte Matti. »Ich kann mir gut vorstellen, wie der Erpel jetzt in der Klemme sitzt. Wie kommen seine Fingerabdrücke an den Tatort?«

»Er wird ein Alibi haben«, sagte Twiggy.

»Natürlich, die Frau wird Stein und Bein schwören, sie hätten sich gemeinsam betrunken oder die Folge einer alten Serie gesehen oder beides.« Matti lachte, aber er war nicht fröhlich.

»Hoffentlich hat er nicht mit zwanzig Freunden in der Sauna gesessen«, sagte Twiggy.

»Um die Zeit gibt es keine Sauna, nicht mal in 'nem Puff«, sagte Dornröschen.

»Was du so alles weißt.«

Sie streckte Matti die Zunge heraus.

»Stell dir das mal vor«, sagte der. »Der Erpel weiß gar nicht, wie ihm geschieht. Die haben seine Fingerabdrücke, und er leugnet, jemals dort gewesen zu sein. Der Staatsanwalt lacht sich doch einen.«

»Und dann wird er behaupten, jemand habe seine Fingerabdrücke übertragen.« Twiggy prustete.

»Das glaubt ihm niemand«, sagte Dornröschen. »Sie müssen Anklage erheben, wenn sie nicht was Böses in der Zeitung lesen wollen. So weit kommt es noch, dass im Rechtsstaat ein Bombenanschlag vertuscht wird. Also, damit fangen wir gar nicht erst an.«

Sie klang empört.

»Ich schicke die Mail gleich nachher los«, sagte Dornröschen, »noch sind die Bullen und die Entenmänner nicht sortiert. Es ist ja Schreckliches passiert. Aber sie werden bald was riechen. Und dann werden sie uns auf den Fersen sein.«

»An welche Adresse?«, fragte Twiggy.

»Die Detektei Warnstedt gibt's doch im Internet, kein Problem.« Dornröschen beschleunigte, sie hatte es jetzt eilig, die Sache hinter sich zu kriegen.

Sie bogen links ab in die Eschersheimer Straße, und als sie auf der Brücke die Gleise überquerten, rumpelte unter ihnen quietschend ein kurzer Güterzug. Auf dem letzten Wagen glänzten Aluminiumfässer.

Offensiv sollte sie schreiben, das hatten sie beschlossen, kurz bevor sie das Haus in der Okerstraße erreicht hatten. Aber als Dornröschen ihren Text noch einmal las, wurde ihr mulmig. Sie hörte Schritte und scrollte ihn hektisch weg.

Sie war ins *Cutie Pie* in der Lausitzer Straße geradelt und hatte erst mal einen Cappuccino getrunken, durchs große Schaufenster auf die Straße geguckt und im Kopf getextet. Sie mussten ihre Identität preisgeben, sonst kamen sie nicht weiter. Nur der Erpel sollte sie identifizieren können, und der ahnte sowieso längst, wer hinter der Aktion steckte. Sie musste es also so schreiben, dass der Typ es erfuhr, aber die Bullen nichts beweisen konnten. Entenmann würde schon deswegen schweigen, weil er mindestens einen Mord an der Hacke hatte, eher zwei. Und niemand außer Entenmann kannte die Zusammenhänge besser als die Okerstraßen-WG. Sie schaute sich um, während sie überlegte. An der Wand stand ein altes Klavier.

Sie sah jetzt den Erpel in seiner Zelle. Die Vorstellung befriedigte sie, genau zu wissen, was ihm widerfuhr, obwohl sie einige Kilometer entfernt einen Cappuccino trank und sich in dem gemütlichen Café umschaute. Sie würden es den Kerlen heimzahlen. Vor allem dem Erpel.

Sie buchte einen PC im Nebenraum und setzte sich davor. Zuerst richtete sie ein neues Mailkonto unter dem Namen *Ganter Erpel*, Wohnort: *Entenhausen*, ein, dann begann sie zu tippen:

@ Dr. Entenmann
Tut mir leid, dass Sie in Schwierigkeiten sind. Aber man sollte keine Bombenanschläge begehen, das war unklug von Ihnen. Schon gar nicht, wenn es um Geldprobleme geht. Viele Schwierigkeiten lassen sich gewaltfrei beheben. Es soll sogar Wunder geben. Aber nicht mal in Lourdes kriegt man eines geschenkt, man muss eine Gegenleistung erbringen. Blöderweise hilft in Ihrem Fall das Beten nicht. Stellen Sie sich mal vor, unsere Polizei erfährt nun auch noch, dass Sie illegal Leute abhören und verfolgen. Und dass Sie sogar welche umbringen wie Konny und Norbert. Sie und ich, wir kennen Ihr Motiv, die Polizei aber bisher nicht. Was wird die von Ihnen denken, wenn sie erst mal alles weiß? Also, ich möchte gern Ihren Auftraggeber kennenlernen, Name und Adresse reichen. Okay? Ich verrate auch nicht, dass ich die Daten von Ihnen bekommen habe. Vielleicht wird dann ja alles wieder gut, für Sie und für mich. Übrigens, Geheimnisse sind bei mir wirklich gut aufgehoben. Aber sollten Sie wieder auf dumme Gedanken kommen, ich bin darauf vorbereitet. Auf alles. Und meine Beweise sind sicher deponiert. Sie wissen doch, wie das geht: Wenn mir oder einem meiner Freunde was passiert, egal was, sogar wenn einem von uns eine Taube auf den Kopf scheißt oder wir das Wetter ungemütlich finden ...
Antwort an Ganter @ gmx.net

Sie las es noch einmal, korrigierte ein bisschen, baute wieder Fehler ein, fand es rätselhaft und klar genug und schickte es los. Ja, sie waren wirklich vorbereitet, die Makarows waren besser als Baldrian. Und niemand würde die Pistolen unter der Küchenfensterbank finden, die Bullen schon gar nicht.

Als Dornröschen zurück war, spazierten sie über den St.-Thomas-Friedhof und gingen noch einmal alles durch. Twiggy erklärte, er halte den Wanzenverdacht nicht aus und werde sich noch einen Scanner leihen, absolut perfekt sei das Teil, das Neueste vom

Neuen, nicht mal die Geheimdienste hätten so was. Matti fragte sich, woher Twiggy so ein rares Gerät besorgen könne. Und wenn der Erpel den Namen seines Auftraggebers nicht nenne, fragte Matti. Dann werde man weitersehen, antwortete Dornröschen. Sie zeigte sich optimistisch, denn wer wolle eine Mordanklage an der Backe haben. Der Erpel bestimmt nicht. Zwanzig Jahre im Knast seien keine fröhliche Aussicht. Sie hatte recht, klar.

»Es gibt genau zwei Möglichkeiten«, sagte Matti. »Entweder er lässt sich auf den Deal ein, oder er geht aufs Ganze, was heißt, er bringt uns um.«

»Quatsch«, sagte Twiggy. »Der macht den Deal.« Er klang nicht so überzeugt.

»Wenn er den Deal macht, dann weiß er, was wir weiterhin über ihn wissen. Er kann nie in Ruhe leben.« Matti fühlte sich auch nicht besonders wohl.

Dornröschen gähnte. »Er wird unsere Beweise haben wollen, also die Silikonpads. Er kann sich aber nicht sicher sein, dass wir nicht welche zurückhalten.«

»Aber er wird herausbekommen, wie wir an seine Fingerabdrücke gekommen sind. Und wenn die Bullen uns im Autohaus vorführen, werden die Verkäufer uns erkennen, mögen sie noch so blöd sein. Und dann sind unsere Pads wertlos.«

»Was würdet ihr tun, wenn ihr an seiner Stelle wärt?«, fragte Matti.

»Deal«, sagte Twiggy.

»Umnieten«, sagte Dornröschen.

»Toll, dass uns das so früh klar wird«, schimpfte Matti. »Wobei, wenn er schlau ist, und das ist er, dann wird er sich leicht ausrechnen, dass er auf jeden Fall hochgeht, wenn er uns was tut.«

»Haha«, sagte Dornröschen, »aber wir haben gar nicht vorgesorgt.«

»Dann machen wir das gleich, und zwar in der Wohnung und« – er hielt den Zeigefinger an die Lippen – »ohne Gelaber.«

»Oder wir spielen Theater für den Fall, dass da Wanzen sind«, sagte Matti.

»Ich besorg erst mal den Scanner, und dann wissen wir, ob wir eine Aufführung machen müssen oder nicht. Aber auf jeden Fall müssen wir aufschreiben, was wir wissen, auch wenn es, ehrlich gesagt, nicht…«

»So viel ist. Wir haben nur einen Sack voller Vermutungen. Die sind zwar alle richtig, aber nicht beweiskräftig.« Dornröschen blieb stehen und kratzte sich auf dem Kopf. »Aber immerhin sind sie für den Erpel eine Bedrohung. Und so genau weiß der doch nicht, was wir wissen…«

»Genau genug«, sagte Matti.

»Wir haben das nicht gut durchdacht. Immer übersehen wir irgendwas.« Twiggy schlug die Faust in die Luft.

Matti blickte ihn erstaunt an.

Dornröschen klopfte ihm auf die Schulter. »Bei diesem Spiel ist das als Handicap eingebaut. Man kann nicht alles übersehen. Wir sind ja unter Druck, und Angst erzeugt Fehler. Wir sind nur Menschen, Twiggy.«

»Du solltest Pastorin werden«, sagte Twiggy etwas ruhiger. »Das Flugzeug stürzt ab, und Frau Pastor empfiehlt, fröhliche Lieder zu singen. Eine feste Burg ist unser Gott…«

»Quatsch, vom Himmel hoch, da komm ich her«, konterte Matti.

Ein kurzes Schweigen, während sie sich anstarrten, dann lachten sie los. Viel zu laut.

»Wir haben dem keine Frist gesetzt«, sagte Matti.

»Das hole ich nach«, erwiderte Dornröschen. »Ich korrespondiere gern mit Enten.«

»Und wenn alles vorbei ist, gehen wir zum Chinesen, Pekingente«, verkündete Twiggy.

Auf einem Grabstein, schwarzer Marmor, verblichene goldene Schrift, wurde eine Mathilde betrauert, *die viel zu früh von uns gegangen ist.* Sie war vierzehn Jahre alt, als sie im September 1976 starb. Matti blieb einen Augenblick stehen. Stiefmütterchen waren frisch eingepflanzt, in einer dünnen Glasvase steckten fünf Tulpen. Daneben ein erloschenes weißes Windlicht. Eine Brise aus dem Osten fegte durch die Tannen und ließ ihn frösteln.

Zu Hause setzte sich Dornröschen mit ihrem Notebook an den Küchentisch und fing an zu schreiben. Sie begann ganz am Anfang, und nach kurzem Zögern notierte sie auch, dass Matti die DVD geklaut hatte. Nur die Wahrheit wollte sie schreiben, nur dann würde es überzeugen. Sie arbeitete fast eine Stunde, obwohl sie eine routinierte Autorin war, die ihre *Stadtteilzeitung* manchmal fast allein vollschrieb, auch wenn sie dann Pseudonyme benutzte. Als sie fertig war, machte sie über WLAN zwei Ausdrucke, holte sie aus ihrem Zimmer, wo der Drucker stand, weil eigentlich nur sie ihn regelmäßig benutzte, und gab den beiden anderen je ein Exemplar.

Die lasen, kritisierten handschriftlich, aber schweigend, ein paar Einzelheiten, und Dornröschen übernahm die Korrekturen, auf die sie sich schließlich einigten, gleich in die Textdatei. Dann speicherte sie die Datei online und machte drei Ausdrucke. Sie packte sie in Umschläge, die sie aus ihrem Zimmer holte. Auf den einen schrieb sie *Gaby*, auf den zweiten *Klaus*, auf den dritten *Red*. Matti begriff sofort, dass er die beiden Umschläge am Abend noch zu Gaby und Aldi-Klaus bringen würde, wenn er den nicht schon bei Ülcan traf. Und den dritten würde Dornröschen in der Redaktion verstecken und ihren Kolleginnen erklären, dass sie den Umschlag nur öffnen dürften, wenn der WG was passierte. Dann müssten sie den Text aber ungekürzt drucken. Und sie müssten dafür sorgen, dass die anderen Zeitungen es auch taten. Und dass es im Internet veröffentlicht würde. Das alles schrieb sie stichwortartig auf, zeigte es den anderen, ein Blick, und die beiden nickten.

Matti war jetzt ein bisschen leichter zumute. Was waren sie nur für Dilettanten.

Auch wenn sie nicht glaubte, dass die Detektei oder die Bullen herausbekamen, woher sie das neu eingerichtete Mail-Konto benutzte, hatte sie entschieden, es nur in Internetcafés zu tun. Was bedeutete, dass sie wieder losradelte, um den Nachtrag loszuschicken. *Morgen Abend, 24 Uhr.*

Dann klingelte ihr Handy, und Wittmann schmiss sie raus. »Wir« – wer immer das war außer ihm – »haben kein Vertrauen in

Sie, wissen Sie. Das muss als Grund mal genügen.« Dornröschen genügte es allemal, sie hätte des Scheins halber weitergeputzt, aber das blieb ihr jetzt erspart. Natürlich protestierte sie laut und beteuerte, mit der frevelhaften Tat nicht das Geringste zu tun zu haben. Dieser Computerfirmafritze habe sich wohl Feinde gemacht, aber sie zähle nicht dazu, zumal sie den Herrn gar nicht kenne. Sie gab sich wirklich Mühe, gegen die Ungerechtigkeit zu protestieren, die sie zurück in das Elend von Hartz IV werfe und nur zeige, dass die Armen immer die Suppe auslöffeln müssten. Nach dem Telefonat überzog ein strahlendes Lächeln ihr Gesicht, und die Sonne brach durch die Wolken, nur um Dornröschen zu wärmen.

Sie fuhr gleich zur *Stadtteilzeitung*, um ihren Text dort zu hinterlegen.

»Du bescheißt mich«, brummte Ülcan. Dass er nicht schrie, zeigte, dass es langsam ernst wurde.

»Stress mit Frau«, murmelte Matti, der es nun als Männerkumpel versuchte. Ülcan war unzufrieden, Matti tauschte Schichten, machte blau, mit und ohne Entschuldigung, was Ülcan aber egal war, *er* war schließlich nie krank. »Ich hol's nach«, murmelte Matti demütig.

Ülcan war verblüfft, so kannte er Matti nicht. Es war also was Ernstes, eine Frau eben, das hieß Stress, Streit, Gezicke, die Sache mit dem verehrten Kemal Atatürk hatte auch ihre Kehrseite. Ülcan fühlte sich fast geschmeichelt, dass Matti einen Grund für seine Unzuverlässigkeit andeutete. Eine Frau, wenn Matti das rausrückte, dann steckte er in einer schweren Krise, ausgelöst durch die peinigende Macht der Frauen über die Männer. Die Welt war voller Ungerechtigkeit, aber die größte war, dass Männer Frauen begehrten und sich nicht dagegen wehren konnten. Das machte sie zu Spielbällen weiblicher Launen, Ülcan kannte das zu gut. Er saß ja nicht immer so lange in seiner Bude, weil er arbeiten musste. Vielleicht arbeiteten Männer wie er nur deswegen so viel und starben nur deswegen früher als die Frauen, weil sie ewig auf der Flucht waren und doch immer wieder zurückkommen mussten, als wären sie mit unsichtbaren Stahlseilen an die Frauen gekettet. So genau hatte er die Sache noch nie durchdacht, und er war Matti dankbar, ihn auf diese Spur gesetzt zu haben. »Bring das in Ordnung, bald«, brummte er. Aber dann zeigte sich gegen seinen Willen doch ein mildes Lächeln in seinem Gesicht. Ein paar Augenblicke nur.

Matti rief sie aus dem Taxi an, und sie verabredeten sich im *Schwarzen Café* in der Kantstraße. Er parkte das Taxi direkt vor dem großen Fenster mit dem bunten Neonpapagei. Sie saß schon in der Ecke, als er hineinkam und sich erst einmal an die Dämmerung gewöhnen musste, die nur Kerzen auf den Tischen und ein paar funzlige Lampen an den Wänden aufhellten. Es war ziemlich voll, viele Typen mit Bärten und wilden Haaren. Künstler, Schriftsteller und solche, die es sein wollten.

Sie blieb sitzen, als er sie mit einem Kuss auf den Mund begrüßte. Ihr Mund war kalt und blieb geschlossen. Kaum saß er, sagte sie: »Ich mach mir Sorgen.«

»Warum?«

Die Kellnerin stand am Tisch. Er bestellte einen Milchkaffee, sie einen Chianti. Als die Kellnerin abgezogen war, sagte sie mit ernster Miene: »Du machst irgendeinen Scheiß, stimmt's?«

»Wie kommst du darauf?«

»Du oder ihr seid immer noch hinter diesem… Entenmann her.«

»Nein«, sagte Matti. Irgendwie stimmte es auch, wenigstens ein bisschen. Denn jetzt würde der Typ vielleicht wieder hinter ihnen her sein. Je nachdem, wie er sich entschied, wie er die Beweise bewertete, die sie tatsächlich oder angeblich hatten.

»Lüg mich nicht an!« Über ihrer Nase vertiefte sich eine Falte.

Warum war sie plötzlich so energisch? »Was ist denn los?«

»Das ist gefährlich.«

Er zögerte. »Nicht so schlimm.«

»Aber ich darf dich nicht besuchen?«

»Du darfst mich besuchen.«

»Stell dich nicht dumm, ich hatte die ganze Zeit… Wohnungsverbot.«

»Ist aufgehoben.«

»Seid ihr wieder in der Okerstraße?«

Die Kellnerin brachte die Getränke.

»Ja. Ich habe doch gesagt, Twiggy und Dornröschen hatten beschlossen, dass absolut niemand diese andere Adresse kennen durfte. Die Ausweichwohnung stand unter Quarantäne oder so.«

»Und daran hältst du dich?«

»Klar, ist die Mehrheit.«

»Du lässt dir also Besuch verbieten, sogar den von deiner Geliebten.«

Er zögerte. Irgendwie hatte sie recht. Und dass er log, bedrückte ihn. Aber er musste sie aus der Sache heraushalten. Sie konnte ihren Job verlieren, wenn sie mit hineingezogen würde, wenn auch nur der Verdacht aufkam, sie sei in diesen Mist verwickelt. Sie konnte sogar mehr verlieren als ihren Job. Ihm wurde flau, er trank von seinem Kaffee, und ihm wurde noch flauer.

»Wenn du das so sehen willst. Es ist eine gefährliche Sache. Die Typen haben Norbi und Konny ermordet, und man könnte auf die Idee kommen, die Bullen schützen die, denn von Norbi hört man nichts mehr, und Konny soll aus Spaß in ein Auto gelaufen sein.«

»Dann hört auf. Lasst es sein. Die sind stärker als ihr, und wenn die sogar die Bullen auf ihrer Seite haben, dann habt ihr keine Chance. Die bringen euch auch um.«

»Das geht nicht mehr«, sagte Matti.

»Was heißt, das geht nicht mehr.«

»Wenn einem von uns was passiert, dann steht der Erpel in der Zeitung und im Internet.«

»Ihr erpresst ihn also.«

»Wir haben ihm ein Geschäft angeboten.«

»Seid ihr wahnsinnig?«

Ein Satz fiel ihm ein, den er vor einer roten Ampel gelesen hatte: »Der Edle geht unbeirrbar den rechten Weg; er ist aber nicht stur.« Er musste lächeln. »Wir haben keine Wahl mehr. Täten wir nichts, wäre es wahrscheinlich gefährlicher.« Er trank und wischte sich den Milchschaum von der Oberlippe. »Es ist ein Scheißgefühl, wenn du immer damit rechnen musst, dass dir einer ans Leder will. Wenn wir die Erpelgeschichte nicht zu Ende bringen, wird das vielleicht für den Rest meines Lebens so sein. Ich mag aber nicht ewig Angst haben. Das macht einen fertig.«

Ein Pärchen in Begleitung einer älteren Frau betrat das Café. Junges Glück plus Schwiegermutter auf Besuch. Sie trug ein schwarzes Kostüm, das in seiner Schlichtheit mörderisch teuer aussah. Das junge Glück hielt sich an der Hand und trug Jeans und T-Shirts, eine Art Partnerlook. Matti beobachtete sie, wie sie einen Platz suchten, bis die Mutter auf einen Tisch deutete und ihn mit entschiedenen Schritten ansteuerte, ohne sich auf Erörterungen einzulassen. Sie würde natürlich auch die Rechnung bezahlen.

Lily schaute ihn melancholisch an. »Ich fürchte, du redest dir was ein. Wenn ihr aufhört, dann wird Gras über die Sache wachsen, schneller, als du glaubst. Aber wenn ihr weitermacht, geht es schief. Du glaubst doch selbst nicht, dass sich solche Leute aufhalten lassen von einer WG, die aus der Zeit gefallen ist.«

Er lachte. Die Formulierung passte. Ja, sie waren aus der Zeit gefallen, weil die Zeit immer mieser wurde, weil sie ihnen alle Hoffnungen rauben wollte. Er konnte es nicht übel finden, Träume zu bewahren, viel mehr hatten sie doch nicht. Das war tausend Mal besser, als die Anpassernummer zu spielen, den Geläuterten zu geben. Als die eigene Biografie zu verachten. Die Wirklichkeit war ohnehin ein Konstrukt, eine gesellschaftliche Übereinkunft. Und morgen gab's ein neues Konstrukt. Warum sollten sie sich auf diesen oder einen anderen Konsens einlassen? Warum sollten sie auf eine eigene Wirklichkeit verzichten? Ihre war besser als die der anderen.

»Du machst dir zu viele Sorgen«, sagte er und kam sich blöd vor.

»Oh, Entschuldigung. Tut mir leid, dass mir was an dir liegt. Ich habe keine Lust, in die Pathologie geholt zu werden, um dich und deine Freunde zu identifizieren. Du magst das ... geschmäcklerisch finden ...«

Er nahm ihre Hand und drückte sie. »Wir kriegen das hin.«

»Was wollt ihr von dem?«

Matti überlegte eine Weile. Er konnte sie nicht so abspeisen. Er hatte Angst, dass sie gleich aufstand und ging. Er hing doch an ihr.

»Wir haben ihn hereingelegt«, sagte er schließlich. »Ohne uns kommt er nicht raus aus der Sache.«

»Da seid ihr euch so sicher?«

Er nickte bedächtig. Hundertprozentig sicher war er sich nicht. Nicht auszuschließen, dass denen noch eine Sauerei einfiel.

»Und womit habt ihr ihn in der Hand?«

Er schüttelte den Kopf. »Du solltest das nicht wissen. Es ist besser für dich.«

»Der schöne alte Paternalismus«, sagte sie. »Ich habe schon immer Männer gemocht, die wussten, was gut ist für mich und was schlecht. Vielen Dank, dass du mir das Denken abnehmen willst.« Sie zog ihre Handtasche zu sich und schaute sich um.

»Bleib«, sagte er. »Du hast von dem Bombenanschlag gehört?«

»In Köpenick?«

Er nickte. »Der Erpel wird verdächtigt, damit zu tun zu haben. Seine Fingerabdrücke wurden am Tatort gefunden, obwohl er, wie ich annehme, stur behauptet hat, nie dort gewesen zu sein.«

Ihre Augen weiteten sich. »Du willst damit sagen, dass ihr eine Bombe gelegt habt und es euch gelungen ist, es diesem Entenmann unterzujubeln.«

Er hob die Augenbrauen und die Hände einen Augenblick.

»Und wie habt ihr das hingekriegt?« Entsetzen klang mit.

Wieder die Augenbrauen und die Hände.

»Ihr habt seine Fingerabdrücke irgendwie dort hinterlassen. Ihr habt eine Bombe gezündet, nur um es ihm in die Schuhe zu schieben. Ist dir eigentlich klar, was alles hätte passieren können?«

»Nicht um diese Zeit.«

»Ihr seid doch völlig irre.«

Er lachte, aber es klang gezwungen.

»Und wie soll das weitergehen?« Sie schnippte nach der Kellnerin, die gerade an einem anderen Tisch kassierte. Als sie schaute, deutete Lily auf ihr Weinglas. »Ich sollte mir einen doppelten Whisky bestellen, vielleicht begreife ich den Unsinn dann.«

»Wir haben keine Wahl«, sagte Matti.

Sie schüttelte den Kopf. »Ihr seid so was von bescheuert.«

Sie schwiegen eine Weile. Auf Lilys Stirn glänzte Schweiß. Im Saal lachte ein Mann. Die Schwiegermutter redete auf das Pärchen ein. Die junge Frau nickte immer wieder, er starrte auf die Tischplatte.

Die Kellnerin brachte Lilys Wein.

»Und wenn der sich nicht auf euren Deal einlässt?«

»Dann hat er einen Bombenanschlag an der Backe.«

»Und niemand kommt auf euren tollen Trick? Das glaubst du doch selbst nicht.«

»Dem Entenmann wird keiner glauben. Die Sache mit Konny ist auch noch nicht gegessen. Irgendeiner bei den Bullen wird doch zwei und zwei zusammenzählen können.« Ihm kam diese Theorie selbst merkwürdig vor. Allerdings musste es doch dem Dümmsten auffallen, dass dieser Entenmann in einem Zusammenhang stand mit Konnys angeblichem Unfalltod und der Köpenicker Bombe. Aber wahrscheinlich ging es nicht um Dummheit, sondern um ein Komplott von Entenmann und den Bullen.

»Mal vorausgesetzt, der Entenmann spielt mit. Was wollt ihr von ihm?«

»Seinen Auftraggeber.«

»Hm.« Sie runzelte die Stirn.

»Der Erpel ist Oberdetektiv, der arbeitet nicht im eigenen Auftrag. Da gibt es jemanden, der lässt den diesen Tanz veranstalten, und das hat etwas mit der DVD zu tun.«

»Und auf der DVD habt ihr was Weltbewegendes gefunden.«

»Überhaupt nicht. Zeichnungen von Röhren, nichts sonst.«

»Und du schließt völlig aus, dass ihr auf dem falschen Trip seid?«

»Nein«, sagte er nach einigen Sekunden. »Aber es ist unwahrscheinlich.«

»Du meinst, wegen ein paar *Röhrenzeichnungen*« – sie zog das

Wort in die Länge, als verachtete sie es – »machen dieser Entenmann und oder sein Auftraggeber so ein Spektakel?«

»Wegen was sonst?«

»Und wenn der Entenmann tatsächlich den Auftraggeber verrät, was kriegt er von euch?«

»Seine Fingerabdrücke auf Silikonpads.«

»Damit er beweisen kann, wie seine Fingerabdrücke nach Köpenick kommen«, sagte sie. »Ich gebe zu, das ist nicht der dümmste Teil des Plans. Aber auf die Idee wird er selbst kommen, der Typ war bei der Stasi und ist Detektiv. Der kennt solche Tricks.«

»Das nützt ihm nicht viel«, sagte Matti. »Das würde jeder behaupten, der eine Bombe legt und nicht ganz bescheuert ist.«

Sie musste doch grinsen. »Ganz schön ausgebufft. Das heißt, es nützt ihm gar nichts, wenn er weiß, wie ihr es gedreht habt.«

»So ist es.«

»Und was sollen ihm diese Pads nützen? Die könnte er doch auch selbst fabriziert haben.«

»Ja«, sagte Matti. Daran hatte er auch schon gedacht. »Er kriegt auch ein Bekennerschreiben mit Details zu der Bombe, die niemand außer uns und den Bullen kennt.«

»Dann ist aber der dran, der bei der Computerfirma eingebrochen ist.«

Matti schwieg. Ja, es wurde eng. Die Bullen hatten Dornröschen schon auf dem Kieker. Nur beweisen konnten sie nichts. Sie durften keinen Fehler machen.

Als Matti am Morgen seine Schicht beendete, ohne viel verdient zu haben, brachen Sonnenstrahlen durch die Wolken. Noch war nicht entschieden, ob es ein warmer Frühlingstag werden würde. Noch war der Wind beißend kalt.

Auf dem Küchentisch lag ein Zettel mit Twiggys Handschrift: *Bude ist wanzenfrei*. Matti spürte die Erleichterung trotz seiner Müdigkeit. Er prüfte, ob mit der Küchenfensterbank alles in Ordnung war, überlegte, ob er eine Makarow mit ins Schlafzimmer nehmen sollte, verzichtete dann aber. Die Bullen waren bestimmt supernervös und würden beim geringsten neuen Verdacht die Wohnung wieder auf den Kopf stellen.

Er legte sich hin und wurde nach knapp zwei Stunden von einem Klappern geweckt, das aus der Küche kam. Er stand auf und ging hin. Dornröschen kochte Tee, sie war auch hundemüde.

»Noch nichts gekommen«, sagte sie. Ihr Blick wanderte zur Fensterbank und schien zu sagen: Hoffentlich brauchen wir die Dinger nicht.

»Wo ist Twiggy?«, fragte er.

»Pennt, kam spät nach Hause, hat aber die Bude noch gescannt.« Sie deutete auf den Zettel. »Immerhin.«

Matti überlegte, ob er von seinem Gespräch mit Lily berichten sollte, aber was würde es bringen? »Wir dürfen dem oder seinen Leuten auf keinen Fall begegnen. Wir müssen die Sache auf einem Umweg abwickeln. Die Typen schnappen sich sonst einen von uns und halten ihm die Knarre an den Kopf.«

12: Call Me Lightning

In der Mail stand nur: *Okay. Wie? Wann?*

Sie saßen am Küchentisch, und Matti war fix und fertig. Er hatte nicht mehr lange mit Lily gesprochen und fühlte sich mies, nicht nur, weil er müde war. Als er in der Nacht durch die Stadt fuhr und es immer weniger Menschen in den Straßen gab, und die, die es gab, betrunken waren oder sonst wie merkwürdig, Zuhälter, Huren und Freier, bleiche Nachtwesen, ein Fixer, der tatsächlich die Fahrt bezahlen konnte, ein reicher Schwuler mit einem blonden Knaben, als kaum Busse fuhren und es gegen Morgen zu regnen begann, da bereute er es, Lily erzählt zu haben, was sie getan hatten und tun würden. Aber dank des Gesprächs begriff er, dass sie nur Mist bauten, es war nichts Halbes und nichts Ganzes. Es fiel ihm jedoch nichts Besseres ein, und er fand sich ab mit der Einsicht, dass es in ihrer Lage keine guten Schachzüge gab, nichts, das eindeutig war. Aber wie sollte es anders sein, wenn man gegen eine Art Privatgeheimdienst und die Bullen gleichzeitig antreten musste?

»Wir dürfen uns mit niemandem von denen treffen«, sagte Matti. Er drückte den Zeigefinger gegen seine Schläfe.

»Aber wir haben die da«, erwiderte Twiggy und deutete auf die Fensterbank.

»Du spinnst«, sagte Matti. »Wir dürfen uns nicht auf eine Ballerei einlassen. So was endet immer böse. Wenn wir sie umlegen, sind wir Mörder, wenn sie uns umlegen, sind wir tot.«

»Wir geben denen einen Zettel. Darin steht, dass es eine Semtex-Bombe war, gezündet mit einem …« – ein Blick zu Twiggy.

»Junghans-Wecker«, sagte der.

»Aha.« Matti schüttelte den Kopf. »Und was sollen die Entenmänner damit anfangen? Den den Bullen geben? Das hilft denen doch nicht. Sie brauchen einen klaren Beweis, dass es ihr Boss nicht war. So einen Zettel könnten die sich doch selbst schreiben.«

»Die nennen zuerst ihren Auftraggeber, dann kriegen sie die Pads und meinetwegen irgendeinen Zettel«, sagte Twiggy. »Mehr haben wir nicht. Wenn es denen nicht reicht…« Er pustete durch die geschlossenen Lippen.

»Dann fühlen die sich verarscht, und wir haben sie garantiert weiter an der Backe.« Matti war hundemüde.

»Glaubst du, die geben irgendwann Ruhe?«, fragte Twiggy.

»Das ist die Frage«, sagte Dornröschen nachdenklich. »Wie werden wir die wieder los? In deren Augen wissen wir zu viel. Und wir wollen noch mehr wissen. Ehrlich, ich habe Schiss.«

So etwas hatte Dornröschen noch nie gesagt.

»Wir müssen Entenmann wegen der Morde rankriegen, dann sind wir ihn los«, sagte Matti. Er war jetzt klar im Kopf, die Angst hatte ihn wach gemacht.

Vom Treppenhaus schallte Geschrei in die Wohnung. Matti hatte gesehen, dass im Stockwerk unter ihnen neue Leute einzogen, wie es aussah, ein Pärchen mit knapp unter zwanzig kreischenden Kindern. Tolle Aussichten allerorten. Als hätte sich alles gegen sie verschworen.

»Wir gründen ein Kommando«, sagte Dornröschen.

»Wie bitte?« Twiggy glotzte sie an, als wäre sie ein Marsweibchen.

»Das Kommando Hermann Meier.«

Twiggy erstarrte. Dann schüttelte er sich. »Und wer ist dieser Hermann Meier?«

»Hast du den Genossen schon vergessen?« Sie tat verzweifelt und lachte, aber in dem Lachen hörte man ihre Angst. »Der ist zweiundsiebzig in Peru verhaftet, gefoltert und ermordet worden.«

»Ach den.«

»Das ist nicht schlecht«, sagte Matti. »Wir dichten dieser Computerklitsche eine böse Geschichte an und begründen so den Anschlag. Die Bullen werden die Erklärung, den Semtex und das Kommando zusammenzählen und einen terroristischen Hintergrund konstruieren, und die Presse wird gern helfen. Wir ziehen das groß auf und beschäftigen sie eine Weile. So gewinnen wir ein bisschen Zeit« – optimistisch klang er aber nicht – »und lassen den Auftraggeber hochgehen ...«

»Wegen der Röhren für den Bratwurstautomaten«, warf Twiggy ein.

»Weißt du was Besseres?«, fragte Matti gereizt.

»Wir geraten in einen Bratwurstkrieg, so sieht es aus«, maulte Twiggy.

»Ich habe nichts gegen Bratwürste«, sagte Matti. »Da fällt mir ein, ich war schon lange nicht mehr bei *Curry 36*.«

»Hört auf mit dem Scheiß! Wir gründen jetzt das Kommando Hermann Meier. Meier ist ein Genosse, der sich den Tupamaros angeschlossen hatte und vom Klassenfeind ermordet wurde. Er stammte aus Westberlin, hat bei den RZ gearbeitet, aber das wurde ihm bald zu pissig, Spielkram. Klar?«

»Es lebe der Genosse Meier!«, sagte Twiggy.

»Leider ist er tot, aber für uns ist es nützlich«, sagte Dornröschen trocken. »Also, los geht's.« Sie gähnte, holte ihren Computer und stellte ihn auf den Küchentisch.

»Die *MIT Computersysteme* haben Software an die kolumbianische Regierung geliefert«, sagte Twiggy. »Damit werden Polizei, Geheimdienste und Militär vernetzt, um die Guerilla wirkungsvoll bekämpfen zu können.«

»Genial!« Dornröschen tippte. »Die werden alle dementieren, und keiner wird ihnen glauben. Und wenn sie nicht dementieren, waren sie es sowieso.« Sie tippte weiter. »Da muss noch ein bisschen Verzierung ran, und los geht es.« Sie hackte auf die Tastatur ein. »Also, ich lese vor.« Sie räusperte sich und gähnte. »Das Kommando Hermann Meier hat die Berliner Zentrale der Firma *MIT Computersysteme* zerstört. Das ist die Quittung für die Zusammenarbeit dieser Firma mit dem kolumbianischen Regime, einer Marionette des US-Imperialismus. Die *MIT Computersysteme* verkauft Software an das kolumbianische Regime, die dazu dient, das Volk und seine Befreiungsbewegung, die Fuerzas Armadas Revolucionarias de Colombia – Ejército del Pueblo (FARC) zu unterdrücken. Der Gegenangriff der revolutionären Kräfte in Deutschland zeigt, dass die schmutzigen Geschäfte der Imperialisten künftig wieder aktiv weltweit bekämpft werden. Überall und jederzeit. Das Kommando Hermann Meier plant bereits weitere Angriffe auf den Klassenfeind, die erst beendet werden, wenn die Kumpanei der deutschen Imperialisten mit dem kolumbianischen Regime aufhört. Das Kommando Hermann Meier wird auch Einrichtungen des bürgerlichen Staats angreifen, die die schmutzigen Geschäfte mit der Mördersoftware decken und absichern. Der kriminaltechnische Beweis für unsere Urheberschaft beim bewaffneten Angriff auf die *MIT* wird der Polizei zugeschickt. Kommando Hermann Meier.«

Sie schaute die beiden anderen an.

Matti nickte. Twiggy hatte die Hände um den Nacken gelegt und kippelte auf dem Stuhl.

»Machen wir so«, sagte Matti.

Twiggy sagte: »Hm.«

Dornröschen schnaubte. »Ich weiß doch auch nicht, ob das was nützt. Wir sagen denen einen Bekennerbrief zu, und sie kriegen die Silikondinger. Aber vorher wollen wir den Auftraggeber, und wir werden ein, zwei Tage herausschinden, um zu prüfen, ob die uns nicht verscheißern. Gibt es noch Diskussionsbeiträge?« Ohne eine Sekunde zu warten, erklärte sie: »Offenkundig nicht. Wir machen das so.«

Kein Widerspruch.

Sie fand im Internet das handgestrickte Logo der Revolutionären Zellen, ein fünfzackiger roter Stern mit dem etwas aus der Mitte gerutschten *RZ*.

»Wo übergeben wir die Pads?«

»Wir deponieren die irgendwo und sagen denen das. Eines nach dem anderen.« Dornröschen öffnete den Browser, klickte sich zu ihrem anonymen Postfach und begann zu schreiben.

Ganz einfach: Sie mailen den Namen des Auftraggebers und des Eigentümers der DVD, dann erhalten Sie von uns die Gegenleistung.

Die beiden anderen nickten, als sie es vorgelesen hatte, und sie schickte die Mail ab.

»Wenn die uns überfallen, was dann?«, fragte Twiggy.

»Das hilft ihnen nicht viel. Auch wenn sie uns umbringen würden, käme der Erpel nicht aus dem Knast. Sie hätten nur eine Sorge mehr«, sagte Dornröschen.

»Hoffentlich wissen die das auch«, erwiderte Twiggy.

Geschrei im Treppenhaus, mindestens zwei Kinderstimmen, und eine Frau übertönte sie schrill.

Matti zog die Vorhänge zu und ging ins Bett. Er lag noch lange wach. Draußen dröhnte ein Lkw-Diesel. Als er es hörte, erinnerte er sich an den Lärm des Flughafens Tempelhof und wie unwirklich es war, als dort plötzlich keine Flugzeuge mehr landeten und starteten. Er hatte es oft nicht mehr wahrgenommen, es war wie ein Tinnitus gewesen, den man nicht mehr hörte, weil man ihn nicht hören wollte, obwohl man wusste, dass er immer da war. Jetzt, wo die Flugzeuge verschwunden waren, hörte er sie in seiner Erinnerung.

Lauter war aber die Angst.

Er starrte an die Decke. Eine Spinne marschierte gemächlich zu ihrem Netz. Lily fiel ihm ein, ihn rührten ihre Sorgen. Sie war ruhiger geworden und furchtsamer. Er hätte ihr nichts erzählen sollen. Aber sie wäre sauer geworden, hätte ihn sitzen gelassen im *Schwarzen Café* und vielleicht für immer. Eine Liebe ohne Vertrauen funktioniert nicht.

Wenn der Erpel seinen Auftraggeber verriet, wie ging es weiter? Sie würden alles versuchen, um es zu verhindern … Er überlegte noch einmal. Was verhindern? Was für ein Geheimnis schützten sie? Es war wichtig genug, um Morde zu begehen, das stand fest. Sie hatten mit einigem Glück einen Namen, und was dann?

Er fiel in einen unruhigen Schlaf und träumte von einer Verfolgungsjagd, Entenmann in seinem S-Klasse-Benz und Matti zu Fuß. Er flüchtete in ein Parkhaus, Entenmann kam näher, dann gab es keinen Ausgang mehr, und die Scheinwerfer erfassten ihn, der Motor heulte auf, der schwere Wagen schoss mit quietschenden Reifen auf ihn zu.

Es kratzte an der Tür. Matti stand auf und öffnete. Robbi kam herein und schmiegte sich an Mattis Unterschenkel. Der legte sich wieder aufs Bett, und Robbi sprang hinterher. Der Kater drückte sich an Mattis Bauch. Er zitterte kaum spürbar, und seine Augen wanderten hektisch durch das Zimmer. Matti streichelte ihn sanft und schlief wieder ein.

Er wachte auf vom Kindergeschrei im Zimmer unter ihm. Robbi lag noch an seiner Seite, er hatte die Ohren gespitzt, und seine Schwanzspitze wedelte. Matti quälte sich aus dem Bett, Robbi guckte ihn empört an und maunzte. Matti ging in die Küche und kochte sich einen Kaffee. Er hatte keinen Hunger. Als der Kaffee fertig war, goss er sich einen Becher voll, kippte zu viel Zucker hinein und trank vorsichtig. Er stellte sich ans Fenster und schaute hinaus. Der Wind trieb schwarze Wolken nach Westen, ein Schwarm Sperlinge schreckte auf und flatterte zum Nachbarbaum.

Twiggy stand in der Tür, Matti hatte ihn nicht gehört. »Ist Robbi bei dir?«

Matti nickte. Der Kater hatte sich unter die Decke verkrochen.

Twiggy setzte sich an den Tisch und deutete auf die Kaffeemaschine. Matti goss ihm einen Becher voll.

»Jetzt wird's ernst«, sagte Twiggy. Er war blass und hatte müde Augen.

Matti nickte.

Sein Handy piepte. Er las die SMS: *Bleibt zu Hause.*

»Dornröschen«, sagte Matti. »Offenbar hat der Erpel geantwortet.«

Eine Viertelstunde später kam Dornröschen, abgehetzt. In ihren Haaren hingen feine Tropfen, ihre Regenjacke war nass. »Scheißwetter.«

Sie hängte ihre Kleidung im Flur auf, ging aufs Klo, dann setzte sie sich an den Küchentisch. Sie zog einen Zettel aus der Tasche. Darauf stand nur: *Ingenieurbüro Dr. Heribert Schaleis.*

»Aha«, sagte Matti.

Dornröschen holte ihr Notebook in die Küche und suchte. »Das

Büro liegt in Marzahn, Leunaer Straße, da ist ein Gewerbegebiet.«
Sie tippte und klickte. »Die haben keine Homepage, muss man sich
mal vorstellen. Fünf Google-Einträge, mehr nicht und nur auf
Adressenseiten. Immerhin eine Telefonnummer. 94777650.«

»Maximale Publicity«, sagte Twiggy. Er nahm Mattis Löffel
und rührte in seinem Becher. »Und was machen wir jetzt?«

»Wir geben den Entenmännern die Fingerabdruckpads und
schicken unser Bekennerschreiben ab«, sagte Dornröschen. »Ob
das stimmt« – sie deutete auf den Bildschirm – »oder nicht, mehr
verrät der Erpel nicht.«

»Heribert Schaleis, was können wir über den herausfinden?«,
fragte Matti.

»Hm, ich kenne da eine prima Detektei…« Twiggy grinste,
aber es sah eher verzweifelt aus.

»Wir spielen Journalisten und checken die Berufsverbände der
Ingenieure«, sagte Dornröschen.

»Au Backe«, sagte Matti. »Glücklicherweise gibt es nur drei
Ingenieure in Deutschland.«

»Bessere Idee?« Sie wartete die Antwort nicht ab, sondern
suchte die Mail-Adressen der Berliner Presse und der Nachrich-
tenagenturen. Dann loggte sie sich in ihrem anonymen GMX-
Konto ein und verschickte das Bekennerschreiben.

Sie zog sich Gummihandschuhe an, holte die Pads und die Plastiktüte aus der Küchenbank und verpackte sie in Pappumschlägen.
In den Umschlag mit der Plastiktüte steckte sie einen Ausdruck
mit der Zeile: *Grüße vom Kommando Hermann Meier.* Sie bedruckte
einen Adressaufkleber und pappte ihn auf den Umschlag: *An die
Berliner Kriminalpolizei.* Der andere Umschlag blieb ohne Aufschrift. Diesen legte sie in eine Stoffeinkaufstasche und schob sie
Matti zu. »Nimm dir Gummihandschuhe mit!«

»Ja, Mutti«, sagte er, was ihm einen schmerzhaften Hieb auf den
Oberarm eintrug. »Au!«, rief er viel zu laut.

Als müssten sie antworten, kreischten in der Etage unter ihnen
Kinder. Dann rief eine Frauenstimme etwas, und schließlich endete
der Stimmenlärm, weil der Fernseher eingeschaltet worden war

und durch das Treppenhaus dröhnte. Fruchtbärenwerbung mit einem blond gelockten TV-Deppen.

»Als diese BSE-Panik war, hatte ich echt gehofft…«, sagte Twiggy. »Aber es erwischt immer die Falschen, die Rindviecher in dem Fall.«

»Ich pack den Umschlag an einen sicheren Ort, und den nennen wir den Entenmännern. Hast du eine Idee?«

»Unter einem Glas- oder Papiercontainer«, sagte Dornröschen. »Da guckt kein Schwein nach. Aber fass den Umschlag nur mit Handschuhen an, die Bullen haben deine Fingerabdrücke. Und achte darauf, dass du nicht verfolgt wirst.«

Matti rutschte mit seinem Stuhl zur Seite und sagte: »Ja, Mutti.«

Die Faust schoss in seine Richtung, aber er zuckte zurück, und sie verfehlte ihr Ziel. Er packte ihre Hand und schlug sie ein paar Mal sanft, bevor er sie losließ.

Sie zog eine Grimasse und streckte ihm die Zunge heraus. Aber sie musste grinsen. »Also, das Programm ist klar, ja? Zuerst wird das Zeug verschickt« – sie deutete auf den Umschlag und die Einkaufstasche – »dann checken wir den lieber Heribert…«

»Und dann spielen wir Lotto«, sagte Twiggy. »Weil wir da nämlich bessere Chancen hätten.«

»Miesmacher«, erwiderte Dornröschen. »Ein bisschen revolutionären Optimismus, Genossen!«, verkündete sie pathetisch.

Sie lachten.

Robbi marschierte in die Küche, begutachtete seinen Fressnapf, sah, dass es wieder Trockenfutter gab, und begann zu jaulen. Twiggy sprang auf und öffnete eine Dose Katzenfutter, Thunfisch natürlich. Dornröschen verzog das Gesicht.

Matti und Lily trafen sich zum Abendessen bei *Good Friends*. Sie fanden einen freien Tisch an der Seite zur Kantstraße, der zum Hauptsaal abgeschirmt war. An den beiden anderen Tischen saßen Chinesen vor monströsen Platten und Reisschalen. Als der Kellner am Tisch stand, bestellten beide die Pekingentenvorspeise und grünen Tee. Vom großen Saal drang Gemurmel und Geklapper zu ihnen, es war stickig. Der Geruch von heißem Öl verbreitete sich. Schwarz gekleidete Kellner eilten zu den Tischen und in die Küche. Menschen kamen und suchten einen freien Platz.

»Wie geht's voran?«, fragte sie.

»Wir haben uns geeinigt mit dem Entenmann.«

Sie blickte ihn skeptisch an. »Aha.«

»Er kriegt, was er will, und wir auch.«

»Mehr willst du nicht verraten?«

»Er bekommt die Pads, mit denen wir seine Fingerabdrücke übertragen haben. Und wir schicken ein Bekennerschreiben los wegen des Bombenanschlags. Dafür hat er uns den Namen seines Auftraggebers genannt.«

»Ihr seid verrückt.«

»Alles anonym«, sagte er.

»Aber der Entenmann weiß, mit wem er es zu tun hat.«

»Davon gehe ich aus.«

»Und wenn er euch umbringt?«

»Dann gibt's was in der Zeitung und im Internet. Hab ich das nicht schon gesagt?«

Sie winkte ab.

Sie schwiegen lange.

Nachdem das Essen und der Tee serviert worden waren und während Matti eine Entenbrustscheibe in einen kleinen Pfannkuchen rollte, blieb sie wie starr sitzen und beachtete ihr Essen nicht. »Was habt ihr jetzt vor?«, fragte sie endlich.

»Wir haben den Namen, und dem rücken wir jetzt auf die Pelle.«

»Könnt ihr nicht einfach aufhören? Wenn ihr Staub aufwirbelt, kriegen die euch noch wegen des Bombenanschlags dran.«

Seltsame Logik, dachte Matti. Der Anschlag wäre umsonst gewesen, wenn sie jetzt nicht weitermachten. Und sie mussten weitermachen, wegen Konny und auch wegen Norbi.

Sie aß einen Bissen, lustlos. »Ich kann dich nur bitten aufzuhören.«

Er antwortete nicht.

Sie redeten nicht mehr viel, bis er seine Schicht fortsetzte. Der

Abschied war kühl. Er sah ihr nach, wie sie nach Hause lief im Schummerlicht der Laternen und Schaufenster. Sie blieb lange vor einer Auslage stehen, die Hände in den Hosentaschen.

Er fuhr zwei bärtige Juden in schwarzen Anzügen aus schwerem Stoff und schwarzen Hüten nach Mitte, sie saßen auf der Rückbank, die Hände auf den Knien, und sagten kein Wort. Immerhin gaben sie ihm drei Euro Trinkgeld und verabschiedeten sich höflich. In Mitte las er eine Dame im Nerz und mit Hut auf, die er nach Dahlem brachte. Sie ließ sich das Rückgeld vorzählen und verschwand wortlos. Der Funk rief ihn in die Rheinbabenallee, wo ungeduldig – »Das hat ja gedauert!« – ein Geschäftsmann wartete, der schrecklich wichtig war und zum Hauptbahnhof gebracht werden wollte. Seine Finger trommelten auf dem Aktenkoffer, den er auf den Knien hielt, bis sie angekommen waren. Er hatte aber noch Zeit, auf das Restgeld zu warten, dann eilte er zum Eingang. Matti stellte sich in die Schlange und las Konfuzius. »Worte sollen den Menschen etwas sagen – das ist alles.«

Am Morgen sah er an einem Kiosk in Zehlendorf die BILD-Titelseite: LINKSTERRORISTEN SCHLAGEN ZU!, stand da in roten Großbuchstaben. Er hielt an und kaufte das Blatt. »Aufhängen müsste man die. Alle!«, schimpfte der Kioskbesitzer und tippte mit seinem Finger auf die Überschrift. Matti fuhr ein Stück weiter und parkte am Rand. Bevor er las, drehte er sich eine Zigarette und zündete sie an.

Der Artikel war reißerisch und schlampig. »Brutal wie in den Siebzigern«, las Matti. »Nur durch glückliche Umstände kam niemand zu Schaden. Die Büros der Firma bieten ein Bild des Schreckens.« Dann mühte sich der Redakteur, seinen Lesern zu erklären, wer die Revolutionären Zellen waren: »Feierabendterroristen, so blutrünstig wie die Baader-Meinhof-Bande, die in den Siebzigerjahren den beliebten Arbeitgeberpräsidenten Hanns-Martin Schleyer und Generalbundesanwalt Siegfried Buback feige ermordete.« Und BILD empfahl: »Gnadenlose Jagd auf diese Verbrecher und ihre Sympathisanten.«

Er schaltete das Radio ein: »…ist ein Bekennerschreiben eines Kommandos Heinrich Meier versandt worden, in dem es heißt …« Der RBB brachte immerhin zwei kurze Zitate aus dem Schreiben. Und: »Auf Befragen erklärte die Polizei, bei ihr sei eine Sendung eingetroffen, die angeblich vom Kommando Hermann Meier stammt und eine leere Plastiktüte enthalten soll. Die Tüte werde derzeit kriminaltechnisch untersucht. Für den Mittag hat die Polizei eine Pressekonferenz angekündigt.« Matti schnippte die Zigarette durchs Fenster und schaltete das Radio aus.

Er überlegte kurz und entschied sich, nach Zehlendorf zu fahren. Er gurkte eine Weile durch die Gegend, bis er in der Breisgauer Straße zwei Altglascontainer entdeckte, einer für helle, der andere für dunkle Flaschen. Er stoppte den Wagen genau davor, so dicht, dass er gerade die Tür aufbekam und niemand sehen konnte, was er tat. Er zog sich die Gummihandschuhe an, holte den Umschlag und schob ihn unter den Container für die dunklen Flaschen.

Zurück in der Wohnung, entdeckte Matti, dass Twiggy ein neues Schließsystem und einen Spion in die Tür eingebaut hatte. Stahlbolzen sicherten den Rahmen, und sie würden künftig zwei Schlösser öffnen müssen. Außerdem hatte er im Flur einen Bewegungsmelder mit einer Sirene gekoppelt. »Im Treppenhaus hängt auch so ein Ding, an der Decke, da kommt keiner ran, ist auch gegen Sabotage gesichert«, sagte er. »Wenn jemand auftaucht, blinken rote Lampen im Flur und in der Küche.« Er deutete auf die Wand der Küchenoberzeile, darüber hing kaum sichtbar eine kleine LED. »Wenn so ein Ding leuchtet, kann man es nicht übersehen. In meinem Zimmer habe ich noch eine installiert. Der Witz aber ist eine winzige Kamera im Treppenhaus, die niemand erkennt, der nicht von ihr weiß. Sie ist per WLAN mit meinem PC gekoppelt, der läuft ab sofort durch. Und ich werde so oft zu Hause sein, wie es geht. Und wenn nicht, muss jemand anders den Bildschirm im Auge behalten. Wir sollten genug Zeit haben« – ein Blick zur Küchenfensterbank – »uns vorzubereiten.«

Normalerweise hätte Matti gemotzt, weil sie ihn nicht einbezogen hatten in die Planung. Aber es waren keine normalen Zeiten, und was Twiggy in der Nacht geleistet hatte, war großartig. Matti legte die Faust auf die Tischplatte und streckte den Daumen hoch.

Matti beschrieb Dornröschen, wo er den Umschlag versteckt hatte, und sie mailte es Entenmann.

»Jetzt können wir nur noch beten«, sagte Twiggy, auf dessen Schoß Robbi saß.

»Das ist eine mir unbekannte Tätigkeit. Wie geht das?«, fragte Matti. Er stand auf und verschwand ins Bett.

Aus dem Beten wurde sowieso nichts. Am Abend aßen sie zusammen. Matti hatte seine Schicht getauscht, Twiggy verzichtete auf nächtliche Unternehmungen, Dornröschen war kaputt von der Arbeit gekommen und hatte auch noch eingekauft. Brot, Käse, Rotwein und sogar Thunfischfutter für Robbi. Keinem war etwas aufgefallen, kein Auto mit einem seltsamen Typen am Steuer, keine auffällig unauffälligen Verfolger, nichts.

»Ob Schaleis es schon weiß?«, fragte Matti.

»Keine Ahnung.« Dornröschen gähnte ausgiebig. »Ob Entenmann schon aus der Haft entlassen ist? So eine kriminaltechnische Untersuchung kann dauern. Außerdem ist es denkbar, dass die Bullen die ganze Aktion nur für einen Trick vom Erpelschwarm halten und er weiter im Knast bleibt.«

»Meinetwegen kann er dort verrotten«, sagte Twiggy.

Dornröschen winkte ab. »Der Erpel wird kalkulieren, was ihm am meisten nützt. Er ist als Detektiv unten durch, wenn er einen Kunden verrät. Klare Sache. Dann kann er seinen Laden dichtmachen, zumal bei solchen Kunden. Ich nehme an, er bedient nur Typen und Firmen, die die Diskretion mehr lieben als alles andere. Könnte also sein, dass der Schaleis gar nichts weiß. Aber wir sollten uns beeilen. Denn Schaleis wird sich fragen, was es für ihn bedeutet, dass sein Privat-Bond sich in diese Scheiße geritten hat.«

Matti wiegte seinen Kopf. Seine Sache waren solche Spekulationen nicht. Das Leben lief meist anders als in den Verästelungen einer komplizierten Logik. Im Leben gibt es Gefühle und Fehler, und manchmal waren die ein und dasselbe. Vielleicht hatte den Erpel der Zorn gepackt, und er sann auf Rache. Matti würde es verstehen. »Und wenn der dem Schaleis alles gesteckt hat. In einer Version, bei der er selbst nicht so schlecht aussieht?«

»Und was für eine Version soll das sein?«, fragte Twiggy kauend.

Ja, was für eine Version sollte das sein? Matti überlegte, fand aber keine. Dafür eine andere: »Wenn ich der Erpel wäre, dann würde ich eine Bande Stasi-Killer anheuern und sie uns auf den Hals schicken. Bewaffnet mit Beweisen dafür, dass wir die Bombe gelegt haben.«

Twiggy hörte auf zu kauen, Dornröschen erstarrte, und Robbi blieb im Türrahmen stehen. Matti trank einen Schluck Bier, aber der befreite ihn nicht von der Übelkeit, die vom Magen aufstieg.

»Okay«, sagte Dornröschen endlich. »Das ist die wahrscheinlichste Lösung. Wenn der Erpel uns beseitigt, dann braucht er gegenüber Schaleis nicht mit der Wahrheit herauszurücken. Und so eine Aktion organisiert Entenmann über einen Anwalt aus dem Knast heraus.« Sie stand auf, ging zur Fensterbank, klappte sie hoch und legte die Makarows auf den Küchentisch. Sie zog das Magazin heraus und zog den Schlitten nach hinten, was die Patrone aus dem Lauf warf. Sie kullerte über den Tisch. Dornröschen ließ den Schlitten nach vorn schnalzen und drückte ab. Es klickte metallisch, als der Hahn nach vorn stieß. Sie schob das Magazin wieder in den Griff, lud durch, sicherte, holte das Magazin wieder heraus und drückte die Patrone vom Tisch hinein. Dann steckte sie das Magazin in die Pistole und legte die schwarz glänzende Waffe auf den Tisch. Matti tat es ihr nach.

Es klappte alles noch, wie sie es bei dem irren Lehrgang gelernt hatten, der als Sommerurlaub getarnten vierwöchigen »Fortbildung« in einem Palästinenserlager im Jemen, wo sie durch den Sand robbten und herumballerten, um zu schauen, was man als Stadtguerilla draufhaben musste. Es war eher ein Schnupperkurs gewesen, der allerdings ausreichte, sie vom bewaffneten Kampf zu

kurieren, neben ein paar anderen Ereignissen, zu denen die Unge-
heuerlichkeit zählte, dass deutsche Genossen 1976 in einer geka-
perten Passagiermaschine im ugandischen Entebbe Juden aussor-
tierten. Auch wenn ihnen das erst mit einigen Jahren Verzögerung
und nach unendlichen Diskussionen klar geworden war, zuerst
Dornröschen natürlich.

Twiggy saß unbeweglich, Robbi schlich um seine Waden und
maunzte. »Wenn wir einfach abhauen?«

Schweigen.

»Wir werden die nie los, wenn wir nicht selbst was tun. Und wir
haben mit dem Erpel und seinem Auftraggeber noch eine Rechnung offen, vergessen?« Dornröschen zog sich am Ohrläppchen.
»Wegen Konny und überhaupt dieser Scheiße.« Sie gähnte. »Also,
was machen wir? *Wir* machen etwas, und die anderen sollen reagie-
ren. *Wir* lassen uns nicht mehr durch die Gegend hetzen. Es reicht.
Was bilden diese Typen sich ein? Dass wir uns belauschen, verfolgen, bedrohen und ermorden lassen? Wir sind keine Hasen.«

Matti erschrak bei diesem Ausbruch. So hatte er sie nie erlebt.
Nicht einmal in den Jahren, als es hoch und hart herging.

»Gut, was schlägst du vor?« Ihm ging alles auf die Nerven. Er
wäre jetzt am liebsten mit Lily weit weggefahren, dorthin, wo es
warm war und wo es keine Detektive gab, zumindest keine, die
einen kannten und umbringen wollten. Dann hatte Matti eine Idee:
»Wir machen es wirklich offensiv. Ich spiele einen Kunden, vertrete irgendeine Firma und fühle denen auf den Zahn. Wenn wir
wissen, was die treiben, kommen wir vielleicht weiter.«

Twiggy brummte etwas und sagte: »Da wirst du auch nicht
mehr erfahren als im Internet. Ingenieurtechnik, Stahlbau, kom-
plexe Anlagen und so ein Zeug. Alles und nichts.«

»Und wenn ich denen unsere DVD-Kopie auf den Tisch lege?«

»Bist du lebensmüde?«, fragte Twiggy.

»Viel übler, als es ist, kann es nicht kommen.« Matti fühlte, wie
die Ungeduld ihn trieb. Und die Angst. Dieser Irrsinn musste
aufhören. Erst jetzt begriff er ganz, dass sie kaum einen Schritt
weitergekommen waren und dass der Erpel sie, wenn es logisch

zuging, umbringen musste, alle drei, möglichst bald. »Der wird welche schicken«, sagte Matti. »Wenn ich Entenmann wäre, ich würde welche schicken.« Er deutete auf die LED an der Wand und nickte. »Wenn sie uns stoppen wollen, müssen sie es sofort tun. Günstig für sie ist auch, dass Entenmann wahrscheinlich noch im Knast sitzt. Ein besseres Alibi kannst du nicht haben.«

Dornröschen nickte.

Twiggy saß regungslos auf seinem Stuhl und war blass. Dann griff er nach der Makarow und prüfte ihre Funktionen. Sie funktionierte, und er legte sie bedächtig vor sich auf den Tisch. »Hoffentlich ist die Munition auch okay.«

»Haben wir noch was anderes?«, fragte Dornröschen.

Twiggy ging in sein Zimmer und kam mit vier Sprayflaschen zurück, zwei große, zwei kleine. Auf dem Etikett von den großen stand *Wahrer Frühlingsduft.* »Ist Tränengas, uralt.« Er stellte sie auf den Tisch. »Das ist Feuerzeuggas.« Er stellte die beiden kleinen Flaschen dazu. »Kann man als Brandbomben benutzen.«

Dornröschen hob die Augenbrauen. »Damit kann man das Haus anstecken, wie günstig, dass wir ganz oben wohnen.«

Twiggy setzte sich und zog einen Mund.

»Ich geh trotzdem zu Schaleis«, sagte Matti. »Die kommen nur in der Nacht, jede Wette.«

»Sei nicht so ungeduldig«, erwiderte Dornröschen bemüht ruhig.

»Hast du eine bessere Idee, als zu warten, bis sie kommen?«

Sie schüttelte den Kopf. »Gut, du gehst dahin. Aber wir übernehmen die Deckung.«

»Und wie soll das gehen?«

»Ganz einfach. Wir bringen dich hin. Twiggy mimt den Chauffeur, und ich erfülle dir einen geheimen Wunsch und spiele deine Assistentin. Wir machen das in ganz großem Stil, mit geliehener Kapitalistenkutsche und in edelstem Zwirn.«

Twiggy grinste gequält, aber immerhin. »Langsam kriegt die Sache Hand und Fuß.« Er streichelte Robbi am Bauch. Der Kater knurrte, das mochte er nicht immer, sein Bauch gehörte ihm. Ein

Krankenwagen heulte vorbei, das rote Blinklicht zuckte durchs Fenster.

Mattis Handy spielte die Live at Leeds-Version des *Summertime Blues*. Auf der Anzeige stand *Lily*.

»Ich kann heute nicht«, sagte er statt einer Begrüßung. Er hatte vergessen, sie anzurufen, und ärgerte sich.

Sie schwieg.

Er stand auf und ging in sein Zimmer. »Es geht wirklich nicht.«

»Gut«, sagte sie. »Ich habe extra eingekauft. Warum meldest du dich nicht?«

Er stellte sich ans Fenster und blickte in den Hof. Beleuchtete Fenster warfen verzerrte gelbe Vierecke auf den Boden. »Tut mir leid.«

»Das nutzt mir auch nichts mehr. Und was ist so wichtig?«

»Du kannst es dir vielleicht vorstellen.«

»Also, diese Geheimniskrämerei geht mir auf den Geist. Wann hört das auf?« Jetzt war sie wie früher, aggressiv, fordernd. »Wenn du mir nicht traust, können wir es auch lassen. Wie kann man eine Beziehung ohne Vertrauen führen?«

»Es geht nicht nur um dich und auch nicht nur um mich, sondern auch um Twiggy und Dornröschen«, sagte er. »Ich habe Verantwortung für sie, sie möchten nicht, dass ich mehr erzähle. Und ich möchte nicht, dass sie was erzählen. Das tun sie auch nicht… ich habe schon viel zu viel erzählt.«

Schweigen. Das schmerzte ihn mehr als ihr Schimpfen.

»Gib mir wenigstens die Chance, dich zu verstehen.« Sie war sanft. Sie flehte.

Er zögerte. »Wir müssen was unternehmen. Die Sache klären, hinter uns bringen. Sonst hört es nie auf.«

»Ich dachte, ihr habt es zu Ende gebracht. Hast du das nicht behauptet?«

»Der Entenmann hat, was er wollte. Aber er wird uns nicht in Ruhe lassen.«

»Was heißt das, nicht in Ruhe lassen?«

»Irgendwas Übles«, sagte er.

»Hm. Was soll das sein?«

»Ein Überfall.«

»Bist du sicher, dass du keine Paranoia hast? Und wie wollt ihr es verhindern?«

»Die Wohnung ist gut gesichert, niemand kommt herein.«

»Du übertreibst.«

»Wir haben unsere Bude gesichert, Twiggy hat hier echt zugeschlagen, Hochsicherheitstrakt, und gehen bald zum Auftraggeber… Mach dir keine Sorgen.«

»Und dann?«

Matti schlief schlecht. Er träumte Mist, Lily kam vor, der Erpel, ein trostloses Gewerbegebiet, Verfolgungsjagden. Als er in einer Falle saß und Lily ihm einen Revolver an die Stirn hielt, ruckelte es. Er drehte sich weg, da griff etwas nach seinem Arm. Er drückte es weg.

»Aufstehen«, flüsterte Dornröschen und tätschelte ihm die Backe. »Sie sind da.«

Sofort war er wach. Er sprang in seine Klamotten, holte die Makarow aus der Schreibtischschublade und folgte Dornröschen in Twiggys Zimmer.

Der stand vor seinem Bildschirm. »Es sind drei«, flüsterte er. »Sie stehen schon vor der Tür. Ich kann aber nicht erkennen, was sie machen.«

»Wir stellen uns in den Gang und warten, bis sie kommen«, sagte Dornröschen. Sie war ruhig und bestimmt. »Und wenn einer die Tür öffnet, schießen wir, in Beinhöhe, wenn's geht.«

»Jawohl, mein Führer«, sagte Twiggy, aber es klang ängstlich.

Sie stellten sich in Höhe von Twiggys Zimmertür nebeneinander in den Flur, die Pistolen in den Händen und Dornröschen in der Mitte. Tombstone. Es klickte, als Matti, der am weitesten von der Zimmertür entfernt stand, den Hahn spannte und die Sicherung löste.

»Jetzt passiert gleich was«, flüsterte Twiggy.

Ein Knarzen an der Tür. Es raschelte. Dann klopfte es leise.

Matti linste zum Monitor, sah aber nur Schemen und den Lichtpunkt einer gedämpften Taschenlampe, der sich ruckartig bewegte.

»Die hauen wieder ab«, sagte Twiggy.

»Quatsch!«, rief Dornröschen. »Ins Zimmer!« Sie stieß Twiggy in sein Zimmer und zog an Mattis Oberarm. »Los!«

Kaum standen sie im Zimmer, Dornröschen lugte aus dem Türrahmen, knallte es laut. Sie zuckte zurück, Matti spürte den Druck der Explosion. Dann war es still. Dornröschen sprang in den Flur, die Makarow in beiden Händen. Matti und Twiggy folgten ihr. Da war niemand. Matti rannte zum Küchenfenster und sah noch das unbeleuchtete Heck eines Autos, hörte, wie dessen Motor jaulte.

»Die sind abgehauen«, sagte Matti.

Sie gingen vorsichtig zur Wohnungstür. Twiggys Sicherheitsbolzen hatten gehalten, aber das Holz der Tür lag zersplittert herum. Die Bolzen ragten aus dem Türrahmen ins Leere.

Die drei standen nebeneinander, die Pistolen in den Händen. Unten klappte eine Tür.

»Warum sind die abgehauen?«, fragte Twiggy.

»Keine Ahnung«, erwiderte Dornröschen.

»Ob die uns gehört haben?«, fragte Matti. »Oder es war eine Warnung.«

»Du meinst, die wollten uns ein bisschen erschrecken?«, fragte Twiggy.

»Ist was passiert?«, rief es von unten.

»Schon vorbei!«, rief Matti zurück. Kindergeplärr.

»Die Polizei kommt gleich!«, rief es hoch.

»Scheiße«, sagte Dornröschen.

Sie gingen in die Küche und verstauten die Pistolen in der Fensterbank und kehrten zurück zur Wohnungstür.

Sie standen da noch und rätselten, als zwei Beamte die Treppe hochtrampelten. Der Kleinere von beiden wäre fast über einen größeren Holzsplitter auf der Treppe gestolpert. Der Größere hatte eine Bodybuilderfigur und ein breites, dümmliches Gesicht. Eine blonde Stirnlocke quoll unter seiner Schirmmütze hervor. Mit dem

Fuß schob er die Reste des Türschlosses von der letzten Treppenstufe zur Seite. »Was ist passiert?«, fragte er.

»Keine Ahnung«, sagte Dornröschen.

Der kleine Bulle inspizierte die schwarzen Striemen von der Explosion auf dem Boden. »Haben Sie Ihre Tür gesprengt?«

Matti tippte sich an die Stirn.

»Keine Beamtenbeleidigung!«, nölte der kleine Bulle. Mausaugen starrten aus einem spitznasigen Gesicht Matti an.

Sie standen jetzt bedrohlich nah vor Matti.

»War bestimmt ein blöder Streich«, sagte der.

Der Bodybuilder schniefte und schaute sich alles genau an. »Mit was spielen die Kinder hier? Mit Handgranaten?«

»So ein polnischer Chinaböller …«, sagte Twiggy.

»Ein polnischer Chinaböller, so, so.« Der Spitzmäusige zog sich am Ohr, als würde dies sein Denkvermögen erhöhen. »Da haben die Polen ja ganz schön zugelegt, was?«

Twiggy zuckte mit den Achseln. »Will sich nicht jeder verbessern?«

»Können wir uns irgendwo setzen, wegen des Protokolls?«, sagte der Bodybuilder.

»Bitte, meine Herren.« Dornröschen führte sie durch die Splitterwüste im Flur zur Küche.

Robbi schaute vorsichtig aus Twiggys Zimmer heraus.

»Er hat nichts abgekriegt.« Twiggy strahlte.

Matti kam es unwirklich vor. Da hatte jemand ihre Tür weggesprengt, aber Dornröschen machte auf Dame, und Twiggy befasste sich mit Robbis Seelenzustand. Matti folgte der Minikarawane in die Küche.

»Das ist ja …!«, rief es hinter ihm, ohne zu verraten, was es war. Ein schmächtiger Mann stand in der Tür. »Ich bin der neue Nachbar«, sagte er mit einer öligen Stimme und deutete nach unten.

»Danke, danke!«, sagte Matti. Unten schrien die Kinder, dazwischen eine keifige Frauenstimme. »Ich muss jetzt zu den Polizisten«, was den Nachbarn aber nicht beeindruckte. Er stand und staunte. »Brauchen Sie Hilfe?«, rief er Matti nach.

»Danke, wir kriegen das hin!«

Er ließ den Nachbarn stehen und staunen. In der Küche saßen Twiggy und Dornröschen, auf Mattis Stuhl hatte sich der Bodybuilder breitgemacht. Matti lehnte sich an die Fensterbank. Draußen stand das Bullenauto mitten auf der Straße, das Blinklicht warf in seinem Rhythmus ein blasses Blau an die Fassade des Hauses gegenüber. Aus einem Fenster glotzte ein Paar, beide im Bademantel.

Der Spitzmäusige hatte einen Block in der Hand. »Warum haben Sie den … Vorfall nicht gemeldet?«

»Wir wussten, dass der Nachbar es schon getan hatte. Als gute Bürgerinnen schonen wir den Notruf«, sagte Dornröschen mit treuherzigem Lächeln.

Der Spitzmäusige guckte sie schräg an. »Haben Sie einen Verdacht, wer der oder die Täter sein könnten?«

»Irgendwelche Spinner«, sagte Matti. »Hatten von Silvester noch was übrig.«

»So einen starken Kanonenschlag gibt es nicht«, sagte der Spitzmäusige.

»Weil Sie ihn nicht kennen?« Twiggy reckte das Kreuz und kratzte sich am Hals. Er drehte sich gemächlich eine Zigarette und sagte: »Das ist eine neue Generation von polnischen Chinaböllern. Habe sogar mal was in der Zeitung darüber gelesen. Lesen Sie Zeitung?«

Die Bullen reagierten nicht.

»Haben Sie sich in letzter Zeit Feinde gemacht?«, fragte der Spitzmäusige angesäuert.

»Wir?« Dornröschen zog das I in die Länge. »Wir haben keine Feinde.« Wieder das lange I.

»Sie meinen also wirklich, es ist ein Dummer-Jungen-Streich?« Der Spitzmäusige wollte es nicht glauben.

»Man sollte die Typen, die solche Böller verkaufen, einsperren. Die Jungs, die den Scheiß da gemacht haben« – Twiggys Hand wies zur Wohnungstür – »haben bestimmt nicht gewusst, was für eine Sprengkraft diese neuen Dinger haben. Mein Gott« – ein Blick zur Decke – »was haben wir früher für einen Scheiß gemacht.«

»Und der Schaden ist Ihnen egal?« Der Bodybuilder runzelte seine Stirn.

»Natürlich nicht«, sagte Dornröschen, »und wenn Sie die Kerle kriegen, bitten wir Mama und Papa zur Kasse. Sie sagen Bescheid, ja?«

Die beiden Polizisten guckten sich an, der Spitzmäusige zuckte mit den Achseln, räusperte sich und sagte: »Ein Sprengstoffanschlag ist ein Offizialdelikt, wir müssen das zur Anzeige bringen.«

Matti überlegte, wie es aussah, wenn ein Bulle was zur Anzeige brachte. Ob er es hintrug zu dieser Anzeige?

»Und Sie müssen alles sagen, was Sie wissen«, ergänzte der Bodybuilder. »Wenn Sie was verschweigen, behindern Sie eine polizeiliche Ermittlung. Das ist strafbar. Nur damit ich das gesagt habe.«

»Niemals würden wir gegenüber der Polizei etwas verschweigen, Herr Wachtmeister«, sagte Dornröschen.

13: Heaven And Hell

Ich hatte mit einem Mordanschlag gerechnet, aber dass sie uns nur die Tür wegsprengen, versteh ich nicht. Wo ist der Sinn dieser Aktion? Sind die durchgedreht? Sind es überhaupt die Erpel?« Matti schob seinen Kaffeebecher hin und her. Die Nacht war gelaufen.

»Wer soll es sonst sein?«, fragte Twiggy und blies eine Rauchwolke in die Küche. Robbi lag auf seinem Schoß und döste. Er hatte die Trümmer im Flur und da, wo die Wohnungstür gewesen war, beschnüffelt, dann seinen Katerkopf geschüttelt und war in die Küche marschiert.

Dornröschen nickte. »Wenn das ein Einschüchterungsversuch war, von was sollte er uns abhalten? Sollten wir erinnert werden, dass es die Erpel noch gibt? Das wissen wir auch so, und die Erpel wissen, dass wir es wissen. Was soll der Quatsch?«

»Die drehen durch«, sagte Twiggy. »Die befürchten, dass wir noch eine Kopie haben und dass wir sie irgendwann ans Messer liefern. Umbringen wäre im Augenblick nicht so klug, nach den Geschichten mit Norbi und Konny. Alles können die sich nicht erlauben. Vielleicht hat Ihnen der große Boss gesagt: Nun ist es gut mit der Mörderei, meine Herren.«

»Vielleicht, vielleicht.« Dornröschen war genervt. »Da läuft noch irgendeine andere Sache. Nur, was haben wir damit zu tun?«

»Wir gehen morgen zu Schaleis, und zwar mit unseren Überzeugungsmitteln.« Er blickte zur Fensterbank. »Und dort bringen wir die Sache zu Ende.« Matti war entschlossen. Die Erpel hatten es überdreht, eine Umdrehung zu viel. »Wir sparen uns die Umstände. Keine Tarnung, offenes Visier. Wir marschieren auf beim Schaleis, wollen wir doch mal gucken, was dabei herauskommt.«

»Puh«, sagte Twiggy.

»Das Überraschungsmoment nutzen. Der rechnet mit allem, nur nicht mit uns«, sagte Matti.

Dornröschen war in sich versunken.

»Vorher organisiere ich eine Ersatztür«, sagte Twiggy. Er ging in sein Zimmer, sie hörten, dass er telefonierte. Als er zurückkam, sagte er nur: »In einer Stunde kommt ein Typ, der macht das.«

Es war nicht einer, sondern drei. Sie sahen nicht aus wie Handwerker, jedenfalls hatten sie keine Arbeitskleidung an, nur einer von ihnen schien Deutsch sprechen zu können, untereinander sprachen sie Polnisch. Der Chef, ein langer dürrer Kerl mit Zehntagebart, langen schwarzen Haaren und einer schiefen Nase, schielte und arbeitete schneller als der Teufel. Er pfiff, als er den Schaden sah, und als Twiggy von polnischen Chinaböllern sprach, erzählte er seinen Kollegen davon, woraufhin alle drei in Gelächter ausbrachen. Sie brauchten keine Stunde, dann hatten sie eine neue Tür eingebaut, in schlichtem Weiß, mit einem BKS-Schloss, die Sicherungstechnik würde Twiggy später einrichten. Immerhin, sie konnten die Wohnung abschließen.

Die Polen verabschiedeten sich mit Handschlag und verlangten keinen Lohn. Immerhin habe ich zum ersten Mal Spezis von Twiggy gesehen, dachte Matti.

»Also, Überraschungsangriff ohne Tarnung?«, fragte er.

»Du bist ungeduldig«, sagte Dornröschen. »Mit Sicherheit haben die eine Pforte und eine gesicherte Eingangstür, wir kämen nicht mal ins Gebäude, müssten abziehen, und die wären gewarnt, weil sie unseren heroischen Auftritt natürlich filmen würden.«

Matti hob die Hände. »Ist ja gut.«

»Mich nervt das nicht weniger als dich. Vielleicht hatte die Knallerei nur den Zweck, uns nervös zu machen. Ich frage mich nur, warum?« Dornröschen legte ihre Stirn in Falten. Nach einer Weile des Schweigens sagte sie: »Los geht's. Matti fragt Rainer, wo wir die Kapitalistenkarre herkriegen. Dann kleiden wir uns schick ein beim Karstadt am Hermannplatz.«

Matti rief Rainer an.

»Ich kenn da einen, der hat einen Siebener-BMW, schwarz, reichlich aufgemotzt, mein Geschmack ist das nicht…«

»Wir nehmen den«, sagte Matti. »Klärst du das?«

»Okay«, sagte Rainer. »Kann ich mitmachen?«

»Ist dir langweilig? Welch herrlicher Zustand«, sagte Matti. »Rufst du mich an, wenn die Sache klar ist?«

Nach dem Telefonat blieb Matti noch an seinem Schreibtisch sitzen. Rainer langweilte sich, das war nur eine Umschreibung dafür, dass er sein Leben sinnlos fand. Matti ging es oft genauso. Welchen Sinn hatte es, mit einem Taxi durch Berlin zu kurven und sich das Gelaber der Fahrgäste anzuhören? Seit die Revolution verschwunden war, lebten Tausende von Leuten vor sich hin und hielten an den Äußerlichkeiten der guten alten Zeit fest. Statt WGs gründeten sie Hausgenossenschaften, statt Schulung gab es Lesekreise als Selbstzweck, aus alternativen Unternehmen waren etablierte geworden, die sich die Aura des Andersseins gaben. Bei einem flüchtigen Blick mochte es scheinen, es hätte sich nicht viel verändert, dabei war alles anders geworden. Klar, sie gingen noch auf Demos, unterstützten die Antifas, spendeten hier und dort, aber was früher Beiwerk war, war längst zur Ersatzhandlung geworden. Es mussten so viele Frustrierte leben in Kreuzberg und Neukölln, im Wedding und inzwischen auch im Prenzelberg. Sie verachteten die Stinos und waren selbst welche geworden, abgesehen von einigen Attitüden ohne Wert. Da verkümmerte ein ungeheures Potenzial an Zorn, Energie, Kreativität. Hätte jemand eine zündende Idee, sie würde die Genossen von einst aufrütteln. So war es im Kleinen bei Rainer, dem sie die Möglichkeit gaben, aus seinem Leben auszubrechen, so war es bei Gaby, vielleicht war es sogar bei Norbi so gewesen, bei Konny allemal, und sogar bei Werner dem Großmaul war es so.

»Kommst du?« Dornröschen stand in der Tür und schaute ihn fragend an.

Matti gab sich einen Ruck und erhob sich vom Stuhl.

»Du bist ein Träumer«, sagte Dornröschen grinsend.

»Der einzige Bewusstseinszustand, der der Lage gerecht wird.«

Der BMW war tiefergelegt und rollte auf Gummiwalzen statt auf Reifen. Die Sitze waren mit Leder bezogen, und die Karre glänzte in der Frühlingssonne, als sie mit dem Bulli bei Rainer vorfuhren.

»Du hast ja seltsame Freunde«, sagte Twiggy, als Rainer aus der Werkstatt geschlendert und zu ihnen gestoßen war. Im Mundwinkel steckte eine Selbstgedrehte, in der nicht nur Tabak verarbeitet war. Ein süßlicher Geruch breitete sich aus.

»Pah«, sagte er. »Der stolze Besitzer, also eigentlich gehört das Teil der Bank, also, der Typ hat mehr Schulden als Haare, aber der braucht das als Ausdruck seiner einzigartigen Persönlichkeit. Er zeigt so, was in ihm steckt und sonst verborgen geblieben wäre. Man könnte auch sagen, die Karre ist eine Art Therapie für ihn.«

»Hoffentlich ist er privat versichert«, sagte Matti.

»Und was verschafft uns die Ehre?«, fragte Dornröschen.

»Ich habe ihn gebeten, das ist alles.« Rainer grinste. »Wie seht ihr eigentlich aus?« Er betrachtete Matti und Twiggy in ihren dunkelgrauen Anzügen, mit Schlips und glänzenden schwarzen Schuhen, und Dornröschen, die so schlicht wie elegant gekleidet war in ihrem anthrazitfarbenen Businesskostüm. Rainer fing an zu lachen. »Ist irgendwo eine Karnevalsparty? Wollt ihr zum Kostümball?« Er lachte immer lauter und fing an zu husten, als er sich am Rauch seines Joints verschluckte. Nachdem er es überlebt hatte, griff er in die Hosentasche und warf Matti einen Schlüssel zu. »Mit vollem Tank und ohne Kratzer zurück« – ein Blick auf die drei, ein Kopfschütteln, und er ging zurück zur Halle. Unterwegs kickte er einen Stein weg und begann mit erhobenen Armen zu jubeln. »2:0 für Roter Stern Berlin!«

»Der hat voll einen im Kahn«, sagte Twiggy und setzte sich hinters Steuer. Dornröschen nahm auf dem Beifahrersitz Platz, Matti auf der Rückbank. Twiggy musste sich erst mal orientieren – »das gibt's Schalter und Knöpfe, die gibt's nicht« –, aber schließlich startete er den Motor und drückte den Automatikhebel auf *D*.

Er fuhr zügig nach Marzahn. Über ihnen schob der Wind die letzten weißen Wolken weg, und die Sonne strahlte aus einem stahlblauen Himmel. Ein Jet zog Kondensstreifen nach Norden, die sich am Ende in Wölkchen auflösten. Es war früher Nachmittag, und nach dem Drama in der Nacht, der Hetze am Morgen bei Karstadt und dem Abholen der Karre empfand Matti die Fahrt fast als Erholung. Der Zwölfzylinder säuselte, die Klimaanlage und die geschlossenen Scheiben schufen ihnen ein eigenes Biotop mitten auf der Straße. Der Lärm erreichte sie nur gedämpft.

»Hast du die DVD-Kopie eingesteckt?«, fragte Dornröschen.

Twiggy tippte auf seine Jacketttasche.

Matti spürte, wie die Nervosität ihn packte. Und die Angst. Aber auch die Entschlossenheit und die Wut. Sie würden es jetzt drauf ankommen lassen. Sie hielten es nicht mehr aus. Sie waren zu dritt, und sie waren keine Pisser, die den Schwanz einzogen, wenn es ernst wurde. Sie stellten sich dem Kampf. Am Ende würde ihr Untergang stehen oder die Erlösung von dem Wahn, der sie heimsuchte, seit er diese elende DVD kopiert hatte. Eine DVD mit Zeichnungen von blöden Röhren.

Sie hatten sich verständigt, dass Matti als Boss auftrat, Dornröschen als seine Assistentin und Twiggy als Fahrer, der dem Boss die Aktentasche nachtrug. Sie hatten sogar überlegt, ob sie die Makarows mitnehmen sollten, aber die Pistolen würden ihnen nur Schwierigkeiten eintragen und nichts lösen.

Das Ingenieurbüro Schaleis lag in einem schlichten, aber fast neuen einstöckigen Flachdachbau, der sich von der Straße weit nach hinten erstreckte. Dahinter lagen zwei Hallen mit geschlossenen Toren, vor dem Haus standen drei weiße Audi-Kombis. Die Eingangstür bestand aus matt glänzendem Stahl. Daneben war unter einem kleinen Vordach eine Zifferntastatur mit Klingel und Gegensprechanlage. Über der Klingel stand in kleinen Versalien der Firmenname. Von der Dachkante blickte eine Kamera auf sie herunter. Dornröschen klingelte.

Eine weibliche Stimme: »Ja, bitte?«

»Wir kommen von der Prospan AG aus Essen …«

Der Summer schnarrte, Twiggy drückte die Tür auf. Sie betraten einen kurzen Flur, grauer Teppichboden, weiße Wände, sonst nichts. Am Ende eine Tür. Twiggy öffnete sie, und sie standen vor einem Tresen in einem Vorraum. Weiße Wände, grauer Teppich, keine Bilder, keine Gummibäume, nichts. Hinter dem Tresen saß eine junge Frau, blond, sportlich, eher unscheinbar. Sie hatte an einem Computer gearbeitet und blickte die Besucher fast erschreckt an. »Herr Schaleis erwartet Sie. Ich darf vorgehen«, sagte sie in einem Singsangton.

Matti wurde flau. Niemand fragte sie nach ihrem Besuchsgrund, niemand nach ihren Namen. Die Sache war oberfaul. Es zog ihn hinaus aus diesem Bau, bloß weg. Aber die Frau marschierte flott vorneweg, und die beiden anderen folgten ihr, schienen nichts zu merken. Verfluchte Scheiße, dachte Matti, das geht in die Hose. Raus. Aber seine Beine folgten den anderen. Er war der Chef, er musste jetzt nach vorn, er rückte der Frau etwas näher. Zieh das jetzt durch, du hast keine Wahl.

Sie liefen durch einen langen kahlen Flur, links und rechts gingen Türen ab. Die waren geschlossen, und kein Geräusch drang hinaus. Nur ihre vom Teppich gedämpften Schritte waren zu hören. Endlich war der Flur zu Ende, die Frau klopfte an eine weiße Tür und öffnete sie. Sie trat ein, und die anderen taten es ihr nach. Sie standen in einem Sekretariat. Die ersten Bilder an der Wand, zwei gerahmte Plakate, eines von einem Hafen, das andere zeigte einen menschenleeren Strand mit Palmen. Die Büroeinrichtung war modern und hochwertig, alles in Weiß. Vor einem großen Flachbildschirm, einer edlen Tastatur und einer Maus, die wahrscheinlich auch fliegen konnte, saß eine schlanke Frau mittleren Alters mit strengem Kurzhaarschnitt und einem zurückhaltend geschminkten klassischen Gesicht ohne eine einzige Falte. Sie schaute weder freundlich noch böse, sondern ließ ihre schwarzen Augen ausdruckslos über die Besucher wandern, nickte kaum merklich, sagte kein Wort, sondern richtete ihren Blick auf eine Tür an der Seite.

Ihre Begleiterin ging zu dieser Tür, klopfte einmal, öffnete sie einen Spalt, steckte ihren Kopf hinein, nickte einmal, dann wandte sie sich an die Besucher und öffnete die Tür ganz. »Bitte«, sagte sie nur.

Die drei guckten sich an, dann betrat Matti den Raum. Er war riesig, grauer Teppich, weiße Wände, daran Bilder, abstrakte Malerei. Im hinteren Drittel des Büros stand ein großer Schreibtisch aus Glas und Stahl, darauf ein Apple-Notebook, dahinter ein schlanker Chefsessel aus Leder. Zwei große Fenster, aber das meiste Licht strömte von oben in den Raum, durch mattes Glas, das in die Decke eingelassen war. Trotzdem war es nicht warm wie in einem Treibhaus, die Luft war kühl und trocken. Hinter dem Glasschreibtisch saß ein kleiner Mann in Hose und Pulli, beides in Grautönen, ein hellblauer Hemdkragen ragte hervor. Der Mann war schlank und sportlich, so, wie er aufsprang und ihnen entgegenkam, in seinem Gesicht lag ein Lächeln, doch die graublauen Augen blieben kalt. Er war glatt rasiert, seine Gesichtsfarbe war gesund.

»Wie schön, Sie endlich kennenzulernen«, sagte er zu Matti. »Sie sind Matti, nicht wahr?« Eine fast melodische Stimme. Er reichte ihm die Hand, aber Matti stand wie erstarrt. »Ich bin Heribert Schaleis«, sagte er. Er gab Dornröschen die Hand, die sie reflexartig ergriff und gleich wieder losließ. »Dornröschen, da muss ich ja nicht raten«, lächelte er. »Ich habe viel von Ihnen gehört. Wenn Sie nicht in der falschen ... Branche arbeiten würden ... Sie hätten alle Chancen. So jemanden wie Sie könnte ich gut gebrauchen.« Dann, nach einer kurzen Pause, in der er Dornröschen freundlich musterte, um seinen Blick dann weiterwandern zu lassen. »Twiggy, natürlich. Auch Sie haben ganz spezielle Talente, leider verschwenden Sie die. Sie glauben gar nicht, wie viele Talente in diesem Land vergeudet werden.« Er sah traurig aus. »Wollen Sie nicht Platz nehmen?«

Er zeigte in eine Ecke des Raums, in der eine Sitzgarnitur stand, Stahl, Glas, schwarzes Leder, das Übliche. »Vielleicht bringen Sie uns ein paar Getränke«, sagte er zu seiner Mitarbeiterin. Und zu den anderen: »Haben Sie besondere Wünsche? Champagner? Wodka? Bier? Stimmt, Sie trinken gerne Bier. Ich hoffe« – ein Blick zu Dornröschen – »Sie mögen unseren Tee.«

Als er keine Antwort erhielt, nickte er der Mitarbeiterin freundlich zu, und sie verließ den Raum.

»Bitte, bitte!«, sagte er mit einer einladenden Handbewegung und bewegte sich zur Sitzecke.

Matti war benommen. Er schaute sich um und redete sich ein, dass er nicht träumte. Aber fragte man sich das nicht auch im Traum? Wo bin ich? Er hätte sich nicht gewundert, wenn Schaleis erklärt hätte, sie befänden sich auf dem Mond, eine Raum-/Zeitverschiebung habe sie mit Lichtgeschwindigkeit dorthin versetzt. Dornröschen war bleich wie ein Blatt Papier. Twiggy schaute sich hilflos um. Sie wollten diesen Typen überrumpeln, ihm die DVD auf den Tisch knallen, ihn provozieren, vorgeben, mehr zu wissen über seine Machenschaften, ihn zu einem Fehler veranlassen, ihn bedrohen, einschüchtern. Aber er hatte sie auflaufen lassen, ganz cool. Ihnen den Stecker herausgezogen, die Luft abgelassen. Er hatte gewusst, dass sie kommen würden. Er hatte den Empfang vorbereitet. Schaleis war nicht Erpel, er war eine ganz andere Nummer, im Vergleich mit ihm war der Erpel ein Anfänger. Schaleis war der abgebrühteste Scheißkerl, der Matti jemals über den Weg gelaufen war. Der wusste so viel über sie. Woher, verflucht? Gab es Wanzen, die auch der modernste Scanner nicht fand?

Sie setzten sich. Es summte leise an der Decke, eine Jalousie schob sich langsam vor das Dachfenster und ließ nur einen Spalt frei. Schaleis setzte sich in den Sessel vor der Wand, Matti ihm gegenüber, Dornröschen und Twiggy saßen vor der anderen Wand. Ein Sonnenstrahl wurde vom Mattglas gebrochen, Staubpartikel schwebten im Licht. Sie sagten nichts, während Schaleis sie lächelnd musterte.

Endlich kam die Mitarbeiterin mit einem Tablett, das sie auf den Tisch stellte, und verschwand wortlos.

»Bedienen Sie sich.« Wieder die einladende Handbewegung. Matti nahm ein Glas und eine Flasche Mineralwasser, mehr, um sich an etwas festzuhalten. Twiggy wählte ein Bier, Dornröschen saß erstarrt, ihr Blick zielte ins Unendliche.

»Haben Sie mir vielleicht etwas mitgebracht?« Freundlicher hatte noch nie ein Mensch geguckt. Aber hinter der Maske ahnte Matti das Grauen.

»Jedenfalls haben Sie etwas in Ihren Besitz gebracht« – er musterte Matti – »das mir gehört.«

Twiggy schaute erst Matti an, dann Dornröschen. Die nickte kaum wahrnehmbar, wie in Trance.

Twiggy legte die DVD auf den Tisch.

Schaleis verfolgte es mit einem Lächeln. Er griff nicht nach der Hülle, was Mattis Gefühl der Hilflosigkeit nur steigerte. Schaleis goss sich einen Tee ein, dann zögerte er und füllte eine weitere Porzellantasse mit Earl Grey, wie Matti jetzt roch. Er nahm mit einem Silberzängchen Kandisstücke aus einer Dose und ließ sie vorsichtig in die Tasse fallen. Er schob die Tasse ein paar Zentimeter zu Dornröschen.

»Haben Sie einmal darüber nachgedacht, was ein Konflikt ist?« Er schaute in die Runde und ließ sich nichts anmerken, als er keine Resonanz fand. »Der große chinesische Militärtheoretiker Sun-Tsu sagte: ›In all deinen Schlachten zu kämpfen und zu siegen ist nicht die größte Leistung. Die größte Leistung besteht darin, den Widerstand des Feindes ohne einen Kampf zu brechen.‹« Er schaute Matti eine Weile an. »Sie ziehen Konfuzius vor, ich weiß. Ich finde dieses Denken in Gegensätzen altmodisch, ich bin ein moderner Eklektiker. Konfuzius sagte, mal sehen, ob ich es noch zusammenbekomme, also er sagte: ›Der Mensch hat dreierlei Wege, klug zu handeln: erstens durch Nachdenken, das ist das edelste; zweitens durch Nachahmen, das ist das leichteste; drittens durch Erfahrung, das ist das bitterste.‹«

Schaleis schaute freundlich in die Runde. Seine Hand wischte durch die Luft. »Also, Herr Entenmann hat … Fehler gemacht.«

»Herr Entenmann ist ein Mörder«, sagte Matti. Ihm stank diese Veranstaltung, der milde und weise Schaleis, der aber nichts daran fand, Mörder auf sie zu hetzen, die ihre Wohnung verwanzten und ihm tagelang nachfuhren. »Und Mörder gehören vor Gericht.«

Schaleis seufzte. »Natürlich, natürlich.« Er wurde leiser, während er es sagte, und klang traurig. »Wenn er einer ist, bin ich der Erste, der das verlangt.« Wieder dieser Blick. Ein Hundeblick, dachte Matti. Der Typ heuchelt Demut, aber das Büro ist

Demonstration seiner Macht. Das Büro sagt die Wahrheit. »Aber das ist Aufgabe von Polizei und Staatsanwalt. Wie ich hörte, hat der Staatsanwalt keine Beweise gegen Dr. Entenmann.« Er dachte nach. »Es bleiben Zweifel, gewiss.«

»Woher wussten Sie eigentlich, dass wir heute kommen würden?« Matti fixierte Schaleis, Twiggy und Dornröschen schienen noch vernebelt zu sein.

»Dass Sie heute kämen, wusste ich nicht. Aber ich hatte mit Ihrer Kombinationsgabe gerechnet.« Ein Blick zu Dornröschen, dann zu Matti. »Sie haben da durchaus Talent.«

Windelweich, dachte Matti. Der Typ wirft Nebelkerzen und seift uns ein.

»Haben Sie dafür gesorgt, dass unsere Wohnung verwanzt wurde?« Twiggy hatte seine Lethargie abgeschüttelt.

Schaleis schüttelte den Kopf, und seine Mimik sagte, dass es ihn schmerzte, über solche unangenehmen Dinge reden zu müssen. »Wenn Ihre Wohnung abgehört wurde …, dann war es nicht ich, der es veranlasst hat. Ich … wir hier« – seine Hand beschrieb einen Halbkreis – »sind gesetzestreue Bürger. Ich kann mich für jeden meiner Mitarbeiter verbürgen.«

»Für sich auch?«, fragte Dornröschen.

Schaleis lächelte. Er dachte nach und sagte, mit einem freundlichen Nicken zu Matti: »Als Konfuzius einmal gefragt wurde, was Sittlichkeit bedeute, antwortete er, sittlich handle der, welcher fünf Grundsätze verwirkliche: Höflichkeit, Großmut, Aufrichtigkeit, Eifer und Güte.« Schaleis lehnte sich zurück. »Vielleicht sollte ich mein Urteil über Konfuzius … relativieren. Es gibt Situationen, wo seine Weisheiten passen. Ich werde gelegentlich darüber nachdenken.«

Das wandelnde Zitatlexikon, dachte Matti. Und: Der verarscht uns nach Strich und Faden.

»Ich will unseren Konflikt beilegen. Damit … wir nicht die schlechte Erfahrung machen müssen, von der Konfuzius spricht. Das Stadium des Nachdenkens haben wir bedauerlicherweise hinter uns, die Nachahmung soll leicht sein, behauptet Konfuzius, jedenfalls ist sie weniger schmerzhaft als die Erfahrung, die man machen muss, wenn man nicht nachgedacht und nicht nachgeahmt hat. Ich biete Ihnen also … Frieden an, und Sie sollten es mir nachtun, sich darauf einlassen.«

»Aha«, sagte Dornröschen.

»Und wie wollen Sie Konny zum Leben erwecken?«, fragte Twiggy.

Ein Hauch von Verärgerung, der gleich verschwand. »Ich weiß nicht einmal, wer das ist.«

Er schaute seine Gäste an, freundlich, aber fest. »Ich fürchte, Sie verstehen nicht, was ich meine. Sie haben ja leider das großzügige Angebot meines Mitarbeiters im *Bäreneck* abgelehnt. So viel Geld! Ich biete Ihnen jetzt kein Geld, aber immerhin noch einen Reset an, so nennt man das in der Computersprache. Alles zurück auf null. Ein Neuanfang. Suchen Sie sich eine Formulierung aus. Ist es nicht das, was Sie wirklich wollen?«

Ja, dachte Matti, das will ich. Schluss mit der Nerverei, keine Angst mehr haben, keine schlimmen Träume, ein normales Leben führen, mit Lily zusammen sein, sich nicht mehr umschauen müssen, Mau-Mau am Freitagabend, auch wenn Dornröschen immer gewann. Aber sie würden ihr Leben nicht zurückbekommen, wenn sie jetzt klein beigaben. Sie würden Konny nicht vergessen und die Sache nicht auf sich beruhen lassen. Sie würden jede Nacht mit diesem Scheißgefühl ins Bett gehen und am Morgen mit diesem Scheißgefühl aufwachen. Er linste zu den anderen und bildete sich ein, in ihren Gesichtern lesen zu können, dass sie so dachten wie er.

Schaleis rührte in seiner Tasse, der Löffel klingelte. Sonst war es still.

»Was ist da drauf?«, fragte Dornröschen und zeigte auf die DVD.

»Ich weiß es nicht«, sagte Schaleis. »Nichts Besonderes, es gehört einer Abteilung in meiner Firma. Ich kümmere mich nicht um die Einzelheiten.« Er lächelte.

»Sie wollen damit sagen, Sie haben das ganze Theater nur aufgezogen wegen einer DVD, deren Inhalt belanglos ist.«

Schaleis nickte. »Das Einzige, was nicht belanglos ist, ist die Tatsache, dass sie mir gehört, also meiner Firma. Ich werde nicht gern bestohlen, wenn Sie das verstehen. Ich bin ein Mann mit Prinzipien.«

Die drei wechselten Blicke, und Matti sah, dass Twiggy und Dornröschen so wenig verstanden wie er. Aber es war nicht mehr drauf auf dieser DVD, nur Zeichnungen von Röhren.

»Und diese Röhren?«, fragte Matti.

Schaleis zuckte mit den Achseln. »Wie gesagt, ich kümmere mich nicht um Details. Röhren spielen in so einer Firma in allen möglichen Verwendungen eine Rolle. Beim Hausbau, denken Sie nur an Heizungen, bei Industrieanlagen, im Werkzeugmaschinenbau, bei der Meereswasserentsalzung und so weiter und so fort.«

»Sie wollen sagen, dass Entenmann in Ihrem Auftrag Menschen ermordet, nur weil Sie ein bisschen ehrpusselig sind?«, fragte Dornröschen.

Matti hörte ihrer Stimme an, dass sie Schaleis kein Wort glaubte. Sosehr es ihm gelungen war, sie zu überraschen, so gekonnt sein Auftritt bisher war. Er kannte Dornröschen nicht.

»Ich möchte mich nicht wiederholen. Es gibt keinen Mord, also auch keinen Mörder.« Er lächelte bedauernd.

»Aber immerhin zwei Leichen«, sagte Twiggy.

Wir drehen uns im Kreis, dachte Matti. Was will er noch? Er hat die DVD, und er weiß doch genauso gut wie wir, dass man DVDs kopieren kann und nie sicher sein darf, dass es nicht noch eine weitere Kopie gibt. Es ist eine endlose Kette, die Kopie von der Kopie von der Kopie.

»Wenn ich noch jemanden zitieren darf«, sagte Schaleis, »und dabei will ich es dann bewenden lassen. Einstein sagte: ›Zwei Dinge sind unendlich: das Universum und die menschliche Dummheit, aber beim Universum bin ich mir noch nicht ganz sicher.‹«

Twiggy lächelte knapp.

»So leiht man sich Worte aus und glaubt, man leihe sich Weisheit aus. Dass Dummheit eine so verbreitete wie lästige menschliche Eigenschaft ist, wissen wir.« Seine Blicke bezogen seine Gäste mit ein. »Was ich damit sagen will, ist, dass Dummheit in jedem Menschen vorkommt, sonst wäre sie nicht unendlich. Anders gesagt, auch so intelligente Zeitgenossen wie Sie sind nicht vor Dummheiten gefeit. Das wissen Sie so gut wie ich.« Er lächelte verständnisvoll. »Auch ich begehe Dummheiten, ich bin ohnehin überzeugt, dass Klugheit vor allem darin besteht, Dummheiten zu vermeiden. Was leider nicht immer gelingt. Sie verstehen mich?«

»Was halten Sie von Klartext? Um es einfach zu sagen: Mir sind Ihre … philosophischen Ausflüge egal, ich finde sie weder besonders originell, noch führen sie uns weiter. Was wollen Sie?« Matti reichte es.

Schaleis schaute ihn traurig an. »Und ich hatte wirklich gehofft, Sie würden mich verstehen. Wir wären« – sein Finger zeigte auf die Stirn – »auf gleicher Wellenlänge.« Er versank ein wenig in sich. Schaleis schaute betrübt auf sein Knie.

Er erhob sich und ging nachdenklich zum Schreibtisch. Er setzte sich auf die vordere Tischkante, zog das Telefon zu sich und wählte eine Nummer. Den Hörer ließ er auf der Gabel liegen.

»Ja?« Man hörte eine Männerstimme.

»Vielleicht wollen Sie unseren Gästen etwas mitteilen?«, sagte Schaleis betrübt.

»Gerne«, sagte der Mann über den Mithörlautsprecher. Ein Maunzen, dann quiekte es. Twiggy sprang auf und rannte zu Schaleis. Einen Zentimeter vor ihm stoppte er, packte ihn am Kragen und öffnete den Mund, als Schaleis sagte: »Machen Sie keinen Fehler.« Es klang ruhig und gefährlich. Er wiederholte es: »Machen Sie keinen Fehler.«

Twiggy erstarrte. Nach ein paar Sekunden ließ er Schaleis los, seine Hand sank hinunter. »Ich bring dich um, wenn du der Katze was tust.«

Dornröschen und Matti hatten auf die Szene gestarrt, dann schauten sie sich an. Dornröschen nahm Mattis Hand und hielt sie fest. »Komm her!«, sagte sie zu Twiggy. Und der ging rückwärts zurück zur Sitzecke, Schaleis immer im Blick. Er blieb neben Matti stehen, bereit, sich auf Schaleis zu stürzen.

»Nun?«, sagte Schaleis.

»Im Bad, die Kachel unten in der Ecke zwischen der Wanne und dem Türrahmen«, sagte Matti. Dornröschen drückte ihm die Hand. Ihre war kalt und schwitzig, und sie zitterte.

»Verstanden?«, fragte Schaleis.

»Ja«, sagte der Mann. »Ich schau nach.«

»Ich tue Ihnen einen Gefallen«, sagte Schaleis. »Wenn ich nicht täte, was ich gerade tue, würden Sie weitermachen und …« Er hob die Hände und sah sie traurig an. »Denken Sie an das Schicksal Ihrer Freunde. Unfälle passieren. Sie gehören zum Leben. Und, was vielleicht noch wichtiger ist, ich erspare Ihnen das schlechte Gewissen, das Sie unter anderen Umständen hätten, wenn Sie nicht weitermachten. Sie müssen diese … Sache jetzt auf sich beruhen lassen. Sie haben getan, was Sie tun konnten. Mehr als das. Aber nun müssen Sie aufhören.« Er zwickte sich ins Ohrläppchen. »Und die Sache mit der Bombe, die vergesse ich einfach. Eigentlich müsste ich als gesetzestreuer Bürger der Polizei einen Wink geben.« Er schaute Dornröschen lange an. »Das war nicht dumm, die Putzfrau zu spielen. Aber wie konnten Sie auf die Idee kommen, ich würde es nicht herausfinden. Wittmanns Personalliste lesen und Ihnen auf die Schliche kommen war ein Kinderspiel.« Aber seine Hand wischte es weg.

Dornröschen spürte, dass Matti widersprechen wollte, doch ein Händedruck ließ ihn schweigen.

Dornröschen und Matti saßen, Twiggy stand, und sie rührten sich nicht, als wären sie eine Skulpturengruppe.

Aus dem Lautsprecher hörten sie verhallt, verrauscht, weit weg Geräusche, vielleicht von Tritten, eine Tür klappte.

»Sie werden dann nichts mehr von mir hören«, sagte Schaleis. »Und Sie sollten sich keine Vorwürfe machen, wirklich nicht.« Zur Bestätigung schüttelte er den Kopf. »Es ist eine gute Chance. Die letzte.« Sein Blick wanderte über die drei.

Aus dem Lautsprecher erklang die Männerstimme: »Okay. Wir haben die DVD.«

»Gut, dann hinterlassen Sie bitte eine ordentliche Wohnung.«

Schaleis drückte einen Knopf auf dem Telefon. Das Rauschen war aus, Stille.

Schaleis öffnete eine Schublade und blätterte wie nebenbei ein paar Geldscheine auf den Tisch. »Für den Schaden«, sagte er und schob den flachen Stapel an die Tischvorderkante.

Dornröschen erhob sich, Matti auch, und sie gingen zur Tür, Twiggy setzte sich ebenfalls in Bewegung. Schaleis erhob sich, nahm das Geld in die Hand und folgte den drei. Doch gleich blieb er stehen und schaute ihnen nach, wie sie die Bürotür öffneten und den langen Flur betraten, von dem nach beiden Seiten Türen abgingen, in denen Ingenieure in weißen Büros mit grauen Teppichen saßen, die an Bildschirmen Röhren verlegten in virtuellen Anlagen, von der Kaffeemaschine über Heizsysteme bis zur Meereswasserentsalzung an arabischen Küsten. Sie öffneten die Tür zum Vorraum, wo die Mitarbeiterin an ihrem PC saß und freundlich »Auf Wiedersehen!« sagte. Als Matti nach der Haustürklinke griff, summte es, und die Tür klackte auf. Draußen schien die Sonne, aber es war noch Frühling, sie wärmte kaum, und ihr Licht war weiß.

Sie setzten sich in die Protzkarre, Twiggy fuhr um die Ecke und manövrierte den BMW in einen Parkplatz am Straßenrand und stellte den Motor aus. Lange schwiegen sie.

»Robbi!«, sagte Twiggy, und er startete den Motor. »Warte«, sagte Dornröschen.

Doch Twiggy fuhr los, und seine Hände zitterten.

Kein Wort auf der Fahrt. Twiggy steuerte wie ein Roboter durch den Verkehr. Sie schoben sich in der Blechlawine über die Oberbaumbrücke, vorbei am *Kato*, die Skalitzer Straße entlang, in der Mitte geteilt von der auf mächtigen Säulen geführten Trasse der U 1, bis zum Kreisel am Kotti, und dort auf den Kottbusser Damm übers Maybachufer hinweg zum Hermannplatz und dann endlich die Hermannstraße hinunter, bis sie vor dem U-Bahnhof Leinestraße in die Okerstraße abbogen.

Die Tür der Wohnung war unbeschädigt, das Schloss auch. Als Twiggy die Wohnung betrat, wartete Robbi im Gang und maunzte. Twiggy nahm den Kater in den Arm und streichelte ihn.

Er atmete durch. Die anderen standen im Flur, und Matti roch etwas Fremdes, womöglich bildete er es sich nur ein.

Twiggy ging, den Kater im Arm, in sein Zimmer, kehrte zurück mit dem Wanzenscanner und prüfte die Wohnung.

»Der meint es so«, sagte Dornröschen. »Er weiß, dass wir die Wanzen finden würden. Der ist nicht blöd.« Sie ging zur Küche, und Matti hörte, wie sie begann, sich einen Tee zu kochen. Den Wasserkocher füllen, die Kanne, die kopfüber auf der Stahlablage neben dem Becken stand, neben den Kocher stellen, Tee einfüllen, die zweite Kanne leeren, neben die erste stellen und das Sieb auf die Öffnung legen.

Matti folgte ihr, und dann erschien auch Twiggy mit Robbi, den Scanner legte er auf die Fensterbank. Er blieb eine Weile stehen und schaute hinaus.

»Und?«, fragte Matti.

»Nichts.«

»Glaubst du, der lässt uns in Ruhe?«

»Weiß nicht.«

Das Wasser begann zu zischen. Als es sprudelte, füllte Dornröschen es in die erste Kanne. Matti sah in ihrem Gesicht, wie ihr Hirn arbeitete. Er wusste, sie wollte sich nicht abfinden mit der Niederlage. Aber blieb ihnen eine Wahl?

Sie schwiegen. Dornröschen füllte den Tee durchs Sieb in die zweite Kanne, goss sich einen Becher ein und setzte sich mit ihm an den Tisch.

»Was meinst du?«, fragte Matti.

Dornröschen gähnte, schniefte und sagte: »Er wird uns in Ruhe lassen. Er hat zwei Möglichkeiten: Er bringt uns um, oder er setzt darauf, dass wir ihn jetzt nicht mehr stören.«

Twiggy schnaubte leise.

»Er wird uns aber nicht umbringen, dann hätte er sich diesen Auftritt sparen können. Außerdem macht es sich nicht gut, noch mehr Leichen zu produzieren. Wer Leichen produziert, produziert auch Fragen. Er hat ein Projekt, das dadurch gefährdet würde.«

»Und das Projekt wird von den Bullen gedeckt«, sagte Matti.

»Sonst würden die den Mord an Konny nicht vertuschen. Und den an Norbi auch nicht.«

»Die Bullen vertuschen nichts ohne Befehl von oben«, sagte Twiggy.

Dornröschen nickte nachdenklich. »Ganz bestimmt nicht.«

»Dazu wären die zu feige«, sagte Twiggy.

Das leuchtete Matti ein. Kein Bulle riskierte seinen Pensionsanspruch. Demonstranten verprügeln, Flüchtlinge misshandeln, bei Nazis ein Auge zudrücken, da war das Risiko begrenzt. Aber einen Mord vertuschen oder decken ohne Absicherung von oben? »Wenn die einen oder sogar zwei Morde decken, dann geht es um ein großes Projekt. Und dieses Projekt hat etwas mit Röhren zu tun.«

»Da haben wir ja richtig viel herausgefunden«, sagte Dornröschen enttäuscht. »Ich habe keine Ahnung, ob wir jemals mehr herauskriegen würden.«

Matti blickte sie ein paar Sekunden an. Sie hatte im Konjunktiv gesprochen.

Sie blickte ihre Freunde traurig an. In ihren Augen las Matti die Angst vor dem Verlust, weniger des eigenen Lebens als das von Twiggy und Matti. Aber so ging es den anderen auch. Matti spürte, wie sie am Abgrund standen. Ein halber Schritt genügte, um alles zu zerstören, das ihnen bisher alltäglich erschienen war, nicht erwähnenswert und doch so kostbar. »Wir haben uns mit Leuten angelegt, die uns immer einen Schritt voraus sind. Die im Gegensatz zu uns wissen, um was es geht. Die offenbar staatlichen Schutz genießen. Die ein Projekt betreiben, für das zwei Morde kein zu hoher Preis sind. Und wir haben keinen Schimmer, um was es sich handeln könnte. Weitermachen würde bedeuten, weiter im Nebel zu stochern und nicht zu wissen, wann der nächste Schlag kommt.«

»Sicher wäre nur, dass er kommt«, sagte Dornröschen leise. »Er würde einen von uns töten.«

Die Resignation hatte sie fest im Griff. Es gab keine Hoffnung mehr, als anzunehmen, was Schaleis ihnen verordnet hatte.

»Dieses Schwein«, sagte Twiggy.

»Wenn wir nur wüssten, um was es geht«, sagte Matti. »Dann hätten wir vielleicht eine Chance.«

»Ein Projekt, für das gemordet und das vom Staat geschützt wird, kann nur eine Riesensauerei sein. Wo Köpfe rollen, wenn es herauskommt.« Dornröschen trank einen Schluck. »Und diese verfluchten Röhren …«

Sie starrte an die Wand, blickte durch die Mauer hindurch in die Ferne, wo irgendetwas lag, das sie nicht erkennen konnte.

Mattis Handy klingelte. Auf der Anzeige stand Lily. »Ja«, sagte er, stand auf und ging ins Zimmer.

»Ich habe keine Lust mehr, versetzt zu werden.«

»Ich habe dich nicht versetzt.«

»Du meldest dich nicht. Ich komme mir schon vor, als würde ich hinter dir herlaufen.«

»Quatsch«, sagte Matti.

»Du bist aber echt gesprächig.«

»Mir geht es scheiße.«

»Weißt du was, das interessiert mich jetzt nicht. Mir geht es die ganze Zeit scheiße, und du merkst es nicht.«

»Wir hatten wirklich Stress hier, du weißt …«

»Ich glaube, du machst mir was vor. Gibt es diese Typen überhaupt? Entenmann« – sie zog den Namen in die Länge – »oder ist es eine Ente oder eine Frau Entenmann?« Sie klang aggressiv.

Sie ist nie eifersüchtig gewesen, dachte Matti.

»War euer Auftritt schon? Habt ihr das geklärt?«

Hatten sie es geklärt? Nein, geklärt war nichts.

»Warum sagst du nichts?«

»Lass uns ein anderes Mal darüber reden. Morgen vielleicht.«

»Ich habe die Nase so voll«, schnauzte sie. »Ich bin kein Mädchen, das du hin und her schieben kannst, wie es dir gefällt. Weißt du was, jetzt ist Schluss.«

»Nein«, sagte Matti.

»Schluss!«, wiederholte sie. »Ich habe es satt. Lass mich in Ruhe. Du gehst mir auf die Nerven! Such dir eine, die sich so behandeln lässt.«

»Lily, ich …!«

Es klackte, die Leitung war tot. Er setzte sich auf sein Bett und stützte sein Gesicht in die Hände. Er saß lange so.

Dornröschen stand in der Tür. Er hob sein Gesicht und sah sie verschwommen durch seine Tränen.

»Lily?«, fragte sie.

Er nickte.

Sie setzte sich neben ihn und umarmte ihn. »Sie ist dich nicht wert«, sagte sie.

»Ich habe sie beschissen behandelt«, sagte Matti leise. »Sie hat sich ausgeschlossen gefühlt. Und das war sie ja auch.«

Sie streichelte ihn am Hinterkopf. »Natürlich, aber wir hatten keine Wahl. Wir müssen jetzt versuchen, wieder normal zu leben. Wir unternehmen nichts mehr in der Schaleis-Sache, und du wirst über das … hinwegkommen. Mit uns zusammen. Okay?«

Matti saß schweigend da, dann nickte er.

14: Early Morning Cold Taxi

In dieser Woche spürte er die Vorwehen des Sommers. Am frühen Morgen war es noch kalt, im Auto herrschte die Nachtkühle, und er fröstelte. Aber der Wind wurde warm am Vormittag, die Sonnenstrahlen färbten sich am Mittag in ein warmes Gelb und am Abend orange. Die Blätter an den Bäumen und Büschen auf dem Mittelstreifen der Gneisenaustraße hatten sich ein kräftiges Grün zugelegt. Die Menschen ließen die Pullover und Winterjacken zu Hause, und viele verfielen in den Schlenderschritt der warmen Jahreszeit. Touristen bevölkerten den Bergmannkiez, der jedes Jahr kommerzieller wurde. »Die vier Jahreszeiten haben ihren Wechsel, die Dinge entstehen und wachsen.« Er las inzwischen wieder Konfuzius, gewann ihn für sich zurück, nachdem Schaleis ihn missbraucht hatte.

Er versuchte, die Niederlagen zu verwinden, indem er äußerlich in seinen Trott zurückfiel. Er wechselte die Tag- und Nachtschichten jede Woche mit Aldi-Klaus, Ülcan schimpfte, wie es sich gehörte, und schwieg bestenfalls, wenn die Einnahme gut war. Der Alltag gab Matti Halt, konnte jedoch nicht verhindern, dass er an Lily dachte, die ihn im Stich gelassen hatte, als er sie am nötigsten gebraucht hätte. Sie war abgehauen, wie sie beim ersten Mal abgehauen war. Sie hatte ihn fallen gelassen, als wäre er ein Spielzeug, dessen sie überdrüssig geworden war. Vielleicht hatte sie einen anderen Mann getroffen. Eifersucht plagte ihn, sie überkam ihn in Wellen und schmerzte. Die Trennung plagte ihn am Tag, heftiger aber in der Nacht, wo er von Lily träumte und aus dem Schlaf gerissen wurde, um wach zu liegen bis zum Morgen. Dornröschen und Twiggy behandelten ihn wie Porzellan, das vom Licht durchschienen wurde und schon bei einem falschen Blick zu zerbrechen drohte. Die Ravioli nach der Meher-Baba-Schweigeminute

301

schmeckten besser denn je, weil sich die beiden mit den Zutaten mühten. Twiggy hatte eine Gewürzkugel besorgt, in die sie frische Kräuter füllten und in der Tomatensoße mitziehen ließen. Stets wartete eine Flasche kaltes Bier auf ihn. Und das Erstaunlichste war, dass er am Freitagabend beim Mau-Mau gewann, was sofort sein Misstrauen weckte, das aber zeitweilig gedämpft wurde, als er Dornröschens Enttäuschung spürte. In der Nacht überlegte er, ob er ihr schauspielerisches Talent unterschätzt hatte.

Er lebte wie unter einer Glasglocke. Er sah alles, aber die Außenwelt war getrennt von ihm, wie man beim Blick durch eine Fensterscheibe die Umgebung wahrnimmt, aber nicht ihre Gerüche und die Geräusche nur gedämpft. Nur in den Nächten griff die Wirklichkeit mit Kraft nach ihm, und da wurden die Augen feucht, und es entfuhren ihm Worte, die seine Verzweiflung nur ungenügend ausdrückten.

Tagsüber war es ihm gleichgültig, was Fahrgäste redeten. Es erregte ihn kaum, als dieser ehemalige Finanzsenator, dessen Herrenmenschenzynismus ihn schon früher genervt hatte, nun die Rassenforschung wiedererweckte, aber dies in Begriffen tarnte, die es anderen rechten Scharfmachern erleichterte, in das Geschrei mit einzustimmen, im Gleichklang mit dem gesunden Volksempfinden, dem sie nun die Muslime zum Fraß vorwarfen. Fast jeder zweite Idiot, der in sein Taxi stieg, entpuppte sich nun als Islamexperte, beglückt, dass endlich mal einer die Wahrheit gesagt hatte. Früher hätte er sich gestritten mit solchen Gestalten, aber er nahm es kommentarlos hin und registrierte kaum, dass er mehr Trinkgeld bekam, weil einige sein Schweigen als Zustimmung missverstanden.

Am Abend fuhr er einen feinen Pinkel mit Hut und dünnen Lederhandschuhen nach Ahrensfelde, und als er in der Märkischen Allee hinter den S-Bahn-Gleisen das Gewerbegebiet sah, in dem Schaleis' Firma lag, da würgte ihn der Zorn, und einen Augenblick fürchtete er, keine Luft mehr zu bekommen. Zurück von Ahrensfelde fuhr er einen extragroßen Umweg.

Unterwegs gabelte er eine junge Frau auf, die außer Atem war und sich freute, ihn erwischt zu haben. Sie hatte ein offenes Gesicht unter brünetten Haaren und wollte zum Ku'damm, was Matti an die Mercedes-Werkstatt erinnerte und auch daran, dass Entenmann längst aus der U-Haft entlassen war und die Kripo alle Ermittlungen eingestellt hatte, wie Gerd berichtete. Sie putzte sich heftig die Nase, und als er in den Rückspiegel schaute, strich sie sich durch die Haare und lächelte ihm zu.

»Schon lange unterwegs heute?«, fragte sie. Sie hatte eine anziehende, melodiöse Stimme.

»Es geht so«, sagte er. Unwirsch, wie er gleich bedauerte.

Sie sagte nichts mehr, bis sie am Ku'damm waren. Wenn er in den Rückspiegel blickte, wichen ihre Augen aus.

»Hier bitte!«, sagte sie nur noch, als er an der Ecke Olivaer Platz war. Er fuhr rechts heran, sie bezahlte, gab ein kleines Trinkgeld und ging davon. Seine Augen folgten ihr ein paar Sekunden, sie trug einen kurzen Rock und hatte lange Beine. Eine Bö blies ihr eine Locke ins Gesicht, aber es störte sie nicht.

Er stand eine Weile und starrte hinaus, sah aber nichts außer Schemen. Doch dann entdeckte er einen schwarzblauen Schopf und ihr Gesicht mit diesen Augen. Sie war vielleicht hundertfünfzig Meter von ihm entfernt und redete mit einem Mann. So gestikulierte nur sie, schnelle, kurze Bewegungen, die jede Silbe zu untermalen schienen. Der Mann war groß und älter als sie. Er war ruhig, sein Kopf mit den kurz geschnittenen grauen Haaren bewegte sich kaum, die Daumen hatte er in den Gürtel gesteckt, was sein Jackett auffaltete. Matti spürte die Eifersucht.

Die hintere Tür öffnete sich. »Zum Hauptbahnhof!«, bellte eine Stimme.

Matti erschrak und starrte wieder hinaus. »Bin belegt.«

»Von wem?«, bellte es.

»Raus!«, sagte Matti zischend. Er sah im Spiegel, wie ein Fettsack mit roten Gesichtsflecken die Backen aufblies, aber dann nur schnaubte und ausstieg. Er knallte die Tür zu. »Arschloch, so ein Arschloch!«, hörte Matti noch, aber er begriff es nicht, seine Aufmerksamkeit richtete sich nach vorn.

Lily hatte die Hände in die Taille gestemmt und schien nachzudenken, während der Mann auf sie einredete. Sie hob die Hände und ließ sie fallen. Dann zog sie die Beifahrertür des blauen Toyota Avensis auf, neben dem sie standen. Der Mann ging ums Heck herum und öffnete die Fahrertür. Sie wechselten über das Dach noch ein paar Worte, dann stiegen sie gleichzeitig ein. Matti ließ seinen Benz nach vorn rollen. Der Toyota parkte aus und fuhr in Richtung Osten, vorbei an den U-Bahnhöfen Uhlandstraße und Kurfürstendamm und schwenkte mit der Fahrbahn in die Tauentzienstraße, vorbei am KaDeWe, herum um den U-Bahnhof am Wittenbergplatz, um dort im Stau stecken zu bleiben. Matti war drei Wagen hinter ihnen. Er überhörte den Funk, der einen Fahrer in der Bayreuther Straße suchte, und den PDA, der den Eingang einer SMS meldete. Der Verkehr quälte sich ein paar Meter nach vorn. Einen Augenblick war er versucht, Lily aus dem Auto herauszuzerren. Wieder ein paar Meter.

Links neben ihm bremste quietschend und zischend ein Schwerlaster, der Diesel dröhnte. Rechts der Brunnen mit den Skulpturen, auf dem Brunnenrand saßen drei Mädchen und unterhielten sich lebhaft. Eines stand auf und tanzte einige Schritte, während es sich die Hand vor den Mund hielt. Sie hatte blonde Zöpfe und trug ein rotes Kleid. Die anderen beiden Mädchen lachten. Die Blonde setzte sich neben ihre Freundinnen, und die jetzt in der Mitte saß, stand auf und tanzte ebenfalls, mit ungelenken Bewegungen ihrer staksigen Beine.

Es ging weiter, der Lkw-Diesel heulte auf, eine Rußwolke zog über die Fahrbahn. Matti verlor den Brunnen und die Mädchen aus dem Blick, der Toyota rollte vorwärts und nach ihm die Autos, die ihm folgten. Durch eine Lücke sah Matti, dass Lily und ihr Begleiter sich lebhaft unterhielten, jedenfalls redete sie. Sie schüttelte den Kopf, dann nickte sie, während der Mann hinter dem Steuer sich kaum bewegte. Matti hörte den Klang ihrer Stimme, als säße sie neben ihm. Aber sie war unendlich weit weg.

Wer war dieser Typ? War es der, mit dem sie ihn betrogen hatte? Wenn sie ihn betrogen hatte? In diesem Augenblick war er überzeugt, sie hatte ihn betrogen. Die Arie am Telefon war Theater gewesen, ihr Versuch, sich ein gutes Gewissen zu verschaffen, die nachträgliche Rechtfertigung ihrer Lügen. Was fand sie an diesem Typen, der stocksteif hinter dem Steuer saß? War er reich? Die Karre sprach nicht dafür. War er eine Sprosse auf der Karriereleiter? Wo fuhren die hin nach Feierabend? Warum hatte der Kerl sie nicht direkt vor der Kanzlei abgeholt? Musste sie die Verbindung geheim halten vor irgendjemandem? Hatte sie auch in der Kanzlei was laufen? Vielleicht hatte sie ihn gleich mit zwei Männern betrogen? Obwohl, dafür hatte sie zu viel Zeit für ihn gehabt. Aber wenn sie einen zwischenparkte und bei Bedarf auf ihn zurückgriff?

Du bist verrückt, Matti. Seit wann fantasierst du wild herum? Was siehst du? Einen Kerl am Steuer und Lily auf dem Beifahrersitz. Sie unterhalten sich, und Lily redet ihn in Grund und Boden. So ist sie eben. Und du dichtest da etwas hinein, das mehr mit dir zu tun hat als mit dem, was geschieht. Wobei, ihn hatte sie nicht in Grund und Boden geredet.

Es ging etwas flotter voran. Als sie beim U-Bahnhof Nollendorfplatz waren, stieg Lily aus und eilte zur U-Bahn. Matti widerstand dem Impuls, ihr zu folgen. Mit etwas Verzögerung bemerkte er, dass der Abschied zu kühl gewesen war für eine Beziehung. Die hatte nichts mit dem, jedenfalls nicht das, was Matti gefürchtet hatte. Sie wird jetzt irgendjemanden besuchen, vielleicht einen anderen Mann. Vielleicht suchte sie auch nur einen Laden auf. Er blieb hinter dem Avensis. Der bog gleich links ab, nochmals links und fuhr zurück in die Kleiststraße, über den Wittenbergplatz, um rechts abzubiegen in die Nürnberger Straße, vorbei am Aquarium. Budapester-, Stüler-, Tiergartenstraße. Immer Richtung Osten, und in Mattis Hirn stand plötzlich *Stasi*. Ein Spruch kam dazu: Das Böse kommt aus dem Osten. Entenmann, Schaleis, jetzt dieser Typ im Avensis. Über den Potsdamer Platz, da hatte der Wahnsinn angefangen mit diesem ruppigen Typen. Osteuropa. Und es entstand das Gedankenbild einer Verschwörung alter Geheimdienstler, KGB, Securitate, Stasi … Auf der B 1, dem Mühlendamm, über die Spree. Ein Lastkahn tuckerte nach Westen. Dann rechts ab in die Stralauer Straße, vorbei an den Verwaltungsbauten, links in die

Klosterstraße. Und da läuteten in seinem Kopf Glocken, schmerzhaft laut. Diese Adresse kannte er. Die kannten alle in der Szene. Rechts die Vierkonchenhalle der Parochialkirche, weiß und prächtig, davor der Glockenturm. Links der mächtige Bau des Alten Stadthauses, Sitz der Senatsverwaltung für Inneres und vor allem des Verfassungsschutzes. Und der Mann im Avensis fuhr hinein in den Hof, zeigte dem Pförtner an der Einfahrt nur kurz einen Ausweis und verschwand in dem grauen Bau. Matti blieb mit laufendem Motor eine Weile stehen und starrte ihm nach, als könnte er durch die Mauern hindurchsehen. Dann parkte er den Wagen am Straßenrand und stieg aus. Er tat so, als schlenderte er umher, und sah endlich die Plakette am Eingang. *Senatsverwaltung für Inneres und Sport.* Hatte Lily etwas zu tun mit Sport?

Allerdings, sie arbeitete in einer Anwaltskanzlei, die auch für die Behörden tätig war, das hatte sie am Anfang gesagt. Oder für Ministerien? Aber das war eine Soße. Ein Ministerium war eine Behörde. Und diese Senatsverwaltung war ein Landesministerium. Aber seit wann trifft man sich mit einem Mitarbeiter einer Behörde auf der Straße, ein Stück ab von der Kanzlei, fährt ziellos durch die Gegend, um sich an der U-Bahn absetzen zu lassen? Für dieses Ereignis gab es nur eine Erklärung, es war ein Treff gewesen. Lily hatte ihren V-Leute-Führer getroffen. Konnte es anders sein? Matti war vorbeigelaufen an der U-Bahn-Station Klosterstraße und stand an der Grunerstraße, links das Rote Rathaus, vor ihm, die Rathauspassagen weit überragend, der Fernsehturm. Der Mittelstreifen war vollgeparkt, und der Verkehr rauschte, dröhnte, brummte auf acht Spuren durch Mitte. Matti mochte diesen Bezirk nicht, vollgestopft mit Repräsentationsbauten, eine seltsame Mischung aus deutschdemokratischer Betonwut und westdeutschem Geschichtswahn, verkörpert vor allem im Disneylandprojekt »Neues Stadtschloss«, bei dessen Erwähnung sich Dornröschen immer nur an die Stirn tippte.

Er versuchte, sich zu erinnern, Anhaltspunkte zu finden, auch dafür, dass er sich täuschte, dass sein erster Eindruck falsch war, dass Lily ihn nicht verraten hatte. Er ging zurück zum Taxi und stieg ein. Woher hatten die Leute von Schaleis erfahren, dass die Tür gesichert war? Es müssten sie gewesen sein, die den Anschlag verübt hatten. Einen Anschlag, für den sich die Bullen nicht gerade brennend interessierten. Sie hatten Spuren eingesammelt und waren abgezogen.

Es gab keine andere Erklärung für Lilys Verhalten.

Auf was wartete er? Er saß im Taxi und behielt den Eingang der Senatsverwaltung im Auge. Noch war nicht bewiesen, dass der Typ ein Schnüffler war.

Nach einer halben Stunde, zwei abgewiesenen Fahrgästen und einigen missachteten Funkrufen trat der Mann aus der Pforte. Feierabend für einen Schnüffler, dachte Matti. Der Mann lief zum U-Bahnhof. Matti fluchte und stieg aus, um ihm zu folgen. Er prägte sich den beigefarbenen Mantel mit dem kurzen schwarzen Kragen ein, aus dem ein langer Hals ragte mit kurz geschnittenen grauen Haaren auf einem kantigen Schädel. Der Bahnsteig in Richtung Pankow war voll, der Typ schaute sich nicht um, sondern zog eine *Berliner Zeitung* aus seiner Aktentasche und begann, den Sportteil zu lesen. Matti stellte sich schräg hinter ihn, an der Wand hing das Werbeplakat einer Schuhladenkette, neben ihm stand eine Frau südländischen Typs, elegant gekleidet und mit weißen Ohrstöpseln, vor ihm alberten Schuljungen herum.

Er dachte daran, wie geschickt Lily ihn ausgehorcht hatte. Wie sie sich scheinbar abgefunden hatte mit seiner Geheimnistuerei, um ihm doch ein paar Informationen abzulocken. Und er war schuld. Schuld daran, dass alles schiefgelaufen war. Dass sie fast draufgegangen wären. Dass Konny tot war.

Er verharrte eine Weile wie starr. Die U-Bahn rollte ein und bremste. Der Typ stieg ein, Matti folgte ihm. Sie standen nebeneinander auf der Plattform, kein Sitzplatz frei. Matti überlegte, ob er durchgeknallt sei. Vielleicht war das ein Verwandter von Lily, Referatsleiter in der Abteilung für Sport oder so. Oder ein Verflossener, mit dem sie noch etwas regeln musste. Meistens klärten sich solche Dinge harmlos auf. Du leidest unter Paranoia.

Der Typ hielt sich mit einer Hand fest, in der anderen hatte er die Zeitung. Ihn schien das Umfeld nicht zu interessieren. Er hörte nicht auf zu lesen, wenn sich an einer Haltestelle jemand an ihm vorbeiquetschte, den Ellbogenpuff eines kleinen alten Manns ertrug er ohne Reaktion. Jetzt verstand Matti, dass dem Typen diese Leute zuwider waren, dass er aber gezwungen war, ihre Nähe zu dulden, und dass er dies nur ertrug, indem er sie nicht wahrnahm, nicht einmal die körperliche Berührung. Er starrte in seine Zeitung, um für sich zu bleiben.

»Ich bin ihm bis nach Hause gefolgt«, sagte Matti am Küchentisch. »Er fuhr bis zur Endhaltestelle, dann lief er noch ein Stück die Berliner Straße hinunter, ich musste aufrücken, es wurde dunkel, aber das war ohne Risiko, denn der Kerl interessierte sich für nichts und niemanden. In der Schulstraße öffnete er die Haustür eines Wohnblocks, und nach ein paar Sekunden ging rechts im zweiten Stock das Licht an. Auf der Klingel steht *K. Wennermann*.«

»Sicher?«, fragte Twiggy.

Matti nickte. »Ich hab nachgeschaut, bin die Treppe hoch, der wohnt da.«

Dornröschen gähnte. »Eigentlich wollten wir…«

»Warum? Man wird ja noch dem Lover seiner Geliebten folgen dürfen.« Matti grinste. Er hatte schon lange nicht mehr gegrinst.

»Wenn das ein Schnüffler ist, mein lieber Mann«, sagte Twiggy.

»Dann haben wir es mit der gesamtdeutschen Spitzelbande zu tun. Ost und West friedlich vereint.« Er intonierte so etwas wie das *Wochenschau*-Pathos.

Dornröschen lachte leise. »Du sagst, Lily habe dir erzählt, die Kanzlei arbeite auch für Behörden.«

Matti nickte.

»Sie wird ja nicht die Klosterstraßenspitzel gemeint haben.«

Matti überlegte. So blöd war sie nicht, dass sie so eine Verbindung erwähnen würde. Schon gar nicht ihm gegenüber.

»Keine Ahnung, welches Ministerium oder sonst was?«, fragte Dornröschen. Sie dachte systematisch. Teil für Teil begreifen, auf den Tisch legen, dann die Verbindungen zwischen ihnen suchen.

Matti schüttelte den Kopf.

»Wir haben diese DVD«, sagte Dornröschen. Sie überlegte. »Und wir haben Entenmann und seine Detektei. Die arbeitet für Schaleis. Der hat ein Ingenieurbüro, und ihm gehört die DVD, das wollen wir glauben.« Sie gähnte. »Entenmann ist der geheime Chef einer geheimen Spitzelbande, die geschickterweise eine Detektei als Tarnmantel benutzt. Gar nicht blöd.« Sie schnippte anerkennend mit den Fingern.

»Das wissen wir«, sagte Twiggy.

»Lass sie«, erwiderte Matti.

»Schaleis erfährt von der Türsicherung bei uns und knackt sie. Er weiß auch, dass wir ihn besuchen werden. Sobald wir bei ihm auftauchen, schlagen seine Männer bei uns zu und erpressen uns.« Dornröschen nickte versonnen. »Gut, die Sache wird klar, wenn wir Lily in die Geschichte einbauen. Nur so kann Schaleis erfahren haben« – ein Blick zu Twiggy, der schüttelte den Kopf – »also nur so können die erfahren haben, dass wir kommen.« Sie gähnte lange. »Wenn Lily uns verpfiffen hat, an wen hat sie uns verpfiffen?«

»Was?« Twiggy kratzte sich am Kopf.

»Na, an die Klosterstraßenschlapphüte oder an Schaleis oder einen von Entenmanns Schergen, verstehst du?«

Twiggy überlegte, dann nickte er bedächtig.

»Eigentlich ist das so weit klar, es ist jedenfalls eine stimmige Geschichte: Lily berichtet an ihren Verfassungsschutzspitzel, und der steckt es den Entenmännern oder Schaleis direkt. Kapiert?«

Die beiden nickten. Matti trank einen Schluck Bier. Dornröschen war in Hochform. »Das ergibt zwei Möglichkeiten. Möglichkeit A: Lilys Schlapphut ist ein Spitzel von Schaleis/Entenmann und verdient sich was nebenbei. Möglichkeit B: Die Klosterstraßenheinis arbeiten mit Schaleis/Entenmann zusammen. Und Lilys Behörde, für die also ihre Kanzlei segensreich wirkt, ist der Auftraggeber.«

»Puh«, sagte Twiggy. »Vorausgesetzt, der Wennermann ist nicht der Hausmeister der Behörde.«

»Nein«, sagte Dornröschen, »die ganze Sache ergibt nur einen Sinn, wenn er Schlapphut ist.«

Am Morgen wachte Matti von Geklapper in der Küche auf. Offenbar hatten die beiden anderen noch schlechter geschlafen als er. Er zog seinen Bademantel an, rieb sich die Augen, schaute einmal auf den Hinterhof, wo ihm gleich ein neuer leuchtend blauer Kinderwagen auffiel, dann trottete er in die Küche. Robbi schmatzte in seiner Ecke, Twiggy saß verpennt am Tisch, Dornröschen schmierte sich gerade einen Toast.

»Ich habe noch mal nachgedacht«, sagte Twiggy. »Vielleicht lassen wir die Sache auf sich beruhen, noch ist nichts passiert.«

Dornröschen setzte sich an den Tisch, Matti auch.

»Nein«, sagte Dornröschen. »Wenn wir den Schnüfflern eine reinwürgen können, dann machen wir das.«

»Und wenn die uns eine reinwürgen?«

»Das versuchen die seit Jahrzehnten«, sagte Matti. »Die sind zu blöd.« Er hatte in der Nacht auch gegrübelt. »Wir halten uns an den Deal mit dem Schaleis. Dass wir den Verfassungsschutz nicht ärgern dürfen, gehört nicht dazu.«

»Hm«, brummte Twiggy. »Aber wenn ihr meint.«

Dornröschen aß krümelnd ihren Toast und trank Tee. »Ich mach auf Lily«, sagte sie. »Das krieg ich hin. Mal sehen, ob er darauf reinfällt.« Sie blickte auf ihre Armbanduhr. »Jetzt müsste so ein Schnüffler schon am Schreibtisch sitzen.«

Sie holte ihr Notebook, suchte die Telefonnummer des Verfassungsschutzes und rief die Zentralnummer an. Sie schaltete den Mithörlautsprecher an.

»Nicht maunzen«, sagte Twiggy und hob Robbi auf den Schoß, als er an seinem Knie kratzte.

»Landesamt für Verfassungsschutz.«

»Doktor Rakowski von der Anwaltskanzlei Dr. Müller-Kronscheidt und Partner. Verbinden Sie mich bitte mit Herrn Wennermann.«

Es klickte, dann Pausenmusik, etwas Seichtes.

»Wennermann.« Eine kräftige Stimme, leicht genervt. Wahrscheinlich sitzt er gerade am zweiten Frühstück, dachte Matti. Vom Stockwerk unter ihnen drang lautes Klopfen hoch.

»Rakowski.«

»Guten Tag, Frau Doktor Rakowski. Ihre Stimme…«

»Ich habe mir über Nacht eine Halsentzündung zugezogen…«

»Gute Besserung.«

»Vielen Dank, aber es muss ja weitergehen. Mein Chef, Doktor Müller-Kronscheidt, hat… wie soll ich es sagen… ein paar Bedenken geäußert. Ich will das am Telefon nicht auswalzen. Stichwort Doktor Entenmann…«

Wennermann schnaufte. »Unter uns, ich habe immer gesagt, dass das nicht gut gehen wird.«

»Es sind zu viele im Spiel«, sagte Dornröschen.

Twiggy winkte ihr zu, sie solle auflegen.

Doch Dornröschen wurde erst warm. »Und Schaleis…«

»Ja, ja«, sagte Wennermann. Und Matti hörte heraus, dass er es genoss, mit einer schönen Frau zu telefonieren.

»Ja, ja«, wiederholte er. »Aber ohne den gäbe es das Projekt nicht.«

»Und den ganzen Aufwand«, stöhnte Dornröschen.

»Wo Sie recht haben…«

»Wir bereden am besten alles beim nächsten Treffen«, sagte Dornröschen. »Schönen Tag noch.«

»Ja, Ihnen auch.«

Es klackte.

Wieder ein Pochen von unten. Twiggy verzog das Gesicht. Eine Frauenstimme schnauzte grell.

Matti klopfte mit der Faust leise auf den Tisch wie im Vorlesungssaal. »Was man alles herausbekommt, ohne viel zu sagen.«

Dornröschen grinste. »Hätte ich mehr gesagt, wäre ich wahrscheinlich aufgeflogen… obwohl, so scharf, wie der auf Lily ist… aber wir wissen ein bisschen mehr.«

»Erstens, der Typ ist tatsächlich Schnüffler. Zweitens, Lily hat sich mit einem Schnüffler getroffen und weiß das auch. Der Typ war überhaupt nicht überrascht, dass sie ihn im Amt angerufen hat.« Matti malte sich aus, dass sie Wennermann haarklein beschrieben hatte, wie sie ihn aufs Glatteis führte. Mit vollem Körpereinsatz. Er kam sich elend vor, doch Dornröschens Erfolg war zu schön, um länger Missmut zu schieben.

»Drittens, die Schnüffler haben mit Entenmann und Schaleis was zu tun«, sagte Twiggy.

»Viertens, im Mittelpunkt steht ein Projekt von Schaleis. Entenmanns Prügelperser und die Klosterstraßenspitzel decken es. Lilys Kanzlei und Madame höchstpersönlich wickeln den juristischen Kram ab. Sie ist spezialisiert auf Vertragsrecht und Vermögensrecht. Gehen wir davon aus, es handelt sich um Vertragsrecht. Was bedeutet, dass die Kanzlei Verträge für Schaleis aushandelt. Die Frage ist, mit wem?« Mattis Finger trommelten auf dem Tisch.

Dornröschen nickte. »Die Frage ist, was für ein Projekt?«

»Die andere Frage ist, was passiert, wenn Wennermann herausfindet, dass er gar nicht mit Madame telefoniert hat, jedenfalls nicht mit der, die er meinte?«, fragte Twiggy. »Und wie lange es dauert, bis wir die wieder an der Backe haben. Wenn die nämlich ein und eins zusammenzählen, das werden sie ja noch hinkriegen, kommen sie auf uns.«

»Aber wird Wennermann zugeben wollen, dass er ein Idiot ist? Dass er am Telefon Informationen ausplaudert?«, fragte Matti. »An seiner Stelle wäre ich ganz still.«

Dornröschen erhob sich und schenkte sich Tee nach. Sie setzte sich und gähnte. »Wir werden es früh genug merken, ob der Wennermann sich als Depp outet. Klüger wäre es, wir rechnen damit.« Ein Blick zur Fensterbank. »Wir müssen die Tür auch wieder sichern«, sagte Dornröschen.

»Du meinst es ernst«, sagte Twiggy. »Ich hab Schiss, ehrlich.«

»Ich auch«, sagte Dornröschen. »Aber stell dir vor, wir legen diesen Scheißkerlen das Handwerk, dann haben wir für immer Ruhe. Glaubst du, wir können uns darauf verlassen, dass dieser Klumpatsch aus Schaleis/Entenmann/Klosterstraßenschnüffler uns auf alle Ewigkeit lieb hat...«

»In einem Western hieße es jetzt, wir wüssten zu viel«, sagte Matti.

»Seit deiner Lily-Enthüllung wissen wir noch mehr«, ergänzte Dornröschen. »Ich hatte mit der Sache sowieso nur aufgehört, weil wir nichts herausfanden und es nur schmerzhaft ist, immer mit dem Kopf gegen die Wand zu rennen. Jetzt hat die Wand einen Riss, fast ein Guckloch.«

»Ich lasse mich nicht vom VS verarschen«, sagte Matti. »Schon gar nicht, wenn die so viel Dreck am Stecken haben.«

»Ist ja gut.« Twiggy zog Robbi sanft an beiden Ohren, was den die Augen verdrehen ließ. »Sie haben Robbi bedroht«, sagte er. »Die Schweine.«

»Blöd, dass die uns die DVD abnehmen konnten«, sagte Matti.

Twiggy hob die Augenbrauen und grinste breit. »Versteckte und verschlüsselte Partition auf der Platte. Da schlummert sanft und ungestört das Image. Ich bin doch nicht bekloppt und mach mir keine Sicherheitskopie.«

Dornröschen begann zu kichern wie ein Schulmädchen. Sie schlug mit einer Faust auf den Tisch, sodass Robbi seinen Kopf in Twiggys Bademantel schob, mit der anderen klopfte sie Twiggy auf die Schulter.

»Nur, was ist das für ein Projekt, das die Schnüffler West und Ost, eine Anwaltskanzlei, ein Ingenieurbüro und irgendeine Behörde zusammenbringt?«, fragte Matti.

»Und warum spitzelt Lily, so eine war die nie«, sagte Dornröschen. »Du weißt, mein Fall war sie nicht, aber spitzeln …«

»Wir sollten sie in die Mangel nehmen«, sagte Twiggy.

Matti sah auf seine zitternden Hände. Er verbarg sie unter dem Tisch.

»Weißt du einen anderen Weg?«, fragte Dornröschen.

»Wir folgen ihr, bis wir wissen, welche Behörde es ist. Und wenn wir das wissen, sind wir ein Stück weiter. Ist es das Finanzministerium, dann ist es ein krummes Geschäft …«

»Und ist es das Verteidigungsministerium von dem schicken Herrn, der mit einem Goldlöffelchen im Mäulchen geboren wurde, dann ist es ein Waffendeal«, unterbrach Dornröschen. »Und was wissen wir dann? Dass die Regierung schmutzige Geschäfte macht?« Sie gähnte demonstrativ. »Das wäre ja was ganz Neues.«

»Regierungen sind dazu da, schmutzige Geschäfte zu machen«, sagte Twiggy.

»Ohne Regierungen gäb's nicht mal Schmutz«, stöhnte Matti. Twiggy kriegte seinen Anarchistischen.

»Und die Völker könnten in Frieden leben, ohne Krieg und Ausbeutung«, sagte Twiggy gelassen.

»Amen«, sagte Dornröschen mindestens genauso gelassen. »Und jetzt reden wir wieder über Lily.«

Sie schwiegen eine Weile. Dornröschen ging zur Fensterbank, klappte sie hoch, holte die Pistolen hervor und legte sie auf den Tisch. »Mir stinkt's«, sagte sie. »Wir lassen uns von dieser Dame nicht verarschen. Die war mit dir zusammen, bis Schaleis und Co. uns fertiggemacht hatten, dann hat sie dich abserviert. In Wahrheit hat sie dich von Anfang an benutzt.«

»Sie hat mich zufällig getroffen, ist in mein Taxi gestiegen, das stand halt vorn.« Er fühlte sich hilflos. Dornröschen hatte recht, aber irgendwas stimmte nicht. Solche Zufälle gab es nicht. Obwohl, es war auch Zufall gewesen, dass er sie auf dem Ku'damm entdeckt hatte. Wirklich? So oft, wie er da hinfuhr, wie er Fahrten dort und dorthin übernommen hatte, obwohl er keineswegs nah dran war. Wie er Ärger mit der Zentrale riskierte, nur um in dieser elenden Gegend herumkurven zu können. Wie er auf dem Weg zu Ülcan auch einen Umweg fuhr, nur um über den Ku'damm zu schleichen. Aber dass er sie ausgerechnet mit dem Schnüffler erwischen musste. Das war Zufall gewesen. Lily war immer launisch und egozentrisch gewesen, aber eine Verräterin? Er begriff, dass es ihn hätte stutzig machen müssen, wie sanft sie geworden war, jedenfalls für ihre Verhältnisse. Wie sie widerstandslos akzeptiert hatte, dass nicht immer sie im Mittelpunkt stand, sondern er die Zeiten bestimmte, wann sie sich trafen. Und sie hatte immer Zeit gehabt. So kann sich kein Mensch ändern. Und so blind wie du kann keiner sein.

Ja, sie würden sich Lily schnappen.

»Und wie?«, fragte Matti. Die Angst tat weh. Sie würden sich Lily schnappen, die Vorstellung machte ihn fertig. Doch Verrat war unterste Schublade. Man durfte ein Großmaul sein wie Werner, man durfte dumm sein, schrägste Thesen verkünden, Lena oder Hertha BSC toll finden. Aber verraten durfte man niemanden, nicht mal jemanden, der nur Scheiße baute und der Szene dadurch die Bullen auf den Hals hetzte. Autos anzünden fanden viele kindisch bis strohdumm, aber nie würden sie einen Zündler an die Bullen verpfeifen. Ob man Bundeswehroffizieren eine reinhauen durfte, war mindestens genauso umstritten, aber wer käme auf die Idee, die Verfasser der Aufrufe zu solchen Heldentaten ans Messer zu liefern?

Twiggys Zeigefinger strich über den Lauf. »Am liebsten würde ich sie in einen Keller verfrachten.«

»Das Problem ist nur, dass sie uns kennt«, sagte Dornröschen. »Und wir brauchen ein Alibi für die Zeit.«

»Im *Greenhorn*«, sagte Twiggy. »Da setzen wir uns hin und trinken was. Dort werden ein paar sein, denen wir sagen, dass wir da bis zum Morgen gesessen haben.« Die Kneipe hatte gerade eröffnet in der Adalbertstraße. Den Wirt, Horsti, kannten sie seit Jahrzehnten, er hatte vorher eine Szenekneipe am T-Ufer besessen und war nun endlich nach Kreuzberg umgezogen, mitsamt seinen Stammkunden. Wenn sie Horsti sagten, sie hätten bis zum Morgen in seiner Kneipe gesessen, dann hatten sie bis zum Morgen dort gesessen. Und ein paar Gäste würden das bestätigen.

»Wir fahren mit ihr in den Wald und machen ihr Angst«, sagte Dornröschen. Sie schaute Matti eine Weile an. »Ihr passiert nichts, versprochen. Aber sie würde dich den Bullen ausliefern, sie würde dich in den Bau wandern lassen, auch wenn sie vielleicht ein Tränlein in ihren schönen Augen trocknen müsste. Kapiert?«

Matti nickte. Dornröschen hatte recht, aber es schmerzte ihn doch. Auch dass er auf Lily hereingefallen war. Aber, verdammt, sie war zufällig in sein Taxi gestiegen. Sie konnte nichts wissen von dem, was danach geschah. Sie war eingestiegen, bevor er die DVD gefunden hatte. Das stand fest.

Die Kanzlei arbeitete auch für Behörden. Das war vielleicht der Schlüssel einer Erklärung. Aber es hatte keinen Sinn zu spekulieren. Und sie begannen zu diskutieren, wie sie es machen würden.

Als Lily aus der Kanzlei nach Hause kam, blockierte der Bulli die Garageneinfahrt. Matti hatte an der Ecke zur Kantstraße gewartet, bis er den BMW sah, und Twiggy per Handy das Signal gegeben. Als Lily in die Einfahrt einbog und vor dem Transporter bremste, riss Twiggy die Fahrertür des BMW auf, und Dornröschen setzte sich gleichzeitig auf den Beifahrersitz. Sie trugen beide schwarze Masken, bei denen nur die Augen ausgespart waren. Twiggy hielt Lily die Makarow an die Stirn, dann zog er sie aus dem Auto und brachte sie zum Bulli. Matti war währenddessen zu dem Haus gerannt und stand Schmiere. Lily sagte kein Wort, sie war schlagartig erblasst, ein Spuckefaden hing ihr im Mundwinkel, die Pupillen rasten hin und her. Als Twiggy die Tür öffnete, spürte er, wie ihr Körper sich versteifte. Er presste ihren Oberarm in seiner Hand, sie zischte vor Wut und Schmerz und gab nach, den Druck des Laufs im Genick. Twiggy drückte sie nach unten, bis sie auf dem Bauch auf einer Gummimatratze lag, dann zog er ihre Hände über dem Rücken zusammen und legte ihr Handschellen an. Die Füße fesselte er mit Paketklebeband. Zum Schluss knebelte er sie. Er erledigte es mit erstaunlicher Gelassenheit, als würde er jeden Tag jemanden entführen. Dornröschen hatte die Seitentür des Bulli geschlossen und schob sich in die Mitte der Bank in der Fahrerkabine, Matti setzte sich neben sie und zog die Tür zu. Er hatte Lilys BMW an den Straßenrand gefahren und abgeschlossen. Der Schlüssel steckte in seiner Hosentasche. Die Anspannung schlug ihm auf den Magen. Er war froh, als Twiggy den Boxer husten ließ. Er fuhr an, bremste aber gleich wieder. Ein Pärchen schlenderte auf dem Bürgersteig, und mindestens er war betrunken. Das Laternenlicht ließ ihre Körper blasse Schatten auf den Bürgersteig werfen. Oben im Haus brannten Lichter in den meisten Fenstern, aber niemand schaute hinaus, niemand schien etwas zu bemerken. Als Twiggy wieder anfuhr, raste ein Fahrradfahrer vorbei und tippte sich an die Schläfe, während er sich umdrehte. Sein Mund formte ein wütendes »Licht!«, aber Twiggy schaltete die Scheinwerfer erst ein, als sie ein paar Meter auf der Straße gefahren waren. Sie legten die Masken ab.

Twiggy steuerte den Bulli ruhig durch den Verkehr, als hätten sie einen Kasten Bier geladen. Matti schaute in den Laderaum, Lily lag auf der Seite und blickte ihn wütend an. Über ihr Gesicht wanderten Lichtflecken von draußen. Endlich erreichten sie das Nordeck des Tegeler Sees, und es ging links ab in die Konradshöher Straße, in den Wald. Twiggy fand den kleinen Weg sofort, und sie sahen erleichtert, dass die weiße Kette noch zusammengerollt neben dem Pfosten lag. Matti staunte immer mehr, wie souverän Twiggy handelte. Bei dieser Aktion waren Dornröschen und er fast Statisten, viel zu aufgeregt. Matti mühte sich, seine Nerven zu beherrschen, während der Bulli über den Weg rumpelte. In der Höhe des Lissagary-Verstecks bremste Twiggy und schaltete Motor und Scheinwerfer aus und die Beleuchtung des Laderaums ein. Ein funzliges Licht spiegelte sich in Lilys Augen.

Dornröschen setzte sich neben sie auf den Boden, die Makarow zunächst in der Hand, dann legte sie die Waffe weg, um Lilys Knebelung zu lösen.

»Seid ihr völlig durchgeknallt?«, schrie Lily, dann musste sie husten.

Dornröschen haute ihr eine runter.

Lily starrte sie ungläubig an und bekam noch eine Ohrfeige, als sie wieder keifen wollte.

»Ich frage, du antwortest«, sagte Dornröschen.

Lilys Blick traf Matti, der auf der Bank kniete und sich mit den Oberarmen auf der Lehne abstützte. »Du bist das größte Dreckschwein!«, schimpfte sie, woraufhin Twiggy, der gerade über die Seitentür in den hinteren Raum einstieg, ihr die Waffe in den Bauch drückte, bis sie aufstöhnte. *Shock and awe*, dachte Matti. Die Szene stieß ihn ab und faszinierte ihn. Er spürte Mitleid und Wut, Hass und Trauer, Verzweiflung und Sehnsucht. Nach ihr oder besser nach den Tagen und Nächten, als er glaubte, sie liebe ihn. Sie hat dich nicht geliebt, keine Sekunde, seit sie dich damals verlassen hat. Und damals hat sie dich auch nicht geliebt. Du warst eine Gelegenheit, sonst nichts. Aber es tat weh, sie liegen zu sehen, wütend und hilflos.

»Du arbeitest für den VS«, sagte Dornröschen kalt. »Du bist ein Spitzel.«

Lilys Augen weiteten sich, sie begannen zu glitzern, bis sie tränten. »Nein.«

Dornröschen schlug sie, nicht fest, aber demütigend. Um ihr zu zeigen, dass sie keine Chance hatte, dass sie ausgeliefert war.

»Norbi ist tot, Konny ist tot«, sagte Dornröschen. »Und du bist schuld.« Sie schwieg ein paar Sekunden und beobachtete Lilys Reaktion.

»So ein Quatsch!« Lily bäumte sich auf, als wollte sie ihr Nein betonen.

»Du hast Matti ausgehorcht und Schaleis gesteckt, was wir vorhatten. Oder du hast es deinem Spitzelboss berichtet, und der hat es an Schaleis weitergegeben. Die haben immer gewusst, was wir tun.«

»Nein!« Sie wand sich wie ein Wurm, bis Twiggy ihre Schulter auf den Boden presste. »Au! Quälen, das kannst du. Aber sonst kriegst du keinen hoch!«, schnauzte sie.

Dornröschen schlug sie, diesmal fest.

Aus Lilys Nase floss ein dünner roter Faden.

Dornröschen spannte den Hahn ihrer Pistole. Ein metallisches Klacken.

»Wir gehen besser raus«, sagte Twiggy.

Lilys Augen zeigten Panik. Sie begann zu hecheln. Sie schniefte, dann flossen die Tränen. »Ihr tut mir doch nichts.« Sie blickte Matti an, dem ging es durch und durch. Er drehte sich weg und stieg aus dem Auto.

Er blieb an der Tür stehen und schluckte. Er spürte den Druck der Tränen, doch dann dachte er daran, dass sie den Schweinen geholfen hatte. Er ging um den Bus herum zur Seitentür und stieg ein. Lily lag vor ihm, aufgelöst, schluchzend, während sich Twiggy und Dornröschen etwas hilflos anblickten.

Matti beugte sich hinunter und zerrte Lily an der Schulter auf den Rücken, bis sie ihn ansah. Das Augen-Make-up schmierte schwarzgrau bis zur Wange. Er räusperte sich: »Du hast zwei Möglichkeiten: Entweder du packst aus, oder du bist tot. So tot wie Norbi und Konny. Erinnerst du dich an Schmücker?« In ihrem Gesicht stand nur noch Angst. »Hör auf mit der Flennerei! Hast du es kapiert?«

Sie starrte ihn an, in ihren Augen las er: Du hast ihn doch damals verflucht, diesen Schmücker-Mord, getötet von den eigenen Genossen, weil er ein Spitzel war. *Fememord* hast du es genannt in deiner Verzweiflung. Erinnerst du dich nicht? Natürlich wusste er es noch. Sie war ihm jetzt so nah.

»Das ist kein Spielkram, der Schmücker hatte seine Genossen beim VS verpfiffen, nicht bei einem Killerkommando«, sagte er mit heiserer Stimme.

Sie blickte ihn an und nickte endlich.

»Arbeitest du für den VS?«, fragte er.

Sie nickte.

»Seit wann?«

Wieder dieser Blick, in dem er ihre Angst las, aber auch ihre Vertrautheit miteinander. Es schmerzte.

Er legte seine Hand an den Pistolengriff, der aus dem Hosenbund ragte.

»Einundneunzig oder zweiundneunzig, genau weiß ich es nicht mehr«, sagte sie.

»Warum?«

Sie zögerte, seine Hand lag wieder auf dem Pistolengriff. »Sie haben mich ganz gemein erpresst.«

»Du hast zwanzig Jahre für den VS gearbeitet?«

Sie nickte und schniefte.

»Womit haben sie dich erpresst?«

Sie schluckte und wand sich so verzweifelt wie sinnlos. »Sie haben was über mich gefunden.«

»Was?«, schrie er. Hatte sie an einer *Aktion* teilgenommen, hatte sie Kontakte zum 2. Juni oder zur RAF gehabt? Er sah es vor sich,

319

wie sie sich in ihrer Tatenwut zu etwas Saudummem hinreißen ließ. Sie konnte außer sich geraten vor Zorn über Ungerechtigkeiten, sie litt, wenn sie nicht gleich etwas dagegen tun konnte. Sie warf es sich vor, wenn sie nichts gefunden hatte, und wenn es nur ein Stein war, mit dem sie das Fenster einer Bullenwache einwerfen konnte. Sinnlos, aber beruhigend. Wenigstens für eine Weile.

»Ich weiß nicht, wie sie die gefunden hatten…« Sie stotterte und brach ab.

»Wie sie was gefunden hatten?«, schrie er.

Sie schaute ihn flehend an.

Twiggy hustete, Dornröschen saß wie erstarrt auf dem Boden. Bleiern.

Matti schwitzte und fror, die Luft war feucht.

»Als diese Idioten die Normannenstraße besetzt haben, da hat der VS Akten über mich bekommen.« Sie weinte unhörbar. Es war still. Matti warf einen Blick durch die offene Tür hinaus. Der Wald stand wie eine schwarze Wand, riesig, undurchdringlich. Mattis Hirn rotierte. Normannenstraße, Sitz der Stasi, gestürmt von den Bürgerrechtlern, Akten über Lily. Er erinnerte sich an die Bilder im Fernsehen. Akten, überall Akten, Registraturen, empörte Menschen, neugierige Menschen, wichtigtuerische Menschen, ängstliche Menschen, ein wildes Durcheinander. Und mittendrin die Westgeheimdienste, die zusammenrafften, was sie zusammenraffen konnten unter den Augen der naiven Aufrechten, die gegen ihren Willen halfen, dass aus Geheimnissen Ost Geheimnisse West wurden. Dazu Akten gegen Geld und Freiheit, Stasi-Offiziere, die sich freikauften. Und Rauchsäulen über den großen und kleinen Filialen der Unterdrückung. Aber was hatte Lily damit zu tun?

»Welche Akten?«

»Über mich«, sagte sie zögernd.

»Sie haben dich bespitzelt. Da warst du nicht die Einzige, na und?«

»Du verstehst es nicht, Matti«, sagte Dornröschen traurig.

»Das kann man auch nicht verstehen. Die *Genossin* hat für die Stasi gespitzelt.« Sie schüttelte den Kopf.

»Stimmt das?«, fragte Matti. Und als sie nicht antwortete, sondern ihn nur anstarrte, schrie er: »Stimmt das?«

Sie nickte.

Matti stieg aus und starrte in die Schwärze. Er hörte, wie Lily leise wimmerte. Dann stieg er wieder ein und kniete sich vor sie. »Warum?«

»Ich habe mal mit der SEW sympathisiert, aber als ich eintreten wollte, haben sie mir gesagt, sie hätten eine bessere … Verwendung für mich. Ob ich bereit sei, für den Sozialismus an der Front zu arbeiten, an der unsichtbaren Front, haben sie gesagt.«

Matti schüttelte ratlos den Kopf.

»Mein Gott, ich war achtzehn«, sagte sie.

»Und du hast bis zum Ende für die gespitzelt?«, fragte Matti.

»Es würde der Linken nicht schaden, haben sie gesagt. So könnten sie besser helfen. Und es dürfe auf keinen Fall einen Terroranschlag in der DDR geben. Meine Augen seien ihre, und was ich sähe, sähen sie auch. Ich sollte dorthin blicken, wo sonst niemand hinblickt. Meine Ohren seien ihre Ohren, und ich sollte dorthin hören, wo sonst niemand hinhört. Außer ihren Feinden, nämlich der politischen Polizei und dem VS. Wenn ich gegen den Imperialismus kämpfen wolle, könne ich so am wirksamsten sein.« Sie sprach schnell, wie aufgezogen, wie auswendig gelernt. Sie musste sich das immer wieder vorgesagt haben in den vergangenen Jahrzehnten. »Der BRD-Imperialismus sei nach den USA der gefährlichste Feind. Über ihn und über seine Feinde müssten sie alles wissen, das habe schon Lenin gefordert. Wenn sie die Linken, auch die, welche ihnen aus Verblendung nicht trauten, unterstützen könnten, würden sie dem Feind schaden. Und wenn sie dem Feind schadeten, würde es dem Sozialismus nützen.« Lily redete hastig, als würde sie es in der Schule aufsagen.

Matti spürte seine Wut aufkeimen. »Du warst also damals mit mir zusammen, um mich zu bespitzeln.«

Sie schluchzte, und Matti kam der Gedanke, sie könnte eine Riesenshow abziehen. Bedroht, ihnen ausgeliefert im Wald, und Lily lief zur Hochform auf. Unterschätze sie nicht. Fall nicht auf dein

Mitleid herein. Sie hat in ihrem Leben alle getäuscht außer ihren Auftraggebern. Sie ist verlogen bis in die Knochen. Sie ist berechnend wie ein Apparat. »Nun?«

»Du warst einer dieser Typen, mit denen man zusammen sein musste, um wirklich dabei zu sein.«

Er holte aus, sah, wie sich ihr Gesicht in Erwartung des Schlags verzerrte, und ließ die Hand sinken. Immerhin, da war sie ehrlich. Aber doch nur, weil du ihr keine andere Antwort geglaubt hättest. Ihm fiel ein, wie sie ihn begleitet hatte auf Demos, Versammlungen, Aktionsbesprechungen, wie sie allmählich hineinkam in den inneren Kreis und wie sie dann langsam von ihm wegdriftete, was er aber erst begriff, als sie ging. Sie verschwand einfach.

»Wo bist du hingegangen, als du mich verlassen hattest?«

»Nach Westdeutschland.«

»Warum?«

»Ich hatte einen Auftrag, sie fanden es wohl nicht so ergiebig, was ich in Westberlin herausgefunden hatte.«

Dornröschen räusperte sich. »Oder sie hatten längst einen anderen eingeschleust, einen, der mehr herausbekam. Vielleicht sollte sie dich auch werben?« Sie blickte Lily kalt ins Gesicht. »Du warst ein Lockvogel, die scharfe Biene, oder wie nennt man das bei euch so?«

Matti zog die Makarow aus dem Gürtel und blickte sie lange an. Er wog die Waffe in seiner Hand.

»Ich sollte Matti rumkriegen. Aber ich habe gleich gemerkt, dass der mit dem Sozialismus nichts am Hut hatte.«

»Warum Matti?«, fragte Dornröschen.

»Die hielten ihn für einen der künftigen Anführer der Linksradikalen.«

»Dass du Leute auch immer enttäuschen musst«, sagte Twiggy trocken. Er hatte die ganze Zeit geschwiegen.

Matti grinste, und er las Hoffnung in Lilys Augen.

»Sie hatten Angst, dass du mir auf die Schliche gekommen bist, weil du nicht reagiert hast, also politisch, meine ich. Dann haben sie mich nach Westdeutschland geschickt, erst nach Stuttgart, dann nach München.«

»Und dort hast du dich auf der Suche nach der Wahrheit durch die Betten gefickt«, sagte Dornröschen trocken. Sie erwartete keine Antwort.

Matti hatte das Gefühl, dass Lily ruhiger geworden war. Ihr gefiel die Richtung, die das Verhör nahm. Sie hoffte offenbar, etwas verbergen zu können. »Lass sie doch reden«, sagte Matti zu Dornröschen. »Je mehr, desto besser.«

»Aber so richtig erfolgreich war ich nicht«, sagte Lily eilfertig.

»Aber die haben dir doch bestimmt einen Orden verliehen oder ein paar Mark in die Hand gedrückt«, sagte Matti.

»Nur Geld«, erwiderte Lily fast ein wenig beleidigt.

»Warum hast du weitergemacht? Du hättest jederzeit aufhören können. Du warst im Westen.« Matti blickte sie fragend an, sein Misstrauen wuchs.

»Dann hätten sie mich auffliegen lassen. Mein Führungsoffizier hat gesagt: Du willst doch nicht in der Zeitung stehen, oder?« Sie stieß es heraus, als wäre sie immer noch empört.

»Und als deine Stasi-Freunde ausgespitzelt hatten, hast du deine Dienste dem VS angeboten, weil du scharf aufs Schnüffeln warst«, sagte Twiggy ungläubig.

»Der VS wusste, dass ich für die Stasi gearbeitet hatte. Die haben meine Akte. Und sie haben gesagt, dass sie das vergessen, wenn ich für sie das Gleiche tue.« Verzeiht mir, las Matti in ihren Augen, ich bin schwach und feige.

»Und wann haben die dich auf uns angesetzt?«, fragte Matti. Die Frage bohrte in ihm. Er erinnerte sich, wie sie in sein Taxi gestiegen war.

»Zufall«, sagte sie. »Plötzlich kam mein VS-Typ und sagte: Du kennst den doch von früher, du hattest mal was mit dem, also …«

»Du lügst!«, schnauzte Matti sie an, er erschrak selbst, wie laut er wurde.

Ihre Unterlippe begann zu zittern.

»Das kann gar nicht stimmen«, sagte Dornröschen. »Der Trouble fing erst an, *nachdem* du in Mattis Taxi gestiegen warst. Red keinen Scheiß. Wir sind zu nett zu ihr.«

»Das mit dem Taxi war ... Zufall. Ich hab es nicht gewusst.«

»Und dann?«

»Dann kam, also, nachdem ich Matti getroffen hatte, kam dieser VS-Typ und fragte mich, ob ich wieder Kontakt zu Matti aufnehmen könnte ...«

»Und du blöde Kuh hast dem freudestrahlend gesagt: Ach, welch Zufall, den habe ich gerade erst getroffen. Der gurkt hier mit einem Taxi rum. Das ist kein Problem, das kriege ich hin, ich bin doch die tollste Schnüfflerin aller Zeiten. Und der ist immer noch scharf auf mich ...« Matti war wütend.

»Ja«, sagte Lily. »So ungefähr.« Ihre Blicke baten ihn um Verzeihung, aber er wusste, sie logen. Wahrscheinlich wusste sie gar nicht, was Wahrheit war.

»Und hättest du mich nicht zufällig im Taxi getroffen, du hättest dich bei mir gemeldet oder irgendwas konstruiert.« Matti kochte vor Wut.

»Ja, ich hätte mich in dein Taxi gesetzt.« Wieder diese Blicke.

»Glotz mich nicht so verlogen an!«, brüllte er.

Im Wald knackte es. Jetzt hörten sie nur ihren schnellen Atem.

»Wir erledigen sie gleich hier«, sagte Twiggy.

»Vielleicht erzählt sie doch noch was, nicht so schnell«, sagte Dornröschen. Sie streichelte Matti an der Schulter, und als er sie anblickte, zwinkerte sie ihn an.

Matti begriff. »Aber sie kennt uns«, sagte er. »Wir haben keine Wahl.« Seine Augen wanderten zu Twiggys Makarow.

Schweiß trat auf Lilys Stirn. Unter den Armen weiteten sich dunkle Flecken.

»Ist Zeitverschwendung«, sagte Twiggy. »Irgendwann erwischen die uns hier, wenn Matti weiter rumschreit.«

»Wir geben ihr noch ein bisschen Zeit«, widersprach Dornröschen. »Und Matti bleibt jetzt ruhig, nicht wahr?« Ein sanfter Blick zu ihm.

»Wenn die so lügt, ich weiß nicht ...«

»Wenn die Bullen anrücken, müssen wir weg. Und sie ...« Twiggy schaute finster wie Al Capone.

Lily stöhnte. »Was wollt ihr wissen?«

»Erstens die Wahrheit, zweitens alles«, sagte Dornröschen.

Im Wald rauschte es, ein Trappeln, ein Kauz klagte.

»Ich fasse zusammen«, sagte Dornröschen mit einem Blick auf die Uhr. »Der VS hat dich auf Matti angesetzt, weil sie wussten, dass du ihn von früher kennst.«

Lily nickte.

»Was genau war dein Auftrag?«

»Ich sollte herausfinden, was die Okerstraßen-WG plant und tut…«

»Na, so richtig ausgefragt hast du mich ja nicht«, sagte Matti.

»Zu viel hätte dich… misstrauisch gemacht. Und ich habe mich bald in dich… verliebt.«

Matti lachte trocken. »Erspar uns das Gesülze.«

»Aber wenn es stimmt?«

»Halt die Schnauze! Die lügt noch im Grab.«

»Es hat keinen Sinn«, sagte Twiggy. »Sie kann nur lügen, und gleich rastet Matti aus.« Er klang besorgt.

»Ein bisschen Zeit haben wir noch«, sagte Dornröschen. »Ein bisschen. Und jetzt ein bisschen flott, *Genossin*!« Schärfe war in ihrer Stimme. Meine Geduld ist gleich zu Ende, hieß das.

Sie verstand. »Ich sag, was ich weiß.« Sie schluckte. »Soweit ich es mitbekommen habe, war ich nur ein Teil eines… Überwachungssystems. Sie sind euch nachgefahren, haben Wanzen eingebaut, und sie haben mit dieser Detektei Entenmann zusammengearbeitet. Die hat die Drecksarbeit gemacht. Ich kann es nicht beweisen, aber es war so. Der VS hat Entenmann mit seinen Infos versorgt, und der Entenmann hat den VS versorgt. Ich war da nur ein kleines…« Sie stockte, schaute ängstlich zu Matti und begann wieder zu weinen, lautlos. »Ihr tut mir doch nichts?«

»Und Konnys Tod?«, fragte Matti.

»Ich weiß nur, dass die sich im VS unheimlich aufgeregt haben.«

»Warum?«

»Weil es das Projekt gefährdet.«

»Was für ein Projekt?«

»Ich weiß es nicht«, und als sie Mattis Blick sah: »Ich weiß es wirklich nicht.«

»Denk nach!«

Sie schloss die Augen, die Tränen drangen durch die geschlossenen Lider. Matti spürte wieder Mitleid, aber sie hatte es nicht verdient. Sie hätte ihn seinen Mördern ausgeliefert, wenn die es verlangt hätten.

»Eine internationale Sache, dieses Projekt. Es ist ein Riesending und absolut geheim. Nicht mal der VS weiß, um was es geht.«

»Wer weiß es? Entenmann?«

Sie schüttelte den Kopf. »Wenn einer was weiß, dann dieser Schaleis. Von dem sprechen sie, als wäre er was Besonderes.«

Der ist was Besonderes, dachte Matti.

»Warum haben die uns so zugesetzt?«, fragte Dornröschen.

»Warum haben die Norbi umgebracht?«

Sie öffnete die Augen, schaute Matti traurig an. »Es geht um diese DVD, die ihr geklaut habt. Da ist etwas drauf, das alles verraten könnte.«

»Woher willst du das wissen?«, fragte Twiggy.

»Charly hat was gesagt, es war ein Riesentanz im VS und bei Entenmann...«

»Karl Wennermann...«

»Der Führungsoffizier West...«

»Ja.«

»Und mit dem warst du auch im Bett.«

Sie schwieg.

Matti mühte sich, seine Eifersucht zu unterdrücken.

»Ein Riesentanz wegen einer DVD?«, fragte Dornröschen. Sie war fast gelassen.

Twiggy und Matti schauten sich an und schüttelten beide den Kopf.

»Das kann nicht sein«, sagte Matti mehr zu sich. »Wer hat Norbi umgebracht?«

Sie schluckte und fügte sich ins Unvermeidliche. »Einer von Entenmanns Männern.«

»Woher weißt du das?«

»Charly … Wennermann … er hat geflucht wie ein Rohrspatz.«

»Und das hat er dir im Bett erzählt?«

Dornröschen warf Matti einen tadelnden Blick zu.

Lily antwortete nicht.

»Hat Wennermann noch was gesagt über die DVD?«

Lily überlegte, ihr Blick fing die Pistolen in Twiggys Hand und Mattis Gürtel, sie dehnte sich gegen den Schmerz, den es ihr bereitete, gefesselt zu sein.

»Denk nach!«, drängte Matti. »Denk nach!« Er sagte es leise und gefährlich.

»Wir werden dich nachher einsperren, und dann knöpfen wir uns deinen Freund Charly vor. Wenn es zwischen euren Angaben auch nur den geringsten Unterschied gibt …« Dornröschen schaute sie erwartungsvoll an.

»Er fand die Aufregung übertrieben.«

»Warum?«, fragte Matti.

»Weil ihr die Verschlüsselung sowieso nicht knacken könntet. Die DVD ist wertlos für die, hat er gesagt.«

»Und warum haben die uns gehetzt?«

»Das war nicht der Verfassungsschutz. Charly hat gesagt, das kommt von oben. Die machen Druck. Wenn die DVD in die falschen Hände komme, sei das Projekt in Gefahr. Und nicht nur das. Dann gäbe es den großen Kladderadatsch.«

»Aber wir haben die DVD geknackt, und es war nichts Wichtiges darauf«, sagte Twiggy.

»Dann ist dein Charly also nicht nur irgendein V-Leute-Führer«, sagte Dornröschen.

»Er ist der Chef vom Landesamt«, sagte Lily. Sie war jetzt eifrig wie in der Schule.

Twiggy zog sein Smartphone aus der Tasche und tippte etwas ein. »Karl Wennermann, Präsident des Landesamts für Verfassungsschutz«, las er vor. »Mein Gott, sind wir blöd!«

»Er hat auch öfter Besuch aus Köln bekommen, vom Bundesamt.«

»Wegen dieses Projekts?«, fragte Dornröschen.

»Ja.«

»Und das hat er dir auch erzählt?«, fragte Matti ungläubig.

»Einmal, als die DVD gerade geklaut war, da tauchte einer bei Charly zu Hause auf, ganz hektisch, und ich war ...«

»Im Schlafzimmer«, sagte Dornröschen.

Matti spürte einen Stich.

Lily schwieg.

»Und was hat Charly gesagt, als der Typ aus Köln weg war?«

»Druck von oben, so ähnlich.«

»Wenn wir diese Scheiß-DVD sowieso nicht entschlüsseln können, wo ist dann die Gefahr?«, fragte Matti. Log sie die ganze Zeit?

»Das hab ich Charly auch gefragt. Und er hat gesagt: Ja, ja, aber das allergeringste Risiko ist zu groß bei der Sache. Auch wenn die Wahrscheinlichkeit, dass ihr die Daten knackt, tausendmal geringer ist als eure Chance, im Lotto zu gewinnen, ist die Gefahr immer noch zu groß.«

»Und du hast ihn nicht gefragt, welche Gefahr? Um was es geht?«

»Doch. Aber er hat gesagt, er weiß es selbst nicht.«

»Kennt er jemanden, der es weiß? Dieser Kölner Typ?«

»Nein, der auch nicht.«

»Sicher?«

»Als ich im ... Schlafzimmer war, da hat der getobt. Sauerei, dass diese DVD geklaut worden sei. Und dieser irre Ingenieur, der ihnen die DVD verkaufen wollte ...«

»Was?«, Matti fühlte, wie ihn etwas ankroch. Was war es?

»Dieser Ingenieur wollte denen die DVD zurückverkaufen«, sagte Lily.

»Norbi«, sagte Dornröschen. »der hat rausgekriegt, wem sie gehört. Und der wollte Kohle machen.«

»Aber der hatte doch gar keine Zeit, die zu knacken.« Twiggy tippte sich an die Stirn.

»Und woher wusste er, wem die gehört?«, fragte Matti. Sie hatten dieses Teil so gründlich untersucht, aber Norbi musste etwas gefunden haben, das ihm den Eigentümer der DVD verriet. Was konnte Norbi entdeckt haben, das ihnen entgangen war? Und auch diesem anderen Ingenieur.

»Norbi hat die nicht geknackt, aber herausgefunden, wem sie gehört. Und dann hat er da vorgefühlt. Ganz einfach.« Dornröschen gähnte, wie um ihre Erkenntnis zu bestätigen.

Sie schwiegen. Matti ging hinaus und zündete sich eine Zigarette an. Der Wind verfing sich in den Wipfeln und rauschte. Ein Klopfen weitab, eine Art Seufzen, etwas näher. Im Schwarz des Himmels blinkte winzig ein Flugzeug. Die Luftfeuchtigkeit drang unter sein Hemd, ihn fröstelte. Und wenn sie jemand entdeckte? Ein Jäger? Was würden sie tun? Er verdrängte den Gedanken, aber er kam wieder hoch. Vor dieser Entscheidung hatten sie schon einmal gestanden und die Waffen begraben. Jetzt benutzten sie die Pistolen wieder. Aber nicht für die Revolution, sondern um Konnys Tod zu rächen, um ihre Selbstachtung zurückzugewinnen. Doch würde er schießen? Auf einen Jäger? Auf Lily? Er setzte sich wieder in den Bus.

»Gut«, sagte Dornröschen, »ich fasse zusammen: Es geht um ein wichtiges Projekt. Nicht mal die Oberschnüffler wissen mehr, als dass es das gibt. Norbi hat herausgekriegt, wem die DVD gehört, also Schaleis. Er hat sich bei Schaleis gemeldet, und kurz darauf war er tot. Schlussfolgerung: Wir müssen uns die DVD noch mal anschauen, und zwar anders als bisher. Ganz anders. Klar?« Sie wandte sich an Lily: »Hör genau zu, Roswitha Rakowski. Es liegt alles in deiner Hand. Wenn du mitspielst, lassen wir dich laufen. Wenn nicht ...«

Lilys Gesicht zeigte Eifer. Und Hoffnung.

Twiggy schüttelte den Kopf. »Das bringt nichts. Die scheißt uns an, sobald wir uns umdrehen.«

Lily schüttelte heftig den Kopf. »Ich mache alles, wirklich alles.« Dann: »Ich muss mal pinkeln. Dringend.«

Dornröschen nickte. »Klar.«

Twiggy warf einen zweifelnden Blick auf Dornröschen, dann zuckte er mit den Achseln, schloss die Handschellen auf und zerschnitt mit einem Taschenmesser die Fußfessel. Lily streckte sich, verzog das Gesicht vor Schmerz und erhob sich unsicher, indem sie sich mit den Armen stützte. Sie stieg aus. Dornröschen nickte Matti zu. Er schüttelte den Kopf, sie nickte heftig. Matti stieg aus, nahm die Makarow in seine Hand und zeigte mit dem Lauf, wohin Lily sich bewegen sollte.

Sie ging ein paar Schritte in dieser Richtung. Als sie am ersten Baum stand, schaute sie ihn ängstlich an. Die Innenraumbeleuchtung des Bullis warf fahles Licht in ihr Gesicht. Er nickte, wobei sein Blick auf die Waffe fiel. Sie folgte dem Blick und verzog das Gesicht. Dann stellte sie sich hinter den Baum, zog die Hose hinunter und hockte sich nieder. Er sah Knie und Stirn.

»Kannst du mir verzeihen?«, flüsterte sie.

Matti schwieg. Niemals, dachte er. Verrat konnte er nicht verzeihen, niemals und niemandem.

Er hörte es zischen. »Ihr lasst mich doch am Leben?«

»Wenn …« Er krächzte. Nachdem er sich geräuspert hatte, sagte er: »Wenn du mitmachst, bleibst du am Leben. Sie haben Konny umgebracht, und du hast ihnen geholfen. Mitmachen oder sterben, sonst gibt es nichts. Verstehst du das?«

»Ich kenne dich«, sagte sie. »Und ich verstehe dich.« Sie weinte. »Ich bin so … mies.«

»Erspar mir das Gerede. Mach, was wir dir sagen, und dann verpiss dich. Aber wenn du trickst, kriegen wir dich, wenn nicht sofort, dann später. Oder jemand anders aus der Szene. Weißt du, was Angst ist?«

»Ich habe Angst.«

»Du weißt es nicht. Wenn man jahrelang jeden Augenblick damit rechnen muss, dass einer einem auflauert, wenn man jede Sekunde umgebracht werden kann, wenn man weiß, dass irgendwo welche auf einen warten. Wenn man nirgendwo sicher ist, dann frisst einen die Angst auf. Es kann überall passieren, im Kino, beim Einkauf, beim Bummeln, in der U-Bahn, im Taxi …«

Sie stand auf und zog die Hose hoch. »Hör auf!«

Was würdest du machen, wenn sie wegliefe?

Sie kam hinter dem Baum hervor und ging zu ihm. Ihre Gesichter waren nah, er roch sie, den Schweiß, vermischt mit Parfüm. Sie reizte ihn immer noch, und er brauchte mehr Wut, es zu verdrängen. Abrupt wandte er sich ab und zeigte zum Bulli.

Sie stieg hinein, Twiggy legte ihr Handschellen auf dem Rücken an, die Beine blieben ungefesselt. Dornröschen deutete auf den Platz neben sich. Lily setzte sich.

»Pass genau auf, Roswitha. Ich sage dir jetzt, was du zu tun hast.«

15: Disguises

Twiggy setzte sich an seinen PC, die beiden anderen rechts und links neben ihm. Sie hatten die Tür von innen abgeschlossen. Lily lag mit geschlossen Augen auf dem Bett, Robbi saß am Fußende und bewachte sie. Twiggy kopierte das DVD-Image von der verschlüsselten Festplattenpartition auf das Laufwerk, wo er seine sonstigen Daten speicherte. Mithilfe eines Programms, das DVD-Images behandelte wie körperliche DVDs, startete er die Bedienungsoberfläche. Es erschien nach Eingabe des Passworts:

Tubes
1
2
3
4
5
6
7
8

Er schaltete um auf die Dateiebene. Es fand sich ein kleines Programm – *autorun.inf* –, das wiederum auf ein Startprogramm – *dvdstart.exe* – zugriff, um die DVD automatisch zu starten, wenn sie in ein PC-Laufwerk geschoben wurde. Dazu ein paar Datendateien mit den Endungen *ini* oder *dll*.

»Was auf der DVD ist, hättest du fast auf einer Diskette unterbringen können«, sagte Matti.

Twiggy erwiderte nichts, sondern öffnete die *dvdstart.exe*. Für Matti zeigte der Bildschirm Datensalat an. Doch Twiggy betrachtete Zeile für Zeile, nickte mal, kratzte sich am Kopf, runzelte die Stirn und pfiff einmal leise. Er schloss die Datei und nahm sich die Datendateien vor. Er murmelte vor sich hin, während er scrollte und las, zurückscrollte und wieder las. Er schüttelte den Kopf, eher abwägend.

Matti warf einen Blick zum Bett. Lily lag ruhig da, die Augen geschlossen. Robbi hatte sich danebengefläzt. Es war ein friedliches Bild.

Nach dreieinhalb Stunden lehnte sich Twiggy zurück, rubbelte sich die Haare und fluchte. »Ich sitze nicht zum ersten Mal am Computer, aber so etwas habe ich noch nie gesehen. Eine Zeile in der *dvdstart.exe* scheint ins Leere zu greifen, sie ruft nämlich ein Programm mit dem hübschen Namen *cc.exe* auf, das aber auf der DVD nicht gespeichert ist. Es gibt aber keine Fehlermeldung. Also liegt das doch irgendwo auf der DVD herum. Das sagt mir, dass es, ähnlich wie auf meiner Festplatte, einen versteckten Speicherplatz gibt. Wenn ich die Dateien auf meine Harddisk kopiere und dort starte, werde ich überschüttet mit Fehlermeldungen. Da gibt es außerdem noch Zugriffe auf ein externes Programm, das auf meinem Computer natürlich nicht installiert ist.«

»Aha«, sagte Matti.

»Kurz gefasst heißt das, dass ich an die versteckten Dateien auf der DVD nur komme, wenn ich besagtes externes Programm benutze.«

»Und wie heißt das Programm?«, fragte Dornröschen.

»Das verraten die Schweinepriester natürlich nicht.«

»Und nun?«, fragte Matti.

Twiggy schielte kurz zum Bett, dann zwinkerte er den beiden anderen so zu, dass Lily es nicht sehen konnte. »Ich kann es nicht knacken, aber wir wissen jetzt, dass da noch was anderes drauf ist als diese Röhren. Die Röhren dienen offenbar nur der Ablenkung. Nicht dumm. Aber dass ich es nicht knacken kann, heißt noch lange nicht, dass es nicht andere knacken können.«

»Ich verstehe«, sagte Dornröschen.

Matti nickte und grinste.

333

»Auf dieser DVD befindet sich ein Geheimnis, für das sich sogar Morde lohnen. Wenn wir jetzt dem verehrten Herrn Schaleis einen Deal vorschlagen, der vielleicht so lautet: Wir verzichten darauf, das Image mit all seinen schönen Geheimnissen ins Internet zu stellen, damit sich zum Beispiel die Großrechner diverser Geheimdienste nicht daran versuchen können. Oder damit meine Freunde kein schönes anarchistisches Supernetz aufziehen und ein paar Zehntausend PCs weltweit gleichzeitig am Image knabbern lassen, was dem Teil früher oder später all seine Geheimnisse entlocken würde. Zwischen Alaska und Tahiti gibt es Entschlüsselungsexperten wie Sand am Meer, die das sportlich angehen würden…« Er grinste breit, als er sich vorstellte, wie die Nerds aller Welt über das DVD-Abbild herfallen würden wie Heuschrecken über ein Reisfeld.

»Weißt du, was ich glaube«, sagte Dornröschen fröhlich. »Dann werden sie die Mörder fallen lassen. Wenn wir das wollen.«

»Das heißt, wir haben sie in der Hand, die Scheißkerle«, sagte Matti.

Lily tat immer noch so, als würde sie schlafen. Aber niemand konnte unter solchem Druck und mit solcher Angst schlafen.

»Du solltest das Image unbedingt so sichern, dass niemand drankommt«, sagte Matti.

»Och«, sagte Twiggy gelassen, »kein Problem, ich schicke es ein bisschen durch die Welt zu meinen Freunden, mit der Bitte, gut darauf aufzupassen.«

»Fein«, sagte Matti, »dann wecken wir mal Lily.«

Dornröschen ging zum Bett und schüttelte sie an der Schulter. Lily mimte das Aufwachen nicht mal schlecht, aber selbst wenn sie geschlafen hatte, würde der Plan funktionieren.

»Roswitha, würdest du bitte deinen Freund Charly zu uns einladen. Am besten gleich. Kannst ihm ja ein bisschen was erzählen, damit er auch spurt.« Dornröschen flötete zuckersüß.

»Kommt, wir gehen in die Küche.«

Lily nahm mechanisch das Telefon, das Dornröschen ihr hinhielt, und folgte ihr und den anderen in die Küche. Sie starrte es

an, ihre Stirn begann zu glänzen. Sie atmete einmal durch und
wählte. Twiggy nahm ihr das Telefon aus der Hand, schaltete den
Mithörlautsprecher ein und gab es ihr zurück. In diesem Augenblick klackte es.

»Charly?«

»Lily, wo steckst du?«

»Ich habe ausgepackt.«

Matti nickte ihr zu.

»Was hast du?«

»Ich habe der Okerstraßen-WG erzählt, was ich weiß. Über
Entenmann und so weiter. Und die Morde.«

»Was für Morde?«

»An diesem Norbert und dem Konrad.«

Schweigen am anderen Ende. »Ach, du Scheiße. Und warum?
Wegen diesem Affen, deinem toy boy aus grauer Vorzeit?«

»Sie haben mich gezwungen.«

Er schnaubte. »Wo bist du jetzt?«

»Weiß ich nicht.«

Aber Twiggy nickte.

»In der Okerstraße.«

»Warum sagst du erst, weiß ich nicht? Ach, Scheiße!«, schimpfte
er.

»Was soll ich nur tun?« Plötzlich weinte sie.

»Sei ruhig, mir fällt schon was ein.«

Sie weinte lauter. »Sie sind bewaffnet.«

Schweigen.

»Sie lassen mich leben, wenn du ihre Forderungen erfüllst.«

»Die sind wahnsinnig geworden.«

Twiggy riss ihr das Telefon aus der Hand. »Hören Sie genau zu.
Wahrscheinlich ist es dir schnurzegal, ob deine Freundin drauf-
geht oder nicht. Mir übrigens auch. Was dir aber nicht schnurzegal sein wird, ist die Tatsache, dass wir die Verschlüsselung dieser
DVD knacken werden. Das ist allein eine Frage der Zeit. Wir stellen das Abbild ins Internet und machen aus der Entschlüsselung
einen sportlichen Wettbewerb. Wir laden alle möglichen Geheim-

dienste ein mitzumachen. Der Gewinner bekommt einen Kasten
Bier vom VS. Kapiert?«

Langes Schweigen.

»Kann ich mit Frau ... Roswitha allein sprechen.«

»Lächerlicher Versuch«, sagte Twiggy.

Matti grinste.

»Ich muss Rücksprache halten.«

Dornröschen nahm das Telefon und fand die Zeit, Twiggy sanft
über die Hand zu streicheln. »Hören Sie genau zu. Bevor Sie jetzt
die Bullen losschicken, will ich Ihnen sagen, dass das Image längst
bei einigen dutzend Leuten weltweit gespeichert ist. Was man ins
Internet gibt, kriegt man nicht mehr raus. Wenn uns was passiert,
wenn morgen der Müllwagen kommt, obwohl der erst übermorgen fällig ist, wenn ein Briefträger auftaucht, den wir nicht kennen, wenn das Wetter schlechter ist als in der Vorhersage, wenn
ich einen Schnupfen kriege oder wenn einer von uns sich einbildet,
einen Grund zu haben, schlecht gelaunt zu sein, dann fliegt euch
diese DVD um die Ohren. Wie es dann kracht, wisst ihr selbst am
besten. Kapiert?«

Schweigen. »Ja.« Nach einer Weile: »Was genau ist Ihre Forde-
rung?«

Dornröschen blickte auf die Uhr. »Sie sind in genau vier Stunden hier. Und Sie bringen einen Sechserpack mit, Radeberger oder
Berliner Pils. Ende der Ansage.« Sie legte auf. Dornröschen zuckte
mit den Achseln und blickte zum Kühlschrank. »Ich hab gesehen ...« Twiggy lachte als Erster, dann fiel Matti ein und endlich
Dornröschen. Robbi saß wie erstarrt auf dem Boden und schaute
zu.

Lily rannte los und knallte die Küchentür hinter sich zu. Matti
sprang auf und raste ihr nach. Er erwischte sie noch vor der Wohnungstür, sie fielen zu Boden und rangen ein paar Sekunden, bis
sie aufgab. Er hielt sie an den Schultern, und es fiel ihm ein, dass
er sie früher auch dort gehalten hatte. Er wandte sein Gesicht ab.

Dornröschen kam, blickte auf Lily hinunter, dann zu Matti.
»Lass sie laufen. Dem Typen ist die völlig egal.«

»Schmelzer.«

»Matthias Jelonek, Okerstraße 34.«

Schweigen. »Was wollen Sie?«

»Mit Ihnen reden?«

»Worüber?«

»Es wird Ihnen nützen.«

Schweigen. Er hüstelte. »Einverstanden. Wann? Wo?«

»*Bäreneck*, Hermannstraße. Sie kommen allein.«

»Und Sie?«

»Wir kommen zu zweit. Sie werden eine gute alte Bekannte treffen.«

»Wann?«

»In einer Stunde.«

Er war pünktlich. Matti und Dornröschen saßen schon am runden Tisch. Dornröschen rührte in ihrem Tee, Matti hatte ein großes Bier vor sich stehen. Ein Schlager von Nena dudelte. Die Wirtin wusch Gläser hinterm Tresen. An dem saßen zwei abgerissene Gestalten. Schmelzer trug einen grauen Mantel und einen Hut. Er zögerte und ließ seine Mimik Missmut ausdrücken. Dann zog er langsam einen Stuhl nach hinten und setzte sich, den Hut legte er sich auf den Schoß.

Dornröschen saß eine Weile da, den Blick auf ihren Tee gerichtet, während Matti Schmelzer musterte.

Der rückte näher an den Tisch. »Und was wird das jetzt?«

»Vielleicht Ihre Beförderung«, sagte Matti.

Sie glaubten zu wissen, dass Schmelzer von den anderen Bullen als Laufbursche betrachtet wurde, dem sie wichtige Fälle nicht zutrauten. Aus dem Entenmann-Fall jedenfalls hatten sie ihn hinausgedrängt, obwohl er für die Okerstraßen-WG zuständig war. Und die Okerstraßen-WG vermutete, dass Schmelzer unzufrieden war und es seinen Vorgesetzten und Kollegen heimzahlen wollte.

Schmelzer lächelte abfällig.

Die Wirtin kam, und Schmelzer schickte sie weg.

»Kommen wir zur Sache«, sagte er muffig.

Knapp zwei Stunden später waren sie zurück in der Wohnung. Twiggy war nicht mehr da. Die drei hatten die Haushaltskasse geplündert und ihn weggeschickt, damit er sich ein schickes Hotel suchte. Sie hatten vereinbart, dass Twiggy auf keinen Fall in die Wohnung zurückkehren würde, bevor Wennermann nicht klein beigegeben hatte. Wenn sie zusammenblieben, konnten die anderen glauben, sie hätten doch noch eine Chance. Aber solange sie Twiggy nicht kriegten, mussten sie mit dem Schlimmsten rechnen.

Matti fühlte Angst und Zuversicht in einem. Jetzt wussten sie endlich, wie der Hase lief. Jetzt waren sie es, die bestimmten, was geschah. Sie stellten die Bedingungen. Er malte sich aus, wie Panik ausbrach bei Schaleis, Entenmann, aber vor allem ganz oben, wo immer das war. Er spielte mit dem Babyfon, das er gekauft hatte, es funktionierte. Matti legte das Gerät zurück auf seinen Schreibtisch und verließ das Zimmer. Er klopfte bei Dornröschen und öffnete die Tür. Sie lag auf dem Bett und streichelte Robbi, der wie eine Wurst quer über ihrem Bauch hing, mit geschlossenen Augen und die Decke im Milchtritt. Er schnurrte laut. Dornröschen schaute ihn aus halb geschlossenen Augen an, und Matti glaubte für einen Augenblick, sie würde auch anfangen zu schnurren. Sie lächelte ihn an.

»Bist du unruhig?«, fragte sie.

»Ja. Bisher ist alles schiefgegangen. Und Lily...«

»Die wird ihnen verraten, was wir wissen und was wir noch nicht wissen. Das ist gut.«

»Warum ist das gut, wenn sie wissen, was wir nicht wissen?«

Sie lächelte, schien entspannt, angstfrei. »Diese Idee mit dem Internet verbreitet Angst und Schrecken. Irgendwo gibt es Kryptologen, die können diese Scheiß-DVD entschlüsseln. Keiner weiß, was die damit anfangen. Ich tippe darauf, dass es irgendeinen geben wird, der es einfach veröffentlicht. Dass irgendwann alles im Netz steht, was auf der DVD ist. Und Lily wird ihnen wahrheitsgemäß sagen, dass die Sache angelaufen ist. Dass sie vielleicht nicht mehr anzuhalten ist. Dass die VSler und ihre Auftraggeber sich höllisch beeilen müssen, sich mit uns zu einigen. Wir stauben dabei nicht nur einen Sechserpack Pils ab.« Sie grinste, und Robbi blinzelte Matti an.

»Irgendwas versuchen die noch«, sagte Matti. Er lehnte am Türrahmen.

»Natürlich«, sagte Dornröschen. »Das müssen sie.«

»Was ist auf der DVD? Was meinst du?«

»'ne Riesensauerei, was sonst?«

Matti nickte. »Eine Riesenriesensauerei.«

Sie gähnte.

»Hast du keinen Schiss?«, fragte Matti, und es war ihm merkwürdig im Magen zumute, als er es fragte.

»Doch«, sagte sie. »Aber vor allem bin ich froh, dass wir es doch nicht auf uns sitzen lassen. Dass wir die Kurve gekriegt haben. Dass wir sie doch noch versenken werden. Mit ein bisschen Glück.«

»Versenken, das ist schön.« Matti lächelte, aber er spürte die Angst. Die Warterei war nervig. Sie hätten ihn früher herbestellen sollen.

Wennermann war pünktlich. Als Matti die Tür öffnete, marschierte der VS-Präsident schnurstracks in die Küche. Dornröschen saß dort und legte die *taz* zur Seite. Sie deutete auf den Stuhl ihr gegenüber.

Matti hatte die Wohnungstür geschlossen und folgte Wennermann. Irgendetwas gefiel ihm nicht an diesem Mann. War es das selbstbewusste Auftreten, das Begrüßungslächeln, in das er Vorfreude hineinlas, war es die Zielstrebigkeit, mit der der Typ zeigte, dass er sich auskannte in der Wohnung?

Wennermann setzte sich, legte seine Hände auf den Tisch und sagte: »Wir haben, wie nennen Sie ihn, also diesen Twiggy.«

»Lassen Sie ihn laufen!«, schnauzte Matti.

Dornröschen beugte sich nach vorn. »Wenn ihm das Geringste geschieht, gehen Sie hoch. Jetzt erst recht. Wenn er in einer Viertelstunde nicht frei ist, dann ist das Gespräch beendet. Verstanden?« Sie war äußerlich eiskalt.

»Gut, ich denke darüber nach.« Er schaute ganz ruhig auf seine Uhr. »Ein paar Minuten haben wir ja noch.«

»In denen könnten Sie uns erklären, warum Sie Konrad und Norbert umgebracht haben.« Matti blickte Wennermann fest an, viel fester, als er sich fühlte.

»Wir waren das nicht.« Er blickte wieder auf die Uhr. »Das war Entenmann.« Sachlich, gelassen.

Da ist was faul, dachte Matti.

»Im Auftrag von Schaleis«, sagte Dornröschen.

»Ja«, erwiderte Wennermann knapp.

»Und Sie haben diese Verbrechen gedeckt«, sagte Matti.

»Manchmal ist ein kleines Verbrechen nötig, um ein großes zu verhindern«, sagte Wennermann. Wieder ein Blick auf die Uhr. Matti fiel auf, dass schwarze Haare aus Wennermanns Ärmel quollen.

»Wie sind Sie auf Norbert gekommen?«, fragte Dornröschen.

»Entenmann, meinen Sie?« Er lächelte Dornröschen an. »Um es genau zu sagen, Herr Kaloschke ist auf uns zugegangen. Er hat Herrn Schaleis angerufen.«

Matti starrte Wennermann an.

Der zuckte freudig die Achseln. »Ja, Herr Kaloschke, also Ihr Freund Norbi war schlauer als Sie. Er hat die DVD zwar auch nicht entschlüsseln können, ist aber einen Schritt weitergekommen.« Ein Blick auf die Uhr. Draußen brummte ein Diesel, dann quietschte eine Bremse. »Er hat die zweite Ebene immerhin erreicht. Und da stand eine Telefonnummer. Und diese Telefonnummer gehört zu einem Telefon im Büro Schaleis, und dieses Telefon steht da nur für den Fall, dass einer diese Nummer anruft.«

»Was für eine Nummer? Wo steht die?«

Die Uhr. »Wir haben ja noch ein bisschen Zeit.« Wennermann grinste fein. »Ich bin kein Datenverarbeitungsexperte, aber meine Leute haben mir das erklärt. In etwa geht es so: Da gibt es ein kleines Programm auf der DVD, das die Schrift immer an die Hintergrundfarbe anpasst... Sie verstehen?«

Dornröschen schüttelte den Kopf.

»Ist der Hintergrund weiß, ist die Schrift weiß, ist der Hintergrund« – eine wegwerfende Handbewegung – »lila, ist die Schrift lila. Ein kleiner Trick, der verhindert, dass solche … Profis wie Sie auch nur die Gelegenheit bekommen, die zweite Ebene zu erreichen, um mit dem Entschlüsseln zu beginnen. Eher eine Spielerei von einem Programmierer, wenn Sie mich fragen.«

»Scheiße«, sagte Matti.

»So ähnlich«, sagte Wennermann gönnerhaft.

»Und warum mussten Sie Norbert umbringen lassen?« Dornröschen hatte Falten auf der Stirn.

»Wir haben ihn nicht umbringen lassen. Schaleis hat den Auftrag erteilt, und Entenmann hat ihn ausgeführt. Herr Kaloschke hatte immerhin herausbekommen, dass es eine zweite Ebene gibt.«

»Und Sie haben die Morde gedeckt.« Matti versuchte, sich zu zügeln. Am liebsten hätte er den Kerl verprügelt.

Wennermann hob die Augenbrauen und ließ sie sinken. »Wenn Sie darauf bestehen.« Ein Blick auf die Uhr. Dann schob er seine Hand unter den Mantel, und als er sie herausholte, hatte er eine Pistole darin, mit einem mächtigen Schalldämpfer. Er legte sie auf den Tisch, ohne sie loszulassen, den Finger am Abzug.

Ein Knall von draußen, dann Trappeln. Fünf Mann drängten in die Küche. Sie trugen keine Uniformen. Es waren auch keine Polizisten. Sie sahen aus wie Handwerker und trugen statt Werkzeugen Maschinenpistolen.

Wennermann erhob sich, die Waffe in der Hand. »Entwaffnen und fesseln!«

Ein Typ riss Matti die Makarow aus dem Gürtel, ein anderer bog ihm die Arme hinter den Rücken und fesselte ihn mit Paketklebeband. Dann verklebte er ihm auch den Mund. Auch Dornröschen wurde gefesselt. Sie hatten keine Chance.

Als die Eindringlinge ihre Gefangenen in den Flur führten, öffnete sich die Tür von Twiggys Zimmer, und Schmelzer stand vor dem Trupp. Er hatte die Hände in den Hosentaschen und lächelte.

»Wir nehmen ihn mit«, befahl Wennermann.

Schmelzer lachte, bis ihm ein Knebel den Mund verschloss.

Sie stiegen die Treppe hinunter, Wennermann und einer seiner Leute voneweg, dann die Gefangenen, dann die restlichen Wennermann-Schergen. Als sie ein Stockwerk tiefer erreichten, öffnete sich die Wohnungstür, und eine Frau steckte ihren Kopf hinaus.

»Polizeieinsatz! Bleiben Sie in Ihrer Wohnung!«, bellte Wennermann. Die Tür schloss sich. Als sie unten ankamen, öffnete Wennermann die Haustür und sah sich dem Sondereinsatzkommando gegenüber. Überall Polizisten, Mannschaftswagen, Scharfschützen, Krankenwagen. Die Straße war beidseitig versperrt. Blaulichter. Am Himmel dröhnte ein Hubschrauber. Als Matti sich an Wennermann vorbeidrängte, traf eine milde Brise sein Gesicht. Er lachte, das tat ein bisschen weh unter dem Klebeband.

16: Won't Get Fooled Again

Fahren Sie mich ins *Artemis*«, sagte der Mann mit schwerem Atem. »Ist am Funkturm«, schob er nach.

Natürlich wusste Matti, wo der Edelpuff lag. Was er aber nicht wusste, war, ob der Mann, der offensichtlich nicht gesund war, dahin gehen sollte. Aber es scherte ihn nicht, obwohl er von dem Laden so wenig Provision erhielt wie von den anderen Bordellen und Nachtklubs, die Taxifahrer schmierten, damit sie Kundschaft brachten. Er erinnerte sich noch, wie früher Genossinnen aus der Frauenbewegung ihn aufgefordert hatten, das Geld zu nehmen und an sie weiterzuleiten, damit die Zuhälter und Puffmütter ihren Beitrag leisteten für Frauenhäuser und autonome Frauenprojekte. Und so fiel ihm wieder Lily ein, die fast hyperaktiv frauenbewegt gewesen war, um sich erst an die Stasi und dann an den VS zu verkaufen. Mieser als Ficken gegen Geld. Aber es tat noch weh. Manchmal fürchtete er, dass er den Schmerz zwar zeitweise unterdrücken könne, ihn aber nie loswürde. Den Schmerz über den Verlust von Lily, obwohl er sie nie gehabt, sondern sie ihn zwei Mal verraten hatte, mit ihm nur zusammen gewesen war, weil er ein Objekt war. Den Schmerz, weil es ihr gelungen war, ihn hereinzulegen, ihm Liebe vorzuspielen, das älteste Spiel aller Spiele. Aber nicht alt genug, um nicht zu funktionieren.

Der Puff lag direkt an der Halenseestraße, wo sich Bahntrassen und Autobahn samt ihren Zufahrten in einem dröhnenden und ratternden Gewirr aus Stahl und Beton auf vier Ebenen übereinander verschachtelten. *Berlins Höhepunkt* stand unter dem Namen auf dem Schild, an dessen rechtem Rand das Neonprofil eines Frauengesichts den schlichten Zweck des Etablissements als Extravaganz ausgab. Das fand Matti ungefähr so angemessen wie die

Behauptung von Frankfurter Großbanken, ihr Tun diene dem Wohl ihrer Kunden. Der Mann gab reichlich Trinkgeld und stieg hustend aus. Erst jetzt sah Matti, wie klein und fett er war. Lichter huschten vorbei und formten sich weit hinten auf der Stadtautobahn zu einem gelb leuchtenden Band. Die Lichter der Stadt färbten den Nachthimmel grau.

Er beschloss, hier auf Kunden zu warten, nahm die *Berliner Zeitung* vom Beifahrersitz und las noch einmal die Notiz auf Seite 9, unten: »Die Kriminalpolizei hat den Berliner Ingenieur H. Sch. festgenommen. Er steht unter dem Verdacht der Anstiftung zum Mord in zwei Fällen. Oberstaatsanwalt Johann Widmer erklärte, der Tatverdacht sei hinreichend begründet. Auf weitere Fragen antwortete er nicht.«

Matti lächelte. Immerhin.

Ein Getränkelaster rollte vorbei und hielt vor dem *Artemis*, um rückwärts in eine Ausbuchtung neben dem Haus zu stoßen. Zwei Männer stiegen aus. Matti beachtete sie erst nicht, bis ihm etwas auffiel, er wusste nicht einmal, was, eine Bewegung, eine Geste. Er blickte genau hin. Einen Mann kannte er. Das kann doch nicht sein, dachte er. Auf dem Kühler las er die Aufschrift *Getränke-Service Günther Dehmel & Sohn*. Dehmel, das passte. Der Mann war der Sohn, und Matti kannte ihn gut. Es war Twiggy. Und der hieß Guido Dehmel. Matti musste lachen. Mit einem Schlag war ihm alles klar. Twiggy gehörte ein Anteil an dem Transportunternehmen seines Vaters, das saß in Hannover, wo Twiggys Familie lebte. Und Twiggy arbeitete nachts immer mal wieder als Fahrer oder als Filialleiter, jedenfalls war er der Sohn des Chefs und Anteilseigner. Deswegen konnte er so frei über seine Zeit entscheiden. Und als Twiggy mit einer Kiste aus dem *Artemis* kam, ahnte Matti, wie es ihm gelang, Dinge günstig zu organisieren. Im Schein der Laterne erkannte er die Verpackung einer Espressomaschine, die Twiggy zum Transporter trug. Er klapperte mit dem Getränkelaster nachts Kneipen, Puffs und Hotels ab und traf diesen und jenen, der dieses und jenes günstig abzugeben hatte, natürlich nur an Spezis, die schweigen konnten.

Als Matti am Morgen müde von einer enttäuschenden Nacht nach Hause kam, hörte er die Maschine heulen, als sie die Kaffeebohnen mahlte. Er stellte sich in die Tür, Twiggy und Dornröschen standen mit dem Rücken zu ihm und bestaunten die Neuanschaffung, die nun dröhnend und spotzend den Kaffee in zwei Espressotassen fließen ließ. Sie kamen ihm vor wie Kinder, die mit großen Augen ein neues Spielzeug bestaunten, auch wenn er nur ihre Hinterköpfe sah. Es rührte ihn, wie sie da standen. Twiggy nahm die kleinen Tassen, auch sie waren neu, drehte sich um und erschrak.

»Du bist schon da?«

»Nicht früher als sonst.«

»Auch eine?« Erwartungsfrohe Augen.

»Unbedingt.«

Twiggy holte eine dritte Espressotasse aus dem Küchenschrank und stellte sie unter die Auslaufdüse. Er warf Matti ein Lächeln zu und drückte einen Knopf. Die Maschine heulte und dröhnte, und die braune Flüssigkeit ergoss sich in die Tasse. Als der Schaum den Tassenrand erreichte, schaltete sich die Maschine aus. Matti setzte sich an den Tisch, und Twiggy stellte die Tasse vor ihn hin, dazu schob er die Zuckerdose über den Tisch, als er ebenfalls Platz genommen hatte.

Dornröschen beugte sich über ihre Tasse und schnupperte. Sie trug ihren Morgenmantel und strahlte. Dann nippte sie und setzte die Tasse vorsichtig ab. Twiggy beobachtete sie. Sie nickte. »Toll«, sagte sie. »Könnte glatt meinem Tee untreu werden.«

Twiggy grinste.

Matti legte die Zeitung auf den Tisch, die Seite mit der Notiz über Schaleis obenauf. »Gelesen?«

»Ja«, sagte Twiggy.

Dornröschen nickte.

»War's das?«, fragte Matti gähnend.

Dornröschen gähnte auch. »Nein.« Ein Blick zu Twiggy. »Wann gibt's den Rücklauf?«

»Keine Ahnung. Das kann dauern.«

Es dauerte drei Wochen, dann kam die erste Rückmeldung an Twiggy. Sie enthielt nur einen Link zu einem neuen Internetforum mit dem Titel *The Berlin Image*. Der erste Eintrag in dem Forum stammte von einem Benutzer mit dem Namen *abraxas* und enthielt nur einen Link zu einem *The Berlin Image Documentary*. Twiggy klickte, während die beiden anderen neben ihm saßen, Matti links, Dornröschen rechts. Sie stießen auf eine Navigationsseite mit weiterführenden Links.

Page 1

Page 2

...

Die letzte Seite trug die Nummer 237. Twiggy fing vorn an. Es begann mit einem Einleitungstext auf Englisch, wie überhaupt alles auf Englisch war, wie sich herausstellte. Es waren komplizierte Konstruktionszeichnungen mit unzähligen Erläuterungen. Die Begriffe *pressure* und *tube* tauchten mehrfach auf. An einer anderen Stelle war von *Tomahawk class* die Rede. Auf Seite 89 fanden sie einen Querschnitt mit der Überschrift *Class 214*.

»Das ist ein U-Boot«, sagte Matti. »Starte mal den Browser, und such nach ›U-Boot‹ und ›214‹.«

Twiggy tat es.

Der erste Treffer lautete: *U-Boot-Klasse 214 Wikipedia*, der zweite *U 214: ThyssenKrupp verkauft Deutschlands modernstes U-Boot.*

»Wikipedia«, sagte Dornröschen. Ihre Hand lag auf Twiggys Unterarm. Sie lasen.

»Also«, sagte Matti, »die Zeichnungen haben was mit diesem Brennstoffzellen-U-Boot zu tun, dem modernsten Unterwasserschiff der Welt, schnell, kaum aufspürbar und mit einem revolutionären Antrieb, der keinen Sauerstoff braucht, weshalb das Ding so lange unter Wasser bleiben kann wie ein Atom-U-Boot.«

»Eine Spitzenleistung deutscher Ingenieurkunst, der Führer wäre stolz auf ThyssenKrupp«, sagte Dornröschen. »Sind das die Konstruktionspläne der Wunderwaffe?«

»Nein«, sagte Twiggy, »die wären viel umfangreicher. Höchstens ein Teil davon.«

»Matti, warum hast du nicht Ingenieur oder so 'nen Quatsch studiert?«, fragte sie.

Er winkte ab. »Wer holt Espresso?«

»Du«, sagte Dornröschen.

Matti schaltete die Espressomaschine ein. Der Geruch frisch gemahlener Kaffeebohnen verbreitete sich, als er mit den Tassen und dem Zucker kam.

»Wir haben im Forum einen neuen Eintrag«, sagte Twiggy. »Wieder ein Link.« Er klickte auf den Link, der führte zu einem Artikel mit der Überschrift: *Deutsche U-Boote für Pakistan? Fakten und Gedanken zu einem problematischen Exportvorhaben.*

Sie lasen einen langen Text.

»Ich verstehe das so«, sagte Matti. »Die Bundesregierung will Brennstoffzellen-U-Boote an Pakistan verkaufen. Darüber gibt es Streit, die Sache verzögert sich, die Pakistaner sagen: Wir könnten auch bei den Franzosen U-Boote kriegen, die sind da nicht so zimperlich ...«

»Der entscheidende Punkt ist das da.« Sie zeigte auf einen Absatz und las laut:

Eine Verwendung als Trägersystem für schwere und damit weit reichende Marschflugkörper der Tomahawk-Klasse (1500 kg) ist nicht gesondert vorgesehen. Die Bundesregierung geht offenbar davon aus, dass mit dem verbauten druckluftbetriebenen Torpedoausstoßsystem keine schweren Marschflugkörper verschossen werden können und deren Umbau zu einem strategisch relevanten Nuklearwaffenträger für Pakistan kaum oder gar nicht möglich ist. Zweifel an der Validität dieses Argumentes sind angebracht. Ein späterer Umbau in Pakistan wäre technologisch zwar sehr anspruchsvoll, aber nicht unmöglich.

»*Tube* und *pressure* und *Tomahawk*, die stehen in dem Image«, sagte Twiggy.

Sie lasen und recherchierten weiter, und währenddessen füllte sich das Forum mit Beiträgen. Am frühen Morgen merkten sie, dass das Image sich vervielfältigt hatte und auf immer mehr Servern überall in der Welt gespeichert war. Mit der Vervielfältigung wuchs der Strom der Beiträge. Es bereitete ihnen viel Mühe, Verschwörungstheorien und allerlei dummes Zeug auszusortieren. Mit einigen Nutzern wechselten sie auch Mails über anonyme Konten. Einer war offenbar Techniker, denn er analysierte das Image knapp, aber überzeugend:

Dieses Ingenieurbüro Schaleis hat ein Druckluftauswurfsystem entwickelt, mit dem Marschflugkörper vom Typ BGM-109 Tomahawk von einem U-Boot der Klasse 214 abgefeuert werden können. Diese Geschosse haben eine Reichweite von 2500 Kilometern und können Atomsprengköpfe von 200 Kilotonnen tragen (etwa das Zehnfache der Sprengkraft der Nagasaki-Bombe). Das Druckluftauswurfsystem verwandelt die U-Boote in Nuklearwaffenträger mit Erstschlagfähigkeit.

Twiggy postete den Auszug aus der Mail im Forum.

»Guck mal!«, rief Dornröschen. Sie saß mit ihrem Notebook auf Twiggys Bett und hatte einen Zeitungsartikel gefunden aus den *Kieler Nachrichten*: Der dortige SPD-Bundestagsabgeordnete setze sich vehement dafür ein, Brennstoffzellen-U-Boote an Pakistan zu liefern. Schließlich sei das ein Verbündeter.

»Irre«, sagte Matti. »Wenn man ein richtiges Spannungsgebiet beschreiben wollte, müsste man nur Pakistan sagen. Immer an der Kante zum Krieg mit Indien, mit einer Grenze zu Afghanistan, in dessen Krieg die Pakistaner fröhlich mitmischen, ein latenter Bürgerkrieg im eigenen Land, ein Geheimdienst, der nicht nur foltert, sondern auch eigene Kriege führt, ein Militärapparat, der nicht nur korrupt ist, sondern auch unberechenbar, und im Besitz von Atomwaffen ist gegen alle internationalen Verträge, eine noch korruptere Regierung, die mit den Fundis klarkommen muss und den Amis.«

»Tja«, sagte Twiggy, »die Dinger werden in Kiel gebaut, welch Zufall. Das kann einem Abgeordneten schon mal die Birne vernebeln.«

»Stell dir mal vor, die würden auch Folterwerkzeuge in Kiel bauen«, rief Dornröschen. »Dann wär der für die Folter, natürlich nach langer quälender Abwägung und nur, wenn ein Amtsarzt dabei ist.«

»Und dann steht hier noch was darüber, dass die Franzosen den Zuschlag bekommen könnten, sie seien billiger und die anderen U-Boote der Pakistaner stammten aus französischer Produktion.«

»Pause!«, befahl Dornröschen, »Kaffee in der Küche!«

Sie marschierte vorweg und schaltete die Espressomaschine ein. Robbi erschien und forderte maunzend sein Futter.

Als alle versorgt waren und am Tisch saßen, Robbi auf Twiggys Schoß und die großen Augen immer auf den gerichtet, der gerade sprach.

»Die Pakistaner zocken«, sagte Matti. »Erst heißt es, sie wollen die Wunderwaffe kaufen, dann, sie wollen die französischen Boote kaufen, dann, sie wüssten nicht so recht, dann, sie könnten ja auch die Teile übernehmen, die die bankrotten Griechen bestellt hätten …«

»Das ist ja auch ein tolles Ding: Die Kieler Werft verkauft mit dem Segen aus Berlin Wunderwaffen an die Türken. Also schreien die Griechen: Wir sind zwar pleite, aber wir brauchen diese Dinger genauso. Und die Bundesregierung, die sich so sorgt um die Schulden der Griechen, verkauft denen diese Dinger. Dann schreien wieder die Türken …« Twiggy schüttelte den Kopf. »Und der Kieler SPD-Bundestagsabgeordnete findet diesen Wahnsinn super, weil er Schiss hat, seine Wähler würden arbeitslos.«

»Es gibt nichts Schöneres als ein Wettrüsten, bei dem man beide Seiten versorgen kann«, sagte Dornröschen. »Wir können noch viel lernen, Genossen.« Sie kratzte sich an der Nase, gähnte herzhaft und sagte nüchtern: »Die Sache ist doch klar. Die Pakistaner sagen der Bundesregierung: Wir kaufen euch die Wunderwaffe ab, aber nur wenn wir sie noch ein bisschen wunderbarer machen dürfen. Und da kommt das Büro unseres Freundes Schaleis ins Spiel. Kann sein, dass die Pläne auf der DVD gar nicht so neu sind, sondern dass unser Superingenieur die für die Israelis gezeichnet hat.

Denn die haben diese Dinger auch gekauft. Und irgendwo meine ich auch gelesen zu haben …«

»Stimmt, ich auch«, sagte Twiggy.

»Dass die Israelis diese Wunderboote bereits mit Atomraketen ausgerüstet haben. Ist doch toll, wenn man solche Pläne zwei Mal verkaufen kann.«

»Und die Regierung hat das gedeckt, gefördert«, warf Matti ein.

»Na klar, eingeschlossen die führende Oppositionspartei mit ihrem umtriebigen Kieler Bundestagsabgeordneten, schätze ich mal.« Dornröschen gähnte wieder. »Die Pakistaner werden gesagt haben: ›Am liebsten wäre uns natürlich die Kombi aus Brennstoffzellenantrieb und Atomraketen, aber wenn ihr Zicken macht, geht es auch mit Diesel- und Elektrokraft. Die Franzosen sind bei solchen Dingen nicht pingelig. Und da haben unsere Superfrauen und -männer standhaft erklärt, dass sie da ein Ingenieurbüro hätten, das so was schon mal gebaut hat.«

»Glasklar«, sagte Matti. »Und der Typ mit den schlechten Manieren in meinem Taxi war der Bote. Hätte er ordentlich Trinkgeld gegeben und wäre er höflich gewesen, nichts wäre passiert.«

»Kann man mal sehen, wie wichtig Sekundärtugenden sein können.« Twiggy grinste. »Und was passiert jetzt?«

»Es dauert keine Woche, und die Sache geht durch die anderen Medien hoch und runter. Und die Franzosen werden sich freuen.« Matti stand auf. »Ich schlaf noch eine Runde.«

»Was?«, staunte Twiggy.

»Heute ist Freitag«, sagte Matti. »Du solltest auch besser schlafen gehen.«

Twiggy schaute ihn fragend an, während Dornröschen ihre Tasse unter die Espressomaschine stellte. Als sie Matti den Rücken zukehrte, simulierte der das Austeilen von Karten. Twiggy grinste dreckig und erhob sich auch. »Gute Nacht, äh, guten Morgen …«

»Da gibt es noch einiges zu besprechen«, maulte Dornröschen.

»Meinen neuesten Wahlspruch habe ich bei Meister Konfuzius gefunden: ›Ich möchte meine Zeit nicht mit Reden verbringen.‹«

Kichernd wie Schulmädchen verließen sie die Küche.

Ich danke

Thomas-Dietrich Lehmann, der mich in die Geheimnisse der Berliner Taxiwelt eingeführt hat. Er ist ein vorzüglicher Stadtführer und bietet spannende Berlintouren an. Sehr zu empfehlen. Infos: http://www.taxi-wall-fahrten.de/guide.htm.

Franziska Kuschel fürs kritische Gegenlesen und das gnadenlose Entlarven zahlreicher Schlampereien des Autors.

Jens Hüttmann, Ulrich Mählert und *Alexander Ruoff* für den seelischen Beistand (Alexander Ruoff ist der beste historische Rechercheur, den ich kenne, siehe http://www.history-house.de).

Klaus Viehmann für Tipps, Bratwürste und sonst noch einiges.

Susanne Schulz für die gestrenge Prüfung des Manuskripts.

Hans Christian Rohr für sein vorzügliches Lektorat.

Alle verbliebenen Fehler gehen auf meine Kappe.

Quelle für das Zitat auf S. 347:
http://www.bits.de/public/researchnote/rn08-1.htm